Claudio Paglieri

Kein Grappa für Commissario Luciani

atb aufbau taschenbuch

Claudio Paglieri, geboren 1965 in Genua, arbeitet bei der Genueser Zeitung »Il Secolo XIX«. Bekannt wurde er durch die humoristischen Biographien der beiden italienischen Comichelden Tex Willer und Dylan Dog. 2003 erschien von ihm im Aufbau Taschenbuch Verlag der Roman *Sommer Ende Zwanzig*, 2007 sein preisgekröntes Krimi-Debüt *Kein Espresso für Commissario Luciani*, gefolgt von *Kein Schlaf für Commissario Luciani* (2008) und *Keine Pizza für Commissario Luciani* (2010).

Ein Graf ohne Nachkommen, eine Haushälterin, ein Trödler, ein Drogendealer – das sind die Todesopfer dieses ansonsten ruhigen Sommers in Genua. Für Lucianis neuen, aalglatten Vize Livasi sind die vier scheinbar zusammenhanglosen Fälle in null Komma nichts abgehakt, während der Commissario zähneknirschend zu Hause sitzt und den alleinerziehenden Vater eines sechs Monate alten Säuglings gibt.

Doch dann taucht wie eine Vision aus der Vergangenheit seine ehemalige Klassenkameradin und Schulschönheit Fiammetta Sforza auf, von den Jahren unberührt wie Dorian Gray. Als Restauratorin hatte sie für den verstorbenen Grafen eine seit Generationen im Familienbesitz befindliche Rötelzeichnung untersucht und herausgefunden, dass es sich um ein bis dato unbekanntes Selbstporträt da Vincis handelt. Eine Beute von unschätzbarem Wert …

Das Baby vor den Bauch geschnallt, macht sich der spindeldürre, baumlange Commissario sofort auf eigene Faust auf die Jagd nach dem verschwundenen Porträt, im ungleichen Wettlauf gegen einen geisterhaften Mörder, karrieregeile Widersacher, die Tücken schöner Frauen und – den Schlafrhythmus seines Sohnes.

Claudio Paglieri

Kein Grappa für Commissario Luciani

Roman

Aus dem Italienischen von
Christian Försch

atb aufbau taschenbuch

Die Originalausgabe mit dem Titel
L'Enigma di Leonardo. Un'indagine del commissario Luciani
erschien 2012 bei Edizioni Piemme, Casale Monferrato

FSC
www.fsc.org
MIX
Papier aus verantwortungsvollen Quellen
FSC® C083411

ISBN 978-3-7466-2902-5

Aufbau Taschenbuch ist eine Marke
der Aufbau Verlag GmbH & Co. KG

1. Auflage 2013

Umschlaggestaltung morgen, Kai Dieterich
unter Verwendung eines Motivs von vario images
Satz LVD GmbH, Berlin
Druck und Binden CPI – Clausen & Bosse, Leck
Printed in Germany
www.aufbau-verlag.de

Erster Teil

Kapitel 1

Marco Luciani

Marco Luciani stellte den Motor ab, nahm die Einkaufstüten und die Zeitungen vom Sitz, warf die Autotür zu und öffnete das Gartentor. Er war an jenem Morgen erstaunlich früh aufgewacht, wenn man bedachte, dass er den Großteil der Nacht kein Auge zugetan hatte. Bei dieser Julihitze, die sich schon morgens um halb acht bemerkbar machte, bestand keine Hoffnung, dass er noch einmal einschlafen würde, und so hatte er beschlossen, sich nicht noch eine Stunde im Bett herumzuwälzen, sondern vom Boschetto hinunter ins Zentrum zu fahren und ein paar Sachen zu besorgen.

Er durchquerte den Garten, öffnete die Glastür und fand seine Mutter am Küchentisch, wo sie Zeitung las.

»Hallo, Mama, alles in Ordnung?«

»Alles in Ordnung. Hast du an die Milch gedacht?«

»Klar«, sagte Marco Luciani und stellte den Einkauf auf den Tisch.

»Und an den Zucker?«

»Klar.«

»Sehr gut.«

»Hier nimm, ich habe auch die Zeitung gekauft, dann kannst du wenigstens die von heute lesen.«

»Ach ja, gut. Die Espressokanne steht bereit. Du musst nur den Herd anmachen. Ich schaue mir in der Zwischenzeit die Todesanzeigen an.«

Marco Luciani verdrehte die Augen. »O Mama, diese Manie, zu kontrollieren, wer gestorben ist.«

»Das ist keine Manie, Marco. Das ist eine nützliche Übung. Ich informiere mich, ob jemand von uns gegangen ist, den ich kenne.«

»Und selbst wenn du es weißt? Es schlägt dir nur aufs Gemüt, sonst nichts. Du sagst ›Der arme Herr Soundso ist gestorben‹ oder ›Eine meiner Schulkameradinnen ist tot‹, und das deprimiert dich.«

»Was redest du da? Wenigstens weiß ich Bescheid. Ich schicke ein Telegramm oder eine Karte. Und ich blamiere mich nicht.«

Sie breitete den »Secolo XIX« vor sich aus, setzte die Brille auf und fing an, die Todesanzeigen durchzugehen. »Der innigen Zuneigung seiner Lieben entrissen«, »Nach langer, geduldig ertragener Krankheit«, »Völlig unerwartet verstorben« … Es gab niemanden, den sie kannte, aber einen höchst merkwürdigen Namen: »Witwe Luminosa Pellegrini, geborene Gavazzi«. Sie holte die Schere aus dem Besteckkasten, schnitt die Anzeige von Luminosa Pellegrini aus, ohne auf die Proteste des Sohnes zu hören, der zerlöcherte Zeitungsseiten nicht ausstehen konnte, und schob sie in das schwarze Heft, das sie in einer Schublade in der Küche aufbewahrte. Seit Jahren hob sie die besonders hübschen oder merkwürdigen Namen gewidmeten Todesanzeigen auf, und ihre Sammlung war inzwischen ganz beachtlich.

Wozu soll das denn gut sein?, dachte Marco Luciani, sagte es aber nicht, denn die Antwort kannte er bereits: »Bald wird es die auch nicht mehr geben, sie werden ein System erfinden, das dir, wenn jemand stirbt, eine SMS oder etwas in der Art schickt, da werden dann Ort und Uhrzeit der Beerdigung drinstehen, und von all den menschlichen Existenzen wird keine Spur übrig bleiben.«

Donna Patrizia hob den Blick auf die lange, spindeldürre Silhouette ihres Sohnes, der damit beschäftigt war, den Einkauf wegzuräumen und die Kaffeetassen hervorzuholen, und sie fragte sich, wie sehr der Name auf seinen Charakter abgefärbt hatte. Er war immer zuverlässig und streng gewesen, hatte stets die Regeln eingehalten, wie die deutsche Mark. Er hatte nie gelernt, das Leben zu genießen oder zumindest laufen zu lassen und es zu nehmen, wie es kam.

Marco Luciani griff sich einen Keks aus Reismehl, und genau in dem Moment, als er ihn zum Mund führte, hörte er aus dem Schlafzimmer das Kriegsgeheul des neuen Hausherrn. Alexander der Große war erwacht.

Kapitel 2

Der Graf

»Agnese, hast du die Kamee meiner Mutter gesehen? Ich kann sie nirgendwo finden.«

Darauf hätte ich wetten können, dachte Agnieszka und schaute ihn möglichst unschuldig an. »Nein. Ist sie denn nicht in der Nachttischschublade?«

»Tatsächlich war sie da immer drin. Aber jetzt ist sie verschwunden, schau.«

»Sie haben sie nicht zufällig weggeräumt, und jetzt erinnern Sie sich nicht mehr, wohin?«

»Warum hätte ich das tun sollen? Ich wollte sie hier griffbereit haben.«

Agnieszka zuckte mit den Achseln. »Ich weiß es nicht. Bei der Perlenkette hatten Sie auch gesagt, sie sei verschwunden. Stattdessen war sie in der Kommode im Wohnzimmer. Erinnern Sie sich?«

»Hmm«, sagte er, wenig überzeugt.

»Erinnern Sie sich nicht, Herr Graf? Sie legen Ihre Sachen dauernd in ein neues Versteck, und dann vergessen Sie es. Das ist nicht das erste Mal.«

»Was?«

»DAS IST NICHT DAS ERSTE MAL!«, schrie sie. »Immer tauber und bekloppter«, fügte sie dann im Flüsterton hinzu. »Ich muss ihn ausschimpfen wie einen kleinen Jungen, und dann darf ich ihn obendrein noch siezen.« Sie hatte ihn immer, selbst im Moment größter Intimität, gesiezt, während er sie stets duzte.

Graf Guinigi Moncalvo, der, den Rücken an ein Kissen gelehnt, im Bett saß, musterte sie misstrauisch. Du bist es, die mir das Zeug klaut, dachte er, du hast schon immer lange Finger gemacht. Ich bin selbst schuld, dass ich bei den ersten Malen so getan habe, als wäre nichts gewesen. Genau. Aber bei den ersten Malen zahltest du mir es mit Zinsen zurück, als wir noch jünger waren. Oder besser gesagt, ich war es schon nicht mehr, aber sie war mit vierzig noch eine Wucht gewesen, nicht so wie jetzt. Und im Bett … im Bett war sie ein Teufel. Er lächelte verbittert, alles, was ihm noch blieb, waren die Erinnerungen und ein paar Wertsachen, die diese polnische Schlampe nach und nach würde verschwinden lassen.

»Was haben Sie gesagt, dass es war?«

»Was?«

»Das Ding von Ihrer Mutter. Das verschwunden ist.«

»Die Kamee. Die Kamee von Mama. Und von Großmutter, davor. Das heißt, vielleicht sogar von der Urgroßmutter.«

Ja, von der Herzogin vom goldenen Schiss, dachte Agnieszka. »Machen Sie sich keine Gedanken. Ich werde heute einmal ordentlich saubermachen. Und Sie werden sehen, dass sie wieder zum Vorschein kommt.«

Er nickte, wenig überzeugt. Er war schon wieder müde, auch wenn er lange geschlafen und nur ein leichtes Mittagsmahl zu sich genommen hatte. Vielleicht war die Hitze daran schuld, oder die Medizin, die der Arzt ihm gegeben hatte, war zu stark, er wurde ganz belämmert davon. Er musste es ihm sagen oder von sich aus die Dosis reduzieren. Ob es wohl angezeigt war, aus dem Bett zu steigen, sich den Morgenrock anzuziehen und sich wenigstens in den Sessel in der Bibliothek zu setzen? Ich könnte etwas lesen, dachte er. Das Problem war, dass er sich nicht mehr lange auf ein Buch konzentrieren konnte und dass er sich schon am nächsten Tag an nichts mehr von dem erinnerte, was er gelesen hatte. Tabula rasa. Er konnte aus reinem Vergnügen am Augenblick der Lektüre lesen. Ein Gedicht, zum Beispiel. Er versuchte, sich eines aus der Schulzeit in Erinnerung zu rufen. Leopardi und Foscolo waren seine Favoriten gewesen. Früher einmal lernte man sie auswendig, und er konnte sie alle, wirklich alle, auch die ganz langen, wie die »Sepolcri«. »*Im Schatten des Atems und in den Urnen*«, fing er an. Nein, nicht des Atems. Der Seufzer. Die Toten atmen nicht, sie seufzen, aus Sehnsucht nach der Schönheit des Lebens. »*Im Schatten der* … nein, *von* … *Zypressen.* Was haben die Seufzer mit dem Schatten zu tun? *Im Schatten von Zypressen und in Urnen* – und dann kam etwas – *ist da denn der Schlaf des Todes weniger hart?*« Mir fehlen ein paar Wörter dazwischen, dachte er. Und wie geht es dann weiter?

Er blieb im Bett liegen und grübelte, während seine Lider immer schwerer wurden. Er versuchte, dagegen anzugehen, wollte einen Schluck Tee vom Nachtschränkchen nehmen, aber der Schlaf mit seinen Samtfingern hatte ihn sich bereits gegriffen.

»Herr Graf, ich gehe. Herr Graf?«

Sie schüttelte ihn sanft, »HERR GRAF, ICH GEHE!«

Guinigi Moncalvo schlug ein Auge auf, kaute ein wenig leer. »Hmm? Hä?«

»Brauchen Sie etwas? Es ist sieben Uhr, ich gehe jetzt.«

»Es ist schon sieben? Wieso hast du mich so lange schlafen lassen?«

»Sie sind müde, Sie brauchen den Schlaf. Jetzt aber sollten Sie aufstehen und wenigstens etwas zu Abend essen. Ich habe einen Topf auf dem Herd gelassen, er ist schon warm. Haben Sie verstanden? SIE MÜSSEN NICHT EINMAL DAS GAS AUFDREHEN. ER IST SCHON WARM!«

»Ja, ja, ich habe verstanden«, sagte er und stieg aus dem Bett. Ihm war ein bisschen schwindlig, aber der Kontakt mit dem kühlen Fußboden weckte ihn schließlich auf.

Agnieszka half ihm, den Morgenmantel überzuziehen, dann trat sie auf die Schwelle der Zimmertür. »Ich gehe. Ach übrigens«, sagte sie und kam noch einmal zurück, »ich habe die Kamee Ihrer Mutter gefunden.«

»Was?«

»DIE KAMEE IHRER MUTTER! Ich habe sie wieder in die Nachttischschublade gelegt«, sagte sie und zeigte ihm die Brosche.

Er schaute sie an, ohne etwas zu verstehen. »Hä. Was hat die Kamee meiner Mutter damit zu tun?«

Sie verdrehte genervt die Augen. »Sie hatten gesagt, Sie hätten sie verlegt. Dass sie nicht mehr an ihrem Platz sei.«

»Wie, sie war nicht mehr an ihrem Platz? Sie ist immer hier, ich hebe sie immer hier auf.«

Agnieszka seufzte. »Okay, Sie sind jetzt ein bisschen durcheinander, aber es wird Ihnen schon wieder einfallen. SIE HATTEN MIR GESAGT, SIE HÄTTEN SIE VERLOREN. ICH HABE SIE IN DER KOMMODENSCHUBLADE GEFUNDEN. ICH HABE SIE WIEDER AN IHREN PLATZ GELEGT.«

Er antwortete mit einem ausdruckslosen Blick, am Ende lächelte er, als wollte er sich entschuldigen. »Ich habe nicht verstanden.«

»Ist gut, das macht nichts. Wir sehen uns morgen. DAS ABENDESSEN STEHT IN DER KÜCHE BEREIT.«

Agnieszka rannte fast hinaus, denn wäre sie nur eine Minute länger geblieben, dann hätte sie ihm den Schädel eingeschlagen. Zum Glück schlief er mittlerweile so gut wie den ganzen Tag, denn es war fast nicht mehr auszuhalten mit ihm. Und dabei war er noch gar nicht so alt. Er war zweiundachtzig, viele Leute in diesem Alter waren geistig noch richtig fit. Der Graf dagegen war inzwischen fast völlig weggetreten, und ihn allein zu lassen wurde langsam zu einem echten Risiko.

Sie ging zu Fuß nach Hause, wie sie es seit zwanzig Jahren bei jedem Wetter tat, sommers wie winters. Von der Villa des Grafen bis zu ihrem Häuschen waren es drei Kilometer, und es hatte Nächte gegeben, in denen sie lieber bei ihm geblieben wäre. Aber er hatte ihr das nie vorgeschlagen, und sie hatte ihn nie darum gebeten, nicht einmal in den langen Jahren, in denen sie ein Liebespaar gewesen waren. Sie war oft mitten in der Nacht, nachdem sie sich geliebt hatten, aus dem Bett aufgestanden und bei Schneefall zu Fuß nach Hause gegangen. Ohne dass er je versucht hätte, sie zurückzuhalten, ohne dass er sich je erboten hätte, sie mit dem Auto zu bringen. Er war der Graf, sie war die Dienerin. Punktum.

Sie hatte ihn nicht eine Minute geliebt, diesen Bastard. Oder vielleicht doch. Sie wusste es schon gar nicht mehr, und es spielte sowieso keine Rolle mehr. Sie beschleunigte ihren Schritt, während sie an die Geschichte mit der Kamee dachte. Er war zwar weggetreten, hatte aber unerwartete lichte Momente.

Sie kam nach Hause, hängte in der Diele die Schürze an den Nagel, streifte die Schuhe ab und schlüpfte in die Pantoffeln. Dann zog sie das kleine, in Zeitungspapier gewickelte Päckchen aus ihrer Handtasche. Die Perlenohrringe waren wunderschön, von erlesener Eleganz, für wahre Herrschaften. Sie wusste nicht, ob sie der Gräfin Anna oder der Urgroßmutter Olimpia gehört hatten, sicher war nur, dass sie jetzt ihr gehörten, so wie die goldenen Manschettenknöpfe, in die zwei sich aufbäumende Greifvögel geprägt waren. Der Bastard hatte sich nur an die Kamee erinnert, und so hatte sie diese an ihren Platz zurücklegen müssen. Aber mit denen hier war alles glattgegangen. Sie würde sie noch eine Weile hierbehalten, für den unwahrscheinlichen Fall, dass er nach ihrem Verbleib fragte, dann würde sie sie, wie immer, an einen Antiquitätenhändler in Genua verkaufen, der gut bezahlte. Und das würde noch lange nicht reichen, um des Grafen Schuld abzutragen.

Kapitel 3

Marco Luciani

Vor dem Kaffeeautomaten herrschte dichtes Gedränge. Kommissare und Inspektoren der Mordkommission, ein paar Kollegen vom Raub, ein paar Gerichtsbeamte kommentierten den soundsovielten Fall von einem Kerl, der seiner Ex, den zwei Kindern und der Schwiegermutter das Licht ausgeblasen und sich am Ende erschossen hatte.

»Warum können Männer nicht akzeptieren, wenn man sie verlässt?«, fragte Roberta, eine hübsche Blonde aus dem Einwanderungsbüro. »Das ist absurd, womöglich war das so eine Ehe, in der es tagein, tagaus nur Zoff gab, in der beide fremdgingen und sich vor den Kindern die schlimmsten Sachen an den Kopf warfen. Aber als sie ihn schließlich verlassen hat, kam ihm das wie ein tödlicher Affront vor, der nur durch Blut wieder abgewaschen werden konnte.«

»Das ist schwer zu beurteilen, wenn man den spezifischen Fall nicht kennt«, sagte Inspektor Calabrò.

Die andere schnaubte: »Was willst du denn da beurteilen? Die sind doch einer wie der andere, diese Fälle. Ich habe noch nicht einen erlebt, bei dem die Frau ihren Mann umgebracht hat. Schön wär's, wenn's das wenigstens ein einziges Mal gäbe. Stattdessen sind die Frauen so bescheuert, dass sie sich lieber selbst umbringen, und das war's. Frauen akzeptieren eine Niederlage in der Liebe, Männer nicht. So sieht's aus.«

»Liebe«, erwiderte Calabrò, »was für ein hehres Wort. Das hat mit Liebe nichts zu tun. Das hat mit der Situation zu tun, in der sich einer wiederfindet. Unbezahlte Rechnungen. Die

Miete. Gas und Strom. Die Schule. Einer, der sechzehnhundert Euro im Monat verdient, oder auch zweitausend, wenn die Frau ihn verlässt, dann steht er plötzlich ohne Kinder und ohne Wohnung da, und die Hälfte seines Einkommens hat er Monat für Monat seiner Ex zu überweisen.«

»Es wimmelt nur so von solchen Familien, die Opfer der Alimente geworden sind«, nickte Oberwachtmeister Antonio Iannece.

Roberta schaute sich ungläubig um. »Das meint ihr doch nicht im Ernst, oder? Das heißt, eurer Meinung nach liegt die Schuld jetzt bei dieser armen Frau? Und dem Irren, der das Blutbad angerichtet hat, dem Ärmsten, kann man keinen Vorwurf machen?«

»Das habe ich nicht gesagt. Ich sage nur, dass die Frau sich womöglich einen Neuen sucht, der sie aushält, aber du kannst sicher sein, dass sie das Geld von ihrem Ex trotzdem will. Und der steht dann mit achthundert Euro im Monat da. Wie soll er sich damit über Wasser halten?«

»Mit der Parkbank als Floß«, sagte Iannece, »oder gleich unter der Brücke.«

»Oder er soll gleich von der Brücke springen.« Die barsche Stimme von Kommissar Luciani, der auf der Türschwelle erschienen war, unterbrach die Diskussion. Seine Miene war finster, vielleicht verstand deshalb niemand den Witz.

»Was ist los?«, fragte er angesichts des Auflaufs.

»Guten Tag, Commissario. Wäre ein Kaffee genehm?«, begrüßte Iannece ihn als Erster.

»Was ist los?«, wiederholte Marco Luciani, der zu Hause schon eine ganze Espressokanne hinuntergestürzt hatte, ohne jede Wirkung.

»Nichts, wir sprachen von einem, der gestern in Turin die ganze Familie ausgelöscht hat«, antwortete Calabrò.

»Hat er sich danach wenigstens selbst umgebracht?«

»Ja.«

»Dann hat er seine Schuld gegenüber der Gesellschaft beglichen. Wenn ihr nichts Besseres zu tun habt, könnt ihr euch den alten Fällen widmen.«

Kommissare und Inspektoren der Mordkommission warfen sich einen Blick zu und lösten die Versammlung auf. Wenn der Commissario mit einer derart miesen Laune aufkreuzte, suchte man sich besser eine Beschäftigung, möglichst außerhalb der Dienststelle, und möglichst weit weg.

Marco Luciani betrat sein Büro. Mit den Worten: »Ich möchte, dass mir mindestens eine Stunde lang keine Anrufe durchgestellt werden«, schloss er die Tür hinter sich, dann setzte er sich auf seinen Drehstuhl und atmete tief durch. In Wahrheit war er überhaupt nicht schlecht gelaunt, jedenfalls nicht *so* schlecht, aber er konnte keine Zeit mit Tratsch verlieren, und er wollte niemanden in seiner Nähe. Er hatte eine Nacht hinter sich, in der Alessandro ihm, wenn es hoch kam, drei Stunden zerstückelten Schlafes gestattet hatte, und er wusste selbst nicht, wie er es bis nach Genua geschafft hatte, ohne am Steuer einzuschlafen.

Er ließ die Jalousien runter, schaltete den Computer ein, für den Fall, dass jemand plötzlich hereinkommen sollte, legte die Arme auf den Schreibtisch, die Wange auf die Arme, wie er es unter Aufsicht der Schwestern im Kindergarten hatte machen müssen. Doch während er damals ums Verrecken nicht einschlief und sich eine Stunde regungslos langweilte, schloss er jetzt die Augen, und es dauerte keine Minute, ehe er in einen tiefen Schlaf gesunken war.

»Commissario. Commissario!«

Luciani fuhr aus dem Schlaf hoch, richtete sich auf und bereitete sich darauf vor, Iannece ins Zimmer zu rufen. Aber Iannece, sein Assistent, Fahrer und Faktotum, war bereits eingetreten und betrachtete ihn in einer Mischung aus Vorwurf und Mitleid.

»Commissario. Geht es Ihnen nicht gut?«

Luciani schlug die Augen auf, brauchte ein paar Sekunden, um zu verstehen, wo er sich befand, dann gähnte er und wischte sich einen Speichelfaden von der Wange. Meine Herren, habe ich gut geschlafen, dachte er. Aber wie lange schon?

»Entschuldige, Iannece. Ich habe gerade am Computer gearbeitet, und da muss ich kurz eingedöst sein. Ist es bei uns nicht üblich anzuklopfen?«

»Ich habe ja auch geklopft. Zuerst habe ich die klassischen drei Mal geklopft, und dann noch zehn Mal. Sie haben aber nicht geantwortet, und da bin ich eingetreten. Entschuldigen Sie, wenn ich Ihnen das sage, aber Sie können so nicht weitermachen.«

»Mir geht es hervorragend, Iannece. Ich habe nur heute Nacht fast nicht geschlafen.«

Lucianis Assistent wollte etwas über Väter, Mütter und Hausmänner sagen, doch dann zog er es vor zu schweigen. Die Tatsache, dass Kommissar Luciani ein Kind bekommen hatte, war der klassische Elefant im Wohnzimmer: Alle wussten, dass er da war, aber da der Hausherr ihn ignorierte, fühlten auch alle anderen sich verpflichtet, so zu tun, als gäbe es ihn nicht.

»Entschuldigen Sie, wenn ich Sie gestört habe, Commissario. Ihr Nachbar ist da, das heißt, der ehemalige Nachbar. Er wollte Sie sprechen, ich sagte ihm, er solle ein andermal wiederkommen, er meint aber, es sei dringend.«

»Hmm. Und was will er?« Luciani gähnte, streckte seine langen Arme und rieb sich die Augen. »Okay, lass ihn kommen.«

Iannece warf ihm einen merkwürdigen Blick zu.

»Was ist los?«

Noch ein merkwürdiger Blick und ein Finger, der auf seinen Kopf zeigte.

»Darf man erfahren, was los ist?«

»Ihre Haare sind hier ganz plattgedrückt, Commissario. Das

sollten Sie richten, sonst merkt man, dass Sie geschlafen haben.«

Marco Luciani errötete und trat vor ein Bild, um sich in dessen Glas zu spiegeln. Sein Haar, das ungewöhnlich lang gewachsen war, schien an der linken Schläfe von einer Granate frisiert worden zu sein. Er dankte Iannece mit einem Schulterklopfen und einem Blick, der so viel bedeutete wie: »Wehe, wenn du mich verpfeifst«, dann richtete er seine Frisur, so gut es ging, und stellte sich auf die Begegnung mit dem Neapolitaner ein.

Kapitel 4

Der Graf

Graf Guinigi saß auf der Terrasse und betrachtete die Sterne. Er hatte den ganzen Tag geschlafen, und jetzt fühlte er sich besser. Wacher, hellsichtiger und mit ausreichend Energie, um sich seiner Passion zu widmen. Es war eine frische, duftende Nacht, und der Himmel bot ein noch berauschenderes Schauspiel als gewöhnlich. Er richtete das Teleskop auf den Kometen Garrad, der ihm seit einigen Tagen Gesellschaft leistete, dann ging er Mars begrüßen, der sich im Sternbild des Stieres befand. Ungewöhnlich war dieser Anblick des Roten Planeten neben Aldebaran, der seinerseits in einem zarteren Rot schimmerte. Im Osten war Vega, der hellste Stern der Leier stand fast im Zenit, und der Schwan stieg majestätisch aus dem See der Milchstraße auf. Jenseits der Nördlichen Krone leuchtete Arktur, im Sternbild des Bärenhüters. Im Süden die Waage und der Skorpion, mit Antares. Einer der angenehmen Aspekte des Landlebens, in dieser abgelegenen Villa, war das Fehlen von Lichtverschmutzung. In der Stadt hätte er ein ähnliches Schauspiel niemals betrachten können, ein Schauspiel, das ihm seit Jahren das Kino, das Fernsehen und jede andere Form der Zerstreuung ersetzte. Auf dem Dach seiner Villa stand jeden Abend ein anderes Stück auf dem Programm, und nie wurde es langweilig. Dieser Juli verhieß, in der letzten Dekade, eine besondere Aktivität der Perseiden. In der Laurentinacht am 11. August würde es keine Sternschnuppen geben, eher schon am 29. Juli, wenn pro Stunde zwanzig der südlichen Delta-Aquariden vorüberziehen würden.

Es ist ein Privileg, in eine bedeutende Familie hineingeboren zu werden, dachte Graf Guinigi. In einem schönen Haus aufzuwachsen, die besten Schulen zu besuchen, sich an Schönheit und Komfort zu gewöhnen. Es ist, als setztest du dich auf einen Sessel, der nach und nach deine Form annimmt, dich umfängt und einhüllt. Doch es ist auch eine Verdammnis. Auch die Umarmung der zartesten aller Geliebten tendiert auf lange Sicht dazu, dich zu ersticken, wenn nicht zu zerquetschen. Und wenn du dich freimachen willst, dann wird jeder andere Sessel dir unbequem vorkommen, weil er deine Form nicht hat. Wer auf einem Holzschemel aufwächst, der kann sich über sein Unglück beklagen, klar, aber alles Gute, was ihm im Leben widerfahren wird, wird er bis ins Letzte auskosten. Ein Strohstuhl wird ihn glücklich machen, ein Sessel mit kariertem Stoffbezug wird ihm gar wie das Paradies erscheinen. Das Glück existiert nicht, aber wenn es etwas gibt, das ihm ähnelt, dann wird es eher derjenige erleben, der von unten kommt und aufsteigt, als derjenige, der sich von Anfang an auf dem Gipfel befindet.

Seine Lebensumstände, um die viele ihn beneideten, waren in Wahrheit die eines Mannes, der alles verlieren kann. Generationen großer Männer waren ihm vorausgegangen, einige hatten es sogar in die Geschichtsbücher geschafft, und da wir in der Überzeugung aufwachsen, die Geschichte verlaufe auf einer linearen Achse ab, welche auf Besserung und Fortschritt gerichtet ist, womöglich hin und wieder von einem Zwischenfall wie Krieg oder Hungersnot unterbrochen, nun, so erwarteten alle in seiner Familie, dass er seine Vorfahren gar noch übertreffen würde. Er sollte der Welt eine neue wissenschaftliche Entdeckung verkünden, einen Essay schreiben, der in die Schulbücher aufgenommen wurde, ein hohes Staatsamt bekleiden oder schlichtweg das Vermögen der Familie mehren. Doch die Geschichte ist kein unaufhörlicher Fortschritt, die Geschichte ist ein Meer, in dem die Wellen einander übersteigen können, neue Länder erobern, sich aber, zu Zeiten der Ebbe, auch wieder zurückziehen können. Er hatte versucht, gegen die Gezeiten zu schwimmen, vor allem um seine Mutter nicht zu enttäuschen. Er hatte viel und erfolgreich studiert, hatte sich verschiedenen Beschäftigungen und Arbeiten gewidmet. Er war immer und überall gescheitert, aus Nachlässigkeit oder Unerfahrenheit, und immer war er, tief im Innern, unglücklich gewesen. Erst viel später, als er mit sich allein geblieben war, ohne Eltern und ohne Kinder, hatte er sich im Spiegel betrachtet und verstanden, was er wirklich aus seinem Leben machen wollte. Und die Antwort war: nichts. Absolut nichts. So hatte er aufgehört zu schwimmen, hatte sich auf den Rücken gelegt, die Arme ausgebreitet und sich von der Strömung treiben lassen. Und je weiter er sich vom Ufer entfernte, von der Erde, die er ohnehin niemals hätte erobern können, um so größer wurde das Gefühl der Erleichterung, das ihn beseelte. »Und scheitern ist mir süß in diesem Meer«, hatte er gedacht, indem er die Verse Leopardis auf sich selbst bezog.

Jenseits der sechzig war jedes Jahr ein gutes Jahr gewesen. Die fleischlichen Begierden hatten sich gelegt, und damit die Notwendigkeit, immer schwierigeren Frauen oder immer kostspieligeren Prostituierten nachzujagen. Seine polnische Dienerin reichte, um die Intermezzi körperlichen Verlangens zu befriedigen, und ihm blieb alle Zeit der Welt, um sich der Lektüre, den Studien, der Betrachtung der Sterne von der Terrasse seiner Villa aus zu widmen. Er sah fast nie irgendwen, den Kontakt zu entfernten Verwandten hatte er absichtlich einschlafen lassen, und für die wenigen Freunde früherer Zeiten galt dasselbe. Ohne Arbeit, ohne Frau, ohne Kinder, aber mit ausreichend Geld, um die hundert zu erreichen, war er sich selbst genug, er fühlte sich wohl in seiner Haut, er war einer der wenigen vollkommen freien Menschen, deren Bekanntschaft er jemals hatte machen können. Und er konnte sich nichts vorstellen, was dem Begriff von Glück näher gekommen wäre.

An seinem 75. Geburtstag hatte er beschlossen, die letzte Neugierde, die letzte geistige Herausforderung zu befriedigen, nachdem er diese bewusst aufgeschoben hatte wie das Sahnehäubchen, das man erst am Ende des Desserts löffelt. Es hatte fünf lange Jahre gedauert, ehe er eine Antwort bekommen hatte, aber am Ende hatte sich ihm sein Schatz, wie er ihn für sich nannte, in all seiner Herrlichkeit dargeboten. Das Einzige, was ihm noch zu tun blieb, war, die Entdeckung der Welt zu verkünden, Ruhm und Ehre einzuheimsen und zu guter Letzt zum Ruhm seiner illustren Vorfahren emporzusteigen, ausgerechnet er, der entschieden hatte, den Hauptzweig der Familie verdorren zu lassen.

Er betrachtete Merkur, den Schutzgott der Diebe und Betrüger, der zu Monatsbeginn besonders hell strahlte, und er konnte nicht umhin, an Agnieszka zu denken, und an den Schatz, den er besser in Sicherheit bringen sollte. Die Menschen werden von Habgier, Neid und Zorn beherrscht, während die Sterne keine Heuchelei kennen, die Sterne tun nicht so, als wären sie etwas, was sie nicht sind. Es gibt nichts Älteres, Verlässlicheres, Tröstlicheres als die Sterne. Indem er sich aufgemacht hatte, die Sterne zu entdecken, hatte er sich selbst entdeckt. Denn er war wie sie, eine kalte Flamme, die in der Ferne brennt.

Kapitel 5

Marco Luciani

Der Neapolitaner trat ein, wobei er sich umsichtig bewegte und bei jedem Schritt eine kleine Verbeugung machte. Er hatte jahrelang im Stockwerk unter dem Kommissar gewohnt, ehe ihr Mietshaus in der Altstadt Genuas en bloc verkauft und saniert worden war. Man hatte die Bewohner auf die Straße gesetzt, und Luciani sah sich gezwungen, wieder bei seiner Mutter in Camogli einzuziehen.

»Setz dich, Pasquale. Wie geht's?«

»Alles klar, Commissario. Ich bitte um Entschuldigung, dass ich einfach so hereinplatze, aber ich war gerade in der Nähe … Störe ich?«

»Eigentlich haben wir ziemlich viel zu tun …«, seufzte Marco Luciani und dachte an das unterbrochene Schläfchen, »aber für einen Freund ist immer Zeit.«

»Danke, Commissario. Im Grunde wollte ich dir nur deine Post vorbeibringen. Ich bin mal wegen meiner am Haus vorbei, und da habe ich gesehen, dass auch ein bisschen was für dich da war …«

»Ahh, tausend Dank, ich müsste auch ab und zu dort vorbeigehen, aber ich finde nie die Zeit.«

»Nein, es ist nur so, dass die immer noch renovieren, da geht es zu wie im Taubenschlag, und es besteht die Gefahr, dass sie verschüttgeht. Da wollte ich sie dir lieber vorbeibringen.«

»Recht hast du«, sagte Marco Luciani, der bewusst sein einstiges Zuhause in der Altstadt mied, denn zum einen deprimierte es ihn, zum anderen kamen sowieso nur Nervereien mit der Post.

»Hier bitte, alles da, ich habe nur die Werbung weggeworfen.«

»Aufrichtigen Dank. Das wäre nicht nötig gewesen«, sagte der Kommissar und sah aus dem Augenwinkel alte Rechnungen, Schreiben der Bank und Einladungen zu Veranstaltungen, denen er um keinen Preis folgen würde.

»Nicht der Rede wert. Ich hab ja nichts zu tun. Ich habe einen Spaziergang gemacht, so ist auch meine Frau zufrieden. Jetzt haben auf einmal alle diese Manie, dass Gehen gesund sein soll, als ob uns wer weiß was zustoßen würde, wenn wir nicht jeden Tag zwei Stunden spazieren gehen. Meiner Meinung nach ist der Mensch überhaupt nicht zum Gehen geschaffen, der Mensch stammt vom Affen ab, und seine natürliche Stellung ist auf der Seite liegend, oder auf einem Ast sitzend.«

Marco Luciani lächelte. Diese Geschichte, dass der Mensch vom Affen abstammte, hatte ihm nie so ganz eingeleuchtet. Wenn dem so war – worauf warteten dann all die andern Affen, um auch Menschen zu werden? Sie schwiegen eine Weile, aber es war offensichtlich, dass der Neapolitaner nicht nur wegen Lucianis Post gekommen war. Er hatte etwas auf dem Herzen und traute sich nicht, es zu sagen.

»Kann ich dir einen Kaffee anbieten?«, sprang Luciani ihm bei.

»Danke. Warum nicht? Da ich schon mal da bin – es gibt da etwas, worüber ich mit dir kurz reden müsste.«

Sie verließen das Büro und steuerten den Kaffeeautomaten an, aber auf halbem Weg wurde dem Kommissar klar, dass er dieses Gesöff einem Gast, noch dazu einem Neapolitaner, nicht anbieten konnte. »Besser, wir trinken ihn draußen«, sagte er und bog Richtung Treppe ab.

Kaum hatten sie das Kommissariat verlassen, bogen sie nach links ab und kamen an der *Scalinata delle Caravelle* vorbei, wo zum Gedenken an Christoph Kolumbus drei Karavellen mit Blumen in terrassierten englischen Rasen gepflanzt waren. Sie passierten den Eingang zum Humanistischen Gymnasium und betraten die erstbeste Bar. Erst nach dem Kaffee entschloss sich der Neapolitaner, mit der Sprache herauszurücken.

»Es geht um meinen Neffen. Roberto.«

Marco Luciani konnte nicht vermeiden, dass seine Augen sich gen Himmel drehten. »Und, was hat er diesmal ausgefressen?«

»Nichts allzu Gravierendes. Er hat in einem Einkaufszentrum etwas mitgehen lassen.«

»Uff. Ich hatte mit Schlimmerem gerechnet.«

»Das Problem ist, dass diesmal ein Verkäufer versucht hat, ihn festzuhalten, er hat sich losgerissen und hat ihn dabei erwischt. Der hat ihn angezeigt, und jetzt lautet die Anklage nicht mehr Diebstahl, sondern Raub.«

»Dein Neffe ist wirklich ein Idiot.«

»Ja. Und außerdem wollen sie strafverschärfend ein rassistisches Tatmotiv anführen, denn der Verkäufer war ein Farbiger, ein Afrikaner. Und mein Neffe muss etwas zu ihm gesagt haben.«

»Der schafft es einfach nicht, die Füße stillzuhalten, oder?«

»Er hat ein heißblütiges Temperament, was willst du machen? Wenn er etwas klaut, dann macht er das wegen des Kitzels, nicht weil er es nötig hätte. Mein Bruder war genauso. Es verging kein Tag, an dem er nicht mit ein paar blauen Flecken heimkam. Und bei Roberto kommt erschwerend hinzu, dass er seinen Vater praktisch nie kennengelernt hat.«

»Die Platte kenne ich. Es gibt aber jede Menge junge Leute, denen Vater oder Mutter fehlt, und die sich ordentlich benehmen.«

»Er ist erst siebzehn … Wer hat mit siebzehn nicht mal Scheiße gebaut?«

Marco Luciani gab sich Mühe, nicht an sich selbst in jenem Alter zu denken, und trotzdem tauchte eine flüchtige Vision vor ihm auf. Lieber sterben als noch einmal siebzehn sein.

»Okay, dein Neffe treibt es aber wirklich zu bunt … Du musst ihm sagen, wenn er sich nicht am Riemen reißt, dann nimmt es ein böses Ende mit ihm.«

»Das hat ihm doch schon der Jugendrichter gesagt. Mehr als einmal. Alles für die Katz. Und diesen Verkäufer, den hat er diesmal übel zugerichtet. Sechzig Tage ist er krankgeschrieben.«

»Meine Fresse.«

»Tja. Wir können froh sein, dass er ihn nicht umgebracht hat. Aber Commissario, was ich dir sagen wollte, ist, dass nächste Woche die Anhörung vor dem Richter ist, und ich glaube, dass sie ihn diesmal nicht wieder auf freien Fuß setzen. Meine Frau und ich sind die einzigen Menschen, die er hat, ich habe seine Mutter angerufen, die oben in Venetien lebt, aber sie hat mir gesagt, dass sie nichts mehr von ihm wissen will, und wenn sie ihn wegsperren, dann tun sie gut daran.«

»Das ist auch meine Meinung«, sagte Marco Luciani. »Du hast ihm schon viel zu oft aus der Patsche geholfen. Zuerst diese Drogengeschichte mit seinen Kumpels aus der Fankurve, dann die andere Schlägerei, dann der Autodiebstahl … dann … Ich kann mich schon gar nicht mehr erinnern. Inzwischen denke ich allerdings, dass ihm die nachsichtigen Richter eher geschadet als genutzt haben.«

Der Neapolitaner senkte den Kopf und schwieg eine Weile.

»Du bist nie im Gefängnis gewesen«, sagte er am Ende, »höchstens als Besucher oder um jemanden zu verhören. Aber drinnen zu sitzen … Einen normalen Menschen mag das wieder geradebiegen, aber bei einem, der das Hirn meines Neffen hat … kann das die Sache nur schlimmer machen.«

Marco Luciani seufzte. »Ich weiß wirklich nicht, wie ich dir helfen könnte.«

»Es ist gar nicht nötig, dass du etwas tust. Ich habe schon für alles gesorgt. Ich bitte dich nur, dass du den Richter einmal anrufst.«

»Was? Kommt nicht in Frage. Tut mir leid, das kommt gar nicht in Frage.«

Er holte sein Portemonnaie heraus und zahlte den Kaffee, in der Hoffnung, rasch aus der Bar zu kommen und die Diskussion zu beenden. Aber der Neapolitaner hatte noch nicht alle Karten ausgespielt.

»Ich bitte dich, Commissario«, sagte er auf dem Weg zur Dienststelle. »Ich habe eine Arbeit für ihn gefunden, für meinen Neffen, bei einem Freund von mir. Wenn sie ihn auf freien Fuß setzen, fängt er sofort an. Noch am selben Tag.«

»Eine Arbeit?«

»Ja. Dieser Junge platzt vor Energie, wenn er die nicht abreagiert, dann zieht er abends los, er trinkt vielleicht ein bisschen, und aus der Energie wird Wut. Oder er geht ins Stadion und sorgt für Unheil. Aber wenn er morgens um sechs aufstehen muss, um zur Arbeit zu gehen, wirst du sehen, dass er abends weniger wild darauf ist, den Idioten zu spielen.«

»Ich weiß nicht, Pasquale. Er hat auch schon gemeinnützige Arbeit geleistet, wenn ich nicht irre.«

»Ja, drei Mal. Aber das ist nur ein Fake. Er hatte nicht wirklich was zu tun. Er hockte nur den ganzen Tag in einem Zimmer rum und drehte Däumchen. Der war danach noch durchgeknallter als vorher. Das hier ist dagegen echte Knochenarbeit. Er muss Sachen auf- und abladen. Kennst du Antonino, den Antiquitätenhändler?«

»Nein, welcher ist es?«

»Na, der hinter der Basilica delle Vigne, ich kann mich nicht erinnern, wie die Piazza heißt … Er läuft immer mit einer Schiebermütze rum.«

»Ah ja, ich weiß, wen du meinst. Aber wenn das ein Antiquitätenhändler ist, dann bin ich Kommissar Maigret. Sagen wir, er ist Altwarenhändler. Ein Trödler.«

»Meinetwegen, nenn ihn, wie du willst. Jedenfalls hat er jede Menge Arbeit, er räumt Keller und Dachböden aus, sonntags fährt er auf Messen. Er hat mir gesagt, dass er bereit wäre, ihn mitzunehmen. Er ist inzwischen nicht mehr der Jüngste, und die Bücher sind schwer, von den Möbeln ganz zu schweigen. Wenn du den Richter überzeugen könntest, dass er ihm noch einmal diese letzte Chance gibt …«

Marco Luciani schüttelte den Kopf.

»Sag mir, was ich tun muss, Commissario. Ich werf mich auf die Knie. Ich flehe zu dir wie zu San Gennaro«, sagte er und kniete sich tatsächlich hin, mitten auf dem Bürgersteig, ohne sich um die Passanten zu kümmern.

»Lass das!«

»Commissario, ich habe es meinem armen Bruder am Totenbett geschworen, dass ich mich um diesen Jungen kümmern würde. Wie kann ich da noch den Mut aufbringen, ihm Blumen ans Grab zu bringen? Wie soll ich ihm denn beibringen, dass sein Sohn im Gefängnis sitzt? Und was soll ich meiner Frau sagen, die sich wegen dieses Jungen ihre Gesundheit ruiniert hat?«

Eine Szene hat uns jetzt gerade noch gefehlt, dachte Marco Luciani peinlich berührt und hoffte, dass sie nicht von den Fenstern des Gymnasiums oder der Dienststelle aus beobachtet wurden. Er zog eine Grimasse und sagte: »Okay, meinetwegen, komm wieder hoch: Ich werde es versuchen. Ich weiß aber nicht, ob der Richter auf mich hören wird.«

Sein Gegenüber versuchte ihm die Hand zu küssen, doch der Kommissar entwand sie ihm: »Jetzt hör schon auf! Komm, was soll das werden? Sag deinem Neffen aber, dass ich mit ihm reden will. Ich will mich nicht ins Zeug legen, um ihm noch eine Chance zu verschaffen, und dann hat er nichts Besseres zu tun, als die auch wieder zu versieben.«

Der Neffe des Neapolitaners kam noch am selben Tag auf die Dienststelle. Und auch dieses Mal hinterließ er keinen guten Eindruck beim Kommissar. Rasierter Schädel, tätowierter Oberarm, Piercing in Ohren und Lippe. Ein italienischer Abklatsch der armen Schweine, die Rap oder HipHop machten, so wie es früher Little Tony mit dem Rock'n'Roll versuchte. Der Junge hielt den Kopf gesenkt und leierte irgendeine Reueformel herunter, aber mit so wenig Überzeugung, dass der Kommissar ihm klar und deutlich sagte: »Entweder tust du vor dem Richter wenigstens so, als glaubtest du an das, was du sagst, oder der Jugendknast ist dir so sicher wie das Amen in der Kirche.« – »Ich will nicht ins Gefängnis«, erwiderte der Junge, hob die Augen und wirkte zum ersten Mal ebenso aufrichtig wie hilflos.

»Hast du denn wenigstens einen Anwalt?«

»Einen Pflichtverteidiger. Aber dem ist das alles schnurz.«

»Und der, der dich beim letzten Mal verteidigt hat?«

»Ich habe ihn angerufen, er konnte aber nicht kommen.«

So wie er es gesagt hatte, war dem Kommissar klar, dass der Junge ihn das letzte Mal nicht bezahlt hatte. Er drehte die Augen erneut gen Himmel und begann, ihm Unterweisungen zu erteilen, in der Hoffnung, dass es nicht schon zu spät war. Sich ordentlich anziehen. Weg mit Ohrringen und Piercings. Weg mit dieser aufreizenden Miene. Hatte er das Opfer wenigstens um Verzeihung gebeten? »Was heißt hier Opfer? Dieser Scheißnig…« Da sah Marco Luciani rot. Noch ehe der Bursche seinen Satz beenden konnte, versetzte er ihm eine schallende Ohrfeige, die Roberto verblüfft einsteckte. »Morgen wirst du dem Anwalt des Opfers einen Entschuldigungsbrief bringen, den du selbst geschrieben hast, und du wirst anbieten, Schadenersatz zu zahlen, den du von deinen ersten Lohnzahlungen abstottern wirst. Wir müssen auf den Umstand setzen, dass er, wenn du in den Knast wanderst, überhaupt nichts bekommen wird, wenn du dagegen draußen bleibst und arbeitest, bekommt er eine Wiedergutmachung. Wahrscheinlich wird er die brauchen können. Er und seine Familie.«

Nachdem er die Ohrfeige kassiert hatte, betrachtete der Junge Marco Luciani mit anderen Augen. Falls er provozierte, weil er seine Grenzen ausloten wollte, so hatte er sie diesmal aufgezeigt bekommen.

Luciani nutzte diesen Augenblick der Autorität, den er sich verschafft hatte, und entließ den Jungen mit Worten, die noch härter als die Ohrfeige waren: »Hör mir gut zu, Roberto, denn ich sage es dir jetzt zum ersten und letzten Mal. Mir ist scheißegal, dass du keinen Vater mehr hast und deine Mutter dich hat sitzenlassen. Ich nehme mal an, dass du ihr das Leben nicht gerade leicht gemacht hast. Aber kein Leben ist leicht, und wenn du denkst, dass die Welt dir etwas schuldig ist, dass die anderen dir etwas schulden, weil du ein armes, arbeitsloses Waisenkind bist, dann bist du auf dem Holzweg. Die Welt kümmert sich einen Scheiß um dich, um mich, um jedermann. Jeder spielt mit dem Blatt, das er hat, und ein guter Spieler kommt sogar mit schlechten Karten klar, vielleicht mit dem einen oder anderen Bluff. Wenn er allerdings bescheißt, sich nicht an die Regeln hält, dann wird er früher oder später an einen geraten, der ihn bluten lässt.«

Er schwieg einen Moment, dann kramte er in einer Schublade, holte die Visitenkarte einer befreundeten Anwältin hervor und wählte die Nummer. »Hallo, Francesca? Hier ist Marco, ciao. Der Kommissar. Alles klar? Ach, entschuldige, ich mache es kurz, du müsstest mir einen Gefallen tun. Ich würde gerne einen Jungen zu dir schicken, der sich in die Scheiße geritten hat, nächste Woche hat er eine Anhörung vor dem Richter. Er heißt Roberto. Kannst du ihm helfen?«

Er lächelte, bedankte sich bei ihr, dann bohrte er seine Augen in die des Jungen.

»Das ist eine Freundin von mir. Du wirst ihr mit Respekt begegnen und alles tun, was sie sagt. Und du wirst arbeiten müssen, bis du auch sie bezahlt hast.«

Kapitel 6

Der Graf

»Ich hatte Ihnen gesagt, dass Sie sich nicht draußen aufhalten sollen, dass Sie noch nicht wiederhergestellt waren. Tausend Mal habe ich Ihnen das gesagt. Und nachts wird es kalt.«

Der Arzt schüttelte den Kopf. »Nicht unbedingt kalt, inzwischen herrscht selbst nachts eine Schwüle … Aber auf jeden Fall müssen Sie besser auf sich aufpassen, Herr Graf.«

»In seinem Alter. Er hätte sterben können. Zum Glück komme ich morgens zeitig. Wenn er noch eine Stunde länger da oben auf dem Dach geblieben wäre … Stimmt's, Herr Doktor?«

»Ja, das wäre ihm sicher nicht gut bekommen. Jedenfalls geht es ihm jetzt besser, würde ich sagen. Vielleicht wäre es gut, wenn Sie ihm noch ein wenig Tee machen würden.«

Agnieszka ging widerwillig aus dem Schlafzimmer und ließ den Doktor mit dem Grafen alleine, der sie mit leicht abwesendem Blick betrachtete.

»Wie fühlen Sie sich?«, fragte der Arzt zum zehnten Mal.

»Ahh«, seufzte sein Gegenüber, der, mit einer Decke auf den Beinen, im Bett saß.

Als die polnische Haushaltshilfe an jenem Morgen um acht zur Villa gekommen war, hatte sie den Grafen weder im Bett noch im Bad oder in der Küche gefunden. Nachdem sie erfolglos nach ihm gerufen hatte, hatte sie einen Luftzug gespürt, der von der Treppe zur Terrasse kam. Und dort hatte sie ihn dann gefunden, auf dem Boden ausgestreckt. Einen Moment lang hatte sie ihn sogar für tot gehalten. Sie wusste selbst nicht, wie sie es geschafft hatte, ihn ins Bett zu schleifen, auch wenn er in Wahrheit magerer war als in ihrer Erinnerung, denn er war immer von schlanker Statur gewesen, war durch das Alter aber noch weiter abgemagert und geschrumpft.

Was der Arzt herausfinden wollte, war, ob der Graf nur ohnmächtig geworden war oder ob er einen Schlaganfall oder etwas Ähnliches gehabt hatte. Die Tatsache, dass ihm das Sprechen schwerfiel und er einen so leeren Blick hatte, ließen eher auf Letzteres schließen. Doch die Pupille war reaktiv, sie folgte den Lichtveränderungen.

»Wir müssen ihn ins Krankenhaus bringen lassen«, sagte die Polin, die mit zwei Tassen Tee zurückkam und eine dem Doktor anbot, der sie gern annahm.

»Nicht ins Krankenhaus. Nein«, sagte der Graf. Selbst in diesem Augenblick der Angst und Verwirrung war ihm doch eines klar: Er würde nicht ins Krankenhaus gehen, um sich dort umbringen zu lassen.

»Ich würde erst einmal abwarten«, sagte der Arzt, »wenn sich sein Zustand bessert, sollten wir ihn lieber nicht transportieren. Das wäre nur ein weiterer Schock. Besser, wir lassen ihn noch ein wenig in Ruhe.«

»Und wenn er einschläft?«

»Dann lassen Sie ihn schlafen. Er hat es sicher nötig.«

Der Graf ließ sich von der Polin noch eine halbe Tasse Tee einflößen, dann wandte er angewidert das Gesicht ab.

»Wenn er nicht mehr will, insistieren Sie nicht«, meinte der Arzt. Dann hob er die Stimme und sagte dem Patienten: »Ich muss jetzt gehen, machen Sie sich keine Sorgen, Sie werden sehen, dass es Ihnen bald bessergeht. Bleiben Sie im Bett, und heute Abend schaue ich noch einmal nach Ihnen.«

»Und er muss wirklich nicht ins Krankenhaus?«

»So wie ich ihn kenne, würde ihn das noch mehr aufregen.

Für alle Fälle werde ich für morgen früh eine Computertomographie machen lassen, nur um sicherzugehen, dass er keine bleibenden Schäden davongetragen hat«, fügte er leise, an die Frau gewandt, hinzu. »Allerdings müssen wir ihn dazu nach Genua transportieren. Ich werde einen Krankenwagen bestellen. Wir werden ihm erklären, dass es sich nicht um eine Einlieferung handelt, nur um eine Untersuchung. Und dass er danach gleich wieder nach Hause kann.«

Die Polin nickte und brachte ihn zur Tür.

»Nimmt er seine Medikamente ein?«, fragte der Arzt.

»Wenn ich da bin, schon. Am Abend vergisst er sie manchmal. Aber er sagt, sie sind zu stark, er schläft den ganzen Tag davon.«

»Wir könnten vielleicht die Dosis reduzieren. Wie viele Tropfen nimmt er? Fünfzehn?«

»Ja.«

»Versuchen Sie es mit zehn, und dann sehen wir, wie es ihm geht.«

Agnieszka nickte, wenig überzeugt. Zehn Tropfen, fünfzehn Tropfen, die Ärzte haben nicht den leisesten Schimmer. Sie probieren auf gut Glück herum, und wir sind ihre Versuchskaninchen.

Der Graf sah sie weggehen. Den Mann hatte er schon gesehen, er war Arzt, sie mussten ihn wohl gerufen haben, weil er sich schlecht gefühlt hatte. Er erinnerte sich aber nicht, was mit ihm geschehen war. Sie sagten, er sei in der Nacht auf dem Dach gewesen, aber warum? Was hatte er da oben gewollt? Ach ja, die Sterne. Er hatte die Sterne betrachtet. Es schien ihm nicht, dass er heruntergefallen war, sonst hätte er sich wohl ein Bein gebrochen, aber die Beine taten ihm nicht weh, während sein Kopf schmerzte und er nur mit Mühe die Augen offen halten konnte. Auch sie hatte er schon gesehen, vielleicht war sie die Frau des Arztes oder vielleicht auch nicht, eher eine Krankenschwester. Aber meine Mama, wo ist die denn?, dachte er. Wieso ist sie nicht da? Und was mache ich jetzt hier so alleine?

Er fühlte sich schutzlos und verängstigt, und er war froh, dass er die Krankenschwester zurückkommen sah.

»Der Arzt ist gegangen, er musste seine Praxis aufmachen. Aber heute Abend kommt er wieder, seien Sie beruhigt. Warum versuchen Sie denn nicht, ein bisschen zu schlafen? Sie sehen ziemlich mitgenommen aus.«

Bei dem Gedanken lächelte er. Schlafen, ja. Wie lange schon hatte er nicht mehr richtig geschlafen.

»Wann kommt meine Mutter?«, fragte er.

»Ihre Mutter?«

»Habt ihr sie verständigt?«

Agnieszka war sprachlos.

»He? Hat jemand sie verständigt? Sie macht sich doch Sorgen.«

Die Worte kamen schleppend aus seinem Mund, und das lag nicht an der Müdigkeit.

»Sicher, sicher, wir haben sie angerufen«, sagte sie schnell und unterdrückte ihre Tränen. »Schlafen Sie jetzt, Sie müssen sich ausruhen.«

Sie ging die Fensterläden schließen, das Zimmer versank im Halbdunkel.

»Sie brauchen mich nur zu rufen, wenn Sie etwas brauchen. Ich bin hier draußen.«

Aber der Graf schlief bereits, von seiner Mama und den Sternen träumend.

Die Computertomographie hatte ein winziges Blutgerinnsel im Gedächtniszentrum des Gehirns offenbart, was aber nicht allzu beunruhigend war. Es hatte eine kleine Blutung gegeben, die jedoch von alleine versiegt war, und auch das Trauma würde von selbst heilen. Sicher, nicht so schnell wie bei einem jungen Menschen, doch auch im Falle des Grafen würden die Neuronen die beschädigten Verbindungen überbrücken, würden sogar neue bilden, und der Informationsfluss würde wieder mehr oder weniger normal vonstattengehen. Niemand konnte jedoch ausschließen, dass etwas gelöscht worden war und dass ganze Lebensabschnitte des Grafen oder auch nur kleine, disparate Ereignisse für immer verlorengegangen waren. Drei Tage nach dem Zwischenfall hatte Agnieszka die Sprache auf die Mutter gebracht, hatte gefragt, wo sie sei, und der Graf hatte sie verblüfft angesehen und gesagt: »Auf dem Friedhof. Wo denn sonst? Sie ist vor zwanzig Jahren gestorben, vor über zwanzig Jahren, 1985.«

»Ja, ich weiß. Ich wollte nur wissen, auf welchem Friedhof«, hatte sie geantwortet, und der Graf hatte mit unvermuteter Klarsichtigkeit gesagt: »Ich verstehe, ihr wollt wissen, wo ihr mich beerdigen sollt. Wir haben unser Familiengrab hier im Dorf, es ist schon alles geregelt. Du musst nur noch den Bestattungsunternehmer verständigen.« Er sprach jetzt ziemlich sauber, nur das S zischte noch ein wenig, als hätte er ein bisschen zu tief ins Glas geschaut. Der Arzt meinte, das sei normal und werde sich geben.

Nach einer Woche war der Graf aus dem Bett aufgestanden und hatte mehr oder weniger sein gewohntes Leben wiederaufgenommen. Auch wenn er nicht mehr aufs Dach gestiegen war und seine Nickerchen häufiger wurden. Alles schien im Großen und Ganzen wieder seinen gewohnten Gang zu gehen, als der Graf plötzlich, nach zehn Tagen, herausgeplatzt war mit: »Sag mal, wie lange willst du eigentlich noch hierbleiben? Was hat der Arzt gesagt?«

»Wie meinen Sie das? Ich komme jeden Morgen zu Ihnen.«

»Ja, aber inzwischen geht es mir besser, das ist nicht mehr nötig. Du wirst noch andere Patienten haben, um die du dich kümmern musst. Musst du nicht wieder zur Arbeit ins Krankenhaus?«

»Aber was reden Sie denn, Herr Graf? Ich komme seit vielen Jahren zu Ihnen. Ich bin keine Krankenschwester. Ich bin Agnieszka. Agnese.«

Der Name sagte ihm irgendetwas. Er schaute sie ungläubig an: »Nein, Agnese ist weggegangen. Schon vor einer ganzen Weile.«

»Ach ja? Und wer soll ich dann sein, bitte schön? Ich komme seit zwanzig Jahren jeden Morgen hierher, ich wasche, bügle, koche Ihnen das Essen!«, sagte sie verärgert.

Dem Grafen ging plötzlich ein Licht auf, und er merkte, dass er einen ordentlichen Bock geschossen hatte. Natürlich war das Agnese. Er hatte sie jünger in Erinnerung, und deutlich attraktiver, aber jetzt, da sie es ihm gesagt hatte, ja, da war es klar, dass sie es war. Er errötete und rang sich ein Lächeln ab. »Agnese. Entschuldige. Ich bin ein wenig verwirrt. Bei bestimmten Dingen … sind meine Erinnerungen nicht mehr so klar.«

»Es ist vielleicht besser, wenn Sie ins Bett gehen«, sagte die Polin verstimmt, denn krank sein war ja gut und schön, aber unter all den Dingen ausgerechnet sie aus dem Gedächtnis zu streichen, sie, die sie ihn immer gehegt und gepflegt hatte … Das bedeutete, dass sie in seinem löchrigen Hirn einen sehr geringen, ja, einen verschwindend kleinen Platz einnahm. Das Hirn kann vielleicht nicht entscheiden, was es löscht, wenn ein Anfall kommt, aber Agnieszka hätte darauf gewettet, dass dieses Arschloch das absichtlich gemacht hatte, dass es den Hirnschlag genau auf den Ort gelenkt hatte, wo ihr Gesicht und die Informationen über sie gespeichert waren, unter dem Stichwort »Polnische Dienerin, die mir immer scheißegal war«.

Ich hätte ihn besser in seinem Bett verrecken lassen, dachte sie, während sie ihn ins Schlafzimmer brachte, dann wäre mir dieser Schmerz erspart geblieben. Er schaute sie jetzt aus feuchten Augen an, er war verlegen und wusste nicht, wie er sich entschuldigen sollte. Aber sie wusste schon, dass er beim Erwachen wieder ganz der Alte sein würde. Egoistisch, kalt, gefühllos wie ein Stein, nur an sich selbst und seinen Sternen interessiert.

Kapitel 7
Marco Luciani

Marco Luciani nahm einen Apfel, schnitt ihn in Scheiben und rieb ihn, dann versuchte er mit einem Löffel, Alessandro zu füttern, der sofort den Kopf wegdrehte.

»Lass, ich mache das«, sagte Donna Patrizia, aber der Kommissar widersetzte sich: »Mama, geh ins Bett, du kannst dich nicht mehr auf den Beinen halten. Ich werde doch in der Lage sein, ein sechs Monate altes Baby zu füttern.«

»Ist ja gut, ist ja gut, lieber Himmel. Du musst aber auch etwas essen. Du wirst immer dünner.«

»Einverstanden. Mach dir keine Sorgen. Jetzt geh. Und heute Nacht schläfst du. Wenn er wach wird, stehe ich auf.« Donna Patrizia widersprach nicht, verschwand still in Richtung Schlafzimmer und ließ die beiden alleine in der Küche zurück. Der geriebene Apfel sah schrecklich aus, und Marco Luciani hatte weder diesen Geschmack noch die Konsistenz je ausstehen können. »Auf geht's. Haammm! Köstlich«, fing er mit gespielter Begeisterung an, während Ale ihn mit der klassischen Miene betrachtete, die so viel bedeutete wie: »Ich bin doch nicht bescheuert. Iss du ihn doch, wenn er so toll schmeckt.« Nach vier oder fünf vergeblichen Versuchen griff der Kommissar auf den alten Trick mit dem Flugobjekt zurück, doch Alessandro war kein Kind der fünfziger Jahre. Die Eroberung des Luftraums faszinierte ihn nicht sonderlich, sie war für ihn eine Selbstverständlichkeit. Nachdem Marco Luciani mehrere Piper an dem verrammelten Hangar hatte zerschellen lassen, schluckte er notgedrungen einen Löffel Apfelmus und begleitete dies mit übertriebenen Begeisterungsausbrüchen. Endlich lachte Alessandro, und in dem Moment, als er den Mund aufriss, steckte Luciani ihm hinterrücks den Löffel hinein. Das Baby spuckte fast alles wieder aus. Doch das neue Abenteuer hatte begonnen, und am Ende schaffte Marco Luciani es mit Hilfe eines improvisierten Spektakels wie im Lichtspieltheater, gut die Hälfte des Breis, der längst einen unappetitlichen Braunton angenommen hatte, in Alessandro hineinzustopfen. Eine halbe Stunde später rächte Alessandro sich, indem er in der Windel eine pistaziengrüne Chemobombe hochgehen ließ, die nach Tod und Verwesung roch und den Kommissar ungläubig und orientierungslos zurückließ.

Das Baby war etwa drei Monate vorher wie Moses in seinem Weidenkörbchen vor dem Garten von Villa Patrizia abgelegt worden. Ausgestattet war es schlichtweg mit einem anonymen Billett, das seinen Namen, Alessandro, trug und den Kommissar aufforderte, sich um ihn zu kümmern, genauer gesagt erklärte es, dass es dessen Pflicht sei, sich um ihn zu kümmern.

Nachdem Luciani den Kleinen ins Haus gebracht und mit der Milch aus dem im Korb befindlichen Pulver abgefüllt hatte, wollte er gleich zum Telefon greifen und jemanden verständigen, der das Baby abholen würde. Er wollte kein Kind am Hals haben, er wollte keinen Sohn, von dem er nicht mal wusste, ob er ihn gezeugt hatte, er war auf Derartiges nicht vorbereitet. Doch auch Donna Patrizia war nicht auf den Tod ihres Mannes vorbereitet gewesen, der kurz vorher verschieden war, und sie hatte die Ankunft des Babys als eine Art göttlichen Ausgleich angesehen. Der Herr hatte ihre Gebete erhört und ihr einen neuen Menschen geschenkt, um den sie sich zu kümmern habe. Deshalb hatte sie nichts auf die Einwände des Sohnes gegeben. »Wenn es ein entführtes oder vermisstes Kind wäre, dann würde nach ihm gefahndet werden, meinst du nicht? Und ihr bei der Polizei wärt die Ersten, die davon erführen.«

»Aber die Aussetzung eines Minderjährigen ist eine Straftat, Mama, das muss ich zur Anzeige bringen.«

»Die Mutter deines Kindes anzeigen? Was bist du für ein Mensch?«

»Das sagst du, dass es mein Sohn ist.«

»Natürlich sage ich das. Ich sage das, und mein Herz sagt es.«

»Mein Herz sagt mir gar nichts.«

»Du bist ein Mann. Was weißt du schon von diesen Dingen? Jedenfalls sagt es auch die Logik. Wer wäre schon so bescheuert, dir ein Kind anzuvertrauen, wenn du nicht der Vater wärst?«

»Vielleicht eine, die mich reinreiten will. Oder eine, die von dem wahren Kindsvater verlassen wurde. Oder, wie ich dir schon sagte, irgendeine Illegale, Haushaltshilfe oder sonst etwas, die nicht wusste, wem sie es geben sollte, die sich nicht ins Krankenhaus getraut hat und erfahren hatte, dass ich Polizist bin und …«

Die Mutter hatte den Kopf geschüttelt. »Du weißt doch gar nicht, was du redest. Jemand, der Angst vor Ärzten hat, sollte sich vor der Polizei nicht fürchten? Und außerdem weißt du es selbst ganz genau, dass das hier dein Sohn ist, du willst es nur nicht zugeben.«

Natürlich will ich nicht zugeben, dass das mein Sohn ist, dachte Marco Luciani. Man kann ja nicht einfach so über Nacht Vater werden. Die neun Monate braucht die Mutter, um es auszutragen, und der Vater, um sich an die Vorstellung zu gewöhnen. Ein Kind ändert alles, du selbst hast für dich nicht mehr Vorrang, sondern das Baby. Es ist der Schwächere, und du musst es schützen, es muss wachsen, du musst weichen. Es ist wie ein Tsunami, der alles mit sich fortreißt, was du hast. Wenn er, Marco Luciani, die Entscheidung hätte fällen müssen, ob er ein Kind wollte oder nicht, dann hätte er es wahrscheinlich nie geschafft, oder jedenfalls hätte er es wer weiß wie lange aufgeschoben. Stattdessen hatte jemand anderes für ihn entschieden, und er musste einfach nur versuchen, Alessandro zu akzeptieren.

Seine Mutter hatte ihn dazu gebracht, den Kleinen eine Nacht zu behalten. Dann war ein weiterer Tag vergangen, und noch einer, und zu seiner eigenen Verwunderung hatte der Kommissar sich nicht entschließen können, die Sache anzuzeigen. Er wusste aus Erfahrung, dass man einem Kind, das man dem Jugendamt zum Fraß vorwarf, das Leben für immer zerstörte. Es wäre für wer weiß wie lange in einem Waisenhaus verschwunden, in Erwartung, dass eine Familie es adoptieren würde, oder bestenfalls wäre es sofort irgendwo in Pflege gegeben worden, hätte eine Mutter in sein Herz geschlossen, der man es dann wieder entzogen hätte, um es wieder einer anderen zu geben. Einige Zeit vorher hatte er irgendwo gelesen, dass sich zwanzig Prozent der menschlichen Intelligenz im Uterus der Mutter entwickeln und dass alle wesentlichen Erfahrungen für die Ausformung des Charakters in den allerersten Monaten gemacht werden. Die Situation des kleinen Alessandro war also ohnehin schon ziemlich kompromittiert: Die Mutter hatte ihn verlassen, und das sagte schon alles über sie, über diese verschissene Karrieristin, die die anderen wie Bauern auf dem Schachbrett benutzte und ohne jeden Skrupel opferte, um ihr Spiel zu gewinnen, was für ein Spiel auch immer. Zur teilweisen Rechtfertigung konnte Marco Luciani sich nur zwei mildernde Umstände ausmalen: Es war wahrscheinlich, dass die Entbindung und die Entbehrungen durch das Abstillen sie in eine Depression gestürzt hatten, und in diesem Fall war es kein Fehler gewesen, auf Abstand zu dem Kind zu gehen; und genau genommen hatte sie es nicht ganz sich selbst überlassen, sondern ihm anvertraut, indem sie ihn um Hilfe gebeten und an sein Pflichtbewusstsein appelliert hatte, ein Zeichen dafür, dass sie ihn gut kannte.

Dies waren nur einige der guten Gründe, wie zum Beispiel das Leuchten in Donna Patrizias Augen, wenn sie mit dem Baby zusammen war, die Marco Luciani sich selbst vorsagte, um die nicht erstattete Anzeige zu rechtfertigen. Aber tief in seinem Innern wusste er genau, dass seine Entscheidung nicht im Kopf gefallen war. Im Mai des Vorjahres hatte er mit Sofia Lanni geschlafen, und aus Sicht der Evolution hatte er gesiegt, wenn seine DNA sich in ihrem Bauch eingepflanzt hatte. In Wahrheit war diese Spur nach neun Monaten verschwunden, während das Loch, das Sofia in seinem Bauch zurückgelassen hatte, seit über einem Jahr klaffte. Die Wahrheit, die er nicht einmal vor sich selbst eingestand, war, dass er wollte, dass dieses Kind seines war, denn nur indem er sich um es kümmerte, es aufzog und liebte und nach seinem Ebenbild formte, würde er auch sie eines Tages zurückholen können, würde er eine Familie gründen und für immer glücklich und zufrieden leben können.

Kapitel 8

Roberto

»Das ist eine interessante Arbeit, weißt du.«

»Na, und ob. Du sammelst das Zeug, das andere wegschmeißen. Wir sind wie Penner, die in Müllcontainern herumstöbern.«

Allein für den arroganten Ton, in dem der Junge geantwortet hatte, hätte er eine Ohrfeige verdient gehabt. Er hatte gute Lust, anzuhalten und den Burschen gleich auf die Straße zu setzen, doch Antonio zwang sich, ruhig zu bleiben. Er hatte dem Onkel des Jungen versprochen, dass er ihm helfen würde, und er hatte nicht die Absicht, sein Versprechen zu brechen. Rom war nicht an einem Tag erbaut worden, und diesen Roberto musste man bis in die Grundfesten demolieren und nach und nach, Stein für Stein wieder aufbauen.

»Nun, wenn man es so ausdrückt, dann ist es nicht sehr attraktiv«, erwiderte er, »aber das ist kein weggeworfenes Zeug. Die Sachen sind weggeräumt worden, was etwas ganz anderes ist.«

Da der Junge aus dem Fenster schaute und nicht redete, fuhr er fort: »Willst du hören, was der Unterschied ist? Man räumt Dinge weg, die man in einem bestimmten Moment nicht braucht, die aber in Zukunft nützlich sein könnten. Oder von denen man sich jedenfalls nicht trennen kann. Folglich sind diese Dinge in gewisser Weise die wertvollsten.«

»Wieso wertvoll?«

»Wenn du sie nicht brauchst, aber trotzdem aufbewahrst, dann heißt das, sie sind wertvoll. Hast du nicht auch ein Kleidungsstück oder ein Spiel, ein Buch oder sonst was, was du nicht benutzt, aber niemals wegwerfen würdest?«

»Pff.«

»Denk mal einen Moment nach. Ein Spielzeug von früher, als du noch klein warst. Ein Sammelalbum mit Klebebildern.«

»Na ja, ich habe noch das erste Handy, das ich hatte. Das ist aber wertlos.«

»Wer behauptet das?«

»Es ist alt, es ist eklig, kein Mensch will das.«

»Aber du hast es aufbewahrt?«

»Ja und?«

»Ja und damit hat es für dich einen Wert. Und vielleicht wird irgendwer, nicht heute, aber vielleicht in zehn oder zwanzig oder fünfzig Jahren, der es nicht aufbewahrt hat, so eines wiederhaben wollen, um sich daran zu erinnern, wie er als Jugendlicher gewesen war. Und er wird gutes Geld dafür bezahlen, es zu bekommen. Denn das kann ich dir sagen, in meinem Alter: Um noch einmal so jung zu sein wie du, oder um auch nur den Duft der Jugend noch einmal zu riechen, würden wir, die wir nicht mehr jung sind, jeden Preis bezahlen.«

Roberto zog die Augenbrauen hoch und lächelte schwach, wahrscheinlich dachte er an sein altes ramponiertes Handy und wie viel es wert sein mochte, und Antonio spürte, dass er einen Treffer gelandet hatte. Die Leidenschaft war für so eine Art von Arbeit die beste Basis, aber während man auf diese wartete, war es nicht verkehrt, auf den Profit zu setzen. Oder besser gesagt auf die Vorstellung von Profit.

Sie fuhren eine Weile, ohne zu reden, dann fragte Roberto: »Verdient man denn gut in diesem Job?«

»Kommt drauf an. Es gibt gute und weniger gute Phasen. Wenn du in eine Wohnung kommst und eine Ladung zusammenstellst, musst du schon wissen, was du ohne Reue wegzuwerfen, was du sofort weiterzuverkaufen und was du aufzuheben hast. Wenn du dich bei dieser ersten Auslese klug anstellst, ist das schon die halbe Miete.«

Sie hielten vor einem Hauseingang. »Ist das die Dreizehn? Ich kann es nicht lesen«, sagte Antonino, und der Junge bestätigte es.

»Gut, warte einen Moment im Auto.«

»Nimmst du die Säcke nicht mit?«

»Nein, das ist nur eine erste Ortsbegehung. Ich schau mal nach, ob etwas Interessantes dabei ist. Aufgeladen wird erst bei dem Termin um zehn.«

Abends um halb neun klingelte Roberto an der Haustür seines Onkels.

»Ahh, du hast es geschafft«, sagte die Tante, die ihm mit einem strahlenden Lächeln öffnete, »dann gebe ich die Nudeln ins Wasser, es hat bis vor einer Minute gekocht.«

»Nein, lass gut sein, ich wollte nur schnell hallo sagen. Ich glaube, ich gehe nach Hause und hau mich sofort ins Bett.«

Die Tante sah ihn besorgt an, wobei sie seinen Kopf zwischen ihre Hände nahm. »Was ist denn los? Bist du krank?«

»Ich bin am Ende. Ich habe den ganzen Tag Zeug geschleppt.«

»Hast du Fieber? Lass mich mal fühlen … Nein, sieht nicht so aus.«

»Was soll schon groß sein? Er hat einen Tag gearbeitet«, sagte Onkel Pasquale, der mit einem befriedigten Lächeln aus dem Wohnzimmer auftauchte, »er ist nur nicht daran gewöhnt.«

»Das sagt der Richtige«, wollte Roberto erwidern, hielt sich aber zurück, denn er wollte gegenüber seiner Tante nicht respektlos sein, die ihn immer noch streichelte: »Hör nicht auf ihn. Warum machst du dich nicht ein bisschen frisch? Ich geb dir ein Handtuch. In zehn Minuten steht das Essen auf dem

Tisch, du musst etwas essen, wo willst du sonst die Kraft hernehmen, um morgen zur Arbeit zu gehen?«

»Scheißarbeit«, murmelte Roberto auf dem Weg zum Bad.

Der Onkel, der ihn zufrieden betrachtete, rief ihm hinterher: »Was hast du da gesagt?«

»Nichts, nichts. Gibt es Pesto oder Tomatensoße?«

»Ragout. Willst du Spaghetti oder Fusilli?«

»Spaghetti.«

Er stellte sich unter die Dusche und merkte, wie er wieder ein Mensch wurde, dann setzte er sich mit leicht mürrischer Miene an den Tisch. Die Arbeit war gar nicht so übel, aber sein Onkel durfte das nicht merken.

Kapitel 9

Der Graf

»Hör mal, Agnese. Ich bin ein wenig in Sorge darüber, was sein wird, wenn ich nicht mehr bin. Was wird nur aus all meinen Sachen?«

»Jetzt machen Sie sich doch deshalb keine Sorgen. Bis dahin ist noch jede Menge Zeit ...«

Graf Guinigi führte seinen Gedankengang fort. Er war geistig klar wie schon seit vielen Tagen nicht mehr, die Krise des vergangenen Monats war nur noch eine blasse Erinnerung, auch wenn er körperlich noch darunter litt. »Ich will nicht, dass meine Neffen alles bekommen. Sie haben sich seit Jahren nicht mehr bei mir gemeldet, und ich habe sie nie gemocht.«

»Meinen Sie die aus Mantua?«

»Ja. Und die aus Pistoia.«

»Sind die nicht alle gestorben?«

»Wer? Arnaldo? Ach ja, Arnaldo ist vielleicht tot. Das hat mir jemand gesagt. Aber woher weißt du davon?«

»Sie haben es mir gesagt. Es war ein Brief gekommen, vielleicht von den anderen Cousins.«

Der Graf dachte eine Weile nach. »Das sind jedenfalls entfernte Verwandte, und von Gesetzes wegen schulde ich ihnen nichts. Aber wenn ich abkratze, kannst du sicher sein, dass sie wie die Aasgeier hier einfallen. Besser, ich entscheide, an wen meine Dinge gehen, meinst du nicht? Und das will ich bald tun, bevor irgendein Langfinger alles mitgehen lässt.«

Agnieszka zuckte mit den Achseln, auch wenn sie genau verstanden hatte, dass die letzte Bemerkung auf sie gemünzt war.

»Kinder habe ich nicht«, fuhr der Graf fort, »die Freunde sind allesamt tot. Ich habe niemanden. Auch wenn …« Er machte eine Pause. »Auch wenn es in den letzten zwanzig Jahren etwas gegeben hat, was mir das Alter ein wenig erträglicher gemacht hat.«

Einen Moment lang hoffte Agnieszka. Sie hoffte, dass er sich ihrer erinnern würde, ihrer ersten schüchternen Umarmungen und des ersten Males, als er sie ausgezogen und besessen hatte. Wie sie es verstanden hatte, ihm die Kraft und Begeisterung der Jugend zurückzugeben. Da war der Sex gewesen, mindestens zehn Jahre lang, ehe ihn die Herzprobleme niedergeworfen hatten. Und dann war da noch vieles andere gewesen. Wie sie sich um ihn und das Haus gekümmert hatte, das Essen, das sie ihm zubereitet, die Laken, die sie gewechselt, gewaschen und gebügelt hatte. Es stimmte, er bezahlte sie, doch er bezahlte die Dienerin, nicht die Geliebte, die Zugehfrau, nicht die Köchin, die Freundin und Mutter. Und wie teuer würde er nun die Langmut vergelten müssen, mit der sie ihn tausendmal dieselbe Geschichte hatte erzählen hören und mit der sie ihm tausendmal dasselbe erklären und wieder erklären musste. Und die Zuwendung, mit der sie ihm die Medikamente verabreichte, am jeweils richtigen Tag, zur rechten Zeit, mit der sie ihn zum Arzt brachte oder ihm, wenn nötig, eigenhändig die Spritzen setzte. Und die Schlangen im Rathaus oder auf der Post oder in den Behörden, um absurde bürokratische Probleme zu lösen. Zwanzig Jahre lang war sie Geliebte, Gattin, Dienerin gewesen, und jetzt, mit fast sechzig, fühlte sie, dass sie ein Dankeschön verdient hatte und etwas Handfesteres, um sich für die harten Jahre zu wappnen, die nun auf sie zukamen.

»Die Wissenschaften«, sagte er nach einigen endlosen Sekunden der Stille. »Die Wissenschaften haben mein Alter erfüllt, zumindest solange mein Gehirn einigermaßen klar geblieben ist. Aber mein ganzes Leben wäre ohne die Wissenschaften, ohne das Verlangen nach Wissen und Erkenntnis, nutzlos und leer gewesen.«

Sie wandte das Gesicht ab und tat, als wollte sie die Kommode abstauben, während sie Tränen der Wut niederkämpfte.

»Deshalb habe ich gedacht: Es gibt Leute, die alles der Kirche vermachen? Gut, ich werde alles der Forschung vermachen. Es sind die Wissenschaftler wie meine Vorfahren, die die finsteren Jahrhunderte erleuchtet haben mit dem Licht ihres Geistes und ihrer Ideen. Und sie sind deshalb verfolgt und getötet worden, wusstest du das?«

Sie wusste es, sie wusste es. Er hatte ihr diese Sätze schon eine Million Mal aufgesagt. Seine von der Kirche verfolgten Vorfahren. Aber das waren alte und absurde Geschichten, die aufzurühren keinen Sinn mehr hatte. In ihrem Land war die Kirche, in viel jüngerer Vergangenheit, das Licht gewesen, das sie erleuchtet hatte, das Feuer, das sie gewärmt hatte, der Glaube, der sie vor dem erstickenden grauen Mantel des Kommunismus gerettet hatte.

Der Graf seufzte. »Und da ich niemanden habe, dem ich trauen kann, habe ich beschlossen, einen Testamentsvollstrecker zu bestimmen. Wenn der Doktor das nächste Mal kommt, werde ich ihn fragen, ob er akzeptiert.«

»Welcher Doktor?«

»Wie, welcher Doktor? Doktor Giulio.«

»Ach so, der Arzt. Ich dachte, der Anwalt, wie heißt er noch mal …?«

»Der Anwalt? P… P… er fängt mit P an. Ich komme jetzt nicht drauf. Aber nein, das ist ein Dieb. Ein Dieb und Lügner. Dem traue ich nicht für fünf Cent. Der Arzt dagegen scheint mir ein guter Mensch zu sein. Eine anständige Person.«

Agnieszka lächelte in sich hinein. Der Arzt fickte mich in der Küche, wenn er zu dir zum Hausbesuch kam. Wenn er zu Ihnen auf Hausbesuch kam, Herr Graf. Was für ein Glück, dass Sie so oft Bronchitis haben, wie oft war es, zwei, drei Mal pro Winter? Der Doktor bumste mich auf dem Küchentisch, von hinten, eine Minute nachdem er aus Ihrem Schlafzimmer gekommen war, wenn er kam, um »ein Glas Wasser« oder »einen Kaffee zu nehmen«. Ich hatte schon den Slip ausgezogen, wir schoben eine schnelle Nummer, es geilte uns wahnsinnig auf, dass wir es da vor deiner verschissenen aristokratischen Nase trieben. Manchmal ging ich aber auch in seine Praxis, ich ließ mir den letzten Termin geben, und dann machten wir es in aller Ruhe, mit mehr Zärtlichkeit. Schade, dass er verheiratet war, denn er war wirklich ein guter Mensch. Nur ein bisschen schwach.

»Nehmen Sie Ihre Medizin.«

»Ist es denn schon Zeit?«

Agnieszka hatte die Schürze abgelegt und war bereit zu gehen. »Fast. Aber mir ist lieber, Sie nehmen sie jetzt, sonst vergessen Sie es vielleicht.«

»Nein, das vergesse ich nicht.«

»Neulich abends haben Sie es vergessen. Am Morgen stand das volle Glas noch auf dem Nachttisch.«

»Meinetwegen, aber wenn ich sie am Morgen nehme, was macht das schon für einen Unterschied?«

Er ist stur wie ein dreijähriges Kind, dachte Agnieszka. Aber sie empfand keine mütterlichen Gefühle mehr für ihn. Kein bisschen. Sie hasste ihn inzwischen vollkommen, abgrundtief, sie hasste ihn, weil er ein egoistischer Schweinehund war, vor allem aber, weil sie sich auch an diesem Tag, was seit Jahren nicht mehr passiert war, für einen Moment der Illusion hingegeben hatte, dass er sich an sie erinnerte, dass er ihr sein Haus, den Rest seiner Habe vermachen würde, dass er ihr all das, was sie für ihn getan hatte, vergelten würde. Und indem sie ihn dessen für fähig erachtet hatte, hatte sie ihn in gewisser Weise, wenn auch nur für einen Augenblick, geliebt.

Aber damit war jegliche Zuneigung zu ihm endgültig ausgehaucht. Ihr Herz war nun kalt und leblos. Völlig tot.

»Der Unterschied ist, dass sie alle acht Stunden eingenommen werden soll«, sagte sie, »aber wissen Sie was? Machen Sie, was Sie wollen. Lassen Sie sie stehen, dann krepieren Sie im Schlaf und lassen mich endlich in Frieden!«

So hatte sie noch nie mit ihm geredet. Der Graf zuckte ein wenig zusammen, dann merkte er, dass sie wegen irgendetwas sauer war, wahrscheinlich wegen etwas, was er gesagt oder getan hatte. Das kam manchmal vor, war aber nicht von Bedeutung. Sie würde sich wieder einkriegen.

»Einverstanden, ich werde sie trinken. Ich werde sie um Punkt acht einnehmen. Bist du jetzt zufrieden?«

Sie nahm die Handtasche, wandte ihm den Rücken zu und lächelte. »Überaus zufrieden, Herr Graf.«

Kapitel 10
Marco Luciani

Marco Luciani verließ sein Büro und trat lautlos hinter Livasi. Sein Stellvertreter saß vor dem Computer und war bei Facebook eingeloggt.

»Da haben wir sie, die Staatsangestellten, die auf Kosten der Steuerzahler durchs Netz surfen.«

Sein Vize machte einen Satz auf seinem Stuhl, dann drehte er sich um, mit knallrotem Gesicht. »Nein … im Grunde … war ich am Arbeiten. Nicht, dass ich jetzt chatten würde oder so was in der Richtung. Ich war auf der Suche nach … Informationen.«

»Ja klar, klar«, sagte Luciani, erfreut, dass er ihn in flagranti erwischt hatte, und fest entschlossen, ihn in Verlegenheit zu bringen.

Livasi schluckte. »Wirklich jetzt … Du hast keine Vorstellung, wie viel sich über Facebook aufdecken lässt.«

Marco Luciani zuckte mit den Achseln. »Pff. Reine Zeitverschwendung, für denjenigen, der dort Einträge macht, und den, der darin herumschnüffelt.«

»Für die Nutzer vielleicht schon, aber für uns ist das eine Goldgrube an Informationen. Die Leute geben dort alles preis, Geheimnisse, Verabredungen, Wutausbrüche. Manchmal befragst du Freunde und Verwandte eines Toten, und die wissen nichts über ihn, denken gar, er wäre das reinste Unschuldslamm gewesen, und dann findest du über Facebook heraus, dass er alles Mögliche anstellte, womöglich findest du sogar das Motiv für ein Verbrechen. Das ist im Grunde, als würdest du ein Tagebuch lesen.«

Der Kommissar schüttelte den Kopf: »Nur schreibst du in ein Tagebuch, wie du wirklich bist und was du niemandem mitzuteilen wagst, und dann hältst du es gut versteckt. Da im Netz spintisierst du dir zusammen, was du gerne wärst, das Image, das du anderen vermitteln möchtest. Was bei einem Zwanzigjährigen bedeutet, dass er schreibt, er wäre mit seiner Maschine zweihundert gefahren, sei auf einer Party gewesen, habe sich betrunken und zugedröhnt, habe diese und jene gevögelt. In ihrer virtuellen Welt sind sie alle James Dean. In der Wirklichkeit sind sie arme Lichter, die nicht wissen, wohin mit ihrer Zeit.«

Sein Stellvertreter verzog das Gesicht. »Entschuldige, Marco, aber du kannst nicht so technologiefeindlich sein. Für dich ist jede Neuerung immer erst mal negativ. Selbst wenn es für die Ermittlungen nicht von Nutzen wäre, so halte ich doch gerne Kontakt zu meinen Freunden und spüre meine alten Schulkameraden wieder auf.«

»Muss ich es dir wirklich sagen, oder weißt du meine Antwort schon?«

»Ich kenne sie schon. Wenn ich sie zwanzig Jahre lang nicht gesehen habe, dann heißt das, dass mir meine einstigen Schulkameraden scheißegal sind.«

»Perfekt.«

»Aber du verpasst so manche Gelegenheit. Die eine oder andere ehemalige Klassengefährtin wiederzusehen war ein großes Vergnügen«, lächelte Livasi, wobei er das »groß« betonte, als wollte er zu verstehen geben, dass er endlich die Blondine aus der ersten Reihe herumgekriegt hatte.

»Auch ich hatte viele attraktive Klassenkameradinnen«, sagte Luciani, während er das Zimmer verließ, »und gerade deshalb will ich lieber nicht sehen, was aus ihnen geworden ist.«

»Sicher was Besseres als du, Chef«, grummelte Livasi, wobei er darauf achtete, dass Luciani ihn nicht hörte.

Der Kommissar dachte bis zum Abend nicht mehr an Facebook, aber die sinnfreien Einlassungen von Livasi hatten ein unangenehmes Gefühl bei ihm hinterlassen, wie ein nicht zu Ende geführter Gedanke. Eine unausgesprochene Idee hatte sich irgendwo in seinem ständig unter Schläfrigkeit leidenden Hirn eingegraben, und plötzlich, in der Nacht, erblühte es zu einem Traum, in dem der Kommissar sich vor einem Computer wiederfand, auf dem Bildschirm das Profil von Sofia Lanni, die in ihrem letzten Eintrag von vor zwei Tagen die Fotos eines traumhaften Strandes und den Satz »Marco, miss U, wann kommst du mit Ale zu mir?« gepostet hatte.

Er war aus dem Bett hochgefahren, mit rasendem Herzen, an den Koffer und die Badesachen denkend, sowie an das Flugzeug, das sie in die Karibik bringen würde, und erst fünf oder zehn Sekunden später hatte er begriffen, dass er sich in Camogli befand, auf dem Sofa zusammengekrümmt, sein Hals schmerzte, als steckte ein Dolch darin, und er hatte keine Ahnung, wo Sofia wirklich sein mochte. Er hatte versucht, sich in eine bequemere Position zu drehen, doch die drückende Hitze, die Sorgen und eine verdammte Stechmücke setzten ihm zu, und kaum war er endlich für eine Minute in Ohnmacht gefallen, hatte sich prompt Alessandros Geschrei, ohne Narkose, in sein Hirn gebohrt.

»Ich muss sie finden, die fiese Sau. Ich muss sie um jeden Preis finden.«

Kapitel 11

Roberto

»Warum nur heben die Leute all dieses Zeug auf?«

»Ich hab's dir gesagt. Weil sie meinen, es hätte einen Wert.«

Roberto lud den Inhalt eines Kellers in den Ducato, den sie soeben freigeräumt hatten. Aufgeweichte Zeitungen und Comics, alte Fliesen, Tennisschläger, leere Flaschen und das unvermeidliche Trimm-dich-Rad, das sich in den siebziger und achtziger Jahren jede italienische Familie in gläubiger Demut angeschafft hatte, ohne es jemals zu benutzen. »Aber das ist doch nichts wert. Neunzig Prozent von dem, was wir aufladen, schmeißen wir gleich wieder in den Müllcontainer.«

»Ja, nur darfst du ihnen das niemals sagen. Denk dran. Sonst sind sie beleidigt. Wenn du in eine Wohnung gehst, um den Nachlass abzuholen, sag nie, dass du ihn wegwerfen wirst.«

»Aber das wissen sie doch ganz genau.«

»Sie wissen es vielleicht, oder sie ahnen es. Aber sie wollen es lieber nicht hören.«

Roberto schwieg eine Weile.

»Warum verkaufen sie nicht selbst den Teil, der etwas wert ist?«

»Nun, dafür kann es viele Gründe geben. Weil sie nicht wissen, ob und wie viel etwas wert ist. Weil sie keine Zeit haben. Weil sie keine Lust haben. Weil sie nicht wissen, wem sie es verkaufen sollen. Weil es weniger schmerzhaft ist, alles auf einmal wegzugeben und nicht mehr daran zu denken, statt ein Ding nach dem anderen abzugeben und sich jahrelang mit den Erinnerungen herumzuplagen.«

»Sie brauchen es doch nur bei eBay reinzustellen.«

Antonino zuckte mit den Schultern. »Ich habe mir eBay angeschaut. Da gibt es zu viel. Da kriegst du alles, und das ist, als würdest du nichts bekommen. Jedenfalls ist es ein Glück, dass sie das nicht tun.«

»Was?«

»Bei eBay verkaufen.«

»Warum?«

»Weil wir sonst unseren Job los wären. Wart mal, ich helfe dir.«

Er warf die Zigarette weg und half ihm mit dem Trimmdich-Rad.

»Stell die Bücher da hinten rein, die laden wir im Lager ab. Ich schaue sie später in Ruhe durch.«

Als sie mit dem Aufladen fertig waren, startete der Trödler den Motor und tauchte in den Verkehr ein.

»Sag mal, Antonino, was ist das Wertvollste, was du je in einer Wohnung gefunden hast?«

»Hmm … Ich würde sagen, Schmuck, keine Frage.«

»Und wo war der?«

»In einem Teppich versteckt.«

»Und was hast du damit gemacht?«

»Ich habe ihn den Erben ausgehändigt. Die nicht das Geringste davon ahnten, dass es ihn gab. Der Vater oder der Onkel, ich erinnere mich nicht mehr, hatte ihn da wer weiß wann hingepackt und niemandem etwas gesagt.«

»Und du hast ihnen den gegeben?!«, rief Roberto aus.

»Na klar. Den konnte ich doch nicht behalten«, sagte Antonino. Auch deswegen, weil einer der Erben, als ich ihn fand, bei mir im Zimmer war, dachte Antonino. Aber wahrscheinlich hätte ich ihnen den Schmuck in jedem Fall gegeben.

»Und willst du hören, was die merkwürdigste Sache ist, die ich je gefunden habe?«, fügte er an.

»Was?«

»Rat mal.«

»Keine Ahnung.«

»Eine Leiche.«

»Hä?!«

»Ja, eine Leiche.«

»Das glaube ich nicht.«

»Und ob. Das kam sogar in die Zeitung, ich muss irgendwo zu Hause noch die Artikel haben.«

»War das einer, der einen Kollaps gehabt hatte?«

»Von wegen. Den hatte man kaltgemacht. Fein säuberlich zerlegt und in eine Truhe auf dem Dachboden gepackt. Der lag da seit wer weiß wie vielen Jahren.«

»Und stank er nicht?«

»Ein bisschen schon. Aber sie hatten ihn wohl im Winter dort abgelegt, und auf dem Dachboden war es kalt. Er war wie mumifiziert. Als ich die Truhe aufgemacht habe … Meine Fresse, das war kein schöner Anblick.«

»Wie sah sie denn aus?«

»Nun, da waren große Müllsäcke, so schwarze, sieben oder acht davon, und in jedem war ein Stück von der Leiche: ein Bein, der Kopf, das andere Bein, ein Arm …«

»Hast du die denn alle aufgemacht?«

Sein Gegenüber lächelte. Wenn man mit Roberto sprach, war das Erstaunlichste, dass man nie wusste, welche Frage als Nächstes von ihm kam.

»Nein, ich habe mich mit den ersten beiden begnügt. Danach habe ich die Polizei gerufen.«

»Und was war es?«

»Wie?«

»In den ersten beiden.«

»Ein Arm und ein Fuß, glaube ich. Auf jeden Fall ein Arm.«

»Der rechte oder der linke?«

»Was weiß denn ich … Ich habe ihn nicht genauer untersucht.«

»Trug er einen Ehering? Wenn er einen Ehering trug, dann war es der linke.«

Antonino antwortete nicht, und Roberto dachte eine Weile schweigend nach. Am Ende, einige Minuten später, sagte er entschieden: »Das ist nicht wahr.«

»Was?«

»Die Geschichte mit der Leiche. Das ist eine Ente.«

»Warum?«

»Na entschuldige mal, wenn der Besitzer eine Leiche auf dem Dachboden hatte, dann wird er doch nicht so blöd gewesen sein, dich da hochzuschicken, um sie auszugraben.«

»Scharf beobachtet, Sherlock Holmes. Aber weißt du, die Sache ist die, dass der Mieter der Wohnung plötzlich verstorben war. Er hatte weder Frau noch Kinder, auch sonst keine engen Verwandten. Mich hatte der Concierge angerufen, den kannte ich. Er hatte die Wohnungsschlüssel, und nachdem der Mieter gestorben war, hatte er mich gefragt, ob es irgendetwas gab, was ich gebrauchen konnte, ehe der Hauseigentümer alles wegwarf. Also bin ich hin, habe mich umgesehen, habe herumgestöbert, und am Ende: bum, finde ich die Leiche.«

»Und wer war es?«

»Ich glaube, das wurde nie herausgefunden. Der Mörder konnte es ja nicht mehr erzählen, Verwandte hatte er, wie gesagt, nicht, und die Nachbarn wussten auch nichts …«

»Hätten sie keine DNA-Analyse machen können?«

Antonino lächelte. »Das machte man damals noch nicht. Die Sache ist dreißig Jahre her. Wenn nicht länger.«

»Aber jetzt könnten sie sie doch machen.«

»Jetzt vielleicht schon.«

Roberto dachte noch einmal nach. »Wahrscheinlich würde

die DNA auch nichts bringen, wenn es keine DNA der Verwandten gibt, mit der man sie abgleichen kann …«

»Du kennst dich aus mit Ermittlungen«, lächelte Antonino. »Ich wette, du verpasst keine Folge von CSI.«

Roberto verzog das Gesicht. Es enttäuschte ihn, dass dieser Kriminalfall nicht aufgelöst worden war.

»Warum nur hat der Typ die Leiche auf dem Dachboden aufbewahrt?«

»Was weiß ich? Vielleicht hatte er ihn im Affekt getötet und die Leiche schnell versteckt, um sie später wegzubringen. Am Ende hatte er dann gedacht, es sei sicherer, sie dort zu lassen. Oder vielleicht schob er es ein ums andere Mal auf, bis er schließlich selbst starb. Für uns sind das die besten Fälle.«

»Die mit Leiche?«

»Nein, die, bei denen jemand urplötzlich stirbt. Da findet man eher Wertsachen, Dinge, an denen der Eigentümer noch seine Freude hatte oder die er selbst irgendwann verkaufen wollte. In so einem Fall verkaufen die Kinder, wohl um sich nicht über das Erbe in die Haare zu kriegen, alles en bloc und teilen dann den Erlös auf. Entscheidend ist, dass du so früh wie möglich kommst, denn wenn du zu spät dran bist, dann haben die Filetstücke schon die Sanitäter, die Altenpfleger oder die Verwandten selbst mitgehen lassen. Deshalb war es so wichtig, einen Draht zu den Concierges zu haben, als es diese noch gab.«

»Was für ein Jammer. Das ist, als würde man die Toten beklauen.«

»Die anderen klauen. Wir bezahlen. Wir haben ein reines Gewissen.«

Kapitel 12

Der Graf

Als er die Haustür hörte und feststellte, dass Agnese gegangen war, atmete Graf Guinigi tief ein, schob die Decke weg und setzte die Füße auf den Boden. Er blieb über eine Minute sitzen, denn nachdem er so lange im Bett gelegen hatte, wollte er nicht überhastet aufstehen und Gefahr laufen, vor Schwindel zu stürzen. Er fühlte sich schwach, nicht nur körperlich. Der Anfall, den er auf der Terrasse gehabt hatte, war ein deutlicher Warnschuss gewesen, einer, den man nicht ignorieren konnte. Wenn er sich bis dahin der Illusion hingegeben hatte, er werde sich noch lange bester Gesundheit erfreuen und könne den Augenblick der Schlussbilanz vor sich herschieben, so hatte sich die Wahrheit nun in all ihrer erbarmungslosen Härte vor ihm aufgebaut: Er war alt, er war krank, er war allein. Und er musste sicherstellen, dass sein Schatz nicht in die falschen Hände geriet.

Er stand aus dem Bett auf, schlüpfte in die Pantoffeln und näherte sich Schritt für Schritt, an der Wand abgestützt, der Treppe, die ein Stockwerk tiefer führte. Das war die gefährlichste Unternehmung, wieder hochzukommen war leichter, und wenn er sich nicht dazu in der Lage fühlte, konnte er sich immer noch aufs Sofa legen und sich am nächsten Tag von Agnese helfen lassen. Was er jetzt dagegen machen musste, solange er allein war, das war, das Porträt kontrollieren zu gehen und diesbezüglich Dispositionen zu treffen. Er würde sie dem Doktor anvertrauen, sobald er wieder auf Hausbesuch käme. Besser noch, er würde der Polin auftragen, ihn gleich morgen zu rufen. Er traute dieser Frau nicht über den Weg, während der Doktor ein kultivierter Mann war, ehrlich und kein bisschen habgierig. Auch wenn sich die Ehrlichkeit eines Menschen, dies musste gesagt werden, erst im Moment der Versuchung bestimmen ließ.

Er klammerte sich mit all der Kraft, die ihm geblieben war, am Handlauf fest und begann, die Stufen hinabzugehen. Das linke Bein trug ihn nur mit Mühe, und so musste er das Gewicht auf das andere verlagern und auf jeder Stufe die Füße nebeneinanderstellen. Unten angekommen, war er schweißbedeckt und völlig erledigt. Er ließ sich in einen Sessel fallen, um sich kurz zu erholen, doch als er die Augen wieder aufschlug, sah er, dass es draußen finster war. Ohne es zu merken, musste er über eine Stunde geschlafen haben.

Ein kalter Schauer lief ihm über den Leib, er raffte sich auf und schleppte sich bis in die Bibliothek.

Er betrachtete an der Wand das Porträt seines berühmtesten Vorfahren, eines Renaissance-Künstlers, dessen Werke fast allesamt durch die Wechselfälle seines Geschlechts zerstört oder verlorengegangen waren. Andere Ehrenplätze wurden von einem Gedichtband eines der Urenkel jenes Künstlers eingenommen, Gedichte minderer Qualität, um ehrlich zu sein, Stilübungen, die jedoch zur Zeit der Cicisbeos einen beachtlichen Erfolg gehabt hatten. Der Graf hatte zwei Erstausgaben und mehrere Nachdrucke davon, und das schien ihm eine Ironie des Schicksals zu sein: Für seinen Ahnen hatte die Form der Poesie mehr als die Botschaft gegolten, und heute war dieses Buch nur etwas wert, weil es selten und alt war – das Behältnis war wertvoller als sein Inhalt. Und dann gab es weitere Bücher, die von den Literaten in seiner Verwandtschaft geschrieben oder kommentiert worden waren, ein paar Porträtgemälde seiner Cousinen von anno dazumal, die, mit dem edelsten Schmuck behangen, posiert hatten. Doch das historische Dokument, das er favorisierte, war, gerahmt und durch Glas geschützt, die Kapitulationsurkunde der österreichischen Truppen, die vom damaligen Kanzler, seines Großvaters Großvater, unterzeichnet war. Gleich danach das Diplom des Königlichen Hoflieferanten, das seinem Großpapa verliehen worden war, welcher sich, zum einhelligen Verdruss des gesamten Geschlechts, dem Handel verschrieben hatte, wodurch er allerdings ausreichend Kapital angehäuft hatte, so dass er selbst, zwei Generationen später noch, davon leben konnte, ohne zu arbeiten. Und dann waren da die Medaillen: die der Accademia dei Lincei, in der ein Onkel Vizepräsident gewesen war, und die Goldene Tapferkeitsmedaille, die seinem Vater verliehen worden war, einem Fliegeroffizier, der mit vierzig Jahren über Malta von der Luftabwehr abgeschossen worden war. Es war nach diesem Unglück gewesen, dass seine Mutter die Manufaktur verkauft und sich vollständig der Erziehung ihres Sohnes Guinigi gewidmet hatte, ihres einzigen angebeteten Sohnes, den sie zuerst den humanistischen und dann den juristischen Studien zuführte, welche der kleine Graf zwar mit Fleiß und Gewinn, aber ohne echte Passion betrieben hatte. Die Mutter wollte aus ihm einen Diplomaten, einen Botschafter oder einen Parlamentsabgeordneten machen. Doch ohne die Verbindungen und den Einfluss, die mit einer produktiven Tätigkeit einhergingen, blieb der Graf genau das, was er war: das junge Überbleibsel einer längst vergangenen Epoche, die von den sechziger Jahren endgültig hinweggefegt worden war.

Sein Schatz war nicht im Schließfach einer Bank und nicht einmal in einem Tresor in der Wand versteckt. Sondern einfach im obersten Schubfach des Schreibtisches, wie zufällig abgelegt inmitten wertlosen Tands.

Er setzte sich und öffnete die Schublade. Er schob Füllfederhalter, Bleistifte, Lupen und Papiere beiseite und ergriff mit leicht zitternden Fingern das Bildchen. Es steckte in einem banalen, von zerkratztem Blattgold überzogenen Holzrahmen, mit einem längst vergilbten Passepartout und einer Öse, um es aufzuhängen, auch wenn er das nie hatte tun wollen, damit es nicht unter der Lichteinstrahlung litt. Dieses Porträt lagerte schon seit über fünf Jahrhunderten so versteckt, zufällig gefunden, von einem seiner Vorfahren angekauft und jeweils vom Vater an den Sohn oder von einem Onkel an seinen Neffen weitervererbt, ohne dass je einer von ihnen den Mut aufgebracht hätte, es zu verkaufen oder sich davon zu trennen. Im Blick des Porträtierten lag etwas, das einen der eigenen Verantwortung bewusst werden ließ, und seine, Guinigis, war von Anfang an gewesen, das Bild zu schützen und zu verbergen, während er versuchte, hinter sein Geheimnis zu kommen. »Es ist eine Darstellung im Profil, und es täuscht dich. Du meinst, du könntest es betrachten, ohne selbst gesehen zu werden, in Wahrheit aber ist er es, der in dich hineinschaut. Deshalb darf man ihn nie direkt ansehen, sondern immer nur durch ein Glas oder einen Spiegel«, hatte sein Vater gesagt, als er einmal – das einzige Mal – mit ihm darüber redete und ihm erklärte, dass dies etwas sehr Wertvolles sei und dass er ihm eines Tages, wenn er groß wäre, seine Geschichte erzählen würde. Er hatte keine Zeit mehr dazu gehabt, aber in den Schriften des Großvaters hatte Graf Guinigi sehr viel später interessante Hinweise gefunden. Das Glas war voller Schmutz und Fingerabdrücke. Um die Zeichnung in dem schummrigen Lampenlicht besser zu sehen, nahm der Graf einen Zipfel des Pyjamas, hauchte auf das Glas und fing an, es zu reinigen. Doch es entglitt seiner Linken, das Bild fiel scheppernd auf den Fußboden, in der vollkommenen Stille des Hauses glich das Geräusch einer Detonation. Das Glas war zerbrochen, und noch ehe er sich Sorgen darüber machen konnte, ob die wertvolle Graphik vielleicht Schaden gelitten haben mochte, dachte Graf Guinigi instinktiv an ein böses Omen. Er hob das Porträt auf, stellte erleichtert fest, dass es unversehrt war, und nachdem er es vorsichtig auf den Schreibtisch gelegt hatte, betrachtete er es näher. Er hatte dies im Laufe seines Lebens schon oft getan, und jedes Mal hatte er eine neue Nuance im Ausdruck dieses Mannes entdeckt. Neugier, Reue, Ironie, Heiterkeit, Gleichgültigkeit, Komplizenschaft. Was sich niemals änderte, war das beunruhigende Gefühl, das von ihm ausging, dasselbe, das der Graf in diesem Moment noch viel intensiver spürte als gewöhnlich. Das Bildchen zeigte das Porträt eines bärtigen Mannes, aber es war, als würde es in Wirklichkeit denjenigen porträtieren, der es betrachtete, dieser Mann war alle Menschen auf einmal, er war unser tiefstes Selbst, unser Gewissen, das uns aus dem Spiegel entgegenschaut und vor dem wir nackt und hilflos dastehen.

Ohne selbst zu wissen, warum, fing der Graf zu weinen an. Er spürte ein enormes Selbstmitleid, angesichts des Todes, den er unmittelbar vorausahnte, und er spürte eine tiefe Scham ob des Bösen, das er getan hatte. Sein Leben hatte im Zeichen des Egoismus gestanden, und nun, da es sich dem Ende zuneigte, empfand er nicht mehr die Freiheit, niemandem Rechenschaft schuldig zu sein, auch nicht die magische Entrücktheit in der Betrachtung der Sterne, sondern nur die emotionale Leere, die er um sich geschaffen hatte. Jetzt, da er dem Tod so nahe war, wurde ihm klar, dass es in seinem Leben nicht eine Frau gegeben hatte, die der Erinnerung wert gewesen wäre. Kein Kind oder Neffen. Keinen Freund, dem er seinen letzten Willen hätte anvertrauen können. Der Mann mit dem Bart schien ihm zu sagen, dass auch das größte Genie der Geschichte nutzlos ist, wenn es sich nicht in den Dienst der Allgemeinheit stellt.

Graf Guinigi spürte, wie ihm übel wurde. Alles drehte sich um ihn, vielleicht war die abgestandene Luft in der Bibliothek in seinem Zustand Gift. Er ließ die Scherben und den Rahmen, wo sie waren, die Polin würde sich darum kümmern, sie wegzuräumen. Er legte das kleine Porträt in eine Bibel und nahm Papier und Füller, um sie in sein Schlafzimmer zu bringen. Dort würde er alles aufschreiben, was es über das Porträt zu wissen gab, außerdem seine diesbezüglichen Verfügungen.

Am Fuß der Treppe atmete Graf Guinigi tief ein. Der Geruch, der ihm in der Bibliothek zugesetzt hatte, war nicht verschwunden, im Gegenteil, er nahm ihn noch stärker wahr, als würde er ihn verfolgen. Er hatte Durst, aber zur Küche war es weit, da konnte er auch gleich hoch ins Schlafzimmer gehen, wo das Glas mit der Medizin auf ihn wartete. Er setzte den rechten Fuß auf die unterste Stufe und begann mit dem Aufstieg.

Kapitel 13

Marco Luciani

»Was für ein Scheißtag«, knurrte der Kommissar und betrachtete den azurblauen Himmel vor seinem Fenster. Camogli mit seinem klaren Seewasser und den bunten Häusern war ebenso verlockend wie unerreichbar. Donna Patrizia war, auf sein Drängen hin, mit der Gemeinde zu einem Ausflug aufgebrochen und würde den ganzen Tag außer Haus sein. Vor ihm lag die Aussicht auf zwölf Stunden, die er allein mit dem Kind verbringen würde, hinter verschlossenen Fensterläden, die die Hitze draußen halten sollten, und mit der Aufgabe, sich alle fünf Minuten ein neues Spiel auszudenken. Gerne hätte er mal wieder eine schöne Tennispartie in Bogliasco gespielt oder wäre die Aurelia rauf- und runtergejoggt, doch seine Mutter hatte es nötiger als er, einmal rauszukommen und sich zu zerstreuen. Denn seit Monaten lebte sie wie eine Gefangene mit dem Kind im Haus. Vielleicht hätte auch das Kind einmal aus dem Haus gesollt, aber der Kommissar wollte es nicht der Hitze aussetzen, und um ehrlich zu sein, hatte er nicht die geringste Lust, sich draußen mit dem Kleinen sehen zu lassen und allen Bekannten Rede und Antwort zu stehen.

In Abwesenheit der Großmutter hatte der kleine Alessandro ohne Unterlass genervt, hatte wegen jeder Kleinigkeit gegreint, hatte jede Initiative boykottiert und wütend gejault, ohne dass Luciani kapiert hätte, was zum Geier ihm nicht passte. »Wer zum Henker bist du eigentlich?!«, hatte er ihn irgendwann entnervt angebrüllt. »Wo kommst du eigentlich her, wer hat dich je gesehen, wer hat dich denn gemacht?« Du und diese Nutte von Mutter, die du hast, wollte er sagen, hatte sich aber gerade noch zurückgehalten, denn er konnte Paare nicht ausstehen, bei denen der eine vor den Kindern schlecht über den anderen redete, das schien ihm der absolute Tiefpunkt zu sein, und so weit wollte er nicht sinken. Auch wenn es andererseits gar keinen Sinn hatte, sich und Sofia als Paar anzusehen. Sie waren es nicht, waren es nie gewesen, ihre unverhoffte Begegnung war die von zwei Geraden gewesen, deren Linien sich nie zuvor gekreuzt hatten noch es je wieder tun würden. Dass daraus ein Kind hervorgegangen war, war wirklich ein unfassbares Malheur gewesen; und hätte es ihm nicht um seine eigene Mutter leidgetan, hätte Marco Luciani das Kind längst weggegeben. An einem Tag, an dem Alessandro wegen seiner Koliken besonders unausstehlich gewesen war, hatte den Kommissar gar der Verdacht beschlichen, dass nicht Sofia Lanni, sondern seine vorherige Freundin, diese dumme Nuss, oder vielleicht sogar eine Wildfremde, irgendeine Irre, die sich an ihm rächen wollte, das Kind ausgesetzt hatte. In beiden Fällen hätte er nicht die geringsten Skrupel gehabt, es zur nächstbesten Babyklappe zu bringen. So war er am nächsten Tag zu Doktor Vassallo von der Kriminaltechnik gegangen und hatte ihm einen Wattebausch mit ein wenig Blut von Alessandro gegeben. Sofias DNA hatten sie schon vor längerer Zeit gespeichert, als sie zum Mord an einer jungen Frau ermittelten.

»Das ist das erste Mal, dass ich eine DNA-Analyse mache, um die Mutter festzustellen. Normalerweise macht man das wegen des Vaters«, hatte der Doktor gescherzt, der um sein Leben gern mehr erfahren hätte, doch Marco Luciani hatte geantwortet: »Ja, ja, kuriose Sache«, ohne noch etwas hinzuzufügen. Die Zweifel an seiner Vaterschaft hätte er den Kollegen gewiss nicht auf die Nase gebunden, sondern die würde er mit Hilfe eines amerikanischen Unternehmens ausräumen, auf dem Postweg, völlig anonym.

Das Ergebnis von Doktor Vassallo entsprach dem, was er tief im Innern bereits gewusst hatte: Alessandro war Sofia Lannis Sohn, Blut von ihrem Blut, Fleisch von ihrem Fleisch. Damit verbot sich jegliche weitere Überlegung, das Kind wegzugeben. Denn das hätte gleichzeitig bedeutet, dass er jede Hoffnung auf ein Wiedersehen mit ihr begraben konnte.

Am späten Nachmittag gab er sich geschlagen und ging, das Kind in der Trage auf den Bauch geschnallt, hinunter ins Dorf, auf ein wenig Ablenkung für sie beide hoffend. Aber während er arglos auf eine Bar zuspazierte, um sich hinzusetzen und in aller Gemütsruhe ein Lemonsoda zu trinken, zog das große Karussell neben der Kirche Alessandros Aufmerksamkeit auf sich. Und mit drei, vier Tritten in die Milz brachte der Kleine Luciani auf den gewünschten Kurs.

»Heute haben Sie auch Dienst, was? Sonntags sind die Väter dran …«

Marco Luciani antwortete dem Typen, der gerade seine beiden Kinder auf das Karussell gesetzt hatte, mit einem gequälten Lächeln. Er hatte graues Haar und die fünfzig sicher schon hinter sich, aber er hatte sich mit halbhohen Converse-Turnschuhen und Bermuda-Shorts als Zwanzigjähriger verkleidet.

»… und die Großväter«, sagte der Kommissar, um jegliche Konversation im Keim zu ersticken, doch sein Gegenüber kapierte die Gemeinheit gar nicht.

»Wie alt ist er denn?«, fragte er, auf Alessandro zeigend.

»Sieben Monate.«

»Oha, dafür ist er aber ganz schön groß. Andererseits machen Sie selbst ja auch keine halben Sachen …«

Das Karussell fuhr los, und der Kerl verabschiedete sich von seinen Kindern, als stünden sie vor der Überfahrt nach Amerika.

»In dem Alter ist es ganz schön hart. Ich kann mich noch bestens an diese Phase erinnern. Das Schlimmste kommt aber mit zwei Jahren. Ich sag das jetzt nicht, um Ihnen Angst zu machen, keineswegs. Aber bis sie drei sind, das ist wirklich die Hölle.«

»Drei Jahre?!«, hauchte Marco Luciani. »Ich dachte, früher. Mit einem Jahr oder gut einem Jahr müssten sie doch zu sprechen anfangen. Und zu laufen.«

»Eben. Und genau damit beginnen die Probleme erst richtig. Solange sie so sind«, sagte er mit einem Fingerzeig auf den kleinen Ale, »strampelt man sich nur damit ab, ihnen das Fläschchen zu geben, ihnen den Hintern abzuwischen und sie in den Schlaf zu wiegen. Sie haben vielleicht mal Bauch- oder Ohrenschmerzen, oder Zahnweh. Ja, eigentlich ist immer irgendwas. Aber jedenfalls schlafen sie zwölf Stunden am Tag. Sie machen noch ihr Nickerchen nach dem Mittagessen. Ein Traum. Danach ... nun, danach ...« Er machte eine Geste und verstummte, als hätte er gemerkt, dass er schon viel zu viel verraten hatte.

»Ja, und danach?«

»Ja, nix ... Sie werden schon sehen ... Ich will Ihnen keine Angst machen. Aber je größer sie werden, desto mehr gehen sie einem auf die Ei...«, er unterbrach sich, um »Juhuuuu« zu schreien und seiner Tochter ein strahlendes Lächeln zuzuwerfen, die gerade im Auto der Winx vorbeifuhr, sowie seinem Sohn, der sich für das Motorrad von Spiderman entschieden hatte. »Wenn sie erst laufen, wird's gefährlich, und du darfst sie nicht einen Moment aus den Augen lassen. Und selbst wenn sie sprechen, heißt das nicht, dass sie nachdenken würden. Hören Sie, genießen Sie diese Monate, das sage ich Ihnen aus Erfahrung, denn ab einem Jahr, anderthalb bis mindestens drei, das ist ein Tunnel, der niemals zu enden scheint.«

Wie gut, dass er mir keine Angst machen wollte, dachte Marco Luciani.

Sein Gegenüber sah seine Miene und wollte ihn aufmuntern. »Nun, Sie können sich jedenfalls trösten: Die Hauptlast trägt am Ende sowieso, juhhuuuu, wo ist denn Papas Sonnenschein?, die Mutter. Für uns geht manchmal der Samstagvormittag, der Sonntag drauf, das ein oder andere Mal müssen wir vielleicht in der Nacht aus dem Bett. Aber letztlich sind wir die meiste Zeit des Tages außer Haus, oder nicht? Wenn ich's mal wirklich nicht mehr aushalte, dann lasse ich mich drei Tage auf Dienstreise schicken und lade die Batterien wieder auf.«

»Ja, klar«, sagte Marco Luciani, während der Tingeltangel des Karussells aussetzte und der Mann seinem Kleinen half, vom Motorrad zu steigen und sich mit seiner Schwester in die Postkutsche zu setzen.

Ale fing an zu brüllen und auf das Karussell zu zeigen.

»Du bist zu klein, damit kannst du noch nicht fahren, das ist für die großen Kinder«, versuchte der Kommissar ihm klarzumachen, aber der andere mischte sich sofort ein: »Doch, doch, lassen Sie ihn ruhig mitfahren, Sie müssen nur mit einsteigen.« Er war nun mal jemand, dem die Mama beigebracht hatte, sich nur um seine eigenen Angelegenheiten zu kümmern.

Zwei Minuten später hatte Marco Luciani seine knapp zwei Meter in den Feuerwehrwagen gefaltet, und Alessandro lachte triumphierend auf seinen Knien.

Gegen sieben kamen sie nach Hause zurück, und während Luciani die Gemüsebrühe für sie beide zubereitete, schaltete er das Radio ein. »Kommen wir zu den Auslandsnachrichten. Vergangene Nacht wurde ein italienischer Missionar, Pater Antiochus Manfrin, bei einem Angriff der Rebellen auf die Mission Bobo-Dioulasso in Burkina Faso getötet. Pater Antiochus befand sich seit wenigen Monaten in Afrika. In dem Land, das in den neunziger Jahren von Stammesfehden heimgesucht wurde, hatte es seit längerem keine Angriffe auf Christen mehr gegeben. Der Bischof von Ouagadougou äußerte sich besorgt über die wachsenden Zeichen von Intoleranz gegenüber Christen, die ungefähr ein Drittel der Bevölkerung ausmachten. Kommen wir nun zu den Vereinigten Staaten, deren Präsident Obama angekündigt hat, dass …«

Marco Luciani schaltete das Radio aus und holte tief Luft. Pater Antiochus war getötet worden. Er hatte ihn nicht länger als eine halbe Stunde gesehen, einige Monate zuvor, als er im Fall Marietto Risso ermittelte, und er konnte nicht behaupten, dass er persönlich betroffen wäre. Besorgt allerdings schon. Pater Antiochus war die einzige potentielle Verbindung zu Sofia Lanni, und vor einem Monat hatte er sich sogar nach seinem genauen Aufenthaltsort erkundigt und ihm einen Brief geschickt, ohne im übrigen je Antwort zu erhalten. Afrika war weit, aber sein Instinkt sagte ihm, dass irgendetwas an diesem Todesfall merkwürdig war. Und er wusste aus Erfahrung, dass er auf seinen Instinkt besser hören sollte.

Kapitel 14

Roberto

»Hey, weißt du, dass ich gestern zum ersten Mal etwas bei eBay verkauft habe?«

»Wirklich? Das ist eine großartige Nachricht. Die müssen wir feiern!«

Roberto errötete, denn er spürte, dass Antoninos Begeisterung echt war.

»Und was war es?«, fragte der Trödelhändler.

»Ach nix, Kinderkram, aber ich bin echt happy.«

»Siehst du? Das ist der Augenblick, der die größte Befriedigung bringt. Wenn du Geld verdienst mit etwas, das ein anderer wegwerfen wollte. Was war es?«

»Diese kleine Vogelvoliere, die wir oben in Apparizione geholt haben. Ich habe sie ordentlich saubergemacht und weiß gestrichen, sah geil aus.«

Antonino lächelte. Er konnte sich an sie erinnern. In den letzten Tagen hatte er es sich zur Gewohnheit gemacht, Roberto zum Feierabend ein oder zwei vernünftige Sachen zu überlassen, um zu sehen, ob dieser sie im Netz losschlagen konnte.

»Und wie viel hast du herausgeschlagen, nur interessehalber.«

Roberto wurde steif. Der wollte doch jetzt nicht etwa die Kohle einstreichen? Oder vielleicht die Hälfte? »Zwanzig Euro«, sagte er, »ist nicht die Welt, aber die Versandkosten muss der Käufer übernehmen.«

»Nein, das ist großartig. Großartig. Das ist ein Anfang.«

»Vielleicht wäre es gerecht, wenn wir halbe-halbe machen«, wagte Roberto sich vor. Sein Gegenüber lächelte. »Nett von dir, dass du das vorschlägst. Sehr anständig. Aber das kommt gar nicht in Frage. Das Ding gehörte dir, und ich hätte nicht für möglich gehalten, dass so ein Trumm einen Abnehmer finden könnte. Die hast du dir verdient, deine ersten zwanzig Euro. Wenn du einen Rat willst, rahme sie und häng sie in deinem Zimmer auf.«

»Hast du das gemacht?«

»Klar. Als ich das erste Buch verkauft habe. Nur waren das damals zwanzig Lire.«

Sie hielten vor einer Bar in zweiter Reihe. »Lass uns einen Kaffee trinken«, sagte Antonino, »ich lade dich ein, zur Feier des Tages.«

»Kommt nicht in Frage. Ich bezahle. Weißt du, dass dieser Job gar nicht so verkehrt ist?«

Während sie nach Hause fuhren, nachdem sie sich den ganzen Tag abgerackert hatten, meinte Antonino, es sei an der Zeit, mit Roberto einmal ein paar Takte zu reden. Seit der Junge für ihn arbeitete, hatte er ihm keinerlei Probleme bereitet, höchstens dass er nie so recht wusste, was wirklich in seinem rasierten Schädel vor sich ging. Aber im Grunde hatte auch ich meinem Vater oder meinem Großvater nie groß etwas zu sagen, dachte er.

»Du scheinst mir ein anständiger Kerl zu sein, Roberto. Entschuldige, wenn ich mich in deine Angelegenheiten einmische, aber es gibt da etwas, was ich nicht verstehe. Du bist jemand, der sich nicht vor der Arbeit drückt, du bist alles andere als dumm, du lernst schnell. Kannst du mir mal sagen, warum du dich in die Scheiße reitest für elf Volltrottel, die Millionen dafür verdienen, dass sie hinter einem Ball herrennen, während wir uns hier einen abbrechen, um hundert Euro zusammenzukratzen?«

Roberto seufzte. Wenn er für jedes Mal, dass man ihm diese Frage gestellt hatte, einen Euro bekommen hätte, wäre er selbst Millionär. Darüber hinaus war es eine dämliche Frage. Ob ein Fußballer nun tausend oder eine Million Euro verdiente – was änderte sich dadurch? Nichts. Er ging wegen seiner Mannschaft ins Stadion, wegen der Vereinsfarben, des Gefühls der Zugehörigkeit. Er versuchte es Antonino zu erklären, der es immer noch nicht verstand: »Aber was, Roberto, macht das im Grunde für einen Unterschied, ob die Mannschaft gewinnt oder verliert? Ich meine, was ändert sich dadurch für dich? Du hast doch so oder so dein eigenes Leben, eine Arbeit, ein Mädchen, Freunde. Oder solltest sie haben ...«

»Genau das ist es«, unterbrach der Junge ihn, »meine Freunde, die habe ich dort, im Stadion. Wir gehen zum Fußball, um zusammen zu sein, wegen der Freundschaft. Damit der eine dem anderen hilft, wenn wir in Gefahr geraten. Wir sind loyal und solidarisch, und das findest du heutzutage kaum noch irgendwo. Die Leute, die von außen draufgucken, meinen, wir seien kriminell, arbeitsscheu, Säufer und Junkies, aber das stimmt überhaupt nicht. Das stimmt ganz und gar nicht. Gut, es gibt auch solche, aber fast alle von uns arbeiten, wir reißen uns für tausend Euro im Monat den Arsch auf, und viele haben auch Frau und Kinder, die sie ernähren müssen ...«

Na bitte, dann bleibt am Sonntag zu Hause bei Frau und Kindern, dachte der Trödler.

»... und wenn wir da im Stadion sind, alle zusammen, dann sind wir nicht mehr ein einzelnes Arschloch, das der Chef niedermachen oder grundlos feuern kann. Wenn wir alle zusammen sind und singen und geschlossen agieren, dann kriegen sie Angst vor uns.«

»Wisst ihr, wie ihr auf jemanden wirkt, der euch von außen betrachtet? Ich sage es dir in aller Offenheit: wie arme Schweine, die sich mit Bier volllaufen lassen und einander ohne Grund die Birne einschlagen.«

»Das ist das, was in den Zeitungen steht. In der Zeitung und im Fernsehen hört man immer nur von Schlägereien und Gewalt, aber nie von den Sammelaktionen für die Kinder von Gaslini oder den Solidaritätsaktionen. Wir sind für soziale Gerechtigkeit, wir kämpfen für unsere Rechte und wollen ein besseres Italien aufbauen.«

Antonino zog eine Grimasse des Erstaunens. Der Junge hatte Leidenschaft, schade nur, dass er sich dafür den falschen Gegenstand ausgesucht hatte. »Aber wenn ihr für soziale Gerechtigkeit seid, dann müsstet ihr euch alle zusammenschließen, alle jungen Fans, von allen Mannschaften. Ihr müsstet gemeinsam eine Revolution anzetteln, anstatt einer den anderen vermöbeln. Das würde mir dann einleuchten.«

»Ach, das werden wir schon tun. Keine Angst, das machen wir noch. In anderen Ländern ist es bereits passiert. Wer ist denn in Tunesien, in Ägypten, in ganz Nordafrika auf die Straße gegangen, um sich von der Polizei abschlachten zu lassen? Wer hat denn den Mumm besessen, mit erhobenem Kopf und bloßen Händen der Armee gegenüberzutreten, bis diese Schweinehunde von Diktatoren das Feld räumen mussten? Die Ultras. Und ich sage dir, das wird auch bei uns passieren. Jetzt versuchen sie alle, uns aus den Stadien rauszuschmeißen, weil das wahre Volk die nicht interessiert, die interessieren nur die Fernsehgelder. Aber wenn sie uns rausschmeißen, wird es für sie noch schlimmer kommen, denn wir werden woanders hingehen, auf die Straße, um zu demonstrieren. Und wenn sie auf Konfrontation aus sind, dann werden sie sie bekommen, das sage ich dir.«

Antonino schüttelte besorgt den Kopf. Roberto war noch jung und konnte sich an den G8-Gipfel nicht richtig erinnern. Die größte Abrechnung zwischen Ultras und Polizei. Wie üblich hatte es Leute erwischt, die nichts damit zu tun hatten, und wie üblich hatten die Ultras den Kürzeren gezogen.

Roberto war nicht mehr zu halten und fuhr mit seiner Predigt fort, wobei er fast wortwörtlich wiederholte, was sie sich bei Auswärtsspielen und Versammlungen vorbeteten. »Der Staat behandelt uns wie Tiere. Er behandelt alle wie Tiere, aber wenn die anderen das hinnehmen, wenn die anderen Schafe sind, dann ist das ihr Pech. Wir sind Wölfe und wollen niemanden, der über uns bestimmt.« Antonino nickte, wenig überzeugt. Er wollte Roberto sagen, dass auch er, als junger Bursche, ein Wolf gewesen war. Und dass er sich kein bisschen wie ein Schaf fühlte. Dass er aber im Laufe der Jahre die Augen hatte öffnen und zugeben müssen, dass die Wölfe fast ausgestorben waren, während die Schafe sich bester Gesundheit erfreuten. Sie mussten sich nur einmal im Jahr scheren lassen.

Er beschloss, die Sache auf sich beruhen zu lassen und wieder auf sein Terrain zurückzukehren, wo der Junge in die Defensive geriet und er seine Autorität ausspielen konnte. »Okay, Roberto, lassen wir es dabei bewenden. Wir sind fast da. Und dann arbeiten auch wir, auf unserer Ebene, für eine bessere Gesellschaft, in der die Dinge nicht vergeudet, sondern wiederverwendet werden, wo man den Ausschuss des Konsumismus rettet und für wenig Geld an den weitergibt, der ihn nötig hat. Habe ich recht?«

Zehn Minuten später bog er von der Umgehungsstraße ab, fuhr um den Block und hielt mit dem Ducato genau an der Porta dei Vacca.

»Ciao, Robe'. Dann also bis morgen früh, acht Uhr.«

»Morgen auch?«

»Ja, klar. Du hast gerade erst angefangen mit der Arbeit und hast sie schon über?«

»Genau genommen arbeite ich seit drei Wochen. Und ich hatte noch keinen Tag frei.«

»Na, was ist schon groß dabei? In deinem Alter wusste ich nicht einmal, was das ist, ein freier Tag.«

»O Scheiße, morgen ist doch Samstag …«

»Eben, Samstag ist der Tag, an dem es die meiste Arbeit gibt, weil die Leute zu Hause sind. Und diesen Sonntag ist es noch schlimmer. Am Sonntag ist der Flohmarkt im Zentrum, da klingelt der Wecker um fünf.«

Roberto stieg aus dem Lieferwagen, schloss die Tür und schüttelte den Kopf: »Ruhst du dich denn nie aus?«

»Die Toten ruhen sich aus«, sagte Antonino, legte den ersten Gang ein und tauchte in den Verkehr ein.

Roberto trat durch die Porta dei Vacca, ging die Via del Campo hoch und weiter Richtung Maddalena. Er war begierig, eBay aufzurufen und zu sehen, ob irgendwelche Gebote hereingekommen waren. Er hatte ziemlich locker zwanzig Euro verdient, worauf er stolz war, aber er wusste, dass er in diesem Tempo seine Schulden nie loswerden würde. Das waren zweitausend Euro, nicht einer mehr und nicht einer weniger. Durch einen dummen Zufall war ihm ein bereits angebahntes Geschäft geplatzt, für das Mohamed ihm, gegen einen kleinen Vorschuss, den Rohstoff geliefert hatte. Aber die Restzahlung war nie erfolgt. Mohamed hatte ihm nun bis Ende des Monats Zeit gegeben, um diese zu leisten, und mit Mohamed war nicht zu spaßen.

Kapitel 15

Agnieszka

Punkt acht Uhr öffnete Agnieszka das Tor vor der Villa. Sie war seit vier Uhr morgens wach und hätte nicht sagen können, wie viel sie in dieser von Alpträumen zerquälten Nacht geschlafen hatte. Sie konnte sich an keinen Traum im Einzelnen erinnern, nur an ein alles beherrschendes Gefühl der Bedrohung, des Verlustes und eine böse Finsternis, die sich über ihr ausbreitete. Es hatte sie eine enorme Willensanstrengung gekostet, bis sechs Uhr im Bett zu bleiben, dann war sie aufgestanden und hatte gefrühstückt, mit dem Brot des Vortages, das sie in ihren Caffè Latte getunkt hatte. Das war in Polen viele Jahre lang ihr Abendessen gewesen, aber kaum in Italien angekommen, hatte sie davon nichts mehr wissen wollen. Es gab Gebäck und Süßigkeiten in Fülle, zu günstigem Preis, und das Brot war so billig, dass man es wegwerfen oder den Hühnern verfüttern konnte. Doch seit einigen Jahren hatte sie ihre alten Gewohnheiten wieder angenommen, eher aus Nostalgie denn aus Notwendigkeit, und jeder Bissen Brot, den sie in den Caffè Latte tunkte, erinnerte sie an ihre Mutter, an ihre Heimat, an den Traum von einem anderen und bequemeren Leben, das ihre Neffen da oben jetzt langsam kennenlernten.

Gegen halb acht hatte sie das Haus verlassen und ein zügiges Tempo angeschlagen. Auf dem Weg waren ihr ein paar Autos und der Lieferwagen vom Supermarkt begegnet, den sie fast jeden Morgen um diese Zeit sah. Die Luft war schon unnatürlich warm. Dieser August war nicht nur wegen der heißen Tage so drückend, sondern weil man nicht einmal am frühen Morgen oder am späten Abend ein wenig Luft bekam. Das klassische August-Gewitter war noch nicht heruntergekommen, aber inzwischen war es nur noch eine Frage von Tagen, und dann würde das Wasser endlich all die Schlacken und all die bösen Gedanken fortwaschen.

Sie öffnete die Haustür der Villa Moncalvo, ging in die Küche, um die Tüte abzustellen, in die sie Spülmittel und ein wenig Gemüse für die Suppe gepackt hatte. Den Einkauf für den Grafen ließ sie einmal wöchentlich von der Drogerie an die Villa liefern, sie selbst brachte nur die dringendsten Sachen mit und das, was für den jeweiligen Tag fehlte.

Sie stieß einen tiefen Seufzer der Erleichterung aus und ging hinauf ins Obergeschoss. Der Graf lag auf dem Bett ausgestreckt, auf dem Rücken, mit offenem Mund. Er schlief oft so, wie ein Ertrunkener, der nach Luft schnappte, und während sie ihn betrachtete, musste sie daran denken, wie schmal die Trennlinie zwischen Leben und Tod war.

Sie nahm das leere Glas vom Nachtkästchen, ging wieder hinunter in die Küche und wusch es sorgsam ab, ehe sie es in den Abtropfkorb über der Spüle stellte. Danach nahm sie ein anderes Glas, gab etwas Wasser und zehn Tropfen von der Medizin hinein, kehrte ins Schlafzimmer zurück und stellte es auf das Nachtkästchen. Erst da entdeckte sie das Buch am Fuß des Bettgestells.

Es war ein schöner ledergebundener Band, eine Schmuckausgabe der Bibel. Sie öffnete ihn und sah, dass das Porträt eines bärtigen Mannes darin lag. Das hatte sie nie vorher gesehen. Wo kam es her? Der Graf lag immer noch in derselben Stellung, man hörte weder Atmen noch Röcheln.

Agnieszka steckte das Buch in die Tasche der Schürze und zögerte lange, ehe sie es schaffte, die Hand auszustrecken und die Stirn des Alten zu berühren. Sie war kalt, die Gesichtshaut begann durchscheinend, die blauen Venen deutlicher zu werden. Sie hob die Decke hoch und sah, dass das Laken darunter gelb befleckt war. Als sie ihn wieder zudeckte, glitt der Arm des Grafen auf ihre Hand, sie stieß einen kleinen Schrei aus und sprang zwei Schritte vom Bett weg.

Der Leib des Grafen Guinigi lag nicht mehr in der natürlichen Ruheposition des Schlafenden, man sah auf den ersten Blick, dass der Tod ihn sich geholt hatte.

Agnieszka nahm das Telefon vom Nachtkästchen, suchte die Nummer von Doktor Giulio im Adressbuch heraus und rief ihn an. Der Doktor antwortete beim fünften Klingeln.

»Herr Doktor, hier ist Agnieszka. Ich rufe aus dem Haus des Herrn Grafen an. Es ist ein Unglück geschehen. Kommen Sie bitte sofort, ich weiß nicht, was ich tun soll.«

Kapitel 16

Marco Luciani

Marco Luciani betrachtete die Maske von Facebook. Kaum war er an jenem Morgen ins Büro gekommen, da hatte er das Social Network aufgerufen und sich unter einem falschen Namen registriert, um so schnell wie möglich »Sofia Lanni« zu suchen. Aber das war ein naiver Versuch, und naiv war sie nicht. In der Tat war die einzige Sofia Lanni, die er gefunden hatte, eine Frau in Ohio, Mitte fünfzig, mit Hund auf dem Arm. Es schien ihm merkwürdig, dass sie nicht bei Facebook war, vielleicht hatte sie sich registriert, war dann aber wieder ausgestiegen und hatte ihr Profil gelöscht, als sie beschlossen hatte zu verschwinden. In diesem Moment klopfte Iannece.

»*Mamma mia*, sehen Sie vielleicht aus, Herr Kommissar. Wieder eine schlaflose Nacht?«

»Inzwischen zähle ich schon nicht mehr mit. Aber das ist es nicht.«

»Was ist es dann?«

»Nichts. Ich habe jemanden auf Facebook gesucht, aber nicht gefunden.«

»Ahh, das ist prima, da bin ich auch. Und meine Frau. Ich wusste nicht, dass Sie auch dabei sind, Commissario. Darf ich Sie um Ihre Freundschaft bitten?«

»Nein, ich bin da nicht. Ich denke gar nicht dran.«

»Und wie sind Sie dann reingekommen?«

»Unter falschem Namen.«

Iannece dachte eine Weile nach. »Vielleicht hat die Person, die Sie suchen, das genauso gemacht.«

»Das heißt?«

»Das heißt, dass Sie einander niemals finden werden.«

Tatsächlich glaube ich nicht, dass sie sich je unter ihrem wahren Namen anmelden wird, dachte der Kommissar, da sie sich nicht aufstöbern lassen will. Und wenn sie mich finden wollte, könnte sie das nicht. Wenn ich mich dagegen richtig registrieren und etwas schreiben würde und vielleicht das eine oder andere Foto von Ale reinstellen würde, dann könnte Sofia uns wenigstens aus der Ferne begleiten, und wer weiß, wenn sie dann so den Kleinen sieht, wie er heranwächst ... Das war, als würde man in den Atlantik einen Köder werfen, der nur für einen einzigen Fisch geeignet war, und darauf hoffen, dass er anbiss. Im Moment hatte er jedoch keinen besseren Plan, um die Mutter seines Sohnes wiederzufinden.

»Du hast recht, Iannece. Wenn der Prophet nicht zum Berge geht, dann wird der Berg zum Propheten kommen, oder?«

Sein Gegenüber schüttelte den Kopf. »An diese Geschichte habe ich persönlich nie geglaubt, Commissario. Meiner Meinung nach hat der Prophet eine Weile gewartet, und dann ist er an den Strand gegangen.«

Im Laufe des Tages surfte Marco Luciani auf verschiedenen Websites herum und las alle Artikel über den Tod von Pater Antiochus von der ersten bis zur letzten Zeile. Sie waren nicht besonders ausführlich und wenig detailliert. Nur ein paar Seiten zitierten die Aussage eines Augenzeugen: »Sie kamen zu viert, mit Kalaschnikows bewaffnet, und eröffneten das Feuer. Pater Antiochus trat aus der Kirche und versuchte sie zu beruhigen. Sie fragten ihn zuerst nach seinem Namen und knallten ihn dann ab wie einen Hund, ohne ein Wort zu sagen. Dann drangen sie in sein Zimmer ein, stellten alles auf den Kopf, nahmen Papiere und Sachen aus den Schubladen und gingen weg, wie sie gekommen waren.«

Wenn die Tat wirklich so abgelaufen war, dann schien das alles andere als ein religiös motivierter Angriff gewesen zu sein, dachte der Kommissar. Eher ein Raubüberfall. Vielleicht hatte Pater Antiochus gerade erst Geld erhalten, wovon eine Gangsterbande Wind bekommen hatte. Aber mehr noch ähnelte dieser Mord einer regelrechten Exekution. Wenn man es nur auf das Geld abgesehen hatte, wozu hatte man den armen Priester dann umbringen müssen?

Seit der langen Nacht auf Ventotene*, der Nacht, in der ein seiner Bewachung unterstellter Mann einen furchtbaren Tod gefunden hatte, hatte sich ein kleiner Wurm in Marco Lucianis Brust eingenistet, links unterhalb des Herzens, zwischen der letzten und der vorletzten Rippe, um genau zu sein. Der Wurm gab fast immer Ruhe, aber hin und wieder erwachte er, vor allem nachts, und der Wurm sagte ihm, dass diese Geschichte noch nicht zu Ende war, auch wenn die Ermittlungen abgeschlossen waren und ihn womöglich jeglicher Schuld, nicht jedoch seiner Verantwortung enthoben hatten.

In dem Augenblick, als der Kommissar im Radio die Meldung von Pater Antiochus' Tod gehört hatte, war der Wurm unversehens wieder erwacht, und nun nagte er langsam an Rippen und Fleisch und fraß sich Richtung Herz vor. Ob es jetzt nur ein Schuldgefühl oder ein konkretes Alarmsignal war, das zählte wenig. Wichtig war, wachsam zu bleiben, einige Vorkehrungen zu treffen und diejenigen zu warnen, die in diese Geschichte involviert gewesen waren. Wo bist du, Sofia? Bist du deswegen abgetaucht? Wiederholte er leise, während seine Angst wuchs.

Als er nach Hause zurückkam, hörte Marco Luciani als Erstes Alessandros Geschrei. Während er seine Taschen leerte und sich die Hände wusch, wurde das Schreien lauter, ohne dass

* Siehe »Keine Pizza für Commissario Luciani«.

sich die Großmutter mit ihrer beschwichtigenden Stimme eingeschaltet hätte. In böser Vorahnung rannte er ins Schlafzimmer und fand das Kind allein und verzweifelt, in einem durchnässten Strampler. »Ale, was ist los? Wo ist denn die Oma?«

Er nahm das Baby auf den Arm und drehte schnell eine Runde durchs Haus. Donna Patrizia lag auf dem Sofa im Wohnzimmer. Sie atmete, aber um sie zu wecken, musste er ihr ein wenig Wasser ins Gesicht spritzen und ihr zwei kleine Ohrfeigen versetzen.

Sie stritt hartnäckig ab, dass sie ohnmächtig geworden sei. »Ich habe mich nur ein wenig ausgeruht«, aber Marco Luciani insistierte so lange, bis sie zugab, dass das Letzte, woran sie sich erinnern konnte, ein Schwindelanfall gewesen war. »Heute war es schrecklich heiß. Auch Alessandro hat keine Minute schlafen können.«

Der Kommissar betrachtete seine Mutter und merkte, dass sie wirklich mit ihren Kräften am Ende war. Seit drei Monaten zog sie alleine einen Säugling auf, der wenig und immer im falschen Moment schlief, nicht essen wollte und ständig gereizt und quengelig war. Marco Luciani leistete seinen Teil, und mehr als das, aber das genügte nicht. Er half ihr auf, und Donna Patrizia bemerkte seine Pistole unter dem Jackett. »Hast du die Waffe mit nach Hause gebracht?«

»Äh, ja.«

»Wieso denn?«

»Nun ... Ich habe eine neue bekommen, und da dachte ich, die kann ich zu Hause behalten.«

»Du weißt, dass ich keine Waffen im Haus haben will, wo das Kind herumkrabbelt.«

»Das Kind ist doch noch viel zu klein, Mama.«

»Denk das nicht. Der fasst schon überallhin. Es gibt jedenfalls keinen Grund, sie hierzubehalten. Oder gibt es irgendein Problem?«

»Unsinn«, sagte er, »es gibt überhaupt kein Problem. Ich räume sie jetzt weg, und du wirst sie nie wieder zu Gesicht bekommen.«

»Versteck sie gut.«

»Klar, keine Sorge, ich werde die Waffe an einem Ort verstecken, das Magazin an einem anderen. Und dann sperre ich sie weg.«

»Ich will nicht einmal wissen, wo du sie hintust.«

»Es ist aber besser, dass du es weißt, Mama, denn erstens besteht die Gefahr, dass ich es vergesse, zweitens lebst du in einem abgelegenen Haus, und früher oder später könnte sie dir einmal nützlich sein.«

»Dann gibt es also doch ein Problem«, sagte sie alarmiert, »es hat hier in der Gegend doch nicht etwa Überfälle gegeben?«

»Aber nein, Mama. Keine Angst.«

»Ich würde sie ohnehin niemals benutzen«, sagte Donna Patrizia empört, »die sollen ruhig mitnehmen, was sie wollen.«

Er lächelte: »Um Ale zu verteidigen, würdest du sie auf jeden Fall benutzen.«

»Das versteht sich von selbst. Um Ale zu verteidigen, würde ich auch eine Panzerfaust verwenden.«

Marco Luciani fiel wieder ein, dass das Kind gewickelt werden musste. Es war tropfnass geschwitzt und vom Weinen erschöpft. Er zog ihm frische Sachen an, versuchte es zu füttern, aber das Kind schaffte es nicht einmal zu schlucken, und der Kommissar sagte sich, dass der Augenblick gekommen war, allen dreien ein wenig Erholung zu gönnen. Im Kommissariat war kaum etwas los, wenn man von der durch die Hitze verursachten Sterbewelle unter Greisen absah, und ehe auch seine Mutter in einer Todesanzeige landete, war es Zeit für eine Luftveränderung.

Kapitel 17

Agnieszka

Doktor Giulio roch am Inhalt des Trinkglases.

»Er hat nicht einmal seine Medizin genommen«, sagte er, »Agnese, um wie viel Uhr nahm er das Blutdruckmittel für gewöhnlich ein?«

»Um acht.«

»Entweder hat er es vergessen, oder ihm ist schon vorher schlecht geworden. Um wie viel Uhr bist du gestern Abend gegangen?«

»Um sieben. Wie immer.«

»Schwer zu sagen, um wie viel Uhr er gestorben ist«, sagte der Arzt.

»Er ist auch nicht zum Essen hinuntergegangen. Der Reis ist noch im Topf.«

»Welchen Eindruck hat er denn gestern auf dich gemacht? Ist er im Bett geblieben?«

»Ja, fast den ganzen Tag. Er war müde, sein Verstand war aber wacher als gewöhnlich. Es ging ihm nicht besonders schlecht.«

Der Arzt zuckte mit den Achseln. »Andererseits wussten wir, dass das in seinem Alter und in seinem Zustand jederzeit passieren konnte.«

»Ich hoffe nur, er hat nicht gelitten.«

»Ich glaube nicht. Hast du ihn so gefunden?«

»Ja, er war im Bett und sah aus, als schliefe er. Entspannt. Ich habe versucht, ihn zu wecken, aber er wäre fast auf mich draufgefallen.«

»Er muss einen weiteren Schlaganfall gehabt haben, stärker diesmal. Oder vielleicht hat das Herz versagt. Die Autopsie wird uns mehr verraten.«

»Die Autopsie?«, fragte Agnieszka.

»Nun, wir sollten sie besser durchführen lassen.«

Sie schüttelte den Kopf und bekreuzigte sich drei Mal.

»Mein Gott, hat er nicht schon genug gelitten? Ihr wollt ihn zerlegen wie ein Tier?«

»Agnese, das darfst du so nicht sehen. Er kann inzwischen nichts mehr spüren …«

»Ich aber schon. Was ich empfinde, zählt überhaupt nicht, wie gewohnt. Nach über zwanzig Jahren, die ich ihn gehegt und gepflegt habe. Klappe halten, polnische Dienerin!«

Sie setzte sich auf einen Stuhl und schlug die Hände vors Gesicht.

Der Arzt trat an sie heran. Wie dumm und gefühllos von ihm! Er hätte bedenken müssen, dass der Graf und die Polin immerhin so etwas wie ein Paar gewesen waren.

»Verzeih, Agnese. Das wollte ich damit nicht sagen. Niemand hat das je von dir gedacht.«

»Er schon. Dieser Schweinehund. Du weißt, wie sehr ich ihn geliebt habe. Und wie sehr ich auch dich geliebt habe«, sagte sie, ihn jetzt duzend. Sie hob die geröteten Augen und schaute ihn an. Er senkte sofort den Blick, verwirrt.

»Und schau, wie ich geendet bin. Allein, in einem fremden Land. Ohne irgendjemanden.«

Der Arzt begann, im Zimmer auf und ab zu gehen. Er zog die Jacke aus und krempelte die Hemdsärmel hoch. »Diese Hitze … diese furchtbare Hitze bringt reihenweise die Leute um. Alte Leute. Sie trinken nicht, sind dehydriert …«

»Ich hab's ihm immer gesagt. Aber Sie wissen, wie stur er war.«

»Auf jeden Fall müssen wir jemanden verständigen«, setzte

der Arzt wieder an, »jemanden aus der Verwandtschaft. Dann schauen wir, was sie von einer Autopsie halten.«

Agnieszka zuckte mit den Achseln. »Die einzigen Verwandten sind entfernte Neffen, die in Mantua leben. Ich kann sie anrufen. Sie mochten einander aber nicht. Er hatte sie seit Jahren nicht gesehen. Ich habe mit dem Grafen vergangene Woche darüber gesprochen, und auch von Ihnen haben wir geredet, Herr Doktor.«

»Von mir?«

»Ja. Gehen wir in die Küche? Ich halte es hier nicht mehr aus. Ich mache einen Kaffee und erzähle es Ihnen.« Sie war zum »Sie« zurückgekehrt, war wieder auf Distanz gegangen, doch nichts verbot ihr, sich wieder ihrem einstigen Liebhaber und Komplizen zu nähern.

»Der Herr Graf hat mir letzte Woche gesagt, er sei traurig und besorgt wegen seiner Sachen. Er wollte nicht, dass sie nach seinem Tod auf seine Großneffen übergingen. Er hat mich gefragt, ob ich etwas von den Möbeln oder dem Schmuck wollte, und ich habe nein gesagt, ich will nichts, was soll ich damit? In meiner Wohnung habe ich alle Möbel, die ich brauche. Und kann ich vielleicht Schmuck tragen? Wann denn? Und wo? Ich gehe ja nicht ins Theater oder auf Partys. Er hat mir gesagt: Du kannst ihn verkaufen. Und ich habe geantwortet: Schmuck zu verkaufen bringt Unglück.«

Der Arzt hörte ihr zu und runzelte die Stirn. Der Kaffee war exzellent. Sie hatte immer hervorragenden Kaffee gemacht.

»Aber die Möbel kannst du doch verkaufen, hat er mir gesagt, die sind eine Stange Geld wert. So bekommst du vielleicht das Geld zusammen, um nach Polen zu deinen Neffen zurückzukehren.«

Sie fing erneut zu weinen an, beruhigte sich aber schnell wieder. »Entschuldigen Sie. Diesmal weine ich ein bisschen meinetwegen, Herr Doktor. Ich habe jetzt niemanden mehr, habe keine Arbeit mehr. Vielleicht sollte ich wirklich zurück nach Polen gehen?«

Er antwortete nicht.

»Ach, Herr Doktor. Das Wichtigste habe ich ja ganz vergessen. An dem Tag, an dem er von seinen Sachen redete, hat der Graf mir gesagt: Wenn mir eines Tages etwas zustoßen sollte, dann erinnere dich an Doktor Giulio. Er ist immer freundlich gewesen. Und ihm hat immer meine Pfeifensammlung gefallen.«

Der Arzt hob überrascht die Augen. Dann schüttelte er den Kopf und lächelte nervös.

»Wirklich, Herr Doktor.«

»Er hat dir gesagt, dass er sie mir hinterlassen wollte?«

»So hat er es ausgedrückt, Doktor. Ich schwöre es.«

»Hat er es dir nur gesagt, oder hat er auch etwas Schriftliches hinterlegt?«

»Ich glaube nicht. Nein. Er hat es mir letzte Woche gesagt.«

»Weißt du, ob es ein Testament gibt, eine Verfügung, ob er einen Testamentsvollstrecker bestellt hat?«

Sie schüttelte den Kopf. »Es gibt nichts dergleichen. Er hat gesagt: Vielleicht ist es besser, wir gehen zu einem Notar und regeln alles, wie es sich gehört. Man weiß nie. Vielleicht spürte er, dass es zu Ende ging mit ihm. Wir haben es aber nicht rechtzeitig geschafft.«

Sie schwieg eine Weile, dann fing sie wieder an: »Die Pfeifensammlung jedenfalls …«

»Die kann ich nicht annehmen«, sagte er schnell, »wenn er das nur so gesagt hat, ohne es schriftlich zu fassen, kann ich das nicht annehmen. Ich würde mir womöglich eine Menge Ärger mit den Verwandten einhandeln.«

Agnieszka ergriff seine Hand und kehrte zum »Du« zurück. »Natürlich kannst du. Du musst. Es ist eine schöne Sammlung.

Er hatte sie mit so viel Liebe zusammengetragen. Sammlungen müssen auf jemanden übergehen, der sie liebt. Ich weiß nicht, ob sie viel oder wenig wert ist, aber ich weiß, das du sie liebst. Und die aus Mantua wissen nicht einmal, dass sie existiert.«

Meine Fresse, und ob die viel wert ist, dachte der Doktor. Da ist eine österreichische Meerschaumpfeife dabei, die alleine zweitausend Euro kostet, wenn man sie kaufen will. Und wenn man sie verkauft, wird sie mindestens dreizehnhundert bringen. Und die Age Bogelund aus der Blütezeit Baris? Fünftausend, vielleicht. Auch wenn sein Lieblingsstück die englische Willmer blieb, Straight Grain AAA, essentiell und elegant. Um Himmels willen, die würde ich nie verkaufen, zumindest für einige Zeit würde ich sie mir in einen schönen Vitrinenschrank ins Wohnzimmer stellen und ihren Anblick genießen. Agnieszka lächelte, immer noch seine Hand haltend. Der Doktor fühlte sich unbehaglich und zog sie zurück. Ihm war völlig klar, dass sie, indem sie ihm diese Sammlung anbot, einen Freibrief wollte, um sich ihrerseits etwas zu nehmen, vielleicht tatsächlich Möbelstücke, ehe die Verwandten anrückten und sie beanspruchten. Agnieszkas Art, manchmal knallhart, dann wieder honigsüß zu sein, hatte ihn immer in Verlegenheit gebracht.

»Ich weiß nicht«, sagte er und stand auf, »zuerst einmal rufen wir das Bestattungsinstitut an. Dann diese Verwandten, um zu hören, was sie von einer Autopsie halten.«

Auch Agnieszka erhob sich. Sie lächelte nicht mehr. »Ich war seine nächste Verwandte. Ich war die einzige Person, die ihn geliebt hat und die er geliebt hat. Und zur Autopsie sage ich nein. Du verstehst das nicht. Das ist den Verwandten egal. Für sie ist er ein Fremder. Für mich nicht, denn ich habe mehr als zwanzig Jahre meines Lebens mit ihm verbracht. Wenn ich deine Frau anrufen würde, würde sie vielleicht eine vernünftigere Meinung kundtun. Was würde sie sagen, wenn du der Tote wärst? Was würde sie über den Mann sagen, den sie ihr Leben lang geliebt hat und den sie immer noch liebt?«

Sie sprach von Liebe, aber in ihren Augen lag ein abgründiger Glanz. Der Arzt spürte einen Schauer, diese Person war wirklich fähig, seine Frau anzurufen und ihr alles zu erzählen. Wirklich alles. Und auch wenn inzwischen viele Jahre vergangen waren oder vielleicht gerade deshalb, konnte er nicht zulassen, dass das geschah.

Die Totengräber waren bereits abgefahren, die Leiche des Grafen ruhte mehr oder weniger in Frieden im Fond des Wagens. Das Bestattungsunternehmen würde den Friedhofswächter verständigen, damit in der Familienkapelle Platz geschaffen wurde, sobald die Genehmigung zur Bestattung kam. Ehe sie kamen, hatte der Doktor die Pfeifen aus der Vitrine geholt und äußerst behutsam in ihre Holz- oder Lederetuis gepackt, die er wiederum in einen Aktenkoffer aus dem Besitz des Grafen gelegt hatte. Dann hatte er den Totenschein ausgestellt und unterzeichnet, einen Herzstillstand ohne Fremdeinwirkung attestierend.

Sie blieben einen Moment verlegen auf der Schwelle der Villa stehen. Keiner von ihnen hatte Lust zu reden. Agnieszka streckte die Hand aus, um ihn zu berühren, der Doktor begnügte sich jedoch mit einem Kopfnicken und wandte sich hastig ab. Hoffentlich war das das letzte Mal, dass ich sie gesehen habe, dachte er.

Die Polin sah ihm nach, während er den Wagenschlag öffnete, den Motor anließ und wegfuhr. Es war ihre Aufgabe, die Verwandten in Mantua zu verständigen. Aber damit hatte es keine besondere Eile.

Kapitel 18

Marco Luciani

Während Donna Patrizia am nächsten Morgen die Koffer packte, fuhr Marco Luciani nach Genua. Er startete den Computer der Dienststelle, loggte sich bei Facebook ein und registrierte sich unter seinem echten Namen. Er schämte sich dafür, aber es geschah zum Wohle Alessandros, und da mussten die Skrupel hintenanstehen. Bei der Suche nach »Marco Luciani« hatte er rund hundert Profile gefunden, und er fragte sich, wie Sofia es schaffen sollte, ihn darunter zu erkennen. Da er kein Foto von sich verwenden wollte, wählte er als Erkennungsbild seines Profils einen Abschnitt vom Spazierweg bei Camogli, dem Ort, wo sie sich zum ersten Mal wirklich kennengelernt hatten. Er fügte »Genua« als Stadt ein, blieb beim Rest aber vage, seinen Beruf inbegriffen, der im Netz nicht unbedingt für große Sympathie gesorgt hätte. Beim Stichwort Religion schrieb er »alternative Richtung«, bei Interessen schrieb er »passive«. Der Haken war ausgeworfen, jetzt galt es noch, den richtigen Köder zu wählen.

Gegen zehn redete er mit dem Polizeichef und erklärte, dass es seiner Mutter nicht gutgehe und er sie sofort in die Berge bringen müsse, weshalb er seine Ferien um einige Tage vorziehen wolle. Dann unterrichtete er auch Livasi. »Kein Problem, ich bin eh bis Mitte August hier«, erwiderte sein Stellvertreter, hocherfreut, dass er alleine das Kommando übernehmen konnte.

»Du kannst auf Calabrò bauen, aber ruf mich im Notfall an, ich nehme mein Handy mit.«

Sein Gegenüber brachte ein »Ja, klar!« heraus, das nicht sehr überzeugend klang, doch der Kommissar verscheuchte seine Schuldgefühle. Er nahm seinen Laptop mit, den er im Büro benutzte, kehrte nach Camogli zurück und lud das Kind, die Großmutter und das Gepäck in seinen Clio, Destination Bormio. Im Auto schlief Ale die meiste Zeit, ebenso wie Donna Patrizia. Nichtsdestotrotz klappten sie beide am Abend, nach einem exzellenten Essen im Hotel, ziemlich schnell zusammen, von der frischen Bergluft erquickt.

Marco Luciani blieb ein bisschen länger auf und las die Zeitungen. Die Leiche Pater Antiochus' war schon unterwegs nach Italien. Die Regierung von Burkina Faso versicherte, die Gangster, die ihn getötet hatten, würden bald gefasst werden.

Am nächsten Morgen, während Donna Patrizia und Alexander der Große sich noch fertigmachten, ging Marco Luciani hinunter in die Lobby und verband sich mit dem Hotspot. Schon in den ersten 24 Stunden hatte ihn die große Facebook-Familie mit offenen Armen aufgenommen und versuchte, ihm ein Gefühl von Geborgenheit zu vermitteln. In Anbetracht seines Alters, seines Berufs und seines Wohnortes wurden ihm bereits diverse Personen vorgeschlagen, die er kennen konnte. Und dann gab es weitere, die ihn von sich aus sympathisch und interessant fanden und ihm Grüße und Fotos schickten. Tamara Beck zum Beispiel schien ein sehr leutseliges Mädchen zu sein, das kein bisschen unter der Fehlfunktion ihrer Hirnanhangsdrüse litt, trotz der damit verbundenen Verunstaltung ihrer Brüste, die sich auf Kanonenkugelgröße aufgeblasen hatten. Jada Jewel dagegen lächelte heiter, ungeachtet ihrer wirtschaftlichen Notlage, die sie zwang, zwei Nummern zu kleine Kleidungsstücke zu tragen, die jeden Moment zu platzen schienen. Keine von beiden ähnelte Sofia, und sicher hätte diese, wenn sie Luciani hätte kontaktieren wollen, ein etwas raffinierteres Alter

Ego gewählt. Womöglich mit irgendeiner Anspielung, die er hätte entschlüsseln können. Wieder sagte er sich, dass es keine Garantie dafür gab, dass Sofia Lanni unter falschem Namen bei Facebook war, und noch weniger, dass sie nach ihm suchte. Einen Versuch war es auf jeden Fall wert. Mit viel Mühe gelang es ihm, sich in seinen Mail-Account von Hotmail einzuwählen, wohin er einige Fotos von Ale geschickt hatte, und diese bei Facebook hochzuladen. Nun war der Haken auch mit einem Köder versehen. Es hieß nur noch: Geduld haben.

An den zwei ersten Ferientagen schlief der Kommissar so viel wie möglich. Er hatte tonnenweise Schlaf nachzuholen, und da er nichts zu tun hatte, beschloss er, seinen Biorhythmus dem von Alessandro anzupassen. Jedes Mal wenn der Kleine einschlief, egal zu welcher Tages- oder Nachtzeit, lief auch er zur nächstbesten weichen Unterlage und machte sich lang.

Am dritten Tag fühlte er sich schon gestärkt genug, um, mit den Saucony an den Füßen, eine Runde zu wagen. Er wusste, dass er außer Form war; seit Alessandro in sein Leben getreten war, hatte er praktisch nicht mehr trainieren können. Zuerst hatte das kleine Ungeheuer dafür gesorgt, dass die langfristige Vorbereitung eines Halbmarathons für die Katz war, und dann hatte es ihn ganze Nächte lang nicht schlafen lassen. Es war schon ein Wunder, wenn Marco es morgens bis zur Arbeit schaffte, und abends begann dann die eigentliche Arbeit, mit der Wachablösung bei seiner Mutter, die den ganzen Tag den Kleinen versorgt hatte. Während er Alessandro ein Schlaflied ins Ohr hauchte, sagte er sich jede Nacht, dass er unbedingt einen Babysitter finden musste, trotz des stolzen Widerstands seiner Mutter, aber am Folgetag wurde er dann von tausend anderen Sorgen überrannt und schaffte es nicht, sich auf dieses Problem zu fokussieren und zu überlegen, wer die richtige Kandidatin sei.

Er gönnte sich einen schönen Auslauf von 35 bis 40 Minuten, der ihn weniger Mühe als erwartet kostete. Nachdem er so lange pausiert hatte, entdeckte er wieder die Freude am Laufen, ohne die Fixierung auf Temposteigerungen, Zeiten und Trainingspläne. Er hatte absichtlich Uhr und Pulsmesser im Hotel gelassen, es gab nur ihn, die Schuhe, die Straße, das traumhafte Bergpanorama und die bösen Gedanken, die er vertreiben musste. Er löschte Sofia und Pater Antiochus, Alessandro und Donna Patrizia, Livasi und Iaquinta, seinen Vater Cesare und Giampieri, seinen Stellvertreter, der viel zu früh von ihm gegangen war*. Er lief alleine und dachte dabei an die Freunde von früher, von denen er lange nichts mehr gehört hatte, an die Schulkameraden, an die Sommerurlaube, an ein Leben, das ihm damals kompliziert und heute dagegen auf schmerzhafte Weise schön vorkam.

* Siehe »Kein Schlaf für Commissario Luciani«.

Kapitel 19

Roberto

Antonino stellte die Frequenz mit dem Verkehrsfunk ein, dann suchte er italienische Musik im Radio. Er war gutgelaunt und hatte Lust zu reden.

»Roberto, weißt du noch, was ich dir letztens erzählt habe?«

»Was?«

»Von dem Schmuck. Von der Leiche.«

»Hab schon verstanden. Das war eine Ente.«

»Aber nein. Das ist ja schon eine fixe Idee von dir. Das stimmt alles. Ich wollte dir nur sagen, dass wir heute Nachmittag wieder so einen Kunden haben.«

»Inwiefern?«

»Wieder ein Haus, dessen Besitzer unverhofft gestorben ist, ohne Erben. In Castelbruno.«

»Ich mache die Truhen nicht auf«, sagte Roberto. Aber er lächelte, und Antonino erkannte in seinen Augen die Erregung des Schatzsuchers.

Es war nicht so leicht, das Haus zu finden. Sie mussten ein paar Mal auf der Straße nach dem Weg fragen und erhielten recht vage und wenig überzeugende Angaben. Beim dritten Versuch endlich erklärte ihnen ein Tankwart, wo genau sie von der Straße abzufahren und einem Feldweg zu folgen hatten, bis sie zur Villa Moncalvo kamen. Nach einigen Kurven zwischen den Feldern sahen sie in der hitzeflirrenden Luft die gelbe Villa mit dem Jugendstil-Turm, welche die Frau am Telefon beschrieben hatte.

Sie hatte den Lärm des Lieferwagens gehört und war hinaus auf den Hof getreten, die Arme über einer Kittelschürze vor der Brust verschränkt. Sie war feist und nahezu halslos, ihr bäurisches Gesicht hatte eine argwöhnische Miene angenommen.

»Da wären wir. Sie sind Frau Agnese?«

»Die bin ich. Ihr seid spät dran.«

»Ich bitte um Verzeihung. Wir hatten heute viel zu tun. Und hier in der Gegend kenne ich mich nicht aus.«

»Kommt mit«, sagte die Frau, kehrte ihnen den Rücken zu und ging voraus ins Haus.

Antonino und Roberto tauschten einen Blick und eine Grimasse, die besagen sollte: »Mamma mia, was für ein Zargen!« Dann folgten sie ihr ins Haus.

Der Trödler schaute sich konzentriert um, betrachtete alle Gegenstände, die von Wert sein konnten, und überschlug im Kopf, wie viel sie einbringen mochten. Es gab antike Kommoden, Lampen aus Murano-Glas, Spiegelschränke, einige Jugendstil-Skulpturen und ein schönes Möbelstück aus einer Sakristei.

Die Polin kam in den Salon und blieb stehen. »Wie ich am Telefon schon sagte, muss hier einiges ausgeräumt werden. Schafft ihr das alles bis heute Abend?«

Antonino hob die Augenbrauen. »Heute? Heute nicht. Es ist schon spät, und der Lieferwagen ist voll.«

»Dann morgen.«

»Aber morgen haben wir schon zwei Termine.«

»Das heißt?«

»Das heißt, nicht vor übermorgen. Freitag.«

Die Polin verzog das Gesicht. »Zu spät. Warum kommt ihr nicht heute Abend noch einmal wieder?«

»Heute Abend? Sie machen Witze. Es ist schon fünf«, sagte Antonino mit einem Blick auf die Uhr, »wir müssen zurück nach Genua, den Lieferwagen ausladen … das ist unmöglich.«

»Wie Sie wollen«, sagte die Polin mit einem Schulterzucken, »dann rufe ich jemand anderen.«

Antonino wollte sie schon zum Teufel jagen, dann fiel sein Blick jedoch auf die Kommode aus dem 16. Jahrhundert. Es waren ihm noch nicht viele solcher Stücke in seinem Leben untergekommen.

»Was genau wollen Sie denn weggeben?«

»Alles.«

»Alles?«

»Alles, was von Wert ist.«

Der Trödler schaute sie an und merkte, dass sie es eilig hatte. Es war klar, dass sie eine Haushälterin oder etwas in der Art sein musste und dass sie die Sachen verschwinden lassen wollte, ehe irgendein Verwandter kam und Anspruch darauf erhob.

»Und wie viel wollen Sie für alles?«

»Einen angemessenen Preis. Sie kennen die Preise?«

»Natürlich. Das ist mein Beruf.«

»Wie viel ist die Kommode wert, die Sie so interessiert betrachten?«

Antonino verzog das Gesicht. »Pff. In perfektem Zustand kann die in einem Geschäft bis zu zehn-, zwölftausend Euro kosten«, sagte er, trat heran und streichelte mit den Fingern über das Holz, »die hier ist allerdings wurmstichig und müsste restauriert werden. Eine Schublade ist verzogen und schließt nicht richtig. Ich würde sagen, wenn Sie einen guten Restaurator finden und Geduld haben, können Sie zweitausend Euro für die Restaurierung rechnen und sie dann für acht verkaufen.«

Die Polin schüttelte den Kopf. »Sie kennen die Preise nicht. Oder denken, ich wäre bescheuert. Vor zwei Jahren haben wir eine identische Kommode für dreizehntausend verkauft. Ohne Diskussionen.«

»Wem haben Sie die verkauft?«

»Einem Antiquitätenhändler. Eine sehr seriöse Person. Sehr ehrlich.«

»Gut. Dann rufen Sie den an. Ich darf mich verabschieden. Gehen wir, Roberto.«

Antonino wandte sich ab und ging schnurstracks auf die Tür zu. Fünfzig Jahre Erfahrung in diesem Geschäft sagten ihm, dass die Frau ihn aufhalten würde, noch ehe er an der Haustür war. In Wahrheit zögerte Agnieszka, bis sie fast schon wieder in den Lieferwagen eingestiegen waren.

»Warten Sie!«, rief sie, während er den Wagenschlag öffnete.

»Wollten wir wirklich abziehen, oder war das ein Bluff?« Roberto schaute Antonino halb überrascht, halb bewundernd an.

»Was hast du denn gedacht?«, fragte sein Gegenüber und startete den Ducato.

»Ähh, dass du dich in deiner Ehre verletzt gefühlt hast.«

»Und dass wir gehen würden.«

»Hmm.«

»Klar, wenn sie uns nicht zurückgerufen hätte, wären wir gegangen. Und ob.«

»Aber wusstest du denn, dass sie uns zurückrufen würde?«

Antonino lächelte. »Sie hat es eilig. Sie will dieses Zeug so schnell wie möglich loswerden. Und wen hätte sie um diese Uhrzeit denn anderes anrufen können? Und wer hätte ihr garantiert, dass sie jemand Ehrlichen wie mich gefunden hätte?«

Roberto nickte. Heute hatte er etwas gelernt. Man muss erkennen, wann man sich in der Position des Stärkeren befindet, und muss diese ausnutzen. Und wenn man etwas zu einem guten Preis verkaufen will, darf man es niemals eilig haben.

»Und jetzt sehen wir mal, ob du wirklich ein guter Detektiv bist«, sagte Antonino, während er aus der Einfahrt der Villa fuhr, »was ist dir in dem Haus merkwürdig vorgekommen?«

Roberto zuckte mit den Achseln. »Inwiefern merkwürdig?«

»Wart mal. Lass es mich so sagen. Hast du gesehen, wie viele schöne Sachen in dem Haus waren?«

»Jooo.«

»Und was hatten all diese Dinge gemeinsam?«

»Phh. Dass sie alt waren.«

»Ja. Aber noch etwas.«

»…«

»Dass sie groß waren.«

»Groß?«

»Ja. Sofas. Kommoden. Lampenschirme. Hast du auch kleine Wertgegenstände gesehen?«

»Zum Beispiel?«

»Zum Beispiel Statuetten, Gemälde, Schmuck, Uhren … Kann es sein, dass der Besitzer eines solchen Hauses keine anständige Uhr hatte? Oder vielleicht Krawattennadeln, goldene Manschettenknöpfe, Münzen, Briefmarken, Sammlungen … Verstehst du jetzt?«

»Du meinst, die hat schon jemand anderes mitgenommen?«

»Das scheint mir sehr wahrscheinlich.«

»Die Polin?«

»Wer sonst?«

Roberto schwieg eine Weile. »Was für eine Sau«, platzte er am Ende heraus. »Könnten wir denn nicht …?«

»Was?«, sagte der Trödler mit einem Schulterzucken. »Er kann sich nicht mehr beschweren, Verwandte hat er keine, wenn stimmt, was die Frau sagt, und für uns fällt in jedem Fall genügend ab, um ein gutes Geschäft zu machen. Die antiken Möbel bringen einiges ein, ich habe einen an der Hand, der sie mir auf der Stelle abkauft, ohne großes Gewese.«

»Und dann verkauft er sie weiter?«

»Klar. Er bringt sie auf Vordermann, falls Restaurierungsarbeiten notwendig sind, und dann verkauft er sie für das Zwei- oder Dreifache.«

»Wow. Warum bringst du sie denn nicht selbst auf Vordermann?«

»Erstens, weil ich dazu nicht fähig bin. Zweitens, weil man nicht alles machen kann. Drittens, weil ich meinen Profit schon herausgeschlagen habe. Womit wir bei der nächsten Lektion wären: Frag dich nie, wie viel die anderen verdienen. Angenommen, du kaufst für hundert und verkaufst für fünfhundert weiter, dann sei zufrieden. Wenn der andere später für fünftausend weiterverkauft, umso besser für ihn. Dann haben wir alle gewonnen.«

»Bis auf den, der fünftausend bezahlt hat.«

»Nein, auch der. Der ist am zufriedensten von allen, denn er wird Freude an dem Gegenstand haben. Er ist der wirkliche Nutznießer.«

Kapitel 20
Marco Luciani

Marco Luciani loggte sich bei Facebook ein und fand vier Freundschaftsanfragen. Er lächelte befriedigt, ehe er sie öffnete und feststellte, dass es sich um Calabrò und dessen Frau Maria Antonietta handelte. Will ich wirklich, dass sie meine Kommentare lesen?, fragte er sich. Er wusste jedoch, hätte er nicht auf »bestätigen« geklickt, dann wäre der Inspektor beleidigt gewesen. Er akzeptierte auch die dritte Anfrage, von einem Buchladen aus der Altstadt, dann kam er zur letzten. Eine gewisse Annalise Folia. Anstelle des Fotos war da das Bild von Fujiko, der Verlobten von Lupin III, eines seiner weiblichen Leitsterne. Hätte das Mädchen Fujiko wirklich ähnlich gesehen, dann hätte es ein authentisches Bild hochgeladen, folglich sah sie zu neunundneunzig Prozent völlig Panne aus. Der Name sagte ihm etwas, aber er kam nicht darauf, was. Sie hatten nur drei gemeinsame Freunde, von denen einer Iannece war, und vielleicht war Lucianis Name deshalb bei ihr gelandet, aber sie hatte schon über sechshundert Freundschaften gesammelt, und das nährte den Verdacht, dass es die übliche Schlaumeierin war, die übers Internet Klienten suchte. Er beschloss, trotzdem die Freundschaft zu akzeptieren und sich ihr Profil einmal anzu schauen. Der Wohnort war San Francisco, der Beruf »Künstlerin«, das angegebene Alter fünfundzwanzig. Etwas jünger als Sofia. Sie hatte kein Fotoalbum, und die einzigen Bilder waren Landschaftsaufnahmen oder witzige Comiczeichnungen. Andererseits, dachte Marco Luciani, wenn sie es unter falschem Namen wäre, dann würde sie sicher nicht ihre echten Fotos zeigen.

Annalise, Annalise, sagte er vor sich hin, wollen mal sehen, ob wirklich du das bist. Er postete ein Foto von Alessandro auf dem Wickeltisch, bäuchlings, den Kopf leicht erhoben, während er mit einer etwas verwunderten Miene und Augen so rund wie die von Bambi in die Kamera starrte. Auch bei objektiver Betrachtung war er einfach unwiderstehlich, wie eine Garnele für einen Kraken.

Er öffnete das Postfach von Hotmail. Wie gewöhnlich waren von 23 E-Mails 20 Werbung, die er löschte, ohne sie zu öffnen. Zwei weitere waren Phishing-Mails, mit denen er ebenso verfuhr, während zwei von Absendern kamen, die er nicht kannte. Er zögerte lange, ob er sie öffnen sollte, weil er Angst hatte, sich einen Virus einzufangen, doch dann beschloss er, es zu riskieren. Die erste war eine Art Kettenbrief, vom Freund des Freundes eines Freundes geschickt, der meinte, wenn er die fünf Dinge, für die es sich zu leben lohnte, aufschrieb und an fünf Personen schickte, dann würden sie alle innerhalb von vierzehn Tagen in Erfüllung gehen. Dem Absender wünschte Luciani insgeheim fünf weniger schöne Dinge an den Hals, er löschte auch den Kettenbrief und kam zur letzten Mail. Das Objekt »Alessandros Impftermin« ließ ihn vom Stuhl hochfahren.

Der Name des Absenders war merkwürdig, konnte aber niemand anderes sein als sie, als Sofia. Endlich meldete sie sich, endlich hatte sie beschlossen, etwas von sich hören zu lassen. Und jetzt, da er ihre Adresse hatte, würde er es auch auf irgendeine Weise schaffen, sie aufzuspüren.

Er las schnell den Brief, er war unpersönlich, auch wenn er sich dezidiert auf »Alessandro« bezog, und erst nachdem er ihn noch dreimal gelesen und den Link angeklickt hatte, der zu einer Webadresse führte, begriff Marco Luciani, dass Sofia seine Mailadresse einem Dienstleister gegeben haben musste, der auf Routinetermine zur Säuglingsvorsorge hinwies, zum Beispiel für Impfungen, das Röntgen der Hüfte, den Zahnarzt und

Ähnliches. Es gab auch Ratschläge zu Koliken, zum Abstillen, zum Zahnen und zu jeder denkbaren Entwicklungsphase der Kleinen.

Der Dienst reichte von null bis sechs Jahren. Marco Luciani schlug wütend mit der Faust auf den Tisch. Sofia hatte sich die Mühe gemacht, ihm eine Amme übers Netz zu schicken, aber nicht, ihm mitzuteilen, wo sie sich aufhielt, ob sie tot oder lebendig war und wie es ihr ging.

»Verfluchte Ekelbazille!«, schimpfte er, ehe er eine lange Reihe nicht zitierbarer und immer phantasievollerer Beleidigungen vom Stapel ließ, bis sein Zorn verebbte und der Einsicht Platz machte, dass sie trotz allem Alessandros Mutter war.

Er suchte sofort die Nummer des San-Martino-Krankenhauses heraus und erkundigte sich nach den Impfungen. Ob sie im Krankenhaus gemacht werden müssten oder ob man auch zum Kinderarzt gehen könne. »Sie können kommen und es hier machen lassen. Ich gebe Ihnen direkt einen Termin. Haben Sie die Steuernummer Ihres Kindes?«

»Steuernummer? Um Himmels willen, muss es schon Steuern zahlen?«, versuchte der Kommissar zu witzeln, doch die Frau redete ungerührt weiter wie eine automatische Ansage: »Wenn Sie mir Namen, Nachnamen und Geburtsdatum geben, kann ich sie für Sie heraussuchen.« Er zögerte und dachte, dass die Frau ihn für einen Rabenvater halten würde, der nicht einmal das Geburtsdatum seines Kindes kannte. »Hallo? Sind Sie noch dran?«

»Ja, entschuldigen Sie, Sie sagten, ich müsse mich mit der Steuernummer anmelden …«

»Ohne die können Sie nichts machen, die hätte Ihnen zugeschickt werden müssen, aber wenn Sie nicht eingetroffen ist, dann wenden Sie sich an Ihr zuständiges Finanzamt, und sobald Sie sie haben, rufen Sie wieder bei mir an.«

»Und wenn ich zum Kinderarzt gehe und die Leistung bezahle?«

»Das können Sie machen, aber die Steuernummer müssen Sie sich trotzdem beschaffen.«

Bürokratie, dachte Marco Luciani, überall Bürokratie. Diese dumme Nuss von Sofia hatte nicht daran gedacht, eine Geburtsurkunde mit in den Korb zu legen, und er hatte nicht die leiseste Ahnung, wo er sie herbekommen konnte. Bis dato hatten seine vorsichtigen Recherchen keinerlei Ergebnis gezeitigt. Wer wusste, ob es in anderen Ländern genauso war, ob auch ein schwedisches oder dänisches Neugeborenes mit einer schönen Steuernummer auf die Welt kam. In vielfacher Hinsicht sind wir ein Land der Dritten Welt, aber wenn es darum geht, den Bürgern auf den Sack zu gehen, da macht uns keiner was vor. Er dachte an die afrikanischen Kinder, die zur Impfung Schlange vor einer Hütte standen, währen die Ärzte ohne Grenzen ihre Steuernummern kontrollierten.

Kapitel 21

Roberto

»Wir nehmen Sie mit nach Hause, Signora. Steigen Sie ein.«

»Danke«, sagte Agnieszka und schloss die Tür der Villa ab. In der Schürze spürte sie das beruhigende Gewicht des Bündels Banknoten.

Sie fuhren schweigend, und sie öffnete das Seitenfenster, um dem Schweißgeruch der beiden Männer zu entgehen, der die Luft der Fahrerkabine schwängerte. Das war allerdings immer noch besser, als alleine drei Kilometer zu Fuß zu marschieren, mit achttausend Euro in der Tasche.

Die Verhandlungen des Vortages waren, nachdem Antonino gedroht hatte, er würde gehen, lange und erbittert gewesen. Agnieszka war mit dreißigtausend eingestiegen, Antoninos erstes Gebot waren zehn gewesen, und am Ende hatten sie sich auf sechzehntausend geeinigt, achttausend sofort und achttausend, sobald der Trödler ein bisschen Bares für die Möbel herausgeschlagen hatte. Außerdem hatte Antonino am nächsten Tag ein paar alte Möbel mit in die Villa gebracht, so dass sie die antiken Stücke ersetzen konnten und die Erben kein leeres Haus vorfänden. Agnieszka hatte das für eine gute Idee gehalten, auch weil die aus Mantua seit mehr als fünfzehn Jahren nicht mehr in der Villa gewesen waren und nicht wissen konnten, was sich darin befunden hatte.

Roberto hatte die Augen geschlossen und den Kopf auf den Sitz gelegt, aber Antoninos eckige Fahrweise und die holprige Straße ließen ihn nicht einschlafen. Die Verladearbeiten waren langwierig und zermürbend gewesen, zumal der alte Trödler mehr Zeit damit verbrachte, ihm zu erklären, was er wie zu tun hatte, als selbst mit anzupacken. Er behielt sich selbst die zerbrechlichsten Gegenstände vor, die er sorgfältig in Zeitungspapier einwickelte, ehe er sie in Kartons packte, die nicht viel wogen und die er persönlich in den Lieferwagen lud. Mindestens eine Stunde hatte er mit einem Lampenschirm verschwendet, den Roberto so widerlich fand, dass er schließlich, als er das Bedürfnis verspürte, ihn zu packen und aus dem Fenster des zweiten Stocks zu werfen, Antonino fragte: »Ist dieser Müll denn irgendwas wert?«

»Dieser Müll, wie du ihn nennst, ist eines der besten Stücke im ganzen Haus. Ein achtarmiger authentischer Murano-Leuchter von wunderbarem Azurblau. Man muss ein paar der fehlenden Elemente auftreiben und ihn ordentlich reinigen, aber«, und hier senkte er die Stimme, »für den schlage ich locker zweitausendfünfhundert heraus.«

Roberto hatte einen Pfiff ausgestoßen und sich gesagt, dass er wirklich noch viel lernen musste, dann hatte er sich wieder in die Rolle des Packesels gefügt. Mit ein wenig Unterstützung durch die anderen beiden hatte er die Kommode aus dem 16. Jahrhundert, eine weitere bleischwere Kommode, zwei Nachtkästchen und das Bett aus einem der Gästezimmer in den Lieferwagen gezwängt, dazu einen Klostertisch mit zwei schönen Sitzbänken, mehrere Lampenschirme, ein komisches Möbelstück mit Grammophon, ein Radio und sogar alte 78er Vinylplatten, außerdem eine komplette antike Enzyklopädie, knapp ein Dutzend Bücherkisten und eine flüchtige Auswahl an Bildern. Als sie den Lieferwagen geschlossen hatten, um nach Genua zu fahren, war es längst sieben Uhr durch.

»Wir sind da«, sagte Agnieszka und zeigte auf ein Häuschen gleich außerhalb des Dorfes, »wir sollten keinen Lärm machen.« Das Haus war zweistöckig, hatte zwei große und ein kleines Fenster – wahrscheinlich vom Badezimmer – im Erdgeschoss und zwei Fenster im Obergeschoss, wo vermutlich die Schlafzimmer lagen.

»Signora«, sagte Roberto, »könnt ich 'n Glas Wasser haben?«

Sie schaute ihn an und verzog das Gesicht. Ein Stück weiter ist ein Brunnen, wollte sie sagen, doch dann versuchte sie, nicht unhöflich zu sein.

»Natürlich, wollen Sie auch eins?«

»Liebend gern«, lächelte Antonino. »Die Plackerei macht durstig.«

Sie stiegen aus dem Lieferwagen, und Agnieszka öffnete die Tür. Sie hatte ein altes Schloss, das sich mit einer zweifachen Drehung des Schlüssels aufsperren ließ.

»Entschuldigt die Unordnung«, sagte sie, »wartet hier, ich bringe es euch sofort.« Sie ließ die beiden auf der Türschwelle stehen und verschwand nach rechts, wo sich die Küche mit einem kleinen Bad befinden musste, aus einer Zeit, als man die Aborte aus dem Hof ins Haus verlegte. Die Diele war kaum beleuchtet, weil nur drei der acht Birnen brannten, die anderen mussten kaputt oder vielleicht herausgeschraubt worden sein, um Strom zu sparen.

Roberto ging zwei Schritte hinein. Der Eingang wurde teilweise von der Treppe eingenommen, die ins Obergeschoss führte. Nach links ging es in einen Raum, der als kleine Wohnstube fungierte, mit einem alten Kunstledersofa und einem Holztischchen. Er reckte den Hals und sah, dass beide Möbelstücke voller Kartons, Kleider und dicker Säcke waren, auf denen teilweise fingerdick der Staub lag. An den Wänden hingen ein Kalender, der beim Monat Februar verharrt war, einige gerahmte Familienfotos, ein Heiligenbild von Padre Pio und eine Keramikfliese mit dem Gesicht Johannes Pauls II. und dem Schriftzug »Friede diesem Haus«. Auf dem Sims eines kleineren Fensters, das zum Hinterhof gehen musste, waren diverse flache Lederschachteln unterschiedlicher Farbe gestapelt.

»Hier bitte«, sagte die Polin, warf dem Jungen einen misstrauischen Blick zu und reichte ihnen die Gläser. »Ich habe es ein bisschen laufen lassen, das Wasser hier ist frisch und gut.«

»Herrlich«, sagte Antonino, nachdem er es auf einen Zug hinuntergestürzt hatte. »Vielen Dank.«

Auch Roberto gab ihr das Glas zurück, nicht ohne einen letzten Blick ins Wohnzimmer zu werfen. Deprimierend war das Adjektiv, das ihm in den Sinn kam, deprimierend und zwielichtig, wie seine Besitzerin.

Eine Stunde später waren sie in Genua.

»Müssen wir sofort abladen?«, fragte Roberto.

»Na klar. Das ist mir zu unsicher, die Sachen im Lieferwagen zu lassen.«

Roberto sah auf die Uhr. Es war halb neun, und sie würden mindestens zwei weitere Stunden brauchen.

»Zuerst laden wir die kleinen Sachen bei uns ab. Die Möbel bringen wir dann direkt zum Apulier. Ich habe ihn schon angerufen, er erwartet uns und wird mit anfassen.«

Roberto nickte. Es war ein beinharter Tag gewesen, sie hatten die ganze Zeit in der Sonne gekocht, und noch war kein Ende in Sicht. Aber sie hatten ein gutes Geschäft gemacht, und diesmal würde auch für ihn ein Verdienst abfallen.

Kapitel 22

Gabin

»Heute Morgen hat in Brescia die Beerdigung von Pater Antiochus Manfrin stattgefunden, des italienischen Missionars, der in Burkina Faso von einer Rebellenbande getötet wurde. Den Angehörigen wurde eine Botschaft des Heiligen Vaters übermittelt, der daran erinnert …« Gabin schaltete das Radio aus und ging ans Fenster, um das Panorama der Ewigen Stadt zu betrachten. Der Priester hatte nicht ganz oben auf der Liste gestanden, aber er hatte als Erster bezahlt. Danach würde Sofia Lanni an die Reihe kommen und am Ende der Kommissar. Er hatte lange darüber nachgedacht, wen er auf die Liste setzen sollte und wen nicht, und wie immer in seinem Leben hatte er versucht, das rechte Maß walten zu lassen, denn darin bestand letzten Endes seine Arbeit: an das Wohl des Staates zu denken und das Richtige zu tun, auch wenn es, nach den Buchstaben des Gesetzes, verkehrt war. Das Leben eines Menschen zu opfern, um das Leben vieler zu retten, war eine der Entscheidungen, die er am häufigsten hatte treffen müssen, sowohl in den Auslandseinsätzen, als er noch jünger war, als auch nach seiner Rückkehr nach Italien, als er, reich an Erfahrung, angefangen hatte, sich um die Lösung delikater Fälle zu kümmern. Und unter seinen Fittichen zuverlässige Elemente mit aussichtsreicher Zukunft heranzuziehen, wie eben Rudi, seinen Teamgefährten, seinen Eleven und Erben.

Rodolfo Russo war attraktiv wie ein Schauspieler, ein Doppelgänger Jean-Paul Belmondos, und alle in der Abteilung nannten ihn einfach so: Belmondo. Die genaue Übersetzung dessen, was sie aufbauen wollten, Bel Mondo, eine schöne Welt, eine Welt, in der die überlegene Zivilisation des Westens Frieden, Toleranz und Wohlstand in die Länder brachte, die durch Diktaturen oder religiösen Extremismus geknebelt wurden. Auch zum unvermeidlichen Preis so manchen Menschenlebens. Es kränkte ihn nicht, dass sie ihn seit einiger Zeit Gabin nannten, auch wenn er dem Schauspieler kein bisschen ähnelte. Aber es war der seltene Fall, in dem der Spitzname des Schülers auch den des Meisters bedingt hatte, und er hatte darüber hinweggesehen.

Worüber er nicht hinwegsehen konnte, was nach Rache schrie, das war der kaltblütige Mord an Rudi. Die Operation der Statue von Lysipp war eine der saubersten und unkompliziertesten gewesen, die seine Abteilung je verfolgt hatte, ausgeführt auf mustergültige Weise. Ein großes Vorhaben zur Wiedergeburt des Gerechtigkeits- und Einheitssinns Italiens, das sich um eine gebildete und ehrgeizige Führungspersönlichkeit geschart hätte. Ein Vorhaben, das nur durch das Verschulden eines alten Anarchisten und einer jungen Karrieristin gescheitert war. Zwei unbedeutende Existenzen, die keiner vermisste, waren nicht das Leben eines Rudi wert. Auf den römischen Inspektor und seine russische Freundin war er nicht böse, denn die hatten schlichtweg ihre Arbeit getan, und zwar gut, ohne zu wissen, in was sie da hineingeraten waren. Wer illoyal gewesen war und die Regeln gebrochen hatte, das waren Pater Antiochus, der das Beichtgeheimnis verletzt hatte oder zumindest sein Gehorsamsgelübde, indem er vor Sofia Lanni alles ausplauderte, welche wiederum so schlau gewesen war, ihre Nase in fremde Angelegenheiten zu stecken, und schließlich Marco Luciani, der größte Schweinehund, der Hauptschuldige. Denn er hatte kaltblütig Rudi umgebracht. Als dieser bereits in Handschellen war, sich nicht mehr wehren konnte, hatte er ihn von den Klippen gestoßen. Gabin hatte keine Beweise, aber er wusste, dass es so abgelaufen war. Und auch diese Heuchler wussten es, die den Fall schleunigst abgeschlossen und als Unfall deklariert hatten, um das Image des heldenhaften Kommissars und seiner brillanten Operation nicht zu beschmutzen.

Auch ihm selbst war es bisweilen passiert, dass er das Gesetz übertreten musste, um die Stabilität des Landes zu gewährleisten, doch die Sache in Ventotene war etwas ganz anderes gewesen, eine Sauerei, die alle außer ihm schnell vergessen wollten. Marco Luciani war der Mann, der getötet werden musste, um die Geister von Rudi zu besänftigen, aber es war nicht leicht, einen Polizeikommissar zu eliminieren, ohne wütende Reaktionen heraufzubeschwören. Er musste saubere Arbeit leisten, wie bei dem Priester, der in weiter Ferne erledigt worden war, von einem Sündenbock, den niemand mit den Geheimdiensten in Verbindung bringen konnte. Wer weiß, sagte sich Gabin, ob Sofia Lanni und der Kommissar schlau genug gewesen waren, diese Verbindung zu sehen, und ob der Tod von Pater Antiochus sie in Alarmbereitschaft versetzt hatte. Und wenn schon. Ihr Schicksal würde sich nicht ändern, nur weil sie es nun vorhersehen konnten.

Kapitel 23

Agnieszka

Agnieszka war fast den ganzen Vormittag im Bett geblieben. Sie hatte sich einen für sie ungewöhnlich ausgiebigen Schlaf gegönnt, um sich von den Anstrengungen und Aufregungen des Vortages zu erholen. Gegen halb zehn war sie hinunter in die Küche gegangen, hatte sich einen Caffè Latte zubereitet, ihn mit ins Schlafzimmer genommen wie eine Signora und dabei gedacht, dass für sie heute ein neues Leben begann. Sie hatte keine Herren mehr, sie hatte keine Pflichten mehr, und sie hatte einen kleinen Schatz auf der hohen Kante. Der Trödelhändler hatte seinen Schnitt gemacht, sie hätte an seiner Stelle dasselbe getan, aber alles in allem schien er ein anständiger Mensch zu sein, und sie zweifelte nicht daran, dass er ihr die zweite Hälfte so schnell wie möglich ausbezahlen würde, vielleicht schon im kommenden Monat. Zählte man noch das Geld hinzu, das sie hatte ansparen können, dann war es genug, um nach Polen zurückzukehren, ein Haus auf dem Land zu mieten, einen Gemüsegarten anzulegen und sich mit kleinen Jobs über Wasser zu halten. In all diesen Jahren hatte sie versucht, so wenig wie möglich an ihre Tochter zu denken, aber in ihrem Innern wusste sie, dass sie sie früher oder später wieder treffen und in die Arme schließen würde. Magdalena war ohne Familie aufgewachsen, und auch wenn sie inzwischen eine reife Frau war, hegte sie gegenüber ihrer Mutter immer noch einen absolut verständlichen Groll. Aber wenn sie nach Polen zurückkehren, wenn sie sich wieder sehen, sich besser kennenlernen würden, dann würde ihre Beziehung bald wieder die von Mutter und Tochter sein. Denn die Blutsbande sind stärker als alle anderen, und wenn sie rufen, kann keiner sich entziehen.

Zur Mittagessenszeit hatte Agnieszka beschlossen auszugehen. Eine merkwürdige Unruhe hatte sie in ihrem Haus befallen, was ihr vorher noch nie passiert war. Es war, als wäre der Geist des Grafen irgendwie in ihr Zuhause umgezogen, doch sie machte ihre Schuldgefühle dafür verantwortlich. Sie vertrieb sie, indem sie zur Telefonzelle ging und die Verwandten des Grafen anrief, die noch nichts von dessen Ableben wussten. Das Bestattungsunternehmen hatte die richterliche Freigabe erhalten und das Datum der Beerdigung festgelegt. Ein Neffe aus Mantua sicherte zu, dass er kommen würde.

Es war ungemein schwer, den Rest des Tages zu überstehen, und als Agnieszka merkte, dass sie die bösen Gedanken nicht verscheuchen konnte, versuchte sie, ihr Gewissen zu erleichtern, indem sie alles in ihrer Muttersprache in ihr Tagebuch schrieb, wie sie es nun schon seit Jahren tat. Aber nach dem ersten Satz, den sie fünf Mal korrigiert hatte, kam sie nicht weiter. Nach dem Abendessen wollte sie sich ablenken, indem sie die letzten Sachen, die sie nach des Grafen Tod mitgenommen hatte, ein wenig ordnete. Da war natürlich die Kamee der Urgroßmutter, und sie dachte, dass sie die gerne ihrer Tochter schenken würde, um zumindest teilweise ihren Groll zu besänftigen. Da waren Ringe, Ohrgehänge, Manschettenknöpfe, Krawattennadeln, eine Taschenuhr, nach der sie monatelang auf der Lauer gelegen hatte. Und dann waren da ein paar Bücher, die sie in der Bibliothek, dem Allerheiligsten, das dem Ruhme der Familie gewidmet war, zusammengeklaubt hatte. Gemälde, Votivbildchen, Zeichnungen, Medaillen, Urkunden, Bücher und Fotografien hatte sie an ihrem Platz gelassen, bis auf die wenigen, die weder Namen noch Widmungen oder sonstige Hinweise trugen, welche Rückschlüsse auf den ursprünglichen Besitzer zugelassen hätten. Was jedoch den stärksten Eindruck auf sie gemachte hatte, war die Zeichnung gewesen, die sie in der Bibel neben dem Bett des Grafen gefunden hatte, eine Zeichnung, die sie schon einmal flüchtig in einer Schublade gesehen hatte. Als sie die Bibliothek betreten hatte, hatte sie auf dem Fußboden einen Rahmen und eine kaputte Glasscheibe gefunden. Sie mussten aus Unachtsamkeit zu Bruch gegangen sein, vielleicht hatte der Graf versucht, das Porträt herauszuziehen, um es genauer zu betrachten, wer weiß. Jedenfalls war es das Letzte, was er lebend gesehen hatte.

Agnieszka setzte sich aufs Bett und betrachtete das Porträt. Das Alter des Mannes war kaum zu bestimmen, er konnte ebenso dreißig wie fünfzig sein, und auch wenn er im Profil zu sehen war, schien das eine Auge sie zu betrachten, halb mitleidig, halb vorwurfsvoll. Er wirkte zu alt, um Jesus Christus zu sein, und zu jung für Gottvater, doch er hatte denselben enttäuschten Gesichtsausdruck wie der Herr, der sieht, dass die Menschen von dem Weg abkommen, den er ihnen gewiesen hat.

»Was hätte ich tun können, Vater? Was hätte ich tun können? Ich war allein und verlassen, und nun bin ich noch verlassener. Wie soll ich leben, wenn ich nicht langsam ein bisschen an mich selbst denke? Ich habe meine Heimat verloren, ich habe meine einzige Tochter verloren, ich habe den einzigen Mann verloren, den ich wirklich geliebt habe. Du hast mich vielen Prüfungen unterzogen, Herr, und ich habe sie demütig ertragen. Ich bitte dich nur, lass mich meine letzten Jahre in Frieden leben.« Sie weinte, während sie das Bild betrachtete, und sie hätte sich gewünscht, dass es zu ihr spräche, dass es ihr sagte, ihre Sünden seien ihr vergeben. Stattdessen behielt das Porträt immerzu dieselbe halb mitleidige, halb vorwurfsvolle, vielleicht auch ein wenig enttäuschte Miene bei. Eine tiefe, schmerzvolle, unabänderliche Enttäuschung, von der sie einen Kloß in den Hals bekam, der sie kaum atmen ließ.

»Schau mich nicht so an, Herr, ich bitte dich, Jesus, schau mich nicht so an«, sagte sie, nahm den Rosenkranz zur Hand und begann zu beten. »Ave Maria voll der Gnaden, der Herr ist mit dir. Du bist gebenedeit unter den Frauen, und gebenedeit ist die Frucht deines Leibes, Jesus. Ave Maria voll der Gnaden ...« Sie betete, bis die Müdigkeit sich ihrer erbarmte, doch ihr Schlaf war voller Alpträume und brachte keine Erholung. Sie träumte, sie wäre immer noch im Haus des Grafen, sie beträte verschlossene Gemächer, wo Geister und Ungeheuer seit Jahren eingesperrt gewesen waren, die sie jetzt umzingelten und jagten, mit furchterregenden Mienen, aufgerissenem Schlund, und sie in ewige Finsternis stürzen wollten. Sie träumte, dass der Graf selbst ein Dämon wäre, der von ihr Besitz ergreifen wollte.

Schlagartig wachte sie auf, überzeugt, unten im Erdgeschoss ein Geräusch gehört zu haben. Die Bibel mit dem Porträt war auf dem Bett geblieben, sie legte sie in die Schublade des Nachtkästchens. Den Rosenkranz fest unklammernd, holte sie aus demselben Schubfach ein Fleischermesser, das sie nachts immer griffbereit hielt, denn in diesem abgelegenen Haus zu schlafen hatte ihr nie recht behagt.

Sie stieg aus dem Bett und musste sich sofort an der Kommode abstützen, weil ihr schwindlig wurde. Sie erreichte die Zimmertür und riss sie ruckartig auf, die Messerklinge nach vorne gerichtet. Das Haus war in Finsternis getaucht, und Agnieszka beschloss, so lange stehen zu bleiben, bis ihre Augen sich daran gewöhnt hätten, bis sie wenigstens Schemen unterscheiden würden. In ihren Nasenhöhlen hing ein widerwärtiger Geruch, als hätte sich dort der Schweiß des Jungen festgesetzt, aber da war noch ein anderer, stärkerer Geruch, wie von einem wilden Tier, der ihr Übelkeit verursachte. Sie ging drei Schritte vor, bis ans Geländer, beugte sich darüber, um nach unten zu sehen, das Messer weiterhin fest in der Hand. Ihr

Schädel pochte, ihr Magen krampfte sich zusammen, als sie meinte, einen Schatten zu sehen, der schnell hinter dem Sofa verschwand. Bist du ein Mensch oder ein Dämon?, dachte sie.

Dann drehte der Raum sich plötzlich um seine Querachse, Agnieszka stürzte ins Leere, und ihr letzter Atemzug war ein kurzer überraschter Aufschrei.

Kapitel 24

Marco Luciani

»Haushaltshilfe erstochen. Rätselhafter Mordfall.«

Marco Luciani schlug die Zeitung auf und sprang gleich zu den Lokalseiten. Er hatte den »Secolo XIX« für seine Mutter gekauft, die auch im Urlaub nicht auf ihre Todesanzeigen verzichten konnte, und die Schlagzeile auf der ersten Seite hatte ihn hochfahren lassen. »Drei Monate lang passiert nichts, und kaum verabschiede ich mich in die Ferien, schon wird uns ein Mord serviert. Das heißt, diesem Blindgänger von Livasi.«

Er las den ganzen Artikel mehrmals Zeile für Zeile. Gewöhnlich wurde er fuchsteufelswild, wenn er in einem Mordfall ermittelte und feststellte, dass einige streng geheime Informationen an die Presse weitergegeben worden waren. Diesmal dagegen regte er sich auf, weil Detailinformationen fehlten. Es stand nur da, dass die Frau auf merkwürdige Weise ums Leben gekommen war, mit einem Messerstich ins Herz, man sei sich nicht einmal sicher, ob es sich um Fremdverschulden, um einen bizarren Unfall oder womöglich gar um Suizid handelte. Die Polizei ermittle in alle Richtungen, der Artikel endete mit dieser trivialen Schlussformulierung, die man verwendete, wenn die Behörden völlig im Dunkeln tappten.

Er wartete bis neun und rief dann im Büro an. Livasi ließ ihn sofort wissen, dass er schon seit sieben auf dem Posten sei, und lehnte sein Angebot ab, umgehend in die Stadt zurückzukehren.

»Wir kommen gut klar, Marco. Ich habe dich nicht angerufen, weil ich dich nicht stören wollte, es gibt wirklich keine Probleme. Die Kriminaltechnik hat gestern schon alle Spuren gesichert, und wir machen uns gerade ein Bild.«

»Was ist es? Ein missglückter Einbruch?« Das schien ihm die logischste Hypothese zu sein.

»Kann sein. Aber wenn du das Haus sehen würdest … Da gab es wirklich nichts zu holen.«

»Ein Racheakt?«

»Pff. Wir haben einige Leute befragt, das Dorf ist winzig, jeder weiß alles über jeden, du kennst das ja. Die Frau war ein bisschen komisch und lebte zurückgezogen, aber sie scheint keine Feinde gehabt zu haben, auch keine akuten Zwistigkeiten mit den Nachbarn. Das Haus gehörte ihr nicht, war gemietet, also scheidet auch ein Streit über Eigentums- oder Grundstücksfragen aus.«

»Das heißt?«

»Das heißt, wir werden sehen. Ich warte die Autopsie- und Laborergebnisse ab.«

»Welcher Ermittlungsrichter bearbeitet den Fall?«

»Berti.«

»Nun, es hätte dich schlimmer treffen können. Dem geht zwar von A bis Z alles am Arsch vorbei, aber wenigstens wird er euch arbeiten lassen und keinen Schaden anrichten. Ist Calabrò da?«

»Ja, ja, heute ist er in Mailand, aber er ist da.«

»Warum in Mailand?«

»Heute ist Freitag. Da hat er seine Fortbildung.«

»Die hätte er auch einmal sausenlassen können.«

»Na ja, wir haben ja noch den ganzen Rest der Truppe. Vitone war an der Riviera und ist sofort zurückgekommen. Mach dir keine Sorgen. Mach in aller Ruhe Urlaub, kümmere dich um deine Mutter und dein Kind. Wenn ich Zweifel oder Probleme habe, rufe ich dich an.«

»Versprochen?«

»Versprochen.«

»Ruf mich auf jeden Fall an und halte mich auf dem Laufenden, wenn du Zeit hast.«

Er legte auf und war ein wenig enttäuscht, dass er keinen Vorwand hatte, den Urlaub abzubrechen. Wenige Tage in den Bergen hatten gereicht, um ihn in Depressionen zu stürzen, auch wenn Ale kräftig mampfte und ein bisschen besser schlief, und auch er selbst hatte ein bisschen mehr hinuntergebracht als die üblichen Pellkartoffeln mit Stracchino oder grünen Salat mit Tomaten, was seine übliche Diät darstellte. Was Donna Patrizia betraf, der ging es bereits besser, und sie quasselte von Bergtouren zu diversen Hütten, doch auf dem Ohr war Marco Luciani taub. Er hatte furchtbare Höhenangst, sein natürlicher Lebensraum befand sich auf null Metern über Normalnull.

Von der Hotellobby aus loggte er sich manchmal bei Facebook ein, wo das Foto von Ale auf dem Wickeltisch ekstatische Kommentare ausgelöst hatte.

»Endlich sehen wir ihn!«, hatte ein Kollege geschrieben, ein anderer hatte hinzugefügt: »Deshalb hat er ihn also unter Verschluss gehalten. Er ist einfach zu süß.« Eine Inspektorin hatte geschrieben: »Commissario, bringen Sie ihn mit ins Büro, wenn Sie wiederkommen? Pleassse!«, und eine junge Streifenbeamtin hatte sich als Babysitterin angeboten. Der letzte Kommentar war von Annalise Folia, sie hatte nur geschrieben: »Was für ein Herzblatt!« Das war gerade mal zehn Minuten her.

Marco Luciani wollte schon abschalten, dann schob er instinktiv die Maus Richtung Seitenbalken, den er immer inaktiv ließ, weil er wusste, dass er zum Chatten diente, und darauf hatte er nun ganz und gar keine Lust. Er aktivierte ihn, und neben den Namen der Freunde leuchteten ein paar grüne Punkte auf zum Zeichen, dass sie online waren.

Nach zwei Minuten öffnete sich rechts unten auf dem Bildschirm ein kleines Fenster.

»Dein Kind ist bildhübsch.«

Marco Lucianis Herzschlag setzte einen Moment aus. Annalise.

»Danke. Ganz der Vater.«

»Nun, er wird schon auch der Mutter ein bisschen ähnlich sehen, oder?«

Sein Herz schlug heftiger. Bist du es?, wollte er schreiben. Sag, dass du es bist. Aber wenn sie es nicht war, dann hätte er sich bis auf die Knochen blamiert, und wenn sie es war, dann würde sie es nicht zugeben.

»In Wahrheit ist es so schön wie sie und so intelligent wie ich. Das Gegenteil wäre eine Tragödie gewesen.«

Er hatte sich nicht beherrschen können und seine Wut rausgelassen. Das war ein Fehltritt gewesen. Annalise hatte nicht mehr geantwortet, und nach einer Minute hatte sie den Chat verlassen.

Kapitel 25

Livasi

»Was war die Frau für ein Typ?« Vizekommissar Livasi befragte die Hauseigentümerin von Agnieszka Kaczmarek. Eine Dame um die fünfzig, die in der Nähe wohnte, verheiratet, zwei Kinder, die ins Gymnasium gingen. In den vorangegangenen zehn Minuten hatte sie Stein und Bein geschworen, dass ihre Mieterin ihr nicht besonders sympathisch gewesen sei, dass sie aber nie gestritten hätten.

»Die war so … na ja. Sie kümmerte sich um ihren Kram. Und wir uns um unseren.«

»Waren Sie je in ihrem Haus?«

»Natürlich. Es ist ja mein Haus.«

»Ich meine, seit Sie es an sie vermietet hatten.«

»Natürlich. Ich holte mir die Miete bei ihr ab, am Fünften des Monats. Sie hat immer zuverlässig gezahlt. In dem Punkt gab es keine Klagen.«

»Und bei anderen Punkten?«

»Welchen anderen Punkten?«

»Sie haben gesagt: ›In dem Punkt gab es keine Klagen.‹ Das bedeutet, dass es in anderen Fragen Klagen gab.«

Die Frau sah verlegen zu Boden. »Aber nein … nichts …«, doch da der Vizekommissar sie streng und schweigend anstarrte, gab sie schließlich zu: »Na ja, das Einzige war, dass sie das Haus nicht gerade pfleglich behandelte.«

»War sie unordentlich? Schmutzig?«

»Es war ein Saustall. Nicht unbedingt schmutzig, aber ein Tohuwabohu. Dauernd zugeräumt. Mit Mist. Sie lief in der Gegend rum und sammelte den idiotischsten Kram zusammen. Auch aus Abfällen.«

»Warum?«

»Was weiß denn ich? Die tickte nicht ganz richtig. Oder vielleicht war sie nur habgierig. Ich weiß es nicht.«

Das Erste, was Livasi bei seinen Befragungen im Dorf herausbekommen hatte, war, dass das Opfer für einen alten Grafen gearbeitet hatte. Und dass ihr Arbeitgeber gerade mal drei Tage vorher eines natürlichen Todes gestorben war. Das konnte Zufall sein, aber Zufälle sind selten im Leben. Und noch seltener, wenn es um den Tod geht.

»Wie lange hatte sie schon für den Grafen gearbeitet?«, fragte er die Frau.

»Nun, ich würde sagen, so rund zwanzig Jahre. Vielleicht länger.«

»Hatten sie Ihrer Meinung nach ein Verhältnis?«

Die Frau brach in Gelächter aus. »Entschuldigen Sie. Warum fragen Sie danach?«

»Nur so, aus Neugier.«

»Der Herr Graf hatte die achtzig überschritten. Und sie war auch nicht mehr die Jüngste. Na gut, vielleicht war sie nicht alt, aber sie sah so aus.«

»Aber als sie dort zu arbeiten anfing, waren sie jünger.«

Die Frau dachte einen Moment nach. »Kann sein. Auch wenn sie zu Beginn nur ab und zu hinging, um zu putzen. Als er dann vergreiste, blieb sie praktisch ständig dort.«

Vor zwanzig Jahren hatten sie vielleicht ein Verhältnis, dachte der Vizekommissar. Oder sie war heimlich in ihn verliebt. Im Grunde sah Frau Agnieszka viel älter aus, als sie tatsächlich war, sie war erst neunundfünfzig, und vor zwanzig Jahren, mit neununddreißig, war sie womöglich eine attraktive Frau gewesen. In jedem Fall konnte die Erklärung für diesen absurden Selbstmord nur in der Liebe oder in Gewissensbissen liegen. Der Graf war gestorben, und sie hatte ihn nicht überlebt.

Im ersten Moment hatte er natürlich an Mord gedacht. Woran sonst sollte man denken angesichts einer Leiche, der ein Messer im Herzen steckte? Aber er war niemand, der sich mit dem äußeren Anschein zufriedengab, er ließ sich nicht zu voreiligen Schlüssen hinreißen. Zu einem Mord brauchte es eine Leiche, und die war da; eine Waffe, die war da; aber es brauchte auch ein Motiv. Und das gab es, zumindest bis dato, nicht. Agnieszka war niemandem sympathisch, aber Feinde hatte sie auch nicht. Kein Nachbarschaftsstreit, keine Konflikte um Grund und Boden, keine Erbschaft, kein Geld. Sie besaß nicht einmal ein Girokonto, und im Haus hatten sie ungefähr zweihundert Euro gefunden, auf Taschen und Schubladen verteilt, außerdem zwei Fünfhunderterscheine, die mit Tesafilm unter das oberste Schubfach der Kommode geklebt waren. Ein Klassiker. Das Haus war voller Nippes, aber es gab nichts von besonderem Wert, und jedenfalls war das kein Haus, das einen Einbrecher interessieren konnte. Wie auch immer, Spuren eines Raubüberfalls hatten sie nicht gefunden, Fenster und Tür waren verschlossen, die Schlüssel innen. Von irgendwelchen Zweitschlüsseln war nichts bekannt, abgesehen von denen der Hauseigentümerin. Und was am wichtigsten war: Auf dem Messer befanden sich nur die Fingerabdrücke des Opfers. Die einzigen anderen Fingerabdrücke, die sie gefunden hatten, waren auf der Haustür und innen, aber es würde eine Weile dauern, um herauszufinden, ob sie alle den Hilfskräften gehorten, die der Bestattungsunternehmer gerufen hatte, der bei der Beisetzung des Grafen vergeblich auf die Polin gewartet hatte. Der Bestatter hatte ihnen vom Tod Guinigi Moncalvos erzählt, der erst wenige Tage zurücklag, und Livasi war zu dem Schluss gelangt, dass Signora Agnieszka davon zutiefst erschüttert worden war. Sie waren vielleicht kein Liebespaar mehr, aber sie hatte mit ihm den einzigen Freund verloren, und die einzige Einnahmequelle. Fern von der Heimat, deprimiert, fast ohne finanzielle Mittel, hatte sie beschlossen, allem ein Ende zu machen, gemeinsam mit ihm in die Finsternis hinabzusteigen. Der Rosenkranz, den sie umklammert hielt, sprach eine recht deutliche Sprache.

Die Intuition ist eine große Gabe für einen Ermittler, aber die Anmaßung ist ein Handicap. Livasi wusste das, und er wusste, dass die Intuition, wenn sie nicht durch Beweise und Zeugenaussagen gestützt wird, nichts wert ist. Deshalb hatte er beschlossen, auch Doktor Giulio Repetto gründlich zu verhören, der, soweit man ihm im Dorf erzählte, der Einzige gewesen war, der den Grafen regelmäßig zu Hause aufgesucht hatte. Der Arzt war vom Tod der Polin sehr betroffen, er hatte auch ein paar Tränen vergossen, und das war bei jemandem, der täglich mit dem Tod zu tun hatte, einigermaßen merkwürdig. Jedenfalls bestätigte er, dass die Frau und der Graf sehr eng verbunden gewesen waren und dass er sie gut behandelt hatte, auch wenn gegen Ende ihr Verhältnis etwas unter der beginnenden Verwirrtheit des Grafen gelitten hatte.

»Wie ist der Graf gestorben?«

Der Arzt zuckte mit den Achseln. »Im Grunde genommen durch die Hitze. Er hatte kürzlich einen Schlaganfall erlitten, sein Allgemeinzustand war ziemlich schlecht. Dieser glühend heiße Sommer hat ihn schließlich ausgezehrt.«

»Hunderte alter Menschen sind diesen Sommer auf diese Weise gestorben.«

»Tja. Sie spüren den Durst nicht mehr, und wenn sie vergessen, Flüssigkeit aufzunehmen, dann ist das Unglück da.«

»Halten Sie es für möglich, dass sie sich umgebracht hat?«

»Bitte?«

»Die Polin. Signora Kaczmarek.«

Der Arzt breitete die Arme aus. »Das kann ich schlecht sagen. Sie schien mir nicht der Typ für so etwas, aber ich denke, diesen Kommentar hört man bei vielen Suizidfällen.«

»War sie, nach Ihrem Kenntnisstand, in ihn verliebt?«

»Nun, ob sie immer noch verliebt war, weiß ich nicht … Sicher waren sie vor Jahren mehr als nur Hausangestellte und Arbeitgeber gewesen.«

»Wissen Sie, dass wir im Haus der Frau Kleidungsstücke des Grafen gefunden haben?«

Der Arzt sagte nichts. Er war nervös und hatte darum gebeten, sich die Pfeife anstecken zu dürfen.

»Herrenkleidung. Was wollte sie damit anfangen? Sicher nicht anziehen. Sie muss sie aus einer Art … wie soll ich sagen … Fetischismus mitgenommen haben.«

»Sich von der Kleidung der geliebten Angehörigen zu trennen ist mit das Schwierigste«, bestätigte der Doktor.

»Wem sagen Sie das«, seufzte Livasi, »denken Sie, ich habe Jacketts meines Vaters aufgehoben. Und ein kariertes Arbeitshemd, das ich heute noch trage, wenn ich auf dem Land bin.«

»Das ist nachvollziehbar«, lächelte der Arzt.

»Kann die Frau Ihrer Meinung nach noch weitere Gegenstände aus dem Haus des Grafen an sich genommen haben?«

Der Doktor wurde eine Spur verkrampfter. »Nun … Ich denke, das hätte er gemerkt.«

»Nein, ich meine nach seinem Tod.«

»Es gab nicht mehr viel zu holen. So Pi mal Daumen mag der Graf noch ein paar schöne Möbel gehabt haben, den Rest hatte er verkauft.«

»Dachte ich mir. Ich wollte ganz gewissenhaft sein und habe auch sein Haus in Augenschein genommen, aber wir haben nichts von besonderem Wert gefunden. Schmuck oder Ähnliches. Und ebenso wenig haben wir derlei im Haus der Frau gefunden. Sie sind sicher, dass er nichts mehr besaß?«

Der Arzt wählte wieder die Standardantwort: »Das kann ich schlecht sagen.«

»Sammlungen? Münzen? Uhren?«

Der Arzt schüttelte den Kopf. Diesmal wäre ihm auch sein »Das kann ich schlecht sagen« im Hals steckengeblieben.

Livasi seufzte erleichtert. »Nun, dann würde ich sagen, das war's.«

»Fall gelöst?«

»Na ja, dafür ist es noch zu früh. Ich denke aber, ich bin auf einem guten Weg.« Kommissar Luciani würde in wenigen Tagen zurückkommen, und er wollte die Ermittlungen vorher abschließen, um zu zeigen, dass er seine Rolle verdiente und auch ein wenig mehr.

Kapitel 26

Marco Luciani

Der achte Tag seiner Ferien, Marco Luciani hatte von Livasi keine Nachricht mehr erhalten, und er hatte sich zwingen müssen, ihn nicht anzurufen. Er war sein Stellvertreter, und auch wenn er ihn im Grunde für einen Kretin hielt, musste er ihm vertrauen, denn der Polizeichef hatte ihn persönlich ausgewählt, und im Moment konnte Luciani sich nicht erlauben, das ohnehin angespannte Verhältnis zu Iaquinta zu ruinieren. Vor allem wollte er aber sehen, wie Livasi sich alleine schlagen würde. Er verfolgte die Ermittlungen über die Presse, die dem Verbrechen allerdings keine große Aufmerksamkeit schenkte. Schließlich war das Opfer weder eine hübsche junge Frau noch eine reiche Gräfin, sondern nur eine alte polnische Haushälterin ohne einen Cent und ein wenig meschugge.

Der Alltag des Kommissars wurde immer eintöniger. Morgens, gleich nach dem Frühstück, lud er Oma und Ale ins Auto, sie fuhren irgendwo in die Gegend und starteten zu einem der grauenvollen »Spaziergänge«, was hieß, dass er Alessandro mit dem Tragesack über absurde Pfade schleifte, manchmal geschlagene zwei Stunden lang, und das alles nur, um zu irgendeinem Aussichtspunkt zu gelangen und eine Landschaft zu bestaunen, die ihm absolut nichts sagte. Dann stiegen sie wieder ab und kehrten zum Essen ins Hotel zurück, wonach der Kommissar endlich die Zeitung lesen und im Netz surfen konnte.

Facebook hatte ihn inzwischen völlig gefangen genommen. Täglich gingen ein oder zwei Freundschaftsanfragen ein, oft völlig überraschend, von Leuten, die er seit Ewigkeiten nicht gesehen hatte. Und sofort entdeckte er an diesen Leuten Facetten, die sie für ihn in ein ganz neues Licht tauchten. Seine Posts hatten allerdings nur ein einziges Ziel: »Ale muss geimpft werden«, hatte er geschrieben, in der Hoffnung, dass Annalise-Sofia verstehen würde, aber am nächsten Tag war keinerlei Kommentar eingegangen.

Er versuchte es noch einmal und wurde diesmal etwas expliziter. »Die armen, von der Bürokratie versklavten Kinder. Kaum geboren, brauchen sie schon Unterlagen, Steuernummern, Hausarzt … Ich hätte nicht gedacht, dass es so kompliziert ist, eine simple Impfung durchzuführen.«

Zwei Stunden später sah er nach. Es gab einen Kommentar von Maria Antonietta Calabrò, der Frau des Inspektors, mit folgendem Wortlaut: »Am Anfang ist es nervig, du musst ein paar Mal Schlange stehen, aber du wirst sehen, nach den ersten Impfterminen läuft alles ziemlich reibungslos. Ruf mich an, wenn du Unterstützung brauchst, ich helfe gern.« Marco Luciani fiel wieder ein, dass sie Krankenschwester war, und auch wenn er nicht gern Privat- und Berufsleben vermengte und genauso ungern bei einem Kollegen in der Schuld stand, so schien es doch eine Lösung zu sein, auf die man im Notfall zurückgreifen konnte. Auch weil Annalise keine Kommentare mehr abgegeben hatte, obwohl sie online war. In ihrem Profil hatte sie einen Satz über ein Buch gepostet, das sie gerade las, und sie hatte sich auf eine uferlose Diskussion über die Wirtschaftskrise eingelassen.

Am zehnten Tag, während seine Mutter zwanzig Jahre jünger wirkte und Ale zwischen zwei gesunden roten Bäckchen hervorgrinste, war Marco Lucianis psychologische Widerstandskraft aufgezehrt. Annalise gab keine ermutigenden Signale ab, nichts, was ihm einen Hinweis gegeben hätte, ob sich hinter diesem Namen tatsächlich Sofia verbarg oder ob er sich nur in ein Hirngespinst hineingesteigert hatte.

Er versuchte sie zu provozieren, indem er zwei weitere Fotos von Ale postete. Auf einem verschlang er mit Begeisterung seine Hand, auf dem anderen hatte er gerade geweint, und mit seinem Blick hätte er den Schnee auf dem Kilimandscharo zum Schmelzen gebracht.

Annalises Kommentar traf am Nachmittag ein.

»Wie nett. Scheint ja ein ganz schöner Schelm zu sein.«

Marco Luciani lächelte. Was für ein blödes Wort, Schelm. Wer benutzte das noch? Nur Leute eines gewissen Alters, oder frischgebackene Eltern. »Manchmal schon. Im Allgemeinen ist er aber recht brav«, schrieb er.

Die Antwort kam nach wenigen Sekunden: »Das Entscheidende ist, dass er dich nachts schlafen lässt.«

»Na ja. Hier in den Bergen gibt er einigermaßen Ruhe, zu Hause scheint er unter der Hitze zu leiden, da schläft er fast gar nicht.«

»Ihr seid in den Bergen? Wie schön. Wo denn?«

»In Bormio, aber der Urlaub ist fast zu Ende. Und du?«, wagte er sich vor.

»Kein Urlaub in Sicht.«

»Nein, ich meine, wo du bist.«

»In Bürohaft. Zwölf Stunden täglich …«

Sie lässt sich nicht hereinlegen. Was soll ich tun?, fragte sich der Kommissar. Ich könnte versuchen, sie zu sprechen, sie aus der Deckung zu locken, sie vielleicht auf ein Treffen außerhalb des Netzes einzuladen. Wenn sie es ist, wird sie nein sagen, so viel ist klar. Aber auch wenn sie es nicht ist, wird sie höchstwahrscheinlich nein sagen. Im entgegengesetzten Fall, wenn sie ja sagt, dann ist sie es nicht, und wenn ich eins nicht gebrauchen kann, dann ist es die Bekanntschaft mit einer Vogelscheuche, die sich hinter der Zeichnung von Fujiko verbirgt. Er beschloss, ihr eine kleine offensichtliche Falle zu stellen, um zu sehen, wie sie sich aus der Affäre ziehen würde, und schickte ihr eine Nachricht, diesmal im Chat.

»Postest du denn nie Fotos von dir ;-)«

»Nein, ich bin nämlich wirklich sehr attraktiv, und ich will die schlüpfrigen Angebote vermeiden, die gewöhnlich auf Facebook kursieren. Die Freunde sollen mich lieber für das schätzen, was ich schreibe.«

Das war nicht gerade ein vielversprechender Einstieg.

»Dann hättest du doch ein Foto von Gundel Gaukeley verwenden können«, schrieb er.

»Jetzt wollen wir mal nicht übertreiben. Außerdem gleicht Fujiko mir praktisch wie ein Ei dem anderen ;-)«

»Willst du mich heiraten?«, schrieb Marco Luciani.

Annalise antwortete nicht mehr.

Am zwölften Tag, als der Gashahn für ihn eine unwiderstehliche Anziehungskraft entwickelte, begann Marco Luciani die Stunden zu zählen, die ihn noch von der Rückkehr ins Büro trennten. Er würde sich wieder in die Arbeit stürzen, er würde endlich zu dem merkwürdigen Todesfall dieser Polin ermitteln und vielleicht auch zum Ableben Pater Antiochus', zu dem es keinerlei Nachricht mehr gegeben hatte. Die Rückreise von Bormio nach Camogli war nicht lang, sondern endlos, aber als er nach gut sieben Stunden zum ersten Mal das Meer als azurblauen Strich am Horizont sah, fühlte der Kommissar sich endlich zu Hause. »*In montagna ci si rompe il cazzo*«, sang Elio. Die Berge gehen einem ungemein auf die Eier – eine tiefgründige Einsicht.

Kapitel 27

Livasi

»Todesursache ist ein einziger Messerstich ins Herz. Ausgeführt mit ungeheurer Wucht. Das Messer hat die Brust durchstoßen, das Herz praktisch in zwei Teile zertrennt und ist noch weiter vorgedrungen, bis es am Rücken wieder ausgetreten ist. Man muss schon Weltmeister im Schwergewicht sein, um einer Frau von dieser Statur einen solchen Stich zu versetzen; oder jedenfalls ein wirklich großer und kräftiger Mann, der extrem entschlossen zusticht.« Vizekommissar Livasi holte Luft, und Inspektor Vitone schaltete sich ein: »Die einzigen Fingerabdrücke auf dem Messer sind die der Frau Kaczmarek, und es war ihre Hand, die das Messer fest umklammert hielt, als man die Leiche fand. Wir hatten Mühe, es ihr aus den Fingern zu winden.«

»Schlussfolgerung?«, fragte Livasi und gab sich selbst die Antwort: »Plausibel scheint die Schlussfolgerung, dass sich Frau Kaczmarek den Stich selbst beigebracht hat und dass das außerordentlich tiefe Vordringen des Messers einem Sturz aus großer Höhe zuzuschreiben ist. Aus welcher Höhe? Alles deutet darauf hin, dass sie über das Geländer des ersten Stockes gesprungen oder gestürzt ist.«

Calabrò nickte. Sie waren alle im Büro des Vizekommissars versammelt und wollten diesen Fall so schnell wie möglich abschließen. Auch weil die Temperatur im Raum an die dreißig Grad betragen musste. »Sehr gut«, sagte er, »so weit wären wir uns also einig. Nur wie wollen wir herausfinden, ob sie gefallen oder gesprungen ist, oder ob jemand sie gestoßen hat? Das ist die Gretchenfrage.«

»Wir gehen von der Wirkung aus, und wenn wir Glück haben, finden wir auch die Ursache«, bemerkte Livasi. »Aber die Ursache der Ursache, nun, die ist unergründlich.«

»Ich kann Ihnen nicht folgen.«

»Ich will mich klarer ausdrücken. Die Leiche der Polin weist keine Kampfspuren auf, auch keine kleinen Verletzungen, die durch eben jenes Messer oder anderes verursacht worden wären. Es gibt keine DNA-Spuren anderer Personen. Folglich hat niemand sie angefasst. Und die wenigen Fingerabdrücke, die wir gefunden haben, sagen uns nichts, stimmt's, Vitone?«

»Stimmt. Ich habe das überprüft. Die Abdrücke, die nicht von der Frau stammen, passen auf keinen Vorbestraften.«

»Sie könnten von den Rettungskräften stammen, oder auch vom Postboten, vom Gas-Ableser oder einem Nachbarn. Wir können aber nicht die Fingerabdrücke der ganzen Dorfgemeinschaft nehmen, wenn wir nicht einmal sicher sind, dass es Mord war.«

»Nein.«

»Wenn wir, wie schon gesagt, keine Kampfspuren, keine Abschürfungen, Kratzer oder Hämatome, nicht den Hauch eines Hinweises auf Gewalteinwirkung von außen haben, dann stecken wir fest. Ob sie es mit Absicht getan hat, ob es ein Unfall war, oder ob ihr der Magier Silvan im Traum erschienen ist, sie hypnotisiert und ihr aufgetragen hat, sich hinunterzustürzen, das können wir nicht wissen.«

Calabrò dachte eine Weile schweigend nach. »Könnte es sich um eine Form von Somnambulismus handeln?«

Livasi breitete die Arme aus. »Wäre interessant zu erfahren, ob sie darunter litt. Wir können ja mal ihren Arzt fragen. Sie könnte ebenso gut infolge einer Kreislaufschwäche gefallen oder gestolpert sein. Das würde vielleicht auch erklären, warum ein Pantoffel oben und der andere im Erdgeschoss lag.«

»Aber was wollte sie denn mit dem Messer in der Hand?«

»Vielleicht hat sie ein Geräusch gehört, ist aus dem Zimmer gegangen, um nachzusehen, ist ausgerutscht und zu Tode gekommen.«

»Einbrecher?«

»Ja, bekloppte Einbrecher. Du hast das Haus gesehen, Calabrò, ich wüsste nicht, was es da zu holen gäbe.«

»Wenn es Einbrecher waren, dann haben sie das Geld nicht mitgenommen«, sagte Inspektor Vitone. »Das habe ich gefunden, tausend Euro, mit Tesafilm unter die Kommode im Schlafzimmer geklebt.«

»Ein klassisches Versteck. Echte Einbrecher hätten dort nachgesehen«, bemerkte Livasi.

»Wenn sie die Zeit hatten. Womöglich ist es zu dem Unglück gekommen, und sie sind abgehauen«, erwiderte Calabrò, der sich einerseits so wenig wie möglich mit der Sache beschäftigen, andererseits aber Livasi den Sieg nicht überlassen wollte.

»Okay, Leute, es bringt nichts, all diese Theorien zu entwickeln«, schnitt der Vizekommissar die Diskussion ab, »im Bericht kann ich mich am Ende sowieso nur auf konkrete Fakten stützen.«

Allerdings war er von der Theorie eines spektakulären Selbstmords am meisten angetan.

Als hätte er diesen Gedanken geahnt, stand Calabrò grummelnd vom Stuhl auf: »Es mag ein Unfall gewesen sein. Dass sie sich umgebracht hat, würde ich aber ausschließen. Da hätte sie für ihre Tat eine ziemlich komische Methode gewählt. Ich habe so etwas im Leben noch nicht gesehen oder gehört.«

»Ich auch nicht«, räumte Vitone ein.

Niemand erfindet je irgendwas neu, dachte Livasi. Tief in unserem Innern gibt es immer einen Archetypen, der uns leitet oder an den wir uns anlehnen. »Ich werde ein bisschen recherchieren« sagte er zum Abschied. Er hatte schon eine Idee, wo er suchen würde, um diesen Fall brillant zu lösen.

Kapitel 28

Marco Luciani

Donna Patrizia schlug die Zeitung auf und überflog sie schnell, bis sie gefunden hatte, wonach sie suchte.

»Schau mal, eine ganze Seite Todesanzeigen.«

»Juhuuu«, rief Marco Luciani aus und deutete eine La-Ola-Welle an.

»Was bist du albern.«

»Ach komm, war nur ein Spaß. Da wird ein großes Tier gestorben sein.«

»Von wegen. Das sind lauter kleine Anzeigen. Die Leute sterben in diesem Sommer wie die Fliegen, mir war schon aufgefallen, dass die Todesanzeigen kräftig zugenommen haben.«

»Ach ja?«

»Aufgrund der Hitze. Schau mal hier: alles alte Leute. Zweiundachtzig Jahre, vierundneunzig Jahre, in der hier steht kein Alter, aber es gibt Urenkel … Genau so war es auch in jenem furchtbaren Sommer, wann war das? 2003, glaube ich.«

Wo war ich im Sommer 2003?, fragte sich Marco Luciani. Ich weiß es nicht, jedenfalls nicht bei meiner alten Mutter, um Todesanzeigen zu studieren, auch nicht bei einem quiekenden Rotzlöffel, dem ich die Windeln wechseln musste. Es musste ein wilder Sommer gewesen sein, der von 2003.

»Schau mal hier, Marco, was für ein schöner Name: Guinigi.«

»Guinigi … Den habe ich schon gehört. Ist das der Vor- oder der Nachname?«

»Nein, nein, der Vorname. Das war ein Adliger. Ein Graf.«

Ein Graf?, überlegte Marco Luciani. »Graf Guinigi … Graf Guinigi … War das nicht der, bei dem die Polin gearbeitet hatte, die sich umgebracht hat, und war er nicht vor ihr gestorben? Inzwischen sind doch schon zwei Wochen vergangen, das ist ein bisschen spät für einen Nachruf. Falls man ihn nicht schon vorher veröffentlicht hatte.«

»Glaube ich nicht. Daran würde ich mich erinnern. Wie auch immer, die Anzeige ist nicht von der Familie. Hör mal: ›Im Nachgang der Beisetzung erinnert die Gesellschaft für Wissenschaftliche Studien für all jene, die ihn kannten, an den Grafen Guinigi Moncalvo, ehemals Präsident und Mitglied.‹ Er mag ein Graf gewesen sein, aber er hatte nicht einen einzigen Verwandten. Und nicht einmal diese seine Freunde scheinen ihn richtig gerngehabt zu haben. ›Für all jene, die ihn kannten.‹ Da steht noch nicht einmal ›für alle, die ihn liebten‹, oder ›in Dankbarkeit‹. Außerdem haben sie gerade mal das Allernotwendigste ausgegeben, offensichtlich verlangen ihre Statuten einen obligatorischen Nachruf auf ehemalige Präsidenten. Und im Nachgang der Beisetzung. Man müsste herausfinden, ob das auf seinen eigenen Wunsch geschehen ist oder ob sie es erst so spät erfahren haben.«

»Nicht einmal die polnische Haushälterin hat eine Todesanzeige für ihn bestellt«, sagte Luciani halblaut.

»Das ist komisch. Wenn eine dir teure Person stirbt, dann willst du doch, dass es alle erfahren. Weil du denkst, dass alle sie gernhatten, so wie du sie gernhattest.«

»Vielleicht fehlte ihr das Geld.«

Donna Patrizia schüttelte seufzend den Kopf. »Oder vielleicht war er ihr völlig gleichgültig.«

»Meinst du?«

»Er muss im Alter sehr allein gewesen sein, der arme Mann. Jedenfalls hatte er einen schönen Namen. Bei Adligen wirst du in diesem Punkt fast nie enttäuscht.« Sie legte die Zeitung hin und nahm die Schere sowie das schwarze Schulheft. Marco Luciani streckte, wie jedes Mal, wenn er das sah, Zeige- und kleinen Finger ab und massierte flüchtig seine edlen Teile, um Unheil abzuwehren.

Der Kommissar kehrte am späten Nachmittag ins Büro zurück, um Livasi abzulösen, der in Urlaub fuhr. Mit einem Lächeln, das von einem Ohr zum anderen reichte, kam ihm der Vizekommissar entgegen und sagte triumphierend, die Ermittlungen zur Polin seien de facto abgeschlossen.

Marco Luciani konnte seine Enttäuschung nicht verhehlen. »Abgeschlossen? Bist du sicher?«

»Sicher, ja. Vitone hat eine weitere Durchsuchung vorgenommen und das Tagebuch der Polin gefunden. Wir haben einen Übersetzer hinzugezogen, der uns sagte, die Frau habe just am Tag ihres Ablebens fünf Mal hintereinander geschrieben: ›Herr, vergib mir, was ich getan habe.‹ Jetzt wird er die Abschnitte davor übersetzen, aber er hat uns schon informell mitgeteilt, dass aus den Aufzeichnungen Kummer und Groll über ihre Lage und die Krankheit des Grafen hervorgingen, mit dem sie eine Hassliebe verband.«

»Das heißt?«

»Das heißt, ich habe den Bericht an Berti geschickt, der ihn großartig fand. Die Akte wird noch eine Weile offen bleiben, bis die toxikologischen Befunde eintreffen.« Die Gutachter nahmen sich die üblichen sechzig Tage Zeit, aber im Grunde waren inzwischen alle überzeugt, dass sich hinter diesem Todesfall kein Verbrechen verbarg. Nur eine der vielen Geschichten von Armut, Einsamkeit und verzweifelter Liebe. Wie der Vizekommissar von Anfang an vermutet hatte, hing sie mit dem Tod des Mannes zusammen, um den die Haushälterin sich gekümmert hatte, mit einem Tod, der wenige Tage vorher eingetreten war. Nachdem die arme Frau alleine geblieben war, ohne Arbeit und Zuwendung, hatte sie beschlossen, ihrem Leben auf diese grausige Weise ein Ende zu setzen.

»Hilf mir noch mal schnell auf den Namen ihres Arbeitgebers!«

»Moncalvo. Graf Guinigi Moncalvo.«

Marco Luciani kaute auf einem Bleistift herum. »Also, er ist gestorben, und sie hat sich aus Kummer umgebracht. Habt ihr an einen Mord mit anschließendem Selbstmord gedacht?«

»Sicher, daran habe ich gedacht, aber es gibt keine Indizien in dieser Richtung. Wenn du die Akten und die Protokolle sehen willst …«

Der Tonfall war ein wenig gereizt, und der Kommissar war zu müde, um eine Diskussion anzufangen: »Nein, lass nur, wenn ihr alles unternommen habt … Wie denkt Calabrò darüber?«

Livasi wurde steif: »Calabrò denkt nicht. Er gehorcht, zähneknirschend, und mehr nicht.«

»Soll ich mal mit ihm reden?«

»Das ist vielleicht besser. Ich verstehe, dass er stinkig ist, aber es ist nicht meine Schuld, wenn sie ihn nicht befördert haben. Er soll auf den Chef stinkig sein.«

Marco Luciani nickte. »Jetzt fahr erst mal in Urlaub und amüsier dich. Wirst sehen, wenn du zurückkommst, ist er anders gestimmt.«

»Okay. Ich reise am Montag ab, aber ich bin in der Nähe, an der Côte d'Azur. Wenn du mich brauchst, zögere nicht, mich anzurufen.«

Als er allein war, ließ der Kommissar Iannece kommen.

»Weißt du, wo Calabrò steckt? Ich kann ihn nicht finden.«

»Er ist in Mailand. Wie jeden Freitag.«

»Ach ja. Die Fortbildung. Aber bringt die denn irgendwas?«

»Klar. Das sind netto achtzig Euro mehr am Monatsende, plus Spesenerstattung.«

Der Kommissar stieß einen Fluch aus und rief den Inspektor auf dem Handy an. Das »Hallo« klang ein bisschen kurzatmig.

»Störe ich dich?«

Und ob du mich störst, dachte der Inspektor. Du kannst dir nicht vorstellen, wie sehr. »Kann ich dich in fünf Minuten zurückrufen? Gleich kommt ein Tunnel.«

Er rief Luciani nach einer halben Stunde zurück. Seine Stimme war normal und entspannt.

»Störe ich?«

»Ich kam gerade von der Fortbildung zurück, Commissario.«

»Ich weiß, ich wollte dich nur etwas fragen, aber das muss unter uns bleiben … Diese Geschichte mit der Polin, hast du die verfolgt?«

»Mehr oder weniger«, sagte Calabrò. Livasi hatte ihn auf Distanz gehalten, ihm bei der Ermittlung nur die bürokratischen Arbeiten anvertraut, ansonsten aber vor allem auf Inspektor Vitone gebaut.

»Und was hältst du davon? Ist es angebracht, dass ich die ganze Akte durcharbeite?«

»Wie Sie meinen, Commissario. Inspektor Livasi ist ein äußerst kompetenter Beamter und hat alles mit größter Gewissenhaftigkeit rekonstruiert. Die Kriminaltechnik hat tadellose Arbeit geleistet. Der Staatsanwalt hatte keine Einwände, den Zeitungen ist es scheißegal, aber sie werden voll des Lobes sein ob der schnellen Lösung des Falles.«

Marco Luciani biss sich auf die Unterlippe. Calabrò hielt Livasi für einen Vollidioten, und er wusste das ganz genau. Warum also redete er so? »Ich will nicht die offizielle Version hören. Sag mir, wie du darüber denkst.«

Sein Gegenüber blies in den Hörer. Als hätte er aufgelacht. »Ich halte mich an die Anweisungen, Commissario, und leiste meinen Teil, sofern es noch erwünscht ist. Ich erlaube mir nicht, eine persönliche Meinung zu haben.«

Der Kommissar verkniff sich die Replik. Calabrò war aus gutem Grund aufgebracht. Als er vor einiger Zeit einmal bei Marco Luciani vorgesprochen und sich über Giampieris Ermittlungsmethoden beschwert hatte, hatte der Kommissar ihn der Illoyalität und des fehlenden Teamgeistes bezichtigt. Dann hatte Calabrò mit ansehen müssen, wie er, obwohl er seit langem eine Beförderung verdient gehabt hätte, von Livasi überrundet wurde, und seitdem hatte er quasi den Stecker gezogen. Er begnügte sich damit, die ihm übertragenen Aufträge auszuführen, ohne jemals selbst eine Theorie zu entwickeln, ohne je Begeisterung oder Initiative zu zeigen.

Luciani hatte ihm Zeit lassen wollen, seinen Frust abzubauen und die Enttäuschung zu verarbeiten, in der Hoffnung, dass er anschließend wieder der Alte sein würde. Aber inzwischen waren Monate vergangen, und es gab keine Anzeichen der Besserung.

»Die Familie der Polin?«

»Gibt es nicht. Nur eine Tochter, die im Ausland lebt und die sie praktisch nie kennengelernt hat.«

Da ist noch irgendetwas, das nicht stimmt, dachte Marco Luciani. Es ist nicht nur Livasi. Calabrò gerät aus der Spur und merkt nicht, was mit ihm los ist. Aber über so etwas konnte man schlecht am Telefon reden.

Er bedankte sich, beendete das Gespräch und rief Iannece in sein Büro. »Wenn Livasi gegangen ist, fotokopierst du mir bitte sämtliche Akten zu der Polin.«

»Vertrauen ist gut, Verhauen ist besser«, sagte Iannece.

»Und bitte schön: Das muss unter uns bleiben.«

»Machen Sie sich keine Sorgen. Ich werde stumm sein wie ein Fisch auf dem Trockenen.«

Ehe er nach Camogli zurückkehrte, wollte Marco Luciani noch in der Altstadt vorbeischauen. Zwar hatte er kein besonderes Heimweh, aber das eine oder andere Geschäft und so manche Ecke seines ehemaligen Viertels würde er doch ganz gerne wiedersehen. Und nach den zwei Wochen, die er in den Bergen verbracht hatte, war es Zeit, seinen Briefkasten zu kontrollieren. Er war ungefähr drei Gehminuten vom Viertel um die Chiesa di Santa Maria Maddalena entfernt, als sein Handy klingelte.

»Marco.«

»Ja.«

»Hier ist die Mama. Es gibt ein Problem.«

»Was ist los? Ale…«

»Nein, nein, keine Angst. Es geht um Tante Rina. Es geht ihr nicht gut.«

Tante Rina war die Schwester seines Vaters, praktisch die einzige Verwandte, die noch am Leben war.

»Was heißt das?«

»Sie hat sich den Oberschenkel gebrochen. Sie haben eben aus der Fatebenefratelli-Klinik angerufen. Wir müssen nach Rom.«

»Nach Rom? Wie soll das gehen, Mama? Ich habe die Arbeit, das Kind … und hatte gerade erst Urlaub.«

»Wir sind die einzigen Verwandten, die ihr geblieben sind, Marco. Wir müssen hinfahren, die Ärmste. Sie liegt allein im Krankenhaus und kann sich nicht rühren.«

»Okay, unternimm nichts, warte auf mich. In einer Stunde bin ich zu Hause.«

Am nächsten Morgen stand Marco Luciani mit Alessandro auf dem Bahnsteig von Rapallo, und gemeinsam machten sie winke, winke für Donna Patrizia. »Ich schau mal nach, wie es ihr geht, unterdessen suche ich vielleicht gleich jemanden, der ihr nach ihrer Entlassung unter die Arme greift. Kommst du ein paar Tage alleine mit dem Kleinen klar? Sei so gut und ruf die Tochter von Elsa an, sie wäre überglücklich, wenn sie auf Ale aufpassen dürfte.«

»In Ordnung, Mama.«

»Wie du das schon sagst … Spiel nicht den Helden, Marco, du kannst nicht alles selbst übernehmen. Außerdem hat eine Frau …«

»Bei Elsas Tochter erinnert nun gar nichts an eine Frau.«

»Sei nicht albern. Sie ist ein gutes Mädchen und …«

»Ciao, Mama, steig ein, gleich fährt der Zug ab.«

»Mein armer Spatz«, sagte Donna Patrizia und streichelte Alessandro, »deine Oma kommt bald wieder, weißt du? Strapazier den Papa nicht zu sehr.«

»Aber klar, Mama, mach dir keine Sorgen. Wir werden bestens zurechtkommen, oder, Ale? Männer unter sich. Wir werden uns jede Menge Wrestling ansehen, bei Bier und Bratwurst.«

»Ach ja, Marco, was die Ernährung angeht, denk dran, dass …«

»Steig ein, Mama. Bitte, steig ein.«

Er half ihr, den Koffer im Abteil zu verstauen, dann stieg er aus und verabschiedete sich durch das Fenster. Hinter dem schalldichten Glas sagte seine Mutter etwas, was er nicht verstand, sie wiederholte es drei- oder viermal, und am Ende machte sie das Kreuzzeichen und bewegte die Finger wie eine Schere, um ihm klarzumachen, dass er die Todesanzeigen aufheben sollte. »Verstehst du? Die Todesanzeigen. Verstehst du?«

Marco Luciani nickte und fasste sich ans Gemächt, um zu signalisieren, dass er verstanden hatte. Sie machte ein entrüstetes Gesicht, dann setzte sich der Zug in Bewegung.

Kaum war die Oma aus seinem Gesichtsfeld verschwunden, begann der kleine Alessandro zu greinen. Das fängt ja gut an, dachte der Kommissar. Wer soll das denn durchstehen? Iaquinta hatte ihm noch einmal drei Tage freigegeben, ohne seine Irritation zu verbergen, und Livasi war überglücklich gewesen, dass er seinen Urlaub aufschieben und damit Pluspunkte beim Polizeichef sammeln konnte. Dass Donna Patrizia binnen drei Tagen zurückkommen würde, war höchst unwahrscheinlich, aber bevor er diese Geisteskranke von Elsas Tochter anrief, würde Marco Luciani Ale lieber einem Affen anvertrauen, so wie Tarzan. Er musste sich etwas anderes ausdenken, und zwar schnell.

Kapitel 29

Calabrò

Giovanni Calabrò kam gegen zwei Uhr nachts in seine Wohnung. Sie war finster und roch nach abgestandener Luft. In der Diele zog er die Schuhe aus, hängte seine Jacke an die Garderobe und schloss möglichst leise die Tür ab. Er kam am Zimmer der Kinder vorbei, sie schliefen ruhig, in das hellblaue Licht der Nachtlampe gehüllt. Emanuele hatte sich ein wenig aufgedeckt, und Calabrò zog das Laken zurecht. Elisabetta dagegen lag wie immer in derselben entspannten Stellung, in der sie eingeschlafen war. Er blieb gut eine Minute stehen und betrachtete sie, wobei er versuchte, diesen Augenblick des Friedens in sich aufzunehmen. Er wünschte sich wirklich eine normale Familie, er hatte hart dafür gearbeitet, und nun ging alles den Bach runter. Er wusste schon, wie es enden würde, und er hätte es weiß Gott gern verhindert, aber seine Ehe war mittlerweile wie ein Auto, das man auf einer abschüssigen Straße geparkt und dessen Handbremse sich gelöst hat. In dem Moment, in dem alles aus dem Gleichgewicht gerät und die Räder sich unmerklich nach vorne bewegen, ist sein Schicksal besiegelt. Es folgt zwangsläufig dem Gefälle, immer schneller, bis zum endgültigen Crash.

Er lehnte die Tür wieder an und schaute ins Schlafzimmer. Maria Antonietta schlief, schwer atmend, fast keuchend. Früher konnte sie nicht einschlafen, solange er nicht zu Hause war, aus übermäßiger Sorge. Oder vielleicht aus Liebe. Jetzt dagegen fiel sie um zehn, halb elf entkräftet ins Bett. Calabròs Augen hatten sich an das Zwielicht gewöhnt, er studierte das Gesicht seiner Frau und sah, dass es nicht einmal im Schlaf einen entspannten Ausdruck hatte. Sie war gestresst, unzufrieden, suchte ständig nach einem Vorwand, um Streit anzufangen, immer auf der Jagd nach einem Feind, den in den meisten Fällen er abgab. Es war anders gewesen, als sie sich kennengelernt hatten, es war anders gewesen, als sie geheiratet hatten. Die Geburt der Kinder hatte sie so stark verändert, dass sie ein anderer Mensch zu sein schien.

Er seufzte. Das Auto war ins Rollen gekommen, das Gefälle vor ihnen war steil, und am Ende würde es einen bösen Crash geben. Sie beide vorn, die Kinder hinten. Schwer zu sagen, wen es schlimmer erwischen würde, unversehrt würde aber niemand davonkommen.

Er ging in die Diele zurück und stöberte in seinen Jackentaschen herum. Die Pistole war immer noch da, geladen. Er nahm ein halb zerknülltes Päckchen Zigaretten, bog eine gerade und ging ins Bad zum Rauchen, wobei er den Rauch aus dem Fenster blies. Erst eine halbe Stunde später rang er sich dazu durch, ins Bett zu gehen. Er nahm die Waffe, zog das Magazin heraus und versteckte es im Zählerkasten, dann schob er die Pistole in eine Kommodenschublade, zwischen die Unterhosen. Und schließlich streckte er sich neben Maria Antonietta aus. Sie murmelte: »Wie spät ist es?«, und er erwiderte: »Es ist noch früh, schlaf.« Sie drehte sich um und rückte mit ihrem Körper von dem seinigen ab. Calabrò nahm ihr das nicht übel. Er wusste, dass sie etwas ahnte und dass es an ihm war, ihre Ängste zu zerstreuen. Aber das, was er erlebte, war nicht nur ein Abenteuer oder das Verlangen, für Augenblicke seine Jugend zurückzuholen, die ihm langsam zu entgleiten schien. Nein, es war die Entdeckung einer völlig neuen Welt, eines völlig neuen Ichs. Deshalb konnte er mit Maria Antonietta nicht darüber reden, mit niemandem konnte er darüber reden. Er dachte an einen anderen Körper, der immer warm und einladend war, an den bereits sich verflüchtigenden Duft, den er noch in der Nase hatte, und von diesem Duft ließ er sich in den Schlaf wiegen.

Maria Antonietta erwachte um Viertel vor sieben, wie jeden Morgen. Sie musste aufstehen, sich waschen, das Frühstück bereiten, die Kinder wecken, gegen ihren Wunsch ankämpfen, noch im Bett zu bleiben, und gegen ihre Launen, sie musste sie dazu bringen, ins Bad zu gehen, zu essen, sich die Zähne zu putzen und die Kindergartenuniform anzuziehen. Jede Geste ein Kampf, jeden Morgen ein kleiner Riss, der sich in der Fassade ihrer Ehe auftat, eine kleine Falte, die sich in ihr Gesicht grub. Sie fragte sich, ob sie wie ihre Mutter werden würde, die ihr, schon als sie noch ein Mädchen war, wie eine alte Frau ohne Träume vorgekommen war, die ihrem Mann nichts mehr zu sagen hatte, sich aber für glücklich hielt, weil sie Kinder hatte, denen sie Opfer bringen konnte, um sich selbst und allen dann jedes dieser Opfer vorzubeten. Heutzutage war es anders. Heutzutage trennten die Paare sich und sagten, es sei besser so, es ist besser für mich, für dich, es ist besser für die Kinder. Wir alle können ein neues Leben anfangen, können versuchen, glücklich zu sein. Jedes Mal wenn es eine ihrer Freundinnen erwischte, wiederholte sie dieser, klar, besser so, ihr seid jung, ihr könnt ja nicht so tun, als ob nichts wäre, ihr könnt ja nicht noch vierzig Jahre so weitermachen, die Kinder merken das doch auch, die Kinder leiden darunter, eine Trennung ist wirklich das kleinere Übel, ist besser für alle. Aber insgeheim dachte sie, dass ihnen selbst das nicht passieren würde. Es war keine Frage der Liebe, die Liebe vergeht oder verändert sich jedenfalls, aber genau dann kann der ganze Rest dich retten, wenn es ihn gibt. Und bis vor einiger Zeit waren sie ein echtes, solides, eingeschworenes Paar gewesen, das gerne Witze machte, dieselben Überzeugungen teilte, dieselben Interessen, das regelmäßig miteinander schlief.

Maria Antonietta kniete auf dem Bett und starrte Gianni an. Sie war mit einem komischen Geruch in der Nase aufgewacht, der Geruch kam von den Haaren ihres Mannes. Es war Zigarettenrauch, aber nicht nur das, darunter war noch etwas anderes, ein süßlicher, würziger Geruch. Ihr Mann hatte ein Geheimnis, und sie verstand nicht, welches, oder vielleicht doch, sie wusste es ganz genau, wollte es sich aber nicht eingestehen.

Sie war versucht, ihn zu wecken, ihn zu schütteln, zu schreien, dass sie die Wahrheit wissen wolle. Doch sie hatte nicht den Mut, es zu tun, denn es hätte nur dazu geführt, dass alles zerbrach. Wenn er nicht mit ihr sprach, dann hieß das, er war nicht überzeugt von dem, was er tat, dass er nicht wirklich in eine andere verliebt war, sondern nur eine Phase der Gefühlsverwirrung durchlebte.

»Mama!«, schrie Betta aus dem Nebenzimmer. »Mama! Lele ärgert mich.«

Maria Antonietta schaute auf die Uhr. Sie war spät dran. In ihrem hektischen Leben bedeutete es schon einen Luxus, wenn sie eine Minute innehielt und nachdachte.

Kapitel 30

Marco Luciani

Am Sonntag gegen elf steckte Marco Luciani Alessandro in den Tragesack und ging zu Fuß hinunter ins Dorf, über die Treppen und Treppchen, die sich in die Hügelflanke schnitten. Gut zehn Minuten brauchten seine langen dünne Beine für den Abstieg, rund zwanzig für den Aufstieg. Er hielt sich gerne im Boschetto auf, dort war man im Grünen, geschützt vor dem Lärm des Zentrums, doch jetzt fiel ihm die Decke auf den Kopf. Er musste einfach mal ein Bad in der Menge nehmen, das Gesicht eines Erwachsenen sehen, ein paar Worte in normalem Tonfall wechseln. Alessandro reckte sein Gesicht Richtung Straße und zeigte auf Bäume, Autos, Häuser. Er war glücklich und aufgeregt, und Marco Luciani war stolz darauf, wie die Leute ihn anschauten, vor allem die Frauen, die ihnen beiden zulächelten. Manchmal konnten sie nicht widerstehen, kitzelten Ales Füßchen und neckten ihn, bis der Kommissar seinen Weg fortsetzte, ehe sie allzu viele Fragen stellen konnten. Sie begegneten einer Gruppe Touristen, die jeder einen Streifen Focaccia in den Händen hielten, und für einen Augenblick beneidete Marco Luciani sie, denn Focaccia hatte er schon eine ganze Weile nicht mehr gegessen, seit eine Pseudo-Ärztin bei ihm eine Intoleranz gegen Weizen entdeckt und ihm diesen bis an sein Lebensende verboten hatte. Zuerst hatte er aufzubegehren versucht und gesagt, dass Brot und Focaccia das Einzige seien, was er esse, doch dann hatte er sie einmal weggelassen, und wie von Zauberhand waren alle seine körperlichen Beschwerden verschwunden. Die verfluchte Hexe hatte recht, und Focaccia, Pizza, Pasta und Kekse hatten sich in die lange Liste an Dingen eingereiht, die er nicht vertrug, so wie Eier, Parmesankäse, Milch, Bier und Weißwein.

Er trug Alessandro zum Strand und ließ ihn im Sand krabbeln, dann schlenderten sie langsam wieder bergauf, und um ein bisschen Zeit totzuschlagen, betrat Luciani eine Buchhandlung.

Der Buchhändler begrüßte sie mit einem Lächeln, sah zu, wie der neue Kunde hie und da herumstöberte, und als sie in der Nähe der Kasse vorbeikamen, informierte er sich über das Kind, wie es hieß und wie alt es war. Er war sympathisch, sie plauderten noch ein paar Minuten, und ehe der Kommissar sich verabschiedete, sagte er: »Ihr habt wunderschöne Kinderbücher, schade, das es für ihn noch ein bisschen zu früh ist.«

»Wir haben auch gute Bücher über Kinder«, lächelte der Buchhändler.

»Schön wär's, wenn ich Zeit zum Lesen hätte. Die Arbeit und dann noch dieser Halunke, der nie schlafen will ...«

Der Buchhändler schaute ihn von unten her an.

»Kommen Sie, ich schenke Ihnen etwas.« Er ging zielsicher auf ein Regal zu, nahm ein Büchlein heraus und sagte: »Davon habe ich bestimmt schon zwanzig verkauft, und die Mütter sind alle zurückgekommen, um sich zu bedanken.«

Marco Luciani betrachtete den Einband, den das Gesicht eines friedlich schlafenden Säuglings zierte, und den Titel: »Jedes Kind kann schlafen lernen«.

»Das haben Psychologen geschrieben«, erklärte sein Gegenüber. »Es geht um eine Technik, wie man Kinder zum Schlafen bringt. Das Prinzip ist, vereinfacht ausgedrückt, die Gewohnheit zu schaffen, sie immer zur selben Uhrzeit ins Bett zu bringen, und sie nach und nach immer selbständiger werden zu lassen. Sie immer länger alleine in ihrem Bettchen zu lassen, bis sie einsehen, dass sie keine Alternative haben, und sich damit abfinden, dass sie schlafen müssen. Die ersten Abende muss man eisern bleiben, aber nach maximal einer Woche sieht das Leben völlig anders aus.«

Der Kommissar drehte das Buch in den Händen und las Auszüge des Klappentextes. Dann holte er sein Portemonnaie aus der Tasche, aber der Buchhändler schüttelte den Kopf: »Ich habe gesagt, es ist ein Geschenk. Solidarität unter Männern.«

»Nun, dann danke ich Ihnen. Kann ich Sie wenigstens auf einen Kaffee einladen?«

Ehe er wieder hoch zur Villa Patrizia ging, machte er im Dorf in einem Internetcafé Station, um sich bei Facebook einzuloggen. Wenn Gott existiert, dachte er, dann ist dies der Moment, in dem Sofia wieder auftauchen und mir mitteilen müsste, dass sie das Kind holen kommt. Als er sah, dass es eine Freundschaftsanfrage gab, hüpfte sein Herz, noch ehe er die Nachricht geöffnet hatte. Ganz ruhig, was ist nur los mit dir?, sagte er sich und öffnete sie vorsichtig, eine Enttäuschung fürchtend. Aber stattdessen erwartete ihn eine Überraschung. Die Nachricht war nicht von Sofia, sondern von einer anderen Frau, die er lange nicht gesehen hatte. Einer anderen Frau, in die er verliebt gewesen war, als sie beide noch ins Gymnasium gingen. Sie hieß Fiammetta Sforza. Niemandem hatte er über die Jahre so sehr nachgetrauert wie ihr, und es gab einige, denen er nachgetrauert hatte. Der Kommissar hatte nie die Leute verstanden, die in Zeitungsinterviews sagten: »Ich bereue nichts, ich würde alles wieder genau so machen, wie ich es gemacht habe.« In der Regel handelte es sich um einen Prominenten, einen Schauspieler, einen Sänger oder einen Fußballer, der jede Menge Mist gebaut hatte, Drogen, Scheidungen, Prügeleien und Zerwürfnisse; der aber ungeachtet all dessen so selbstzufrieden war, dass er meinte, er wäre jedenfalls ohne diesen ganzen Mist nicht der tolle Hecht geworden, der er jetzt war. Das hieß, er meinte, all die

Leute, denen es seinetwegen dreckig ging, müssten happy sein, weil ihr Unglück ja einem guten Zweck diente: ihm.

Wenn er an die Vergangenheit zurückdachte, dann empfand Marco Luciani fast nur Schuldgefühle und Reue. Erstere gegenüber den anderen, Letztere sich selbst gegenüber. Er hätte fast nichts von dem, was er getan hatte, wieder getan, stattdessen hätte er vieles ausprobieren wollen, was er nie gemacht hatte. Und allem voran, mit Fiammetta Sforza zu schlafen, auf dem Schulausflug in der elften Jahrgangsstufe, als sie sich vom Rest der Klasse abgesetzt hatten, den ganzen Abend alleine in einem verzauberten Florenz umherspaziert waren und bis zum Morgengrauen vor den verrammelten Schaufenstern des Ponte Vecchio geredet hatten. Sie waren Arm in Arm zurückgekehrt, um sich zu wappnen gegen die Kälte und die Bestrafung durch die Lehrer, die hart ausgefallen war. Wahrscheinlich dachten die, dass sie wer weiß was angestellt hätten, aber in Wahrheit hatten sie gar nichts getan, sie hatten sich nicht einmal geküsst, denn an jenem Abend waren sie einander auf einer anderen, in gewisser Hinsicht intimeren Ebene begegnet.

Fiammetta war damals das hübscheste Mädchen in der Klasse und vielleicht in der ganzen Schule gewesen, eine Rothaarige aus einer anderen Liga, mit zauberhaften Sommersprossen und einer Stimme, die bei den Jungs die Mägen zum Vibrieren brachte wie Gitarrensaiten. Er war der größte und sportlichste Junge, vielleicht auch der reichste der Schule, und viele schmolzen angesichts seiner blauen Augen dahin. Wären sie die Protagonisten in einem amerikanischen Film gewesen, dann wäre das Ende schon klar gewesen, doch Fiammetta und er hatten sich immer nur aus der Distanz provoziert, jeder meinte, es sei am anderen, den ersten Schritt zu tun. Dieser Abend war ein besonderer gewesen, weil sie beide ihre aufgesetzten Rollen abgelegt, von ihren Familien, der Beziehung zu ihren Eltern und den Freunden erzählt hatten. Sie hatten einander Ängste und

Komplexe und Träume anvertraut, über die sie nicht einmal mit den engsten Freunden gesprochen hatten. Vom Wasser des Arno, das unter ihnen vorbeirauschte, ging eine merkwürdige magische Kraft aus, mehrere Jahrhunderte Zeitgeschichte waren unter den Brückenbögen hindurchgeflossen, und auch ihre Zeit war da, ein bisschen flussaufwärts, und wenn sie noch ein bisschen länger geblieben wären, dann hätten sie sie vorbeifließen und sie beide mitnehmen sehen. Sein übertriebener Stolz, nicht die Schüchternheit, war dafür verantwortlich, dass er sie nicht zu küssen versucht hatte. Aber ein Schuss Feigheit hatte auch hineingespielt, von beiden Seiten: Sie wussten, wenn sie zusammengekommen wären, dann hätten sie auf die anderen banalen Liebeleien verzichten müssen, in denen sie immer die Stärkeren waren, sie hätten ohne Maske, ohne Schutzpanzer leben müssen, einer dem anderen ausgeliefert. Und sie wussten, dass am Ende einer der beiden als Verlierer zurückgeblieben wäre.

»Ciao, Marco, erinnerst du dich noch an mich?« Sie hat gut daran getan, ein Foto aus Schultagen in ihr Profil zu setzen, dachte der Kommissar, denn wenn ich sie jetzt sehen würde, wäre das sicher eine Enttäuschung. So wie sie geschockt sein wird, wenn sie ein Foto von mir sieht. Gewöhnlich sah man seine Freunde mit zwanzig Kilo mehr und deutlich weniger Haaren. Wenn du in der Schule einen Feind hattest, dann setz dich ans Ufer von Facebook und warte: Irgendwann wirst du seinen Opa vorbeitreiben sehen. Auch Fiammetta würde wahrscheinlich zehn Kilo mehr auf den Rippen haben und inzwischen ihre fabelhaften roten Haare färben. »Ich würde mich sehr freuen, dich wieder als Freund zu gewinnen. Einen Kuss nach Florenz. Fiammetta.«

Er musste über die Anspielung lächeln. Auch sie erinnerte sich an jenen Abend als an den Schlüsselmoment ihrer Beziehung. An dem alles sich hätte ändern können und nichts sich geändert hatte.

Der Kommissar überlegte, was er ihr antworten konnte. Sie sollte nicht denken, dass er zwanzig Jahre auf sie gewartet, aber auch nicht, dass er sie völlig vergessen hatte. Auf jeden Fall hatte er nicht die Absicht, sie wiederzusehen: Trotz seiner Reflexionen über Reue und verpasste Gelegenheiten wusste er, dass auf den Versuch, Verpasstes nachzuholen, stets nur noch größere Reue folgte. Am Ende begnügte er sich mit einem aseptischen »Schön, wieder von dir zu hören!« und klickte auf »Freundschaft akzeptieren«.

Ehe er offline ging, kontrollierte er den Status von Annalise Folia. Sie hatte nichts geschrieben, keine neuen Fotos gepostet und war auch nicht online. »Lass uns nach Hause gehen«, sagte er zu Alessandro. »Ich mach dir mein püriertes Gemüse mit dem Zaubermittelchen.«

Er überwand Ales Abwehrhaltung nur dank einer vielfachen Serie von Flugzeuglandungen und einer Aufführung des No-Theaters. Ein Kind zu füttern ist im Grunde ein bisschen wie ein Verhör zu führen, dachte er, es ist ein psychologischer Zweikampf, bei dem man Zuckerbrot und Peitsche, Methode und Improvisationstalent einsetzen muss. Und in dieser Hinsicht hatte er sich immer wacker geschlagen. Als Alessandro in tiefen Schlaf fiel, aß Marco Luciani ein bisschen abgepackten Salat und eine Tomate, dann stöpselte er das Telefon ab, legte sich aufs Sofa und begann, das Buch zum Kinderschlaf zu lesen. Es war interessant, aber seine Lider fielen immer öfter zu; vielleicht war das sein Erfolgsgeheimnis, es hatte eine hypnotische, einschläfernde Wirkung. Aber wie sollte diese bei Ale greifen, der nicht lesen konnte? Vielleicht strömte das Buch irgendeinen ominösen Duft aus, wie die von Geronimo Stilton. Er lächelte still für sich, und bald glitt auch er, von diesem endlosen Sonntag erschöpft, in einen traumlosen Schlaf.

Kapitel 31

Aziz

In der Via San Bernardo war ein solcher Menschenauflauf, dass man sich kaum rühren konnte. Junge Burschen und Mädchen, im Schul- und Universitätsalter, darunter viele ausländische Studenten. Die Musik war vor eineinhalb Stunden, um elf, abgestellt worden, aber aus den offenen Lokalen hallten die Stimmen und das Gelächter so laut in die Gasse, dass man schreien musste, um sich verständlich zu machen. Einige Paare in den mittleren Jahren, die lange in einem der angesagten Restaurants hängengeblieben waren, kämpften sich durch die Menge, unschlüssig, ob sie diese jungen Leute beneiden oder bemitleiden sollten. Eine Blondine und ein Typ voller Tattoos küssten sich auf den Stufen eines Palazzos aus dem 16. Jahrhundert, ein Stückchen weiter stützten zwei Burschen einen Freund, der auf ein Schieferportal kotzte. Aziz war schon ein Dutzend Mal zwischen der Via San Bernardo und dem Vico Vegetti hin und her gelaufen, wobei er nie mehr als drei Tütchen auf einmal mitnahm. Er mischte sich unter die Grüppchen der Studenten und flüsterte: »Hasch? Koks?«, verhandelte schnell, registrierte die Bestellungen, holte den Stoff und kehrte zurück. Die jungen Leute wagten nicht, ihm zu folgen, und er hätte sie auch nicht zu seinem Basislager mitnehmen wollen. Er kam zurück, gab einen Wink, einer der Kunden folgte ihm nur schnell um die Ecke, und im Nu wurde das Geschäft abgewickelt. Er linkte niemanden, es zahlte sich nicht aus, denn zwar konnte er am nächsten Tag das Revier wechseln, aber nach drei oder vier Tagen würde er wieder an derselben Stelle stehen, und nur ein

Dummkopf ließ es auf Streit oder Prügeleien ankommen. Aber wenn jemand auf Stunk aus war, wenn einer es auf eine Schlägerei anlegte, dann kniff er nicht. Er war immer bereit. Er war bereit, und Abdel hinter dem Häusereck war bereit, und Samir an der Kreuzung mit dem Vico Vegetti, und der Neger an der Einmündung zur Salita Pollaiuoli und dann noch Jamal auf der anderen Seite, von wo er die Via dei Giustiniani überwachte. Genua war ein Labyrinth, es gab viele enge Gassen, und die Polizisten hatten dich am Wickel, noch bevor du sie überhaupt auftauchen sahst. Ohne ein Netz an Spähern wäre er sofort fällig gewesen.

Er kam wieder aus dem Vico Vegetti herunter, mit drei Tütchen Koks in der Tasche. Samir gab mit dem Kopf ein Zeichen, dass die Luft rein sei, die Polizei machte jeden Abend ein paar Mal die Runde, aber nur um den Schein zu wahren. Sie nervten ein bisschen und sorgten dafür, dass sich die Brennpunkte ein wenig verlagerten. Aber die Beamten stiegen noch nicht einmal aus den Autos aus, und der Deal war klar: Ihr könnt treiben, was ihr wollt, aber macht keinen Ärger, stecht einander nicht ab und bringt nicht irgendeinen italienischen Bubi aus gutem Hause um, denn in dem Fall werden wir verdammt ungemütlich.

Er kam wieder in der Via San Bernardo heraus, die drei Typen, die auf ihr Koks warteten, tranken Bier aus Plastikbechern. Zwei Burschen um die zwanzig und einer, der groß und kräftig war, um die dreißig. Sie trugen schwarze T-Shirts, Jeans und Springerstiefel. Fiese Visagen, hatte er sofort gedacht, aber keine Bullenvisagen. Dazu waren sie zu jung. »Komm du mit«, sagte er, tippte einem der Burschen auf die Schulter und ging weiter Richtung Via dei Giustiniani.

Stattdessen löste sich der Kräftigste aus der Gruppe und folgte ihm, ohne Hast. Aziz verständigte sich per Geste mit Samir, der an einer Hauswand lehnte. Er trat, die Hände in den Taschen, in den Hauseingang, in der Linken die Tütchen, in der Rechten das Springmesser haltend.

Als er sich umdrehte, sah er hinter seinem Kunden die beiden anderen antraben. »Hey«, schrie er, »ich hatte gesagt, einer!«

Als er Aziz' Stimme hörte, verstand Samir sofort die Situation, er löste sich von der Wand und kam näher, um die anderen aufzuhalten.

In diesem Moment tauchte ein Bursche aus der Via dei Giustiniani auf. Er trug einen grauen Pullover, dessen Kapuze tief in die Stirn gezogen war, und er wirkte wie jemand, der ein klares Ziel hat. Aziz' Blick in die Gasse war durch den großen Kerl verstellt, der sich im Hauseingang platziert hatte, er hörte Samirs Stimme, wie er mit den beiden anderen diskutierte, und dann hörte er den trockenen zweimaligen Pfiff, der die anderen zu Hilfe rief.

Er versuchte, das Messer aus der Tasche zu holen, aber noch ehe er die Klinge aufklappen konnte, sprang sein Kunde zur Seite, blockierte sein Handgelenk mit einem Kampfgriff, und eine Sekunde später schlug ihm ein anderer, der im Laufschritt angekommen war, mit voller Wucht die Faust in den Magen. »Bleib weg vom Stadion, du Scheißkanake!«

Aziz blieb keine Zeit, überrascht zu sein: Er schaute nach unten und sah sein mit Blut getränktes T-Shirt. Erst jetzt merkte er, dass er einen Messerstich abbekommen hatte.

»Hast du verstanden? Bleibt aus unserem Gebiet weg«, sagte der andere und stach noch einmal zu. Dann zog er sich zurück und verschwand schleunigst in der Gasse.

Der kräftige Kerl sah ihn links abbiegen, ohne auf die Faustschläge und Tritte zu achten, die Mirko und Angelo diesem Wicht von Marokkaner verpassten, der versucht hatte, sie aufzuhalten. »Ruft die Polizei!«, schrie er der Gruppe von Jugendlichen zu, die vor der Weinbar standen. »Ruft die Polizei, die sind mit Messern aufeinander los!« Unterdessen hatte sich der Alarmpfiff wiederholt, und aus dem Vico Vegetti kamen drei weitere Nordafrikaner heruntergerannt, jeder mit einem Stock bewaffnet. Der kräftige Bursche spürte das übermächtige Verlangen, ihnen entgegenzulaufen und ihnen ihre Stöcke in den Arsch zu schieben, aber wichtiger war, sich an den Plan zu halten. »Jungs, weg hier!«, sagte er zu Mirko und Angelo, und während er durch dieselbe Straße abhaute, die auch sein Kumpel genommen hatte, rannten die beiden anderen Richtung Piazza delle Erbe, wobei sie Leute anrempelten und absichtlich für ein ordentliches Chaos sorgten. Wieder ertönten Pfiffe, diesmal langgezogen, außerdem Schreie auf Arabisch, verzweifelte Hilferufe, dann setzte sich der Streifenwagen, der in der Piazza Matteotti parkte, gerade mal fünfzig Meter Luftlinie entfernt, in Bewegung und stellte die Sirene an. Als er in der Via San Bernardo eintraf, waren alle an dem Kampf Beteiligten verschwunden. Nur ein Afrikaner war, mit gebrochener Nase und blutverschmiertem Gesicht, am Boden liegen geblieben, ein anderer lag in einem Hauseingang, während ein Freund ihm die Hand hielt und verzweifelt seinen Namen brüllte.

Kapitel 32

Livasi und Calabrò

»Ich glaube nicht, dass das eine Drogengeschichte ist. Scheint mir eher eine Aktion von Hooligans zu sein«, sagte Livasi.

»Warum? Dealen denn Hooligans nicht?«, fragte Calabrò ironisch.

Livasi schaute ihn missmutig an. Womöglich hatte er ja recht, aber er musste damit aufhören, ihm vor den Inspektoren und Beamten zu widersprechen. Wenn schon nicht aus Respekt vor dem Dienstgrad, dann zumindest aus Respekt vor einem, der an die Côte d'Azur hatte fahren wollen und in Genua geblieben war, um wieder einmal die Kastanien aus dem Feuer zu holen, während Kommissar Luciani den Hausmann spielte. Er ging das Fenster öffnen und ließ das Licht der Morgendämmerung ins Büro, wo sie seit einer halben Stunde versammelt waren, um die Lage zu besprechen.

»Das ist bestimmt eine Aktion der Hooligans gewesen«, mischte sich Inspektor Vitone ein. Er hatte jahrelang im Stadion Dienst geschoben und kannte Technik und Taktik der Strafmissionen gut. »Und es stimmt, dass einige dealen. Aber nicht so, nicht im Revier der Nordafrikaner.«

»Bisher nicht«, sagte Calabrò, »aber das könnte der Anfang eines Bandenkrieges sein.«

»Vielleicht ist es eine persönliche Geschichte. Eine Privatfehde«, sagte Livasi. »Der wird das falsche Mädchen gebumst oder das falsche Motorrad geklaut haben, oder er hat sich mit jemandem in der Disko geprügelt. Manchmal reicht eine Kleinigkeit. Was wissen wir?«

»Nach Mehrzahl der Zeugenaussagen waren die Mörder zu dritt«, fing Vitone an, »sie hielten sich vor der Weinbar Moretti auf, gehören dort aber nicht zur Stammkundschaft. Schwarze Blousons, harte Jungs. Sie sind dem Marokkaner in einen Hauseingang gefolgt, wahrscheinlich hatten sie nach Drogen gefragt. Ein anderer Zeuge meint, da sei ein vierter Mann gewesen, der auch in den Hauseingang getreten und sofort danach verschwunden sei.«

»Das ist typisch«, nickte Vitone, »die anderen präparieren das Opfer, isolieren es, stehen bereit, um im Notfall einzugreifen, aber zuschlagen muss der, der sich für eine Schmach rächen will. Nur so kann er seine Ehre reinwaschen.«

»Na ja«, sagte Calabrò, »ich habe immer nur gesehen, dass jeder jeden verkloppte, auch zwanzig gegen einen.«

Vitone nickte. »Kommt drauf an. Zwanzig gegen einen, das kann vorkommen, wenn sie sich einen Polizisten vornehmen oder einen Journalisten oder einen Außenstehenden. Sie halten ihn nicht würdig für ein ›Duell‹ von Mann zu Mann. Aber wenn sie sich mit den anderen Hooligans messen, auch im Gewühl, dann tendieren sie zum Zweikampf. Und ein Gegner, der am Boden liegt, wird nicht weiter attackiert.«

»Die reinsten Gentlemen«, meinte Livasi ironisch. »Nein, eher noch Kavaliere aus dem Mittelalter.«

Der andere zuckte mit den Schultern. »Das ist die Theorie. In der Praxis kann alles Mögliche passieren. Auch Messer sollten die echten Hooligans eigentlich nicht einsetzen. Ich habe nur erklären wollen, warum mir dieser Mord genau in ihr Denk- und Verhaltensmuster zu passen scheint.«

»Es waren aber vier gegen einen.«

»Allerdings mitten in feindlichem Territorium. Da haben sie ziemlich viel Mut bewiesen. Wenn sie ein Detail verbocken, wenn sie zu spät abhauen, besser gesagt, sich zurückziehen, dann machen die Marokkaner Hackfleisch aus ihnen.«

»Und der niedergeschlagene Marokkaner hat nichts gesagt?«, fragte Livasi, obgleich er die Antwort schon kannte.

»Stumm wie Buster Keaton«, bestätigte Vitone.

»Ist er legal oder illegal im Land?«

»Illegal.«

»Wenn er sich bereit erklärt auszusagen, kann er eine befristete Aufenthaltsgenehmigung bekommen. Und er hilft uns, den Mörder seines Freundes zu finden.«

»Das war das Erste, was wir ihm gesagt haben«, mischte Calabrò sich ein, »aber der wird uns nie im Leben helfen. Wenn er etwas weiß, dann wird er es seinen Kumpanen stecken, für den Fall, dass sie sich rächen wollen. Aber das ist unwahrscheinlich.«

»Warum?«

»Zu riskant«, sagte Calabrò, »sie wissen, es ist Teil des Spiels, dass hin und wieder einer ins Gras beißt. Sie können deswegen nicht alles in die Tonne hauen. Sie werden den Angehörigen helfen, vielleicht den kleinen Bruder ins Land holen, um den anderen zu ersetzen, und dann machen sie weiter. Für sie ist das ein Betriebsunfall, ein bisschen so, wie wenn ein Arbeiter in einer Fabrik stirbt. Da kann man vielleicht mal einen Tag streiken, aber danach muss man doch wieder die Brötchen verdienen.«

Sein Handy klingelte in der Tasche. Er hörte schweigend zu, dann sagte er: »Bestens. Lass ihn hochkommen.« Danach schaute er die anderen an. »Es gibt einen Zeugen. Sieht so aus, als hätte er die Mörder erkannt.«

Binnen weniger Stunden waren alle drei gefasst. Sie saßen zu Hause bei ihren Eltern, in ihren Zimmern. An den Wänden Poster von Fußballspielern, Schuhe der Lieblingsmannschaft, Fotos. Auf den Regalbrettern kein Buch, nur DVDs und CDs und ein paar Pokemon-Statuetten. Der Älteste war zweiunddreißig, die beiden anderen zehn Jahre jünger. Keiner hatte zu fliehen versucht.

Kapitel 33

Marco Luciani

Calabròs Anruf in tiefster Nacht wirkte wie ein Messerstich in den Rücken, den das unbequeme Sofa ohnehin schon zersägt hatte. Marco Luciani hatte sich den Namen der Gasse wiederholen lassen und »Ich komme sofort« gemurmelt. Er war schon auf dem Weg ins Bad gewesen, als sein Blick auf ein Plüschtier am Boden gefallen war und er sich an Alessandro erinnert hatte. Ihm war keine andere Wahl geblieben, als Calabrò zurückzurufen, er möge Livasi verständigen, er selbst werde so früh wie möglich eintreffen.

Er hatte nicht wieder einschlafen können und hatte Ale beobachtet, der selig wie nie schlief, fast als ob er spürte, dass niemand im Haus war, den er hätte wecken können. Den zweiten Messerstich hatte ihm der Anruf Livasis versetzt, der bereits um halb neun die mutmaßlichen Mörder aufgespürt und verhaftet hatte. Der dritte Messerstich war um halb zehn von Donna Patrizia gekommen. »Mama. Wie geht's? Wie geht's der Tante?«

»Na ja. Nicht besonders gut.«

»Tut mir leid. Bist du auf dem Rückweg?«

»Nein, ich kann hier absolut nicht weg.«

»Was soll das heißen?«

»Die Operation ist gut verlaufen, aber die Narkose hat sie schlecht vertragen: Sie ist verwirrt, manchmal deliriert sie richtig, sie hat versucht, sich die Sonden abzureißen, und braucht ständige Pflege. Ich kann hier nicht weg, Marco.«

»Für wie lange?«

»Nun, falls es keine Komplikationen gibt, denke ich, dass ich mindestens vierzehn Tage hierbleiben muss.«

»Was?«

Er versuchte zu protestieren, zu erklären, dass in Genua die Leute auf der Straße umgebracht wurden und dass er als Chef der Mordkommission klar definierte Verantwortlichkeiten hatte. Sie erwiderte knapp: »Deine wichtigste Verantwortung ist die gegenüber deinem Sohn. Der lebt, der gesund ist, so Gott will, und der dich braucht. Die Toten können warten, und wenn du auch einmal etwas deinen Kollegen überlässt, wird die Welt schon nicht untergehen.«

Der Kommissar konnte sich nur mit Mühe beherrschen. Sie war es gewesen, die ihm dieses Kind aufgehalst hatte, das seit Monaten sein Leben mit Napalm bombardierte, und die sich jetzt auch noch erlaubte, ihm seine Pflichten auseinanderzusetzen.

Er legte auf, fast ohne sich zu verabschieden, dann schaute er Alessandro an, der ihm ein nettes Lächeln schenkte, als wollte er ihn trösten. »Okay, ich weiß, es ist nicht deine Schuld. Versuchen wir, noch ein bisschen Zeit rauszuschlagen.«

Eine halbe Stunde später traf er mit Alessandro im Tragesack in der Dienststelle ein. Er hätte gerne vermieden, den Kleinen mitzuschleppen, aber leider hatte er keine Wahl.

Livasi und die anderen hatten sich zu Hause noch ein paar Stunden hingelegt, um sich auszuruhen und die Festgenommenen eine Weile schmoren zu lassen, bis sie womöglich gestehen würden. Iannece wartete auf den Kommissar in dessen Büro, und als er ihn mit seinem Kind sah, weitete sein Mund sich zu einem strahlenden Lächeln:

»Da haben wir ihn ja endlich!«

»Iannece, ich darf dir Kaiser Alexander den Großen vorstellen.«

Sein Gegenüber verbeugte sich und beeilte sich, ihm die Hand zu küssen.

»Er ist schön wie ein Engel, Commissario. Wo haben Sie den denn her?«

»War ein Sonderangebot. Zwei zum Preis von einem. Den anderen kriegst du zu Weihnachten.«

»Das ist wirklich nicht nötig, Commissario, meine drei sind mehr als genug. Wie geht es Ihrer Tante?«

»Nicht besonders gut. Ich habe eben mit meiner Mutter geredet, sie muss noch eine Weile in Rom bleiben. Ich werde mich um das Kind kümmern müssen.«

»Und die Mutter? Des Kindes, meine ich«, entfuhr es Iannece, was er sofort bereute.

Der Kommissar schaute finster drein. »Die Mutter … Im Moment steckt auch sie im Schlamassel. Aber Ale und ich werden schon miteinander klarkommen, stimmt's, mein Kleiner?«

Iannece schaute sie perplex an.

»Was gibt's, Iannece? Glaubst du, ich bin nicht in der Lage, mich um diesen Knirps zu kümmern? Wir leben inzwischen im 21. Jahrhundert, die Väter sind nicht mehr die von früher.«

»Klar doch, Commissario. Das weiß ich selbst, dass es die Väter von früher nicht mehr gibt.«

»Du meinst, das ist ein Verlust?«

»Was weiß denn ich. Ich weiß nur, dass das Leben nicht so kompliziert ist, wie wir es heute machen. Es hat immer Regeln des gesunden Menschenverstandes gegeben, und um glücklich zu sein, musste man nur diesen Regeln folgen. Eine Regel ist, dass die Glucken auf den Eiern hocken …«

»Ja, das hattest du mir schon gesagt. Die Frauen müssen die Kinder kriegen.«

»… und eine andere Regel besagt, dass das Kind bis zum dritten Lebensjahr ganz der Mutter gehört. Der Papa – was soll der schon tun? Der kann ein bisschen mit ihm spielen, sich am Sonntag vor den Verwandten aufplustern, aber am Ende ist unsere Aufgabe, das Geld ranzuschaffen und unserer Frau das Gefühl zu geben, dass sie immer noch schön ist, begehrenswert, auch wenn sie vielleicht nicht mehr so schlank ist wie am Tag der Hochzeit. Die Frau ist deprimiert, wenn der Mann nicht mehr hinter ihr her ist.«

Marco Luciani dachte an Ianneces Frau. Sympathisch, aber keinen Meter sechzig groß bei mindestens achtzig Kilo. Abgesehen vom persönlichen Geschmack, war es ein anatomisches Rätsel, wie die beiden es miteinander treiben konnten.

»Ich fürchte, so einfach ist es nicht, Iannece.« Er war sicher, dass Sofia dem Kindbett ebenso makellos entstiegen war wie Aphrodite ihrer Muschel, das eine oder andere zusätzliche Kilo auf den Hüften hätte sie höchstens noch anziehender gemacht. Und er war gern bereit, dafür zu sorgen, dass sie sich jeden Tag, an dem Gott die Sonne aufgehen ließ, schön und begehrenswert fühlte. Das einzige Problem war, dass er sie vorher finden musste. Alessandro fing an zu quengeln, und der Kommissar schuf auf dem Schreibtisch ein wenig Platz, um ihn zu wickeln.

Iannece starrte ihn verblüfft an. »Wissen Sie, was mein Bruder gemacht hat, als seine Frau ihn zum ersten Mal bat, seinem Kind die Windel zu wechseln? Er hat es an einem Fuß gefasst wie ein Hähnchen, hat es halb rumgedreht, hat so getan, als würde es ihm runterfallen, und hat das völlig mit Scheiße verschmierte, quiekende Kind im Fallen aufgefangen. Der armen Frau standen die Haare zu Berge, und sie schrie: ›Finger weg! Ich mache das, du hast wirklich von nichts eine Ahnung!‹ Er ganz zerknirscht: ›Entschuldige, Schatz, warte, ich helfe dir, lass es mich einmal versuchen …‹ und hat ihn hie und da noch ein bisschen mit Scheiße eingerieben, bis sie ihn aus dem Zimmer gejagt hat. Da war für alle Zeit Schluss mit dem Windeln, und nur im absoluten Notfall hat sie ihn mit einer ihrer Rotznasen länger als zehn Minuten allein gelassen.«

Er betrachtete Marco Luciani, der gerade mit dem Wickeln fertig war, wobei er die Windel hermetisch geschlossen und alles in tadellose Ordnung gebracht hatte. »Sie dagegen, Commissario, haben Ihre Sache gelernt, wie ich sehe. Schade. Je mehr man machen kann, desto mehr lassen sie dich machen. Und das gilt nicht nur für die Kinder, sondern auch im Leben ganz allgemein. Wer für drei arbeiten kann, der arbeitet für drei, und die zwei anderen ruhen sich aus.«

»Ich verstehe, Iannece. Das heißt, du hast nichts dagegen, wenn ich dir das Kind eine halbe Stunde überlasse, während ich mal mit Iaquinta rede?«

Der Polizeichef saß gemütlich und mit hochzufriedener Miene im Sessel seines Büros. Er befand sich nicht oft in der Position des Stärkeren gegenüber dem unbestechlichen und untadeligen Luciani.

»Nun, Commissario, wie geht es Ihrem Sohnemann? Und Ihrer Frau?«

»Gut, danke. Beiden sehr gut.«

»Ich hatte noch nicht das Vergnügen, sie kennenzulernen.«

»Die Gelegenheit wird sich bestimmt noch ergeben.«

Sein Gegenüber musterte ihn verstohlen. »Ich zähle darauf, vielleicht einmal zum Abendessen. Das wäre auch meiner Frau eine Freude.«

Mir wäre lieber, du würdest deine weißrussische Freundin mitbringen, dachte der Kommissar, die würde ich auch gerne einmal kennenlernen. Doch er sagte nur: »Danke, grüßen Sie sie herzlich von mir.«

Eigentlich konnten sich die beiden nicht riechen, doch diesmal waren sie ungewöhnlich freundlich zueinander und bewegten sich wie auf rohen Eiern. Der Kommissar fühlte sich im

Hintertreffen und wollte keine Spannungen erzeugen, während der Polizeichef auf seine honigsüße Taktik zurückgriff, die er immer nutzte, wenn er jemanden ins Knie ficken wollte.

»Ich habe ein kleines Präsent für Ihr Kind besorgt. Für Alessandro. Es liegt schon eine Weile bei mir in der Schublade, aber wir hatten uns nicht mehr gesehen.«

»Das wäre wirklich nicht nötig gewesen«, wehrte Marco Luciani ab und nahm das quadratische Päckchen entgegen.

»Sie können es ruhig zu Hause mit Ihrer Frau aufmachen. Es ist ein goldenes Armbändchen, ich war so frei, den Namen eingravieren zu lassen.«

Nur über meine Leiche wird Ale sich ein goldenes Armkettchen anlegen, dachte Marco Luciani, aber er lächelte und sagte:

»Danke. Geschenke, die von Herzen kommen, bringen Glück.«

Der Polizeichef lehnte sich wieder zurück, atmete tief ein und verschränkte die Hände auf seinem ansehnlichen, prallen Bauch. Nicht umsonst war er in Anspielung auf sein Zentnergewicht Iaquintalino getauft worden.

»Ich weiß, Herr Kommissar, dass die Pflege Ihres Kindes Sie sehr in Anspruch nimmt. Und ich finde das bewundernswert. Wirklich. Ich dagegen konnte, teils aufgrund meines Charakters, teils wegen der Lebensumstände, meinen Kindern nie die ganze Aufmerksamkeit widmen, die sie verdient hätten, und das bereue ich jetzt.«

Marco Luciani nickte.

»Zum Glück war meine Frau ihnen Mutter und Vater zugleich, wenn ich im Einsatz war oder das Büro nicht verlassen konnte. Sie kennen ja den Spruch. Wer viel Macht hat, hat auch viel Verantwortung.«

Und ob ich den kenne, dachte Marco Luciani, das sagt Spiderman. Aber als Superheld wirkte der Polizeichef nicht sehr überzeugend auf ihn.

»Was ich sagen will, Herr Kommissar: Sie sind Herz und Seele der Mordkommission. Das war mir immer bewusst, auch als es zwischen uns zu … Meinungsverschiedenheiten kam. Sie haben keinen einfachen Charakter, ich auch nicht. Kennen Sie diesen anderen Spruch? Wenn man sagt ›ein Mann mit Charakter‹, dann heißt das ›ein Mann, der einen schwierigen Charakter hat‹.«

Jetzt komm zum Punkt, dachte Marco Luciani und linste nach der Uhr. Er war nicht sicher, ob Iannece allein zurechtkam, und wollte schnell wieder zurück zu Alessandro. Abgesehen davon, dass er in der Mittagspause einen Impftermin für das Kind hatte.

»Also, um kein Blatt vor den Mund zu nehmen, das Problem ist folgendes: Ihre Fehlzeiten werden langsam ein bisschen zu häufig, und das könnte die Arbeit der ganzen Abteilung beeinträchtigen.«

»Mir scheint, dass Livasi einen exzellenten Job macht.«

Iaquinta nickte. »Daran gab es für mich keinen Zweifel. Ich wollte ihn ja unbedingt. Haben Sie gesehen, wie schnell er den Fall mit der Polin gelöst hat? Und auch heute, scheint mir, sind wir auf dem richtigen Weg.«

»Ja, das habe ich gesehen«, sagte Luciani, ohne seine Grimasse zu verbergen. »Wo also liegt das Problem?«

»Das Problem ist, dass die Inspektoren gewöhnt sind, mit Ihnen zusammenzuarbeiten, und sie haben ihn noch nicht voll akzeptiert. Sie beide haben unterschiedliche Methoden, und wenn man mehr als eine Leitschnur gibt, dann kann man leicht Verwirrung stiften.«

»Die Inspektoren sind unzufrieden, weil sie mit einer Beförderung Calabròs gerechnet hatten.«

Sein Gegenüber schüttelte den Kopf. »Er schien mir noch nicht so weit. Und er scheint mir auch jetzt noch nicht so weit zu sein. Laut Livasi macht keiner mehr Probleme als er.«

»Wahrscheinlich hat er genug davon, die Arbeit für alle zu machen, jedes Mal übergangen zu werden, wenn ein neuer Chef kommt, und nie Anerkennung zu finden. Das kann nach einer Reihe von Jahren schon mal passieren.«

»Ich weiß. Aber Calabrò, das wissen Sie besser als ich, ist ein Polizist der alten Schule. Er hat keinen Universitätsabschluss, ist nicht diplomatisch, hat keine … Klasse. Als Ermittler ist er ein Ass, keine Frage, aber um die Kollegen zu führen und die Beziehungen nach außen, mit der Politik, mit der Presse … Sehen Sie ihn in dieser Rolle?«

»Seien Sie bitte so gut, Dottore, und kommen Sie zum Punkt«, sagte Marco Luciani, der die neue Mode der stets perfekt frisierten Polizisten in Maßanzügen und feinen Krawatten nicht leiden konnte. Super Fassade und null Ergebnis.

»Der Punkt ist, Herr Kommissar, dass Sie mich um weiteren Urlaub bitten, gerade jetzt, wo ich wünschte, Sie würden sich wieder hundertprozentig auf die Arbeit konzentrieren. Das ist nicht nur eine Frage der Arbeitszeiten, sondern Sie müssen Ihre Haltung ändern. Wieder die Situation unter Kontrolle bringen. Wieder das Vorbild werden, das Sie für Ihre Untergebenen immer gewesen sind.«

»Sie haben recht. Das Vorbild liefern die Vorgesetzten«, nickte Marco Luciani, und der Chef hörte die Kritik an ihm nicht heraus, oder zumindest tat er so.

»Haben Sie denn heute Morgen die Nachrichten gehört? Das Herz der Stadt mit Blut besudelt, die Gefahr in den Gassen, und so weiter und so fort. Zum Glück ist das Opfer Marokkaner, und im Grunde ist er allen scheißegal. Aber Sie wissen, dass sich am Ende das Urteil über die ganze Polizei auf einige wenige Elemente gründet: Wie viele Handtaschen in der Stadt geklaut werden und wie viele Mordfälle ungeklärt bleiben.«

Marco Luciani breitete die Arme aus. »Ich könnte mich beurlauben lassen oder womöglich in Teilzeit arbeiten.«

Iaquinta lächelte, schüttelte aber den Kopf. »Der Leiter der Mordkommission als Teilzeitkraft … Das scheint mir nicht machbar.«

»Warum nicht? An Routinetagen geht das. Wenn dagegen mal die Hölle los ist, dann werden wir sehen. Ich weiß, dass ich nicht der ideale Polizist bin, aber am Ende haben die Ergebnisse mir immer recht gegeben.«

»Die Hölle ist jetzt schon los. Wir stecken mittendrin, und ich brauche jemanden, der das regelt.« Der Polizeichef hatte gut sichtbar auf seinen Schreibtisch die Lebensläufe der beiden Kommissare aus Padua und Venedig gelegt, die er als Ersatz für Luciani in Betracht zog. Einer von ihnen hatte schon mit Livasi zusammengearbeitet, sie harmonierten gut. Auch Calabrò würde er versetzen lassen. Es war Zeit, dass mal wieder frischer Wind in die ganze Abteilung kam: neue Gesichter, mehr Arbeitseifer und neue Begeisterung. Es stimmte, dass die Ergebnisse für Luciani sprachen, wie er sagte, aber bei dieser Arbeit waren die einzigen Ergebnisse, die zählten, die der Gegenwart und der Zukunft. Iaquinta seufzte tief und sprach mit fester Stimme: »Tut mir leid, Commissario. Ich verstehe Ihre Situation, und ich würde Ihnen gerne helfen, aber ich muss dafür sorgen, dass das System in seiner Gesamtheit funktioniert. Nehmen Sie sich zwei Wochen unbezahlten Urlaub, nicht einen Tag mehr, und finden Sie eine Lösung, um Ihren Sohn unterzubringen und wieder voll zu arbeiten. Mit voller Dienstzeit und voller Konzentration. Andernfalls fürchte ich, dass mir keine Wahl bleibt …«

Marco Luciani schaute ihn an, doch sein Gegenüber wich dem Blick aus.

Der Kommissar stand auf, sagte: »Ich verstehe«, und verließ das Zimmer. Das Präsent für Alessandro war auf dem Stuhl liegen geblieben.

Er ging Alessandro holen und fand ihn auf Ianneces Knien vor. Sie lachten beide wie die Bekloppten, und Marco Luciani spürte einen Stich der Eifersucht.

»Wie ist es gelaufen, Commissario?«

»Wie soll es schon gelaufen sein? Und bei dir? War er brav?«

»Vorbildlich. Ein Engel.«

»Also stimmt es nicht, dass du mit Kindern nicht umgehen kannst.«

»Das habe ich nie behauptet. Ich habe nur gesagt, dass das Windelwechseln Frauenarbeit ist. Mit den Kindern zu spielen ist Männersache.«

»Und was meint deine Frau dazu?«

Iannece lächelte: »Wissen Sie, was mein Onkel Bino sagte, Commissario? Er sagte, das Geheimnis jeder Ehe liege darin, gute Miene zum bösen Spiel zu machen. Das gilt für die Frauen, aber auch für die Männer. Er hatte ein Mädchen aus seinem Dorf geheiratet, Anna, genannt Annona, weil sie üppig war und unerbittlich wie die Erntesteuer, früher oder später war jeder drangekommen. Nach der Hochzeit war Tante Annona noch breiter geworden, ganz zu schweigen von den Schwangerschaften, kurz, mit dreißig sah sie schon aus wie ein Pfingstochse. Arbeiten konnte sie allerdings, und auch mein Onkel Bino war ganz schön aus dem Leim gegangen, und ich weiß nicht, ob sie glücklich waren, aber mir scheint, dass sie sich im Großen und Ganzen immer einig waren, und ich erinnere mich stets an den Satz, den er sagte, und noch heute stelle ich sie mir wie zwei Ochsen am Pflug vor, einer neben dem anderen, wie sie sich gemeinsam abmühen und jedes Hindernis überwinden.«

»Du hast einen freudvollen Begriff von der Ehe, Iannece.«

»Die Ehe tötet die Liebe, Commissario. Zwei Menschen heiraten, um allen zu zeigen, dass sie sich lieben, sie posaunen es in die Welt hinaus, so dass alle wissen, dass sie schon vergeben sind und man auf Abstand zu bleiben hat. Doch dann gehen die Jahre ins Land, und wenn die Tröte nicht mehr bläst, dann heißt das, die Liebe ist vergangen und auch die Ehe ist hinüber.«

Marco Luciani fing Ianneces Blick Richtung Inspektorenzimmer auf. Sein Assistent wollte ihm mit seiner besonderen Art, Redewendungen zu verhunzen, wobei er ihnen dennoch einen tieferen Sinn gab, etwas mitteilen.

»Und wenn einer nicht mehr … in die Tröte bläst, was macht er dann?«

»Kommt drauf an. Wenn er mittlerweile ein Ochs ist, zieht er weiter den Pflug und wartet, dass die Glocke schlägt, genauer gesagt, die Kuhglocke. Wenn er dagegen noch ein Stier ist, springt er über den Zaun und bläst zum Angriff.«

»Und Calabrò? Was ist der?«

Iannece schien durch diese direkte Frage überrascht zu sein. Dann erwiderte er sicher: »Calabrò ist ein Ochse, der des Ochsens müde ist.«

Kapitel 34

Livasi

Sie hatten sofort angefangen, sie einzeln zu verhören, und wie zu erwarten war, lieferten alle drei dieselbe Version: Wir sind um die Häuser gezogen, in die Altstadt gegangen, ein Afrikaner, den wir noch nie gesehen hatten, hat uns Koks angeboten, wir haben ja gesagt, wir hatten Lust auf eine Line, ist ja nicht verboten. »Ich bin ihm bis vor den Hauseingang gefolgt«, hatte der Älteste gesagt, »wir sind rein, und als wir das Geschäft abwickeln wollten, ist einer plötzlich aus dem Nichts aufgetaucht, hat sich an mir vorbeigeschoben und hat ihn abgestochen.«

»Warum bist du abgehauen?«

»Was hätte ich denn tun sollen? Das war der pure Instinkt, ich hatte Angst.«

»Und was taten deine Freunde?«

»Sie diskutierten mit dem anderen Bimbo, ich weiß nicht, warum.«

»Diskutieren ist nicht der passende Begriff. Sie verprügelten ihn.«

»Kann sein.«

»Um zu verhindern, dass er seinen Freund rettete.«

»Nein, was zum Geier wussten wir denn schon, der hat sich eingemischt, weil er sonst was vermutete, er meinte, die anderen dürften mir nicht folgen, er wird sie angefasst haben, und das können meine Freunde gar nicht leiden.«

»Und du auch nicht.«

»Klar nicht. Ich bin nicht auf Knatsch aus, aber wer was von mir will, weiß, wo er mich findet.«

Calabrò tigerte hinter dem Stuhl herum und ließ die Fingerknöchel knacken. Er hatte eine unbändige Lust, dem Typen eine Abreibung zu verpassen, und zwar eine ordentliche. Dies war das dritte Mal, dass sie ihn verhörten, und jedes Mal tischte er dieselbe Version auf, erzählte denselben Scheiß. Mühsam hielt Calabrò sich zurück, wohl wissend, dass Livasi alles andere missbilligt hätte.

»Und der Mörder? Wer ist das?«

»Ich habe keine Ahnung.«

»Beschreib ihn uns wenigstens.«

»Den konnte doch keiner sehen. Es war dunkel, er hatte sich die Kapuze von seinem Pulli ins Gesicht gezogen, ich habe praktisch nur seinen Rücken gesehen.«

»Warum bist du danach abgehauen?«

»Ich wollte nicht abhauen. Im Gegenteil, ich habe sogar Alarm geschlagen, habe gerufen: ›Ruft die Polizei!‹«

Mehrere Zeugen hatten dieses Detail bestätigt. Es war zu plakativ, um nicht verdächtig zu wirken.

»Du hättest dableiben und auf die Polizei warten müssen.«

»Wir haben die Marokkaner kommen sehen. Mit Stöcken bewaffnet. Mir war klar, dass sie uns die Schuld geben würden, und da haben wir uns für den Rückzug entschieden.«

»Will heißen, ihr habt euch verkrochen wie die Ratten«, mischte sich Calabrò ein. »Nur vier gegen einen seid ihr stark, stimmt's?«

Der andere merkte, dass man ihn provozieren wollte, und setzte ein ironisches Grinsen auf.

»Und warum bist du anschließend nicht gleich gekommen, um deine Aussage zu machen?«

»Ich wäre ja gleich gekommen. Ich wollte nur vorher noch mit einem Anwalt reden. Denn ich wusste, dass ihr mich verdächtigen würdet. Ich war am Tatort. Ich bin vorbestraft. Ich habe Stadionverbot. Ihr hättet das sofort mir in die Schuhe geschoben.«

»In der Tat. Beihilfe zum Mord. Damit handelst du dir leicht dreißig Jahr ein, mein Guter.«

Der Verdächtige zuckte mit den Achseln. »Ich habe ihn nicht umgebracht. Ich habe ihn nicht einmal berührt. Ich kannte ihn nicht, warum hätte ich ihn denn töten sollen? Das Messer gehörte mir nicht. Ich hatte nur das Pech, mich im falschen Moment am falschen Ort zu befinden. Dafür soll ich dreißig Jahre kriegen?«

Calabrò kam näher und durchbohrte ihn mit seinem Blick. »Diesen Schwachsinn kannst du dir für die Geschworenen aufheben. Die kannst du damit vielleicht einseifen. Ich und du wissen aber ganz genau, wie es abgelaufen ist, und mach dir keine Sorgen, wir finden schon einen Weg, um dich festzunageln.«

»Das war doch nur ein verschissener marokkanischer Dealer«, platzte der Hooligan heraus.

Calabrò stieß seinen Kopf mit Wucht auf den Tisch, der Hooligan schlug mit der Stirn auf, und ihm entfuhr ein Schmerz- und Protestschrei.

»Du Stück Scheiße. Glaubst du, du wärst besser als er? Nur weil du Italiener bist?«

Livasi schaute ihn missbilligend an. Das Horn würde man nur zu deutlich sehen.

»Geben wir ihm eine halbe Stunde zum Nachdenken«, sagte der Vizekommissar und verließ den Raum.

Kapitel 35

Luciani und Maria Antonietta

Endlich war Alessandro friedlich eingeschlafen. Ich habe eine Stunde Feuerpause, dachte Marco Luciani, wenn ich Glück habe, sogar eineinviertel Stunden. Er stand mitten im Wohnzimmer und wusste nicht, welche Richtung er einschlagen sollte. Er hatte eine Dusche nötig, da gab es keinen Zweifel, außerdem ein Stündchen Schlaf, aber gibt es Häftlinge, die in der Stunde ihres Freigangs in der Zelle bleiben und schlafen? Er schaute den Stapel Zeitungen neben dem Sofa an, zu deren Lektüre er nicht gekommen war, und das Buch von Vonnegut, das er vor einem Monat begonnen und bei dem er immer noch auf Seite 30 war, und bestimmt nicht deshalb, weil es kein gutes Buch war. Ich könnte mich aufs Sofa legen, die Beine ausstrecken und eine halbe Stunde lesen, dachte er, dann dusche ich, esse ein wenig Obst und schaue mir dabei ein bisschen Tennis im Fernsehen an, bevor er aufwacht. Er wandte den Blick Richtung Küche und stellte fest, dass das schmutzige Geschirr über den Rand der Spüle wuchs. Dann fiel sein Blick auf den Tisch, wo eine Packung Milchpulver stand, und Marco Luciani erinnerte sich mit Grausen daran, dass er die Fläschchen sterilisieren musste, das war das Dringlichste, denn wenn Ale aufwachte, musste innerhalb von maximal drei Minuten seine Mahlzeit fertig sein. Okay, sagte er sich, ich beeile mich, dann schaffe ich trotzdem alles.

Er ließ Wasser ins Becken, gab Spülmittel hinzu und widmete Donna Patrizia einen nicht wirklich freundlichen Gedanken, weil diese sich stur gegen den Kauf einer Spülmaschine sperrte: »Für die zwei Teller, die wir brauchen, die habe ich schneller von Hand abgewaschen. Außerdem musst du das Zeug, ehe du es in die Spülmaschine räumst, trotzdem abschwenken, da kannst du sie auch gleich richtig spülen, und dann ist das Thema erledigt.«

Auf dein »Thema erledigt« ist geschissen, dachte Marco Luciani, der im Spülbecken ein Dutzend Teller angehäuft hatte, außerdem die gleiche Anzahl an Gläsern und Besecksets sowie sämtliche verfügbaren Töpfe und Tiegel. Er spülte schnell ab und wischte alles so gut er konnte trocken, dann nahm er die Spülbürste und reinigte das Fläschchen, wobei er aus dem Schnuller jeden noch so kleinen Milchrest entfernte, aber da diese Reinigung nicht ausreichte, packte er alles in das Sterilisationsgerät und schloss es an die Steckdose an. Er begab sich ins Bad, um zu duschen, aber auf dem Weg dahin musste er an der Abstellkammer mit der Waschmaschine vorbei. Er versuchte, im entscheidenden Moment die Augen zu schließen, konnte aber nicht verhindern, dass er den wackligen Wäscheturm auf dem orangefarbenen Bottich sah. Ihm fiel wieder ein, dass er am Vortag, da er kein einziges sauberes Hemd mehr gefunden hatte, mit einem braunen T-Shirt mit der Aufschrift »Ich wanke, aber ich weiche nicht« aus dem Haus gegangen war.

Nur Mut, sagte er sich und trennte die Weiß- von der Buntwäsche, die dringende von der weniger dringenden. Er quetschte so viel wie möglich in die Waschmaschine, stellte sie an, und nachdem er nach Ale gesehen hatte – ein Engel, ein Wunder, das Schönste in seinem Leben, jetzt, da er schlief –, ging er endlich ins Bad, wobei er die Tür offen ließ, damit er das Kind hören konnte. Das kalte Wasser gab ihm den Schub, den er brauchte, er fühlte sich erfrischt und fing an, sich mit dem Mandel-Duschbad und dem Schweizer Kräuter-Shampoo einzureiben. Aber als er das Wasser wieder aufdrehte, um alles abzuduschen, hörte er das typische Geräusch des Autoklavs, der abschaltete, und sah einen immer dünneren Wasserstrahl aus dem Duschkopf träufeln. »Scheiße!«, brüllte er. »Scheiße, Scheiße, Scheiße«, wiederholte er und verwünschte im Stillen seine Mutter und seinen Vater, die nie das Gas-Wasser-System hatten erneuern lassen ebenso wenig wie die Elektrik. Er zog die Pantoffeln an, gab acht, dass er nicht ausrutschte, und ging in die Kammer mit der Gastherme. Er drückte auf den Schalter, aber die Hauptsicherung war herausgesprungen, also musste er wieder zurück in die Küche, nackt und schon schlotternd, um die Taschenlampe zu suchen. Er sah, dass der Zeiger für den Wasserdruck bei null war, ein rotes Blinklicht rief um Hilfe. Er öffnete das Ventil und ließ wieder Wasser in die Gastherme einströmen, rannte in die Diele, um die Hauptsicherung einzuschalten, aber es dauerte nur eine Minute, ehe sie wieder heraussprang. Er fluchte, konnte man in diesem verfluchten Haus nicht einmal Waschmaschine und Autoklav gleichzeitig laufen lassen? Er schaltete erstere aus und ging in das Obergeschoss, um den zweiten anzuschalten, wobei er sich mit Mühe in die neunzig Zentimeter hohe Nische zwängte, die Toffolo, der zwergenhafte Installateur, in den Dachboden geschlagen hatte. Er gelangte endlich wieder nach unten, eine Spur aus Schaumflocken und Wasser hinter sich herziehend, und probierte die Dusche aus, die endlich wieder ansprang, aber in diesem Moment klingelte das Telefon. »O Scheiße, habe ich das nicht abgestellt?« Er rannte hin, ehe Ale aufwachte, und auf sein »Hallo!« antwortete eine Frauenstimme. Nur einen Moment bildete er sich ein, es wäre Sofia, bis sie einen unverständlichen Satz sagte, der mit »Telecom« endete. »Wie?«, fragte Marco Luciani, und nachdem sie den Satz etwas deutlicher wiederholt hatte, fing er zu schreien an: »Nein, ich will nicht zurück zur Telecom! Wie oft muss ich euch noch sagen, Scheiße noch eins, dass ich nicht zurückwechseln will?! Ihr ruft in diesem Monat schon zum dritten Mal an, fickt euch doch ins Knie, verstanden, fickt euch!« Die Verbindung wurde unterbrochen, und Marco Luciani bekam sofort Gewissensbisse, weil er eine arme Frau beleidigt hatte, die wahrscheinlich sechshundert Euro im Monat verdiente, aber gleich danach sagte er sich, dass es alles in allem besser so war, denn wenn jeder sie beleidigen würde, dann würden sie die Anrufe endlich einstellen. Stattdessen gibt es Leute, die Mitleid haben und ihnen zuhören, und deshalb gehen sie auch allen anderen auf den Sack.

Er ging zurück ins Bad, drehte die Dusche auf, aber wieder läutete das Telefon, das er wieder nicht abgestellt hatte. Um zu verhindern, dass Ale aufwachte, sprintete er erneut ins Wohnzimmer, hob gerade noch vor dem dritten Läuten ab und brüllte »Hallo«, was drei Sekunden angsterfülltes Schweigen zur Folge hatte, ehe eine weibliche Stimme sich mit einem »Marco?« vorwagte.

»Wer ist dran?!«

»Hier ist Maria Antonietta.«

»Wer?«

»Mary, Calabròs Frau.«

»Ah, entschuldige, ich bin schon völlig meschugge vor Übermüdung.«

»Störe ich? Hast du geschlafen? Ich habe doch hoffentlich das Kind nicht aufgeweckt?«

»Nein … nein, keine Sorge. Was ist los?«

Am anderen Ende der Leitung wurde kurz geschwiegen. »Entschuldige, Marco, ich weiß, dass du viel um die Ohren hast, aber ich müsste einmal kurz mit dir reden … Wann hättest du denn ein bisschen Zeit? …«

»Nun, ich wüsste nicht, für mich ist mehr oder weniger … Ich bin hier im Haus festgenagelt, mit Ale … Ein Zeitpunkt ist so gut wie der andere. Aber worum geht es denn?«

»Das würde ich dir lieber persönlich sagen. Ich habe die

Kinder bei meiner Mutter gelassen und war gerade auf dem Weg in deine Richtung. Hast du was dagegen, wenn ich kurz vorbeischaue?«

Und ob ich was dagegen habe, verdammte Scheiße, dachte Marco Luciani, sagte aber, okay, kein Problem, Alessandro schläft allerdings, und deshalb weiß ich nicht, wann …

»Gut, ich bin schon unterwegs, ich rufe dich an, wenn ich da bin.«

»Einverstanden«, sagte der Kommissar, legte auf und dachte, was will die nur von mir. Aber er stand in ihrer Schuld, weil sie Alessandro geimpft hatte, ohne Fragen zu stellen und nach Papieren zu verlangen.

Er ging zurück ins Bad, zog den Bademantel aus und drehte die Dusche wieder auf, aber genau in dem Moment, als das Wasser wieder lief, stieß Alessandro einen wütenden Schrei aus, und dann gleich noch einen. »Das glaube ich nicht«, sagte Marco Luciani laut, »das glaube ich nicht, wie viel Zeit ist denn vergangen?« Er fluchte, rannte ins Kinderzimmer, hob Ale hoch, der einen bösen Traum gehabt haben musste, und versuchte, ihn wieder in den Schlaf zu wiegen, aber inzwischen war klar, dass er nicht wieder einschlafen würde.

Er konnte ihn einigermaßen beruhigen, indem er ihn mit dem Schaum in seinen Haaren spielen ließ, den das Kind allerdings nicht in den Mund stecken durfte, dann setzte Ale mit dem unverwechselbaren Hungergeschrei ein, und Marco Luciani lächelte resigniert: »Ich weiß, ich weiß, der Papi gibt dir jetzt gleich dein Fläschchen«, aber als er in die Küche ging, sah er, dass das Sterilisationsgerät stehengeblieben war, die Sicherung war seinetwegen rausgeflogen, und danach war das Gerät nicht weitergelaufen. »Papi gibt dir sofort dein Fläschchen, in zwanzig Minuten, mein Schatz«, sagte er und stellte den Timer ein.

Er holte den Schnuller, um Ale zu beruhigen, aber das war keine gute Idee: Das Kind fing beherzt zu saugen an, als es aber merkte, dass nichts herauskam, spuckte es ihn wütend aus und antwortete mit der einzigen Waffe, die Mutter Natur ihm gegeben hatten: mit einem Schreiorgan, das jedwedes Lebewesen im Umkreis von hundert Metern dazu anhielt, möglichst schnell Ales Grundbedürfnis nach Nahrung zu befriedigen.

Während das Sterilisationsgerät anlief, machte Marco Luciani gleichzeitig Wasser heiß, nackt, das Kind im Arm, sprang er hin und her, versuchte es abzulenken, er öffnete die Dose mit dem Milchpulver, jonglierte mit den Bällchen, stülpte sich fünf Tierchen über die fünf Finger der rechten Hand und improvisierte eine kleine Komödie in zwei Akten mit fünf verschiedenen Stimmen. Er setzte sich Ale auf den Rücken und drehte drei Runden um den Tisch, aber nach vier, fünf Sekunden erstaunten Schweigens setzte das Kind wieder wie eine Polizeisirene ein. Er zeigte ihm die Schranktüren, öffnete eine nach der anderen, dann den Endloskalender, den Kühlschrank mit den aufgeklebten Post-its, das Bildchen von Sankt Christophorus und schließlich, nach neunzehn Minuten Dauerheulens, spielte Marco Luciani seine letzte Karte aus, nämlich, lauter zu schreien als Ale: »Das reicht jetzt, du bist mir genug auf den Sack gegangen, hast du kapiiiieeeert?« Einen Augenblick später verstummte das Kind, deutete auf die Glastür, die auf den Garten hinausging, und auf die Frau, die einen splitternackten und triefenden Marco Luciani betrachtete, einen Mann mit einshampooniertem Kopf und dem Blick eines Geisteskranken, der ein nicht einmal einjähriges Baby mit dem Tode bedrohte. Sie schauten sich alle drei an, wie gelähmt, bis das »Pling« des Sterilisationsgerätes, das seine Arbeit getan hatte, sie wieder in die Realität zurückholte.

Zehn Minuten später lag Alessandro im Arm von Maria Antonietta Calabrò und nuckelte selig an seinem Fläschchen. Marco Luciani hatte sich, nach einer ebenso raschen wie erquickenden

Dusche, ein T-Shirt und eine Hose übergezogen und betrachtete sie, mit offenen Augen träumend. So müsste es sein, die Mutter mit dem Kind, dazu ein von Stolz erfüllter Vater, der sie aus angemessener Distanz betrachtet.

Die Vorstellung, dass Mary ihn nackt gesehen hatte, brachte ihn nicht allzu sehr in Verlegenheit. Er schämte sich vielmehr, dass sie ihn in einem Moment unbeherrschter Wut und Verzweiflung ertappt hatte, wie sie nur äußerst selten vorkamen. Sie würde jetzt denken, dass er kein guter Vater war, dass seine Nerven schnell verrücktspielten, vielleicht gar, dass er eine Gefahr für das Kind darstellte. Eine solche Szene vor einem Sozialarbeiter konnte bedeuten, dass Ale im Heim landete.

»Es ist schwierig, ich weiß«, sagte Mary lächelnd, als hätte sie seine Gedanken erraten. »Ich war oft in der Situation, dass ich nicht mehr wusste, wohin mit mir. Und wohin mit den Kindern. Und das, obwohl Gianni mir viel geholfen hat, genau wie meine Mutter … Hast du jemanden, der dir ein bisschen unter die Arme greift?«

»Na ja. Meine Mutter musste nach Rom. Ich sollte mir vielleicht einen Babysitter suchen, aber ich weiß nicht recht …«

»Nicht vielleicht. Unbedingt. Sonst drehst du durch. Diese kleinen Ungeheuer saugen dich genauso bis auf den letzten Tropfen aus wie ihr Fläschchen.« Sie lächelte Ale an, der fertig war. »Komm her, Sonnenschein, jetzt machen wir ein schönes Bäuerchen.« Das Kind tat ihr den Gefallen, womit es ostentativen Beifall und, objektiv, übertriebene Komplimente erntete.

»Hast du eine Babywippe?«

»Klar«, sagte Marco Luciani, »die Babywippe ist fundamental. Ohne Babywippe wäre ich schon vor Monaten in die Fremdenlegion eingetreten.«

Er stellte Ale in der Wippe so auf den Tisch, dass dieser sie betrachten konnte, und legte ihm ein paar Spielsachen auf die Beine. Drei bis fünf Minuten Feuerpause waren jetzt garantiert.

»Ich stelle einen Kaffee auf. Dabei kannst du mir erzählen, was los ist.«

»Es geht um Gianni.« Pause. »Er hat mich verlassen.«

Marco Luciani entglitt der Filter, der mitsamt dem Kaffee auf den Boden flog.

»Scheiße«, sagte er.

»Wegen Gianni oder wegen des Kaffees?«

»Wegen beidem.« Dann korrigierte er sich. »Aber das mit dem Kaffee haben wir gleich. Und Gianni? Was ist passiert?«

»Ich weiß nicht. Ich hatte gehofft, du würdest es mir erklären.«

Marco Luciani betrachtete sie, wie sie da auf dem Sofa saß, mit hängendem Kopf und verschränkten Händen, eine junge Frau von gerade mal fünfunddreißig Jahren, weder hübsch noch hässlich. Jetzt aber nagte die Angst an ihr, hatte sie zu ihm nach Hause getrieben, sie hatte nicht einmal gewartet, dass er runter ins Dorf kam. Diese Frau hatte Augenringe wie jemand, der viel geweint und wenig geschlafen hatte. Eine junge Ehefrau, die aus Liebe geheiratet und zwei Kinder zur Welt gebracht hatte und über der jetzt plötzlich alles zusammenbrach, »ohne irgendwelche Warnsignale, ohne Vorzeichen, ohne dass ich den geringsten Verdacht gehabt hätte«.

»Wann hat er es dir denn gesagt?«

»Gestern Abend. Ich bin nach Hause gekommen, und da hatte er schon die Koffer gepackt. Keine halbe Stunde, um mir zu erklären, dass er jemand anderen kennengelernt hat und dass er geht. Er hatte nicht einmal die Courage, es den Kindern zu sagen. Und ich … habe es noch nicht getan, weil ich noch nicht glauben kann, dass er nicht zurückkommt.«

Das Glas Wasser, um das sie Marco Luciani gebeten hatte, hatte den Tank wieder aufgefüllt, und die Tränen begannen zu laufen.

»Entschuldige. Entschuldige, Marco. Ich weiß, das ist nicht

richtig. Du bist sein Freund, du wirst auf seiner Seite stehen, aber ich möchte nur verstehen … nur verstehen, warum.«

»Ich habe keine Ahnung. Es tut mir leid. Wegen der Ferien, des Vaterschaftsurlaubs und des ganzen Chaos mit meinem Kind war ich kaum auf der Dienststelle. Gianni habe ich schon eine ganze Weile nicht gesehen. Und ich hatte wirklich nicht die leiseste Ahnung …«

»Kennst du denn die andere?«

»Nein. Ich sage doch, dass ich nicht …«

»Es ist eine eurer Kolleginnen.«

»Welche denn?«

»Mehr hat er mir nicht gesagt, nicht einmal den Namen. Aber wenn es eine von euch ist, dann kann dir das nicht entgangen sein.«

Marco Luciani begann nachzudenken. In der Mordkommission waren keine Frauen, und die beiden vom Einsatzkommando waren verheiratet, mit Kindern. Was nichts zu sagen hatte, aber Calabrò hatte an keiner der beiden je Interesse gezeigt. Um genau zu sein, konnte Luciani sich nicht erinnern, dass er je über eine Kollegin irgendwelche Kommentare abgegeben hätte.

»Mary«, sagte er, wobei er den Kaffee einschenkte, »das kommt mir wirklich komisch vor, dass es eine von uns sein soll. Ich wüsste nicht, wer. Gianni ist außerdem kein Hallodri. Ich meine, alle lassen sich irgendwann mal eine Bemerkung entschlüpfen, wenn ein hübsches Mädchen vorbeikommt, manchmal sogar ich, er aber ist wirklich jemand, der sich nie gehenlässt. Wie soll ich es ausdrücken? Wie lange seid ihr schon verheiratet?«

»Neun Jahre.«

»Bitte, neun Jahre. Du kennst ihn selbst. Er ist der Letzte, der …«

»Und doch hat er es getan. Ich kann es noch nicht einmal

auf die Midlife-Crisis schieben. Er ist vierzig, das ist zu früh, oder?«

Der Kommissar schüttelte den Kopf. »Ich weiß nicht. Ich weiß nicht, was ich sagen soll.«

»Marco, könntest nicht du einmal mit ihm reden? Ihn zum Nachdenken bringen? Wir haben zwei Kinder. Betta ist acht, Lele fünf. Sie brauchen ihren Papa.«

Auf das Stichwort »Papa« presste Alessandro einen zufriedenen Gluckslaut hervor und streckte die Ärmchen aus. Marco Luciani nahm ihn auf den Arm, und Maria Antonietta fing wieder zu weinen an.

Kapitel 36

Livasi

Die Zeugenaussagen und die wenigen von den Überwachungskameras aufgenommenen Bilder bestätigten die Version der drei Hooligans. Sie hatten sich ein paar Stunden in der Weinbar aufgehalten, hatten entspannt getrunken und geplaudert, dann war es zum Kontakt mit dem Marokkaner gekommen, dieser war zurückgekehrt, man hatte sich in den Hauseingang begeben. Dort gab es keine Kameras, aber die Aussagen zweier Studenten waren eindeutig: Ein Bursche in einem Pulli mit tief ins Gesicht gezogener Kapuze, Jeans und Turnschuhen hatte sich gleich nach den beiden in den Hauseingang gedrängt und war wenige Sekunden später, vielleicht zehn, vielleicht noch weniger, wieder herausgeschossen, und noch ein paar Sekunden später war der kräftige Kerl, der mit dem Marokkaner zusammen gewesen war, herausgekommen und hatte »Ruft die Polizei, die sind mit Messern aufeinander los!« geschrien. Dann waren er und die beiden anderen Typen in den schwarzen T-Shirts abgehauen, ehe der Streifenwagen kam.

Der Anführer der Gruppe hatte an seiner Version festgehalten, ohne auch nur ein Jota davon abzuweichen. Er kannte den Marokkaner nicht, hatte kein Motiv, ihn zu töten, auf dem Messer waren keine Fingerabdrücke von ihm. Vizekommissar Livasi wusste, dass es eine Falle gewesen war, dass er das Opfer in den Hauseingang hatte locken sollen und dass er es vielleicht sogar festgehalten hatte, während der andere es mit dem Messer abschlachtete. Aber es gab keinen Beweis, und wenn sie den Mörder nicht fanden und belegten, dass er und die anderen sich kannten, dann bestand die Gefahr, dass dieses Schwein davonkam.

»Ich habe es Ihnen tausend Mal gesagt, Herr Kommissar. Das war ein entspannter Abend unter Kumpels, wir haben ein paar Bier getrunken, und dann haben wir Lust auf eine Line bekommen. Das ist keine Straftat. Der Marokkaner hat gesagt, dass er sie bringen würde, hat mir gesagt, ich solle ihm in den Hauseingang folgen, ich tat es …«

»Und deine Freunde sind euch gefolgt.«

»Sie wollten mich beschützen. Man weiß ja nie, das sind üble Burschen.«

»Und dann?«

»Was dann war, habe ich Ihnen gesagt. Er hat die Tütchen rausgeholt, ich wollte gerade bezahlen …«

»Hast du sie in die Hand genommen, die Tütchen?«

»Ich kam nicht dazu. Gleich sprang dieser Typ in den Hauseingang.«

»Und weiter?«

»Nichts weiter. Er hat ein, zwei, drei Mal zugestochen. Ich weiß nicht.«

»Und was hat er gesagt?«

»Nichts. Er hat nichts gesagt.«

»Ach komm, das ist absurd. Wenn du jemanden umbringst, dann willst du, dass er weiß, warum. Du sagst ihm ›Das ist für dieses oder jenes‹, oder vielleicht sagst du auch nur ›Krepier, du Scheißkerl‹.«

»Wenn Sie das sagen, Herr Kommissar. Sie haben in diesen Dingen mehr Erfahrung als ich, ich habe noch nie jemanden umgebracht.«

»Aber mit dem Messer hast du schon zugestochen.«

»Nur, um mich zu verteidigen. Es sind ja heutzutage Typen unterwegs …«

»Und wenn du zugestochen hast, hast du dabei geschwiegen?«

»Was weiß denn ich!«, platzte der andere heraus, während er den Blick zur Decke hob.

»Und was hat der Kerl dann gemacht?«

»Nichts. Er hat das Messer auf den Boden fallen lassen und ist wie der Blitz verschwunden.«

Livasi schwieg.

»Wissen Sie, was ich gedacht habe, Herr Kommissar?«, sagte der Hooligan nach einer Weile. »Dass der vielleicht wirklich stumm war. Das wäre für euch doch eine Hilfe. Davon gibt's nicht viele in der Stadt.«

»Mach nur weiter mit dieser Tour, du wirst schon sehen, wie lange du dann im Knast schmorst.«

Sein Gegenüber wollte etwas erwidern, biss sich dann aber auf die Zunge. Dieser Bulle, der so freundlich tat, war ein Schweinehund, der ihnen das Leben schwermachen konnte. »Oder vielleicht hat er aufgepasst, dass er nichts sagt, weil er Ausländer war. Er wollte nicht, dass ich seinen Akzent erkenne. Vielleicht war das so 'ne Scheißfehde zwischen diesen verfickten Marokkanern und Albanern, was zum Geier weiß ich denn, und wir sind mitten reingeraten.«

Livasi nickte. In den Fernsehfilmen von Columbo versuchte der Mörder den Ermittlern immer eine Alternativlösung anzubieten. Columbo hörte ihnen zu, sagte »Wissen Sie, dass es genau so gewesen sein könnte? Daran hatte ich nicht gedacht«, und machte sich auf zur Tür, wo er unweigerlich stehen blieb, sich noch einmal zum Schuldigen umwandte und sagte: »Da ist aber noch eine Kleinigkeit, die ich mir einfach nicht erklären kann …«

»Weißt du was? Ich glaube nicht, dass ihr ihn umbringen wolltet. Der zweite Stich hat die Leistenschlagader durchtrennt, ich glaube, das war ein Missgeschick, oder nenn es Pech, wenn du magst. Deshalb meine ich, wenn dein Freund sich stellt, dann kann er vielleicht sogar auf Totschlag hoffen. Und eure Lage kann er jedenfalls deutlich verbessern. Was meinst du? Wollen wir ihn mal anrufen und die Sache auf diese Weise regeln?«

»Wollen wir stattdessen bei PizzaExpress anrufen? Für mich eine Napoli mit Büffelmozzarella, danke.«

Calabrò stand auf und packte ihn am Hals. »Hey, du Stück Scheiße, wir sitzen hier nicht, um uns deinen Schwachsinn anzuhören. Du antwortest auf unsere Fragen, und sonst nichts.«

»Nimm die Hände weg, du Arschloch.«

Calabrò lächelte, nahm die Hand weg, tat, als wollte er weggehen, und versetzte ihm eine schallende Ohrfeige. »Pass auf, wie du redest.«

»Nicht ins Gesicht, das sieht man«, flüsterte Livasi.

Der Hooligan stand auf, warf Calabrò einen hasserfüllten Blick zu, versagte sich aber eine Reaktion. Eins gegen eins konnte er ihn vermöbeln, und wie, aber dann?

»Also? Machst du dir in die Hosen? Komm, mein Süßer, komm.«

»Hör auf, Calabrò«, sagte Livasi. »Hol dir mal einen Kaffee. Oder besser, einen Kamillentee.«

»Wir sehen uns noch, du und ich«, sagte der Verdächtige zum Inspektor, der dem Blick standhielt. »Ohne Uniform, Mann gegen Mann, wann immer du willst.«

Calabrò ging und knallte die Tür zu. Livasi schüttelte den Kopf.

»Es ist nicht nötig, dass es so weit kommt. Warum erzählst du uns nicht, wie es abgelaufen ist, und dann kannst du vielleicht wieder nach Hause?«

»Und wer bist jetzt du? Der gute Bulle? Weißt du, was ich dir sage? Fick dich ins Knie, fick dich. Ich sage kein Wort mehr.«

Er verschränkte die Arme und drehte das Gesicht Richtung Wand.

Livasi seufzte, stand auf und verließ das Zimmer. Mit Calabrò konnte man wirklich nicht zusammenarbeiten.

Kapitel 37

Roberto

Er wollte ihn nicht umbringen. Nur erschrecken. Aber er hatte sich nichts vorzuwerfen. Er hatte den Stich richtig gesetzt, oder besser, er hatte richtig gezielt. Der andere hatte sich im letzten Moment bewegt, und deshalb hatte die Klinge genau die Leistenschlagader getroffen. In wenigen Minuten war er verblutet. Unfassbares Pech. Und nun verließ Roberto schon seit mehreren Tagen die Wohnung nicht mehr. Er lag da, auf dem Bett, und lauschte auf die Geräusche aus der Gasse, darauf wartend, dass die Polizei kam. Er hatte sich gefragt, ob er sich stellen sollte, wollte ihnen aber nicht die Arbeit abnehmen. Sollten sie ihn doch fassen, wenn sie es schafften. Die anderen hatten sie alle drei geschnappt, das hatte er im Radio gehört. Er hatte gut daran getan, sie seit jenem Abend nicht mehr anzurufen, denn seine Nummer wäre auf den Handys registriert geblieben. Und sie hatten auch gut daran getan, sich Tage vorher nicht mehr anzurufen. Das würde die Arbeit der Polizei ein bisschen erschweren.

Er hätte gerne weitergearbeitet wie immer, dann hätte er leichter so tun können, als wäre nichts. Aber am Tag nach dem Tod der Alten hatte Antonino ihn angerufen und gesagt, dass er ihn eine Weile nicht brauchen würde. Roberto hatte gefragt, wieso, und der alte Trödler hatte erwidert: »Hast du denn nicht gesehen, was mit der Polin passiert ist?«

»Nein, was denn?«

»Man hat sie umgebracht. Oder sie hat sich umgebracht. Ich weiß nicht. Es ist aber besser, wenn wir uns eine Weile ruhig verhalten.«

»Was haben wir denn damit zu tun?«

»Ich weiß nicht. Die Sache gefällt mir aber nicht.«

Roberto hatte die Gefahr gewittert. »Wenn Kommissar Luciani mitkriegt, dass ich nicht mehr arbeite, dann lässt er mich einbuchten.«

»Es ist nur vorübergehend. Jedenfalls, wenn er nachsehen kommt, dann decke ich dich, mach dir keine Sorgen.«

Das Nichtstun ödete Roberto an, und er hatte wieder Kontakt zu seinen alten Freunden aufgenommen. Er ging wieder zu den Versammlungen, und man hatte ihn gebeten, einen Job zu übernehmen. Wer nach einer gewissen Zeit zurückkommt, der ist verdächtig. Vor allem wenn er Kontakt zu den Bullen hatte. Man weiß nie. Also hatte er nicht ablehnen können. Es gibt Dinge, die man einfach tun muss, wenn man sich am Morgen im Spiegel anschauen will. Außerdem konnte er nicht ewig nur den Mitläufer spielen. Er musste beweisen, dass er der Ehre, zur Gruppe zu gehören, würdig war. Er war der einzige Minderjährige mit genügend Mumm, und er war nun dran, so wie andere vor ihm dran gewesen waren. Es ist der junge Wolf, der sich als Erster der Gefahr aussetzt, und das ist richtig, denn der Leitwolf ist zu wertvoll. Wenn der fällt, dann verlieren alle die Orientierung. Der junge Wolf ist für den ersten Feindkontakt geeigneter: Wenn er gewinnt, wird er reifer und stärker. Wenn er verliert, hat er sich geopfert, damit die anderen sich rechtzeitig retten können. Die Marokkaner hatten sich allzu sehr breitgemacht, und jetzt hatten sie eine klare, eindringliche Botschaft empfangen. Ihr könnt ruhig weiter Geld mit Drogen und Nutten machen, aber nicht mit dem Fußball, der Fußball gehört uns.

Er war ziemlich sicher, dass niemand ihn erkannt hatte, im Dunkeln und mit der Kapuze auf dem Kopf. Die Klamotten hatte er schon verschwinden lassen, ebenso wie die Schuhe, er hatte absichtlich die alten Converse angezogen, denn es hätte ihm gestunken, die neuen zu opfern. Mörder werden immer wegen der Blutspuren an den Schuhen überführt, das hatte er gelernt.

Auch wenn »Mörder« ein Wort war, das komisch klang. Technisch gesehen, war er einer. In Wahrheit hatte er nur seine Leute verteidigt und die bestraft, die in ihr Territorium eingedrungen waren.

Außerdem war dieser Mord kein großes Ding gewesen. In der Fankurve gaben sie immer unheimlich an, die erste Schlacht, das erste Blut, und die, die einen umgebracht hatten, oha, was die sich einbildeten! Das heißt, eigentlich waren es die anderen, die immer damit anfingen, ihnen selbst gegenüber durfte man es gar nicht erst erwähnen. Es war im Grunde nichts, worauf man sich etwas einbilden konnte, aber insgeheim mussten sie wissen, dass es ihnen Achtung einbrachte. Es war jedenfalls wirklich nicht schwer gewesen, dieses Schwein umzubringen, er hatte vorher zwei Pillen eingeworfen, um nicht zu lange herumzugrübeln, und am Ende war es, wenn er ganz ehrlich sein wollte, wie bei seinem ersten Fick gewesen: Nichts Großartiges, gemessen daran, wie sehr es ihn zuvor beschäftigt hatte, es war vor allem Erleichterung, dass es geschafft war, dass er so etwas hinkriegte. Richtig schön war es erst in der Folge geworden, wenn er nicht mehr verkrampft war und es genießen konnte.

Wer weiß, ob das auch fürs Töten gilt, wer weiß, ob ich daran Gefallen finden könnte, dachte er, an die Decke starrend und noch einen Zug nehmend. Die Schuldgefühle haben sich nicht eingestellt, wiederholte er sich, und ich glaube nicht, dass sie je kommen werden. Dieses Arschloch ist mir wirklich schnurzegal, es verdiente zu sterben und sonst nichts.

Er drückte den Joint aus und schloss die Augen. Sein Herzschlag hatte sich beruhigt, und die Geräusche von der Straße klangen gedämpft herein. Roberto spürte, wie ihm plötzlich Übelkeit die Kehle hochstieg, er kam gerade noch rechtzeitig ins Bad und erbrach Galle und Magensäure.

Kapitel 38

Luciani & Calabrò

»Also, Herr Kommissar. Da wären wir. Ich nehme an, Sie wollen über den Mord in den Gassen informiert werden.«

Marco Luciani hatte Calabrò angerufen und auf einen Kaffee in den Corso Italia mitgenommen, mit Blick aufs Meer, die Sonne im Gesicht. »Lass uns zehn Minuten reden«, hatte er ihm gesagt, aber jetzt erging er sich schon seit zwanzig Minuten, redete um den heißen Brei herum und kam nicht zum Punkt. Hin und wieder warf er einen Blick auf Alessandro, der in seinem Buggy schlief. Es war ein so schöner, klarer und lauer Tag, dass es eine Schande war, ihn mit einem unerfreulichen Thema zu ruinieren.

»Eigentlich nicht. Ich habe mich von Livasi ins Bild setzen lassen. Und von Iannece. Ich habe gehört, du hast Livasi auf die Palme gebracht, und er hat dich abgezogen.«

»Keine Verhöre mehr. Ich werde mich mit Berichten und Papierkram beschäftigen.«

»Da bist du in deinem Element.«

»Jawohl. Der falsche Mann am falschen Ort. Wie Livasi, wenn er Verhöre führt. Er ist eine Katastrophe, und das sage ich mit der größten Objektivität. Seit Tagen hat er diesen drei Hanseln nicht einen Wurm aus der Nase gezogen.«

Marco Luciani überging das. »Hör mal, nicht darüber wollte ich mit dir sprechen, sondern über etwas anderes.«

Er schwieg eine Weile, spielte mit der leeren Lemonsoda-Dose herum, aber angesichts der fragenden Miene seines Gegenübers gab es nun kein Zurück mehr.

»Du weißt, dass ich mich nie in eure Angelegenheiten einmische, in eure Privatsphäre, meine ich. Wäre ja noch schöner. Aber ich habe gemerkt, obwohl ich selbst ordentlich im Schlamassel steckte, dass du derzeit bei der Arbeit ein bisschen … unkonzentriert bist? Weniger motiviert? Du bist immer eine Stütze der Abteilung gewesen, Calabrò, die anderen haben dich immer als Vorbild gesehen. Wenn du uns im Stich lässt, dann bedaure ich das deinet- und unseretwegen.«

Der Inspektor hielt den Blick gesenkt und sagte nichts.

»Wie auch immer, mein Eindruck ist, dass es sich nicht nur um ein dienstliches Problem handelt. Ich weiß, dass dir die Eingliederung Livasis missfallen hat, und du weißt, dass ich mich beim Chef für dich eingesetzt hatte, vielleicht war genau das der Fehler. Denn womöglich hat er dir die verdiente Beförderung nur verweigert, um mir eins auszuwischen. Aber, um das abzuschließen, ich kenne dich nur zu gut und weiß, dass du die Enttäuschung inzwischen verdaut haben müsstest. Denn du liebst diese Arbeit, und du hast sie nie um des Dienstgrades oder der Belobigungen willen gemacht, und deshalb frage ich mich, ob du andere Probleme hast. Falls du Lust hast, darüber zu sprechen, und das sage ich wirklich nicht nur aus Eigennutz, sondern weil ich mir Sorgen um dich mache …«

»Sie haben mit meiner Frau gesprochen.«

»Wie bitte?«, sagte der Kommissar spontan, obwohl er sehr gut verstanden hatte.

»Sie haben mit Maria Antonietta gesprochen. Was hat sie Ihnen gesagt?«

Marco Luciani versuchte gar nicht erst zu leugnen.

»Nichts allzu … Persönliches. Nur dass es zwischen euch beiden seit einiger Zeit nicht mehr richtig läuft. Sie hat gesagt, du hättest eine andere, und wollte von mir wissen, wer es ist und ob es meiner Meinung nach etwas Ernstes ist oder nur ein Ausrutscher.«

»Und Sie, Commissario, was haben Sie ihr gesagt?«

»Dass du meines Wissens keine andere hast. Zumindest nicht im Büro. Natürlich hat sie mir nicht geglaubt. Sie hat mir gesagt, du selbst hättest es ihr gebeichtet, auch wenn ich nicht weiß, ob sie nicht vielleicht nur geblufft hat.«

»Es war kein Bluff. Das habe ich ihr wirklich gesagt.«

»Ach.«

»Wollen Sie wissen, wer es ist?«

Der Kommissar kam fast um vor Neugier, tat aber überlegen. »Wenn du es mir nicht sagen willst … Das ist deine Angelegenheit.«

»Raten Sie mal«, sagte Calabrò, der es ein bisschen genoss, einmal selbst die Zügel in der Hand zu halten.

»Ich habe keine Ahnung. Wirklich.«

»Sagen Sie einen Namen.«

»Phh … Raffaella?«

»Du liebe Zeit. Diese Schnarchtasse, die sagt mir gar nichts.«

»Deborah?«

»Die ist nun wirklich dämlich. Nein, Commissario, entschuldigen Sie, ich habe mir nur einen kleinen Spaß erlaubt. In Wahrheit habe ich keine andere Frau, weder auf der Dienststelle noch außerhalb. Mary habe ich das nur gesagt, um sie ein bisschen auf Abstand zu halten, weil ich sie nicht mehr ertragen kann.«

Marco Luciani sah ihn ungläubig an. »Nein, noch mal langsam. Das heißt, du hast keine andere Beziehung?«

»Nein.«

»Du wärst der einzige Ehemann auf der Welt, der seiner Frau sagt, er hätte eine andere, auch wenn es nicht stimmt.«

»Komisch, was? Aber so ist es. Ich weiß, wie diese Dinge ablaufen, Commissario. Ich hätte ihr sagen können: ›Ich brauche etwas Freiraum‹, ›Ich muss nachdenken‹, ›Ich muss ein bisschen für mich sein‹. Dann hätte sie gesagt: ›Das stimmt nicht, du hast eine andere.‹ Und mit ihrer Überzeugung, dass ich ihr nicht die Wahrheit sage, hätte sie mich gemartert. Also habe ich ihr eine Lüge erzählt, habe ihr gesagt, dass ich eine Beziehung zu einer Kollegin habe, und damit ist sie beruhigt.«

»Wie bitte? Beruhigt? Sie denkt jetzt, du hättest eine andere. Sie ist verzweifelt. Und wird dir nie verzeihen. Die bringt es fertig und reicht die Scheidung ein, lässt dich deine Kinder nicht mehr sehen.«

Calabrò zuckte mit den Achseln. »Das glaube ich nicht, Commissario. Jetzt ist sie stinksauer, denkt, ich bin ein Schwein und diese andere eine Hure. Aber unterdessen wird sie anfangen nachzudenken, warum ich gegangen bin. Das wird ihr guttun. Wenn ich ihr noch wichtig bin, dann wird sie sich in Frage stellen, wird versuchen, mich zurückzuerobern. Wenn ich ihr dagegen nicht wichtig bin, dann ist es besser, gleich einen Schlussstrich zu ziehen.«

Marco Luciani fixierte ihn. Der Inspektor war einer der Besten beim Verhör, aber zu lügen war er wahrlich nicht imstande. Und er log, zumindest teilweise.

»Sag mir die Wahrheit, Calabrò. Wenn du magst.«

»Sie wollen die Wahrheit wissen? Okay. Die Wahrheit ist, dass wir nicht mehr miteinander schlafen, Commissario. Manchmal vergehen Monate. Es fing bei ihr an, dass sie keine Lust mehr hatte, nach der zweiten Schwangerschaft. Das ging so lange, bis mir schließlich auch die Lust vergangen ist.«

Jetzt war Marco Luciani verlegen und wich seinem Blick aus. Es war ein Fehler gewesen, diese Frage zu stellen.

»Also habe ich gedacht, dass es einen ordentlichen Ruck braucht. So hätte ich eh nicht weitermachen können, ich habe nie etwas mit anderen Frauen angefangen, jetzt besteht aber wirklich die Gefahr, dass ich mir eine andere suche und alles zum Teufel gehen lasse. Stattdessen habe ich beschlossen, ihr noch eine Chance zu geben, ich lasse sie ein bisschen im eigenen Saft schmoren, und dann sehen wir, was passiert.«

Der Kommissar dachte schweigend nach. Eine mutige Entscheidung, die eigene Frau anzulügen, nicht wie die Ehebrecher, sondern genau andersherum. Eine mutige Entscheidung und möglicherweise Harakiri.

»Und die Kinder?«

»Mit den Kindern wird man sehen«, erwiderte der andere. »Vielleicht tut es ihnen auch gut, wenn sie mich mal eine Weile nicht sehen, wenn sie fürchten, ich könnte sie verlassen. Sie sind verwöhnt, sie lässt ihnen alles durchgehen, sie haben uns versklavt. Sie schlafen im Ehebett, essen nur, wonach ihnen der Sinn steht, schauen den ganzen Tag fern, hängen ständig an dieser Scheißplaystation und am Nintendo … Wissen Sie, dass sie der Großen ein Handy kaufen wollte? Ein Handy. Mit acht Jahren. Die Wahrheit ist, dass sie ihnen alles gibt, und wenn ich einmal sage, dass das so nicht geht, wissen Sie, was sie dann sagt? Sie sagt: ›Du bist nie da, wenn dir nicht gefällt, wie ich sie erziehe, dann bleib mehr zu Hause und erzieh du sie.‹«

»Ist sie überlastet?«

»Nein, sie ist bescheuert. Ich bin auch überlastet, zum Geier. Ich reiß mir den ganzen Tag den Arsch auf, und am Ende zählt niemand in dem Haushalt weniger als ich.«

Der Kommissar wusste nicht mehr, was er erwidern sollte. Er hatte ihre Beziehung immer für solide und ausgewogen gehalten. Die Kinder waren vielleicht verwöhnt, wer weiß, aber sie waren auch sympathisch und wohlerzogen. Es schien ihm eine Vergeudung, eine unverzeihliche Sünde, eine Familie so zu zerreißen.

»Können wir von was anderem reden, Commissario?«

»Sicher. Entschuldige. Ich wollte nicht aufdringlich sein, sondern dir nur helfen.«

»Das habe ich kapiert. Und dafür danke ich Ihnen. Besser

gesagt, ich würde mich gerne revanchieren, wenn Sie erlauben.«

Bei Marco Luciani schrillten die Alarmglocken. »Das heißt?«

»Sie wissen, was das heißt. Das Kind. Alessandro«, sagte er und deutete auf den Buggy.

»Was hat das mit Alessandro zu tun?«

»Nun, der ist plötzlich aus dem Nichts aufgetaucht und ... Ja, na ja ... wir wissen nichts: Wer die Mutter ist, wo sie ist, was Sie vorhaben. Kurz, wir machen uns alle ein bisschen Sorgen.«

Marco Luciani verstand, dass Maria Antonietta ihm von der Impfung erzählt hatte. »Es gibt keinen Grund, sich Sorgen zu machen. Wirklich. Ich spiele den Papa, das ist alles. Das heißt, jetzt, wo du mich daran erinnerst«, sagte er mit einem Blick auf die Uhr und einer Geste Richtung Kellner, »ich muss noch Windeln und ein bisschen Babynahrung kaufen und ...«

»O nein, Commissario. Ich habe Ihnen die Wahrheit über meine Privatangelegenheiten gesagt, und jetzt sagen Sie mir die Wahrheit über Ihre!« Der Inspektor hatte die Stimme erhoben, es war das erste Mal, dass er es wagte, so mit Luciani zu reden. Der wollte ihn zurechtweisen, aber ihm wurde klar, dass die Diensthierarchie hier nichts zu suchen hatte, sie waren zwei Freunde, die miteinander redeten, und er war es gewesen, der das Gespräch auf Augenhöhe angefangen hatte.

»Es gibt nicht viel zu sagen«, seufzte er und ließ sich auf den Stuhl zurücksinken. »Die Mutter hat ihn mir überlassen und mich gebeten, mich um ihn zu kümmern. Ich weiß nicht, wo sie hin ist, ich weiß nicht, wann sie zurückkommt und ob sie überhaupt zurückkommt. Es ist meine Pflicht, mein Bestes für ihn zu geben.«

Calabrò nickte. »Aber die Mutter ... Suchen Sie nach ihr?«

»Ich hatte angefangen, diskret nach ihr zu suchen. Ich wollte alles geheim halten, um sie nicht in Schwierigkeiten zu bringen.

Ich will sie nicht anzeigen, weil sie einen Minderjährigen im Stich gelassen hat, und ich will bestimmte Leute, die sie vielleicht suchen, nicht in Alarmbereitschaft versetzen. Und um die Wahrheit zu sagen, habe ich nicht mehr weitergemacht, das Kind lässt mir keinen Moment Ruhe, abgesehen davon, weiß ich nicht, ob es überhaupt Sinn hat, sie zu finden. Sie wird zurückkommen, wenn sie dazu bereit ist.«

Es gab nichts hinzuzufügen. Der Kommissar und der Inspektor schwiegen eine Weile, jeder in seine Gedanken versunken, ohne ein anderes Thema zu finden, über das sie hätten sprechen können, um das Treffen in weniger melancholischer Tonlage zu beenden.

»Also werde ich Maria Antonietta sagen, dass ich mit dir geredet habe.«

»Aber sagen Sie ihr nicht, dass ich keine andere habe. Ich will, dass sie sich ernsthaft in Frage stellt.«

Ehe er zur Villa Patrizia zurückkehrte, machte der Kommissar im Dorf Station, um einzukaufen und im Internet zu surfen. Er hoffte, im Mail-Account oder auf Facebook eine Nachricht von Sofia oder Annalise zu finden. Stattdessen gab es diverse Freundschaftsanfragen von Leuten, die er nicht kannte, die aber irgendwie mit anderen Freunden von ihm in Verbindung standen, und so akzeptierte er sie. Dann öffnete er die einzige Nachricht, die von Fiammetta Sforza kam. »Hallo, Marco, danke für die Freundschaft. Ich weiß, dass du jetzt Polizeikommissar bist. Ich habe deine Ermittlungen zur Statue von Lysipp verfolgt. Du warst phantastisch. Ich habe eine ähnliche Geschichte zu erzählen, wenn du eine halbe Stunde Zeit hättest, der Fall wäre noch bedeutender und sensationeller. Ich kann bei dir in der Dienststelle vorbeikommen oder wo du willst. Ich habe gesehen, dass du in Camogli wohnst, am Wochenende komme ich oft nach Ligurien runter, nach Sestri Levante.«

Marco Luciani dachte ein bisschen darüber nach. Deshalb hatte sie ihn also um seine Freundschaft gebeten. Aber im Moment konnte er sich wirklich nicht um anderer Leute Probleme kümmern, er hätte höchstens jemanden gebraucht, der ihm half. Und um ganz ehrlich zu sein, hatte er keine Lust, zu sehen, was aus seiner großen Liebe von der Schulbank geworden war, und an diesem Spiegelbild den eigenen Verfall abzulesen. Er antwortete, dass er sehr beschäftigt sei, dass er sowohl zu Hause wie auf der Arbeit in Schwierigkeiten stecke und ob sie ein andermal wieder in Kontakt treten wollten. Er wollte sich gerade ausklinken, als er das grüne Lämpchen auf der Chatline neben Fiammettas Namen aufleuchten sah.

»Bist du da?«

Sie war nicht der Typ, der sich schnell geschlagen gibt. Und sie war von klein auf gewöhnt, zu bekommen, was sie wollte.

»Ich bin da«, antwortete er widerwillig.

»Tut mir leid, dass du in Schwierigkeiten steckst.«

»Kein Problem. Das gibt sich wieder.«

»Ich weiß, dass wir uns schon zwanzig Jahre nicht mehr gesprochen haben, aber wenn du darüber reden willst – ich bin da. Wer weiß, vielleicht machen wir gerade dieselben Erfahrungen, es wäre im Grunde nicht das erste Mal.«

»Stimmt«, erwiderte er lapidar.

»Was die von mir erwähnte Geschichte betrifft, ich kann warten, aber da ich vermute, dass es mit zwei Morden zu tun hat, die ausgerechnet in Genua geschehen sind, wäre es besser, man würde dem Mörder nicht allzu viel Vorsprung geben.«

Der Kommissar war verblüfft. »Welche Morde?«

»Ein alter Graf und seine polnische Haushälterin.«

Na bitte, dachte Marco Luciani, ich wusste, dass sie mich drankriegen würde.

Kapitel 39

Gabin

Der Maler Sirio saß auf dem Campo de' Fiori auf der Stufe eines Hauseingangs, trank ein Bier, und hin und wieder beschimpfte er lauthals einen Passanten oder machte eine anzügliche Bemerkung gegenüber einem Mädchen. Alle gingen weiter und taten, als wäre nichts, denn es war nur zu offensichtlich, dass der Mann verrückt war. Gabin saß an einem Bistrotisch, genoss die römische Nacht und schlürfte eine Margarita, die mit Hemingways Lieblingscocktail nur den Namen gemein hatte. Seit die Regierung gewechselt hatte und die Geheimdienstchefs ersetzt worden waren, hielt man seinen Beitrag nicht mehr für notwendig. Formell arbeitete er weiter und ging weiter ins Büro, doch die Tage waren plötzlich elend lang und öde geworden. Ihm fehlten nur noch wenige Jahre bis zur Pensionierung, und diese Phase der Untätigkeit hatte ihm klargemacht, dass er die Pension nicht mögen würde. Er war immer ein Mann der Aktion gewesen, und hätte er nicht seinen Racheplan gehabt, dann wäre er verrückt geworden, den ganzen Tag hinter einem Schreibtisch, mit einem Telefon, das nicht mehr klingelte.

Wenn es so weit ist, werde ich nach Brasilien gehen, oder nach Kuba, und meinen Ruhestand genießen. Ich werde mir ein junges, aber anständiges Mädchen suchen, vielleicht eines, das schon ein Kind hat, warum nicht. Ich bin zu alt, um ein eigenes zu zeugen, und im Grunde bin ich gar nicht so versessen darauf. Aber an jemanden das weiterzugeben, was ich weiß, ihm beim Erwachsenwerden zu helfen, das würde mir nicht missfallen. Auch die alten Römer machten es so, sie adoptierten Kinder, denn es ist nicht so wichtig, dass sie Blut von deinem Blut sind, wichtig ist, dass du es schaffst, ihnen Prinzipien und Werte zu vermitteln. Was wird Marco Luciani, der Unbestechliche, seinem Sohn beibringen, fragte er sich, wie wird er den Mut finden, ihm Gut und Böse zu erklären?

Als der Maler aufstand, trank Gabin seine Margarita aus und folgte ihm in zwanzig Metern Abstand, ohne Hast. Es war fast eins, und um diese Zeit kehrte Sirio für gewöhnlich nach Hause zurück, um zu schlafen. In all den Stunden der Observierung hatte Gabin ihn abends niemals essen sehen, immer nur Bier trinken und rauchen. Er begnügte sich mit dem Mittagessen in der Armenküche der Priester. Er war dünn und schwach, und das musste er in Rechnung stellen, wenn es an die Auswahl der Schusswaffe ging. Der Maler erreichte seinen Hauseingang, der die ganze Nacht offen blieb; zwei Minuten später sah Gabin, wie hinter einem Fenster im zweiten Stock das Licht anging. Der Schuss würde die Nachbarn wecken, das war ein Problem, das es zu lösen galt.

Zweiter Teil

Kapitel 40

Luciani und Fiammetta

Fiammetta Sforza saß in Camogli an der Strandpromenade in einer Bar, gemeinsam mit Marco Luciani und dem kleinen Alessandro, der sich ihr, kaum dass er sie gesehen hatte, an den Hals geworfen hatte und sie nicht wieder loslassen wollte. Im Gegenteil, er hatte sich sogar der Erkundung der beiden beachtlichen Wölbungen gewidmet, die sich unter ihrer Bluse abzeichneten. Sie hatte ihn gewähren lassen, von seiner Zuwendung und der Miene des Kommissars geschmeichelt, der sie die ganze Zeit mit offenem Mund ansah, denn er hätte mit allem gerechnet, aber nicht, seine Schulkameradin genau so wiederzufinden, wie er sie von damals in Erinnerung hatte. Dieselben roten Haare, dieselben hübschen Sommersprossen, dieselbe erotische Stimme und im Grunde dasselbe Gesicht und derselbe Körper, vielleicht mit den fünf Kilo mehr, die ihr immer gutgetan hätten. Sie schien in zwanzig Jahren nicht um einen Tag gealtert zu sein, ihre Kurven und Gesten waren nur ein bisschen weicher geworden, was ihre Attraktivität noch steigerte.

»Du bist eine Wucht. Du hast dich kein bisschen verändert«, hatte er gesagt, und sie hatte das Kompliment nonchalant zur Kenntnis genommen. »Du siehst auch gut aus«, hatte sie zurückgegeben, ohne auf die zwanzig Kilo einzugehen, die ihm irgendwo abhandengekommen sein mussten.

Sie waren beide verlegen, und nachdem der Kellner einen Cappuccino und ein Lemonsoda serviert hatte, griff Fiammetta sofort wieder das Thema auf, das ihnen beiden am Herzen lag: Sie saßen nicht beisammen, um sich die glücklichen Schultage in Erinnerung zu rufen, sondern um ein Delikt aufzuklären.

»Wie ich dir schrieb, fängt alles mit dem Tod des Grafen Moncalvo an, den ich vor Jahren kennenlernte. Ich habe es rein zufällig, bei der Lektüre der Todesanzeigen in der Zeitung, entdeckt.«

»Du auch?!«

»Was meinst du?«

»Ach nichts. Ich hatte sie auch gesehen.«

»Daraufhin habe ich im Internet recherchiert und entdeckt, dass er schon eine Weile tot war und dass ihr zu seinem Tod ermitteltet.«

»Ja. Oder besser gesagt, haben meine Kollegen ermittelt, weil ich im Urlaub war.«

»Gut, normalerweise lese ich selten Zeitung, jedenfalls nicht die Verbrechensmeldungen. Auch von der Polin habe ich erst später erfahren, durch die Lektüre alter Artikel, und ich dachte mir sofort, dass die beiden Todesfälle miteinander in Verbindung stehen.«

»Ja. Eine traurige Geschichte. Nach unseren Ergebnissen ist er an Altersschwäche gestorben, sie hat sich aus Kummer oder aus Verzweiflung umgebracht.«

Fiammetta verzog den Mund, ihre Augenbrauen hoben sich.

»Du dagegen meinst, es handelt sich um Mord.«

Sie nickte. »Ich glaube nicht, dass die beiden eines natürlichen Todes gestorben sind. Jemand hat sie umgebracht.«

»Bist du sicher? Wer kann das gewesen sein? Und was wäre das Motiv?«

Fiammetta blickte in die Runde. Sie drehte sich um und vergewisserte sich, dass niemand sie hören konnte. Dann holte sie Luft, senkte die Stimme und flüsterte: »Ein Porträt.«

»Wie?«, fragte Luciani, der sehr wohl verstanden hatte.

Sie lehnte sich auf dem Stuhl vor und kam noch ein bisschen näher. »Ein Porträt. Und wenn du schwörst, dass du mich nicht für verrückt hältst, erzähle ich dir die ganze Geschichte.«

Marco Luciani schaute sie an. Fiammetta hatte die Lippen zusammengepresst, und plötzlich liefen zwei Tränen über ihr Gesicht, wie an jenem Abend am Arno, in dem Augenblick, als sie ihm etwas anvertraute, was sie nie jemandem erzählt hatte, nicht einmal ihrer Mutter, nicht einmal ihrer besten Freundin. Vielleicht war sie verrückt, aber ihre Angst war echt.

Der Kommissar streckte eine Hand über den Tisch, sie schmiegte ihre Wange daran, und dieser Kontakt füllte für eine Minute die zwanzigjährige Lücke, die sie jeweils allein durchlebt hatten.

Er war es, der das Schweigen brach. »Erzähl mir alles.«

Graf Guinigi Moncalvo hatte Fiammetta sechs Jahren zuvor kontaktiert. Sie hatte gerade einen Essay über die großen Fälscher der Renaissance veröffentlicht. Im ersten Teil illustrierte sie die Techniken, deren Künstler der damaligen Zeit sich bei der Fälschung antiker Werke, vor allem griechischer und römischer, bedienten. Im zweiten erklärte sie, als eine Art Pendant, wie dagegen die großen Künstler der Renaissance gefälscht worden waren. Der Graf war von der Lektüre begeistert, zumindest hatte er ihr das gesagt. Und hatte entschieden, dass sie die Richtige sei für ein Forschungsvorhaben, das ihm sehr am Herzen lag: Sie sollte herausfinden, ob ein Porträt, das seine Familie seit vielen Generationen besaß, eine Fälschung oder ein Original war. Und falls es ein Original war, wen es darstellen mochte und wessen Werk es sein könnte.

Marco Luciani stellte die leere Lemonsoda-Flasche hin.

»Mal sehen, ob ich richtig rate. Am Ende hast du bei deiner Untersuchung herausgefunden, dass es ein Original war.«

Fiammetta nickte.

»Und wer war der Künstler?«

Ihr Gesicht weitete sich zu einem wunderschönen Lächeln. »Langsam. Ich habe fünf Jahre gebraucht, um es herauszufinden, lass mir wenigstens zehn Minuten, um es dir zu erzählen.«

Sie öffnete die Handtasche, gab Alessandro einen Lippenstift zum Spielen und holte ein Moleskine heraus, eines dieser schwarzen Notizbücher mit Gummiband. Darin steckte ein Blatt, auf das sie einen fast zärtlichen Blick warf, ehe sie es dem Kommissar reichte.

»Das ist eine ziemlich genaue Farbkopie. Sie gibt nicht die Schönheit und die Kraft des Originals wieder, aber du bekommst eine Vorstellung davon.«

Marco Luciani nahm es. Es war das Porträt eines Mannes im Profil, mit einem langen Bart, von undefinierbarem Alter. Es war mit rotem Bleistift auf gelben oder durch die Jahre vergilbten Untergrund gezeichnet. Der Mann schaute nach links, vielleicht etwas betrachtend, vielleicht nur nachdenkend.

Luciani hob den Blick, und Fiammetta sah ihn an, als wollte sie fragen: Na, und?

»Wer soll das sein?«

»Mal sehen, ob du es errätst. Erinnert es dich an irgendetwas?«

»Phh. Vielleicht an den Michelangelo vom Zehntausend-Lire-Schein, aber das ist schon lange her, dass ich den das letzte Mal gesehen habe.«

Fiammetta lächelte. »Schon ziemlich heiß. Er ist es nicht, aber die Epoche stimmt. Du hast ein gutes Auge, musst aber noch höher hinaus.«

Wenn es etwas gab, was der Kommissar nicht ausstehen konnte, dann waren es Ratespiele.

»Höher als Michelangelo? Ich weiß nicht. Giotto. Raffael. Leonardo da Vinci.«

»Halt. Du sagst es. Du hältst die Kopie eines authentischen, unbekannten Leonardo da Vinci in Händen, des größten Genies der Geschichte.«

Marco Luciani betrachtete die Farbkopie des Porträts, diesmal mit viel größerer Skepsis.

»Entschuldige, wenn ich das frage, nicht, dass ich dir nicht trauen würde, aber … Wie kannst du sicher sein, dass es sich ausgerechnet um da Vinci handelt?«

Fiammetta holte einen dicken Packen Papiere, Umschläge und Fotografien aus der Tasche.

»Hier sind die Ergebnisse von fünf Jahren Arbeit. Analysen, Gutachten, Untersuchungen. Wenn du ein bisschen Zeit hast, kann ich dir alles auch jetzt erklären.«

Marco Luciani schauderte es. Seine ehemalige Klassenkameradin war eine Wucht, aber eine Stimme sagte ihm laut und deutlich, dass das für ihn fremdes Terrain war und dass er besser nicht eine Minute auf diese Ergüsse verschwenden sollte.

»Das würde ich sehr gerne tun«, sagte er mit einem Blick auf die Uhr, »aber wir müssen gleich nach Hause und unser Breichen essen.«

»Verzeih mir. Du hast recht. Deine Frau wird schon auf dich warten. Ich sollte besser auch nach Sestri Levante weiter. Mein Mann und meine Tochter kommen heute Nachmittag, ich muss einkaufen und …«

»Du hast eine Tochter?«

»Ja, Giulia. Sie ist ein bisschen größer als Alessandro. Sie ist siebzehn. Jahre, meine ich.«

»Alle Achtung. Kompliment. Da seht ihr wohl aus wie die rothaarige Variante der Kessler-Zwillinge.«

Auch dieses Kompliment nahm Fiammetta nonchalant entgegen, ohne zu erröten, dann fragte sie, ob Marco die Kopie des Porträts behalten wolle.

»Okay. Und sobald sich die Gelegenheit ergibt, erzählst du

mir von deinen Forschungen. Jetzt erklär mir lieber, warum du meinst, dass der Graf und die Polin ermordet wurden.«

Diesmal wurde sie rot. »Um ehrlich zu sein, bin ich nicht sicher. Entschuldige. Den Verdacht hege ich aber. Wenn zwei Menschen direkt hintereinander sterben, so plötzlich …«

»Du meinst, jemand hat sie umgebracht, um in den Besitz des Porträts zu kommen?«

Sie nickte.

»Aber wo war das Porträt denn? Im Haus des Grafen?«

»Ja.«

»Und jetzt ist es nicht mehr da?«

Fiammetta zögerte einen Moment. »Woher soll ich das wissen? Ich wollte von euch hören, ob ihr es gefunden habt.«

»Ich habe keinen blassen Schimmer«, sagte der Kommissar ungeduldig »Sicher wird niemand danach gesucht haben. Wir wussten nichts von einem da Vinci. Ich kann meinen Vize fragen, ob er sich erinnert, das Bild bei der Ortsbegehung gesehen zu haben.«

»Nein!«, rief sie aus. »Entschuldige, Marco, aber mir wäre lieber, du würdest mit niemandem darüber reden. Es ist besser, die Sache bleibt unter uns. Dieses Porträt ist unbezahlbar, und wenn jemand anders davon erfährt …«

Sie schwiegen eine Weile.

»Das einzig Sinnvolle, was man tun kann, ist, in dieses Haus zu gehen und nachzuschauen, ob es noch da ist«, sagte Marco Luciani.

Fiammetta strahlte ihn an: »Du bist ein Schatz. Ich habe nicht gewagt, dich darum zu bitten.«

Kapitel 41

Calabrò & Maria Antonietta

Giovanni Calabrò drehte sich um und streckte sich auf dem rosafarbenen Laken aus, völlig ausgepumpt. Es war schön gewesen, wunderschön, wie immer. Valentina gab ein befriedigtes »Hmm« von sich, aber er wusste genau, dass sie nicht gekommen war. Bei Mary, seiner Frau, gab er acht, dass er nie vor ihr fertig war, aber hier waren die Spielregeln völlig andere, hier war es seine Lust, die zählte, und er würde diese Regeln nicht ändern. Valentinas Duft war zu stark und völlig anders als der von Mary. Vor dem Sex erregte er ihn, aber sofort danach sorgte er dafür, dass ihm Übelkeit und Selbstverdruss die Kehle hochstiegen. Ich weiß selbst nicht, warum ich es tue, sagte er sich jedes Mal, ob ich mich nur an meiner Frau rächen will oder ob Valentina mir wirklich gefällt.

Keiner von beiden hatte die Absicht, länger als nötig in dem Bett zu bleiben, und sie standen fast gleichzeitig auf. Es ist nur Sex, sagte er sich wieder, Sex, wie ich ihn noch nie zuvor gehabt habe. Und wichtig war auch, dass Gefühle keine Rolle spielten, wenngleich das nicht bedeutete, dass er auf diese Nachmittage, auf diese Empfindungen so ohne weiteres hätte verzichten können. Mailand hatte ihm einen Teil seiner selbst gezeigt, den er nicht gekannt oder vielleicht auch nur verdrängt hatte. Viele Jahre lang war er ein treuer Ehemann und ein fürsorglicher, engagierter Vater gewesen. Er hatte Teamgeist gegenüber Maria Antonietta gezeigt, genau wie er es in der Dienststelle gewohnt war. Er hatte zuerst an das Gemeinwohl gedacht, hatte sich mit dem ihm zugedachten Platz begnügt und jeden verdammten

Tag die »Teamarbeit« geleistet, die alle im Munde führten, um sich dann aber Erfolge schleunigst auf die eigenen Fahnen zu schreiben und Misserfolge auf die Fahnen der anderen.

Er nahm seine Kleider und ging ins Bad, um sich zu waschen. Valentina hatte den Morgenrock angezogen und sich sofort danach eine Zigarette angezündet.

Der Inspektor nahm ein bisschen Mundwasser, um den Geschmack ihres Geschlechts aus dem Mund zu bekommen.

Er betrachtete sich im Spiegel und war von seiner Miene überrascht, die weder traurig noch glücklich war. Er fühlte sich vor allem benommen, desorientiert, wie der Überlebende eines Erdbebens, der die Landschaft nicht wiedererkennt, die ihn umgibt.

Er wusste selbst nicht, wann sich der erste Riss in den Mauern aufgetan hatte, aber sicher war das ganze Schloss auf einmal eingestürzt. Die Zwistigkeiten mit Mary, immer grundsätzlicher. Die Wut auf seine eigenen Kinder, die schlecht erzogen waren und sich in kleine Tyrannen verwandelt hatten. Die soundsovielte Demütigung am Arbeitsplatz, wo der Kommissar sich nicht mehr sehen ließ und er Befehle von diesem inkompetenten Livasi entgegennehmen musste. Wer wäre da nicht eingeknickt? Wer hätte keinen Ausweg gesucht, um nicht verrückt zu werden? Der Mensch ist ein Dampfkessel, der ein Sicherheitsventil braucht, wenn er nicht explodieren will. Genau das war Valentina, nicht mehr und nicht weniger. Sie war freundlich und schien immer zu wissen, was er wollte. Manchmal Zärtlichkeit, manchmal eine extreme, fast gewaltsame körperliche Auseinandersetzung, bis zur finalen Unterwerfung.

So endete es, mit Sex ohne Liebe und einer Woche Zeit, um die Schuldgefühle zu überwinden, überrascht festzustellen, dass die Begierde zurückgekehrt war, dass die Entzugserscheinungen auf ein unerträgliches Maß gestiegen waren. Das waren seine Freitage in Mailand, das war das Vorspiel zu einem neuen Leben, in dem seine Wünsche und Begierden endlich an erster Stelle stehen würden.

Valentina verabschiedete ihn mit einem Kuss auf die Wange. »Sehen wir uns Freitag?«

»Sicher«, sagte er und hielt den Blick gesenkt, auf diese großen Titten gerichtet, wohin er gerne seinen Kopf gebettet hätte, um sich streicheln und in den Schlaf wiegen zu lassen.

»Wir sehen uns Freitag.«

Er stieg ins Auto, erreichte wie in Trance die Autobahnauffahrt, und plötzlich wurde ihm klar, dass er sich sehr wohl an den Riss erinnerte, der seine Welt zum Einsturz gebracht hatte wie in »Ice Age«, in dem Zeichentrickfilm, den er mit Betta und Lele schon mindestens zehnmal gesehen hatte. An einem Sonntag im August war er, der arme Scratch, der immer herumwuselte, immer hinter der Eichel herrannte, am Strand von Lavagna ausgetickt, nachdem er nachts um zwei ein Verhör beendet hatte und um sieben wieder aufgestanden war, um die Familie ans Meer zu bringen, weil er das den Kindern nun einmal versprochen hatte. Es war sein freier Tag gewesen, und wie immer hatte er keine ruhige Minute gehabt, Parkplatz suchen, Paddelboote aufblasen, die Kinder mit Sonnencreme einreiben und im Auge behalten. Um Viertel nach zwölf hatte er sich an der Bäckerei angestellt – nicht eine Sekunde hatte er sich auf der Sonnenliege ausgestreckt –, und nach einer halben Stunde war er mit großen Pizzastücken für alle wieder herausgekommen. Betta hatte die Pizza probiert und mit: »Die ist eklig« quittiert, Lele hatte das gehört und gesagt: »Die will ich nicht, hol mir eine Focaccia.« Calabrò hatte die Hand zur Faust geballt und Maria Antonietta einen Blick zugeworfen, und sie hatte ihn angesehen, wie um zu sagen: »Worauf wartest du?« Da hatte Giovanni Calabrò sich klar an dem Punkt gesehen, an dem es kein

Zurück mehr gab, an der Grenze, hinter der sein Leben, ihrer aller Leben nicht mehr dasselbe sein würde. »Du machst Witze«, hatte er leise gesagt, und Maria Antonietta gab zurück: »Er mag die Pizza nicht, es ist besser, du holst ihm eine Focaccia.« Was er dann geschrien hatte, daran erinnerte er sich Wort für Wort, teils mit Scham, teils mit Stolz, und vor allem die Passage, in der er konstatiert hatte: »Wir sind die Sklaven zweier verwöhnter Rotznasen von fünf und acht Jahren«, war ihm gut gelungen, denn der ganze Strand hatte sie gehört. Er hatte sie mit offenen Mündern stehenlassen, war ins Auto gestiegen, ziellos ins Hinterland gefahren und hatte in einem Agriturismo gegessen. Um sieben Uhr abends hatte er sich an der Strandpromenade präsentiert. Seine Frau und die Kinder saßen auf einer Bank und warteten auf seine Rückkehr. Die Kinder hatten ihn mit gesenktem Blick um Verzeihung gebeten, Maria Antonietta aber nicht, sie hatte ihn mit einer Miene angesehen, die besagte, dass für sie die Angelegenheit noch nicht erledigt war.

Am Abend im Bett hatten sie einander dermaßen viel an den Kopf geworfen, und so gemeine Sachen, dass sie am Ende nicht mehr wussten, wie sie die Situation bereinigen konnten, und miteinander geschlafen hatten. Verzweifelt, wild, als wäre es das letzte Mal. Keiner von beiden wusste, dass es tatsächlich das letzte Mal sein sollte.

Maria Antonietta Calabrò wählte die Nummer ihres Mannes. Sie versuchte schon den ganzen Nachmittag, ihn anzurufen, aber entweder war das Handy abgeschaltet, oder er ging nicht ran. Diesmal antwortete Gianni nach einiger Zeit und meldete sich mit einem genervten »Was ist?«.

»Ich versuche schon den ganzen Tag, dich zu erreichen. Bist du nicht im Büro?«

»Nein. Aber ich arbeite. Mach schnell, bitte.«

»Ich dachte, du würdest heute vorbeikommen, um Emanuele zuzusehen.«

»Heute?«

»Ja, heute. Er hatte sein erstes Spiel, es hätte ihm viel bedeutet, dass du dabei bist.«

»Ich habe es nicht geschafft. Ich hatte einen Termin.«

»Einen wichtigeren Termin als deinen Sohn?«

»Sieht so aus.«

»Auch Betta war enttäuscht. Sie sehen dich nie.«

Calabrò zählte bis fünf. Er hatte keine Lust zu streiten.

»Wie auch immer, morgen hole ich sie, ich bringe ihnen vielleicht etwas mit. Wenn es sonst nichts mehr gibt ...«

»Doch. Noch etwas. Ich brauche das Auto. Kannst du es mir leihen?«

»Warum?«

»Darum, das ist meine Sache, wenn du erlaubst. Das Auto gehört mir genauso wie dir.«

»Ich brauche es aber, um zur Arbeit zu fahren.«

»Ich hab schon verstanden. Du hast es dir einfach genommen und damit Fakten geschaffen. Allerdings ist es durchaus möglich, dass auch ich es hin und wieder brauche. Kannst du nicht einmal einen Dienstwagen nehmen, für einen Tag?«

Calabrò schnaubte ins Telefon: »Wann brauchst du es?«

»Montagmorgen. Ich dachte, du könntest mir die Schlüssel am Sonntag hierlassen, wenn du die Kinder zurückbringst.«

»Einverstanden. Ich werde mich darauf einrichten.«

Er legte auf, und Mary machte eine enttäuschte Grimasse. Wie schnell hatte er sich in den paar Tagen verändert, dachte sie. Dass er abweisend zu ihr war, okay, aber er hatte das Spiel von Lele vergessen und überhaupt nicht nach Betta gefragt, und man spürte, dass auch die Aussicht auf ein Wochenende mit den Kindern ihm kein bisschen behagte. Wie kann eine andere Frau dich so weit bringen, dachte sie, wie kann sie dich auf einen Schlag verändern, und warum hasst du mich plötzlich, ohne dass ich dir etwas getan hätte?

Sie musste wissen, was vor sich ging, sie musste wissen, ob es noch eine Chance gab, ihre Ehe und ihre Familie zu retten.

Kapitel 42

Luciani & Fiammetta

Wie konnte ich mich nur so leimen lassen?, fragte sich Marco Luciani immer wieder am Steuer seines alten Clio. Bei allem, was ich zu tun habe, den Samstag auf ein ominöses Porträt zu verschwenden, bei dem keiner weiß, ob es echt ist, und selbst wenn es das ist, wo es hingekommen ist. Er warf einen Blick auf Alexander den Großen, der selig hinten in seinem Kindersitz schlief, zum Glück, denn auf dieser kurvigen Strecke hätte ihm leicht schlecht werden können. Fiammetta hatte ihn um den Finger gewickelt, hat ihn mit ihrer Mordgeschichte neugierig gemacht, und jetzt spielte er für sie den edlen Ritter, genau wie all die armen Jüngelchen, die sich im Gymnasium nach ihr verzehrt hatten. In Wirklichkeit ist es ganz anders, versuchte er sich zu rechtfertigen, in Wirklichkeit bin ich in Aktion getreten, weil mir der Tod der Polin nie so recht geschmeckt hat. Doch mir fehlte das Motiv für ein Verbrechen, und Fiammetta hat mir ein interessantes geliefert.

Er drehte sich um und betrachtete sie. Sie hatte ein wunderschönes Profil, sie zu porträtieren, hätte selbst da Vinci zur Ehre gereicht.

»Hatte der Graf Erben?«, fragte er sie. »Ich nehme an, dass sie nach seinem Tod schon in der Villa waren.«

»Soweit ich weiß, nein. Zumindest keine direkten. Einmal hatte er mir gesagt, wenn ich beweisen würde, dass das Porträt echt sei, dann würde er es einem Museum vermachen, eben weil er weder Kinder noch Enkel hatte.«

»Vielleicht ist es tatsächlich noch in der Villa. Weißt du, wo er es aufbewahrte?«

»Nicht wirklich. Das Haus ist groß. Ich glaube, in der Bibliothek, vielleicht hatte er einen Tresor. Als ich einmal das Original abholte, um es einem Professor vorzulegen, ließ der Graf mich im Salon warten, ging Richtung Bibliothek und kam nach einiger Zeit zurück. Vielleicht war er aber auch in einen anderen Raum gegangen. Ich weiß nicht.«

»Wo würdest du ein Porträt von da Vinci aufbewahren?«

Fiammetta seufzte. »Ich würde es verkaufen. Und zwar schnell.«

»Wie geldgierig du bist«, lachte Marco Luciani, »das hätte ich nicht gedacht.«

»Das ist keine Frage der Geldgier. Solange du nicht sicher bist, dass es authentisch ist, kannst du es zu Hause aufbewahren. Aber sobald du feststellst, dass es echt ist, was dann? Die Verantwortung ist zu groß. Du kannst es schlecht ins Wohnzimmer an einen Ehrenplatz hängen und jedem zeigen. Wie lange würde es dauern, bis man es dir klaut? Außerdem sind diese Werke hochempfindlich, sie müssen bei einer gewissen konstanten Temperatur gelagert werden, dürfen nicht zu viel Licht ausgesetzt werden, brauchen die richtige Luftzufuhr …«

»Ja, ist gut, wenn sie jahrhundertelang in irgendeinem Keller oder Dachboden überlebt haben, dann werden sie wohl noch zwanzig Jahre an einer Wand überdauern oder eingesperrt in einen Tresor.«

»Und würdest du entspannt in den Urlaub fahren, wenn so etwas bei dir im Tresor läge?«

Marco Luciani nickte. »Du hast recht. Also kann es sein, dass der Graf es vor seinem Tod verkauft hat.«

»Oder dass man ihn umgebracht hat, um es zu rauben.«

Der Kommissar schaltete herunter. »Wer wusste denn noch von dem Porträt?«

»Oh, keine Ahnung. Zu mir hat er gesagt, dass absolut niemand davon wusste, abgesehen natürlich von den Fachleuten, die wir kontaktiert haben. Aber du weißt, wie das in solchen Fällen ist. Er war ein alter Mann, nicht immer ganz bei sich. Vielleicht hat er jemandem davon erzählt, bei seiner Haushälterin angefangen. So, hier langsamer. Bei der nächsten Abzweigung musst du rechts abbiegen.«

Sie trafen vor der Villa des Grafen ein. Es war ein dreistöckiges Haus, das schon bessere Zeiten gesehen hatte. Der Putz an der Fassade war völlig grau, und es wirkte, als wäre es seit Jahren unbewohnt. Marco Luciani fuhr weiter, um das Auto an einer Stelle zu parken, die von der Straße aus nicht einsehbar war. Sie stiegen aus, und der Kommissar steuerte direkt den Dienstboteneingang an.

»Hast du einen Durchsuchungsbefehl beantragt?«

»Klar«, sagte er und versuchte vergeblich, die Tür zu öffnen.

»Und da hat man dir die Schlüssel nicht gegeben?«

»Natürlich hat man. Sie müssen hier irgendwo sein.«

Er schaute sich um, auf der Suche nach einem ausreichend schweren Stein, hob einen auf, wog ihn in der Hand und schleuderte ihn mit Schwung gegen das nächste Fenster, das zu Bruch ging.

Fiammetta schrie: »Was machst du denn?«

»Am Nachmittag des 21. August, gegen 15 Uhr, bemerkte ich, während ich mich mit meiner Freundin Fiammetta Sforza zur Suche des Geselligen Raslings nach Castelbruno begab, auf der Rückseite einer Villa ein zerborstenes Fenster, außerdem hörte ich verdächtige Geräusche, die aus dem augenscheinlich verlassenen Haus kamen. Da ich auf Anruf keine Antwort erhielt und die Präsenz von potentiellen Straftätern in dem Objekt vermuten musste, drang ich in eben jenes Objekt ein, um die etwaige Stichhaltigkeit meines Verdachtes zu verifizieren. Komm.«

Er zog die verbliebenen Scherben aus dem Fensterrahmen, schob seinen langen Arm hinein und drehte den Fenstergriff. Dann stieg er über die Brüstung und half Fiammetta einzusteigen, indem er ihr unter die Achsel griff und sie fast hochhob. Ihre Gesichter befanden sich für einen Augenblick dicht voreinander, und allein Alessandros Anwesenheit im Tragesack verhinderte, dass sie sich berührten.

Kaum waren sie drinnen, begannen sie beide zu niesen. Alles war voller Staub, und die Luft roch abgestanden. Marco Luciani zog es vor, die Fenster nicht zu öffnen, ging Richtung Haupteingang und fing an, sich die Anordnung der Räume einzuprägen.

»Ich habe dich nicht gefragt, ob du die polnische Haushälterin kanntest.«

»Nie gesehen. Die wenigen Male, die ich gekommen bin, insgesamt drei Mal, war sie nicht da.«

Sie betraten ein großes Wohnzimmer, das gut erhalten schien.

»Hier standen vor nicht allzu langer Zeit Möbel«, sagte er. »Auf dem Boden sind noch die Abdrücke zu sehen.«

»Ja. Und hier muss eine Kommode aus dem 16. Jahrhundert gewesen sein, an die erinnere ich mich, sie war wunderschön.«

»Wann warst du das letzte Mal hier?«

»Vor rund einem Jahr. In der Zwischenzeit kann er es aber auch verkauft haben. Ich glaube, dass es ihm nicht besonders gutging, was seine Liquidität betraf.«

»Meinst du?«

»Es war auch ein ewiges Hin und Her, bis er mich bezahlt hat. Ich hatte fünf Jahre auf diese Recherche verwendet, und er dachte, ich täte es um der Ehre willen. Weißt du, auf wie viel wir uns am Ende geeinigt haben, für alle die Arbeit, die ich geleistet hatte? Dreißigtausend Euro. Ein Butterbrot. Wenn man bedenkt, wie viel diese Zeichnung einbringen kann …«

»Wovon lebte er denn?«

»Ich glaube, dass ihm ein paar Wohnungen oder Geschäfte geblieben waren, die er vermietete, hin und wieder verkaufte er eine Antiquität. Ich sage das, weil ich ihm einmal ein Kompliment für jene Kommode machte und er mir antwortete: ›Ich hatte noch so eine, fast identische, ich habe sie letztes Jahr weggegeben.‹ Dann hat er sich sofort korrigiert: ›Ich habe sie einem Freund geschenkt‹, aber es war klar, dass er sie keineswegs verschenkt hatte.«

»Dies war das Zimmer, wo er Gäste empfing«, sagte Fiammetta und trat in einen großen Raum, in dem noch ein Sofa und zwei Sessel standen, jeweils mit weißen Laken abgedeckt. Marco Luciani dachte an die Villa seiner Eltern, an die vielen unbenutzten Zimmer, an die Möbel, die darauf warteten, geöffnet, geleert oder gefüllt zu werden. Wie trist war doch ein Haus, aus dem sich das Leben verflüchtigt hatte.

»Hier war die Vitrine mit den Pfeifen. An die kann ich mich erinnern, sie waren herrlich. Und hier, in einer baugleichen Vitrine, waren Siegelringe, antike Münzen und Uhren. Wer weiß, wo all die Sachen hingekommen sind.«

»Gehen wir mal in der Bibliothek nachsehen, ob es einen Tresor gibt.«

Sie kontrollierten alle Wände und hinter allen verbliebenen Bildern, aber es gab keinen Tresor. In den Regalen standen noch Bücher, und der Kommissar schlug aufs Geratewohl einige auf. Fiammetta tat es ihm nach. Das Porträt war so klein und dünn, dass man es leicht in jedem x-beliebigen Band hätte verstecken können. Sie blätterten schnell ein paar durch, auch wenn klar war, dass hier nur noch das stand, was nichts wert war, während die zahlreichen Lücken davon zeugten, dass die kostbareren Bücher verschwunden waren. Sie öffneten auch die Schubladen des Schreibtisches, der für den Raum zu klein war und vom Stil her nicht zu den Bücherregalen passte.

Alessandro fing an, unruhig zu werden. Im Auto hatte er friedlich geschlafen, doch jetzt war bald Zeit für das Fläschchen.

»Komisch, dass der Graf auch seinen Schreibtisch verkauft hat«, sagte Fiammetta. »Und dass er sich so einen hässlichen zugelegt hat. Das passte nicht zu ihm.«

»Nun, wenn er Geld brauchte ...«

»Das hat damit nichts zu tun. Leute mit dieser Art von Erziehung stellen sich nicht solche Möbel ins Haus, da schreiben sie lieber auf dem Fußboden.«

»Das heißt?«

»Ich weiß nicht, was das heißt. Ich sage nur, dass es komisch ist.«

Dieselbe Beobachtung machte Fiammetta in einem weiteren Raum. Und auch angesichts eines kleinen, stillosen Lampenschirms, der in einem großen Salon hing, rümpfte sie die Nase.

»Hier ist eine Menge Zeug verschwunden.«

»Ja, aber was?«

»Man müsste jemanden fragen, der dieses Haus frequentierte. Die Einzige, die mit Sicherheit sagen könnte, was da war und was fehlt, ist wahrscheinlich die Polin. Aber die ist tot.«

Der Kommissar nickte. »Füttern wir den Kleinen, und dann werfen wir mal einen Blick in ihr Haus.«

»Das werden deine Kollegen doch schon durchsucht haben.«

»Ja, aber von dem Porträt wussten sie nichts. Vielleicht ist es noch dort.«

»Hören Sie, ich sag's Ihnen gleich, die anderen würden es ihnen sowieso sagen, und ich will hinterher keine Klagen hören. Hier drinnen ist jemand gestorben. Hat sich umgebracht. Ich habe das Haus aber schon ausräumen und vom Priester segnen lassen. Man muss nur die Wände streichen, und es ist wie neu. Wenn es Ihnen gefällt, werden wir uns schon einig werden.«

Die Hausbesitzerin sprach direkt mit Fiammetta und ignorierte Marco Luciani. Sie musste gemerkt haben, dass sie die Hosen anhatte, vielleicht weil er so verlegen aussah und sich mit Alessandro abmühte, der in seinem Tragesack strampelte.

Sie waren vor dem Haus der Polin angelangt und hatten an der Tür sofort das Schild »Zu vermieten« und eine Telefonnummer gesehen. Nach einer Viertelstunde, während der sie sich das Haus von allen Seiten anschauten und versuchten, durch die Fenster hineinzulugen, hatte die Eigentümerin ihr Auto neben ihrem geparkt. Sie war eine Frau um die fünfzig, mit einem starken ländlichen Akzent, weder besonders herzlich noch geneigt, anderen zuzuhören. Sie ließ dem Kommissar nicht einmal Zeit, sich vorzustellen, da hatte sie schon entschieden, dass sie eine kleine Familie waren, die das Haus mieten wollte, und begonnen, sie mit ihrem Lamento zu überziehen.

»Es sind schon einige Pärchen gekommen und haben es sich angesehen. Aber die ersten waren abergläubisch und sagten, das mache ihnen Angst, aber ich meine, was ist das denn für eine Logik? In jedem Haus wird schon mal jemand gestorben sein, und trotzdem wohnen weiterhin Leute drin. Wenn wir jedes Haus abreißen müssten, in dem jemand gestorben ist, dann sähen die Städte aus wie nach einem Erdbeben, oder nicht?«

Sagen wir, nicht alle sterben, indem sie sich von einer Brüstung stürzen und sich ein Messer in den Bauch rammen, dachte Marco Luciani. Und ich habe noch nie gehört, dass jemand, der eines natürlichen Todes gestorben ist, als Geist wiedergekehrt wäre, aber jemand, der auf diese Art stirbt, vielleicht schon. Er kann angsterfüllt durch die Nacht geistern, weil sein Mörder noch nicht gefunden wurde.

»Was meinst du, Schatz, wollen wir es mieten und uns ein Liebesnest einrichten?«, flüsterte er Fiammetta ins Ohr, die nur schnell wegwollte.

»Nicht einmal als Leiche«, zischte sie. »Wann wirst du ihr endlich sagen, wonach wir suchen?«

Marco Luciani gab Alessandro den Schnuller und sorgte so für ein paar Minuten Ruhe. »Verzeihung, gnädige Frau, aber hier muss ein Missverständnis vorliegen«, sagte er schließlich und holte den Dienstausweis hervor. »Wir sind gekommen, um zum Tod von Agnieszka Kaczmarek zu ermitteln.«

»Immer noch?!«, rief sie. »Aber ich bin doch schon zweimal verhört worden. Und wer sind Sie überhaupt, mit diesem Säugling am Hals?«

»Kommissar Luciani«, erwiderte er, während sie den Ausweis überprüfte. »Und dieser Säugling ist Stanislao Moulinsky, besser denn je getarnt.«

Die Frau lachte nicht. Ich habe ja weiß Gott schon einiges erlebt, dachte sie, aber wenn der jetzt anfängt, komische Fragen zu stellen, dann hole ich die Carabinieri.

»Ich führe eine Nachermittlung durch. Nichts, was Sie oder das Haus betreffen würde, keine Sorge. Ich muss nur wissen, wo die Sachen hingekommen sind, die der vormaligen Mieterin gehörten.«

»Die habe ich wegbringen lassen.«

»Von wem?«

»Von einem, der Keller und Dachböden ausräumt. Er wohnt in einem Dorf hier in der Nähe. Wenn Sie wollen, gebe ich Ihnen die Nummer.«

»Entschuldigen Sie die Frage, aber hatte die Frau keine Verwandten? Kinder, Erben?«

Sein Gegenüber wurde ungehalten. »Nein, was glauben Sie

denn, das habe ich überprüft, bevor ich die Sachen weggegeben habe. Ich habe sogar extra die Carabinieri gefragt, um ganz sicherzugehen. Sie sagten mir, sie hätte eine Tochter in Polen, und der habe ich auch geschrieben. Hören Sie, das war ein Gezerre, davon will ich gar nicht erst anfangen …«

»Fangen Sie damit an, wenn es Ihnen nichts ausmacht.«

»Na ja, soweit ich verstanden habe, hatte die Signora, wir wollen sie mal so nennen, diese Tochter in einem Waisenhaus zurückgelassen und war nach Italien gekommen. Die ist praktisch ohne Mutter aufgewachsen. Vielleicht schickte sie ihr von Zeit zu Zeit Geld, keine Ahnung. Ihre Kollegen haben sie jedenfalls kontaktiert, haben gefragt, wie sie die Bestattung regeln wolle, und sie hat geantwortet, dass ihr das völlig wurscht sei. Dann haben sie gesagt, dass sie Geld gefunden hätten, und sie: Prima, schickt es mir. Ich glaube, so wurde es gehandhabt, unter Abzug der Bestattungskosten.«

»Und die Leiche? Wo ist die begraben worden?«

»Hier auf unserem Friedhof. Da ist noch Platz, wir sind hier nicht mehr viele.«

Marco Luciani überlegte. »Und was war unter ihren Sachen?«

»Was soll schon darunter gewesen sein? Nichts Besonderes. Ich habe dieser Tochter eine E-Mail geschrieben und ihr Fotos vom Haus geschickt, ohne etwas anzurühren. Ich habe gefragt, ob sie herkommen könne, um es auszuräumen, weil ich es weitervermieten wollte. Über einen Freund, der Italienisch spricht, hat sie geantwortet, ich solle ruhig alles wegschmeißen, wenn irgendetwas von Wert dabei sei, könne ich es behalten. Aber ich dachte gar nicht daran, um Himmels willen. Per Post habe ich ihr zwei Ohrhänger und einen Ring zugesandt, eine schöne Kamee, wissen Sie, das war alles, was es gab. Ich dachte, am Ende würde ihr ein Andenken an ihre Mutter vielleicht doch Freude bereiten. Ich wollte ihr auch ein Foto von der Mutter schicken, habe aber kein einziges gefunden, im ganzen Haus nicht. Die Tochter hat mir jedenfalls nicht mehr geantwortet, nicht einmal, um mich zum Teufel zu wünschen. Ich hoffe, die Sachen sind bei ihr angekommen.«

Sie machte eine Pause und wartete darauf, dass der Kommissar etwas sagte. Doch dieser schien in Gedanken versunken.

»Die E-Mails habe ich alle aufgehoben. Man weiß ja nie. Wenn irgendwer etwas anfechten will – ich hatte die Einwilligung der Tochter. Zieht mich da jetzt nicht mit rein, die Sache hat mir schon genug Scherereien eingebracht. Die Mieteinnahmen waren zwar nicht hoch, gebrauchen konnte ich sie aber trotzdem.«

Sie verabschiedeten sich von der Hausbesitzerin und fuhren schnurstracks zu dem Typen, der Keller ausräumte.

»Schaffen wir das noch?«, fragte Fiammetta mit einem Blick auf die Uhr.

»Jetzt sind wir eh schon hier. Und denk dran, man muss eine Spur immer verfolgen, solange sie heiß ist. Wir müssen ihn uns vorknöpfen, bevor die Alte ihn anruft und vorwarnt oder bevor jemand ihn mit einer Kugel in den Rücken zum Schweigen bringt.«

»Was?«, fragte sie entsetzt.

»Das war ein Witz. Hast du nie Tex Willer gelesen? Der Schlüsselzeuge wird immer umgelegt, ehe er mit dem Sheriff sprechen kann.«

Giulio Devoto, genannt Toni, war in seinem Lager bei der Arbeit, auch wenn Samstag war und fast Abendessenszeit. Er trug ein mit Soße bekleckertes, halb zerfetztes T-Shirt, eine alte ausgebeulte Hose, er rauchte und stieß Salven von Kraftausdrücken aus, ohne sich im Geringsten darum zu bekümmern, dass er eine Dame aus der besseren Mailänder Gesellschaft vor sich hatte. Kaum hatte er Marco Luciani eintreten sehen, war er ihm mit dem Gehabe eines kläffenden Köters begegnet, der klarmachen will, dass man in sein Revier eingedrungen ist, doch der Dienstausweis und der stramme Ton, den der Kommissar solchen Kerlen gegenüber anschlug, hatten ihn gleich ein wenig zurechtgestutzt.

»In diesem verschissenen Haus war nur Müll. Ich hab alles weggeschmissen.«

»Sind Sie sicher?«

»Und ob ich sicher bin. Zwei Mal musste ich mit dem Lieferwagen auf die Mülldeponie, Himmelsakra, die Quittungen habe ich auch noch, falls Sie's nicht glauben.«

»Wie viel hat die Besitzerin Ihnen für die Entrümpelung gezahlt?«

»Einen Scheißdreck hat sie mir gezahlt. Ich entrümpele gratis, und was ich finde, behalte ich.«

»Und Sie haben nichts gefunden.«

»So gut wie nichts.«

Das »so gut wie nichts« war schon ein erster Schritt.

»Hören Sie, Herr Devoto, wir wollen weder Ihre noch meine Zeit vergeuden. Wenn Dinge von Wert verschwunden sind, und ich meine damit auch symbolischen Wert, dann könnten die Erben der Dame etwas einzuwenden haben.«

»Das fehlt jetzt gerade noch, dass die etwas einwenden. Ich sag's noch einmal. In diesem Haus war nur ein Haufen Müll. Ich habe fast alles weggeschmissen.«

»Und was haben Sie aufgehoben?«

»Was ich aufgehoben habe? Das ist schnell gesagt: ein paar Herrenanzüge, Hüte, zwei Mäntel und Hemden, die ich an ein Geschäft in der Altstadt in Genua verkauft habe. Ach, und Seidenschals und einige Krawatten. Das waren Sachen von Klasse, wenn auch uralt. Wollen Sie wissen, wie viel ich herausgeschlagen habe? Im Ganzen zweihundert Euro. Gerade genug, um

Benzin und Mülldeponie zu bezahlen. Dann waren da noch zwei schöne Koffer, die habe ich immer noch, da habe ich das bisschen Zeug reingeräumt, das ich vielleicht, nachdem ich es gereinigt habe, verkaufen kann. Kommen Sie, ich zeige sie Ihnen, ich habe nichts zu verbergen.«

Der Kommissar folgte ihm ins Hinterzimmer. Die Koffer waren wirklich schön, Luxusmodelle. Leder, das einmal weich gewesen sein musste, über die Jahre aber steif und rissig geworden war. Darin befanden sich, ordentlich in Transparentpapier eingeschlagen, einige Einzelstücke Silberbesteck, ein paar weitere Objekte aus Silber, zwei defekte Taschenuhren und ein paar Bücher, die eher alt, denn antik aussahen.

»Das ist alles?«

»Das ist alles. Ich schwör's beim Leben meiner Kinder.«

Marco Luciani warf Fiammetta einen Blick zu, die unmerklich nickte.

»Ich will nur eins wissen, Herr Devoto. Denken Sie genau nach, und sagen Sie die Wahrheit. Haben Sie irgendwelche Fotos gefunden, Porträts oder Bilder?«

Sein Gegenüber schüttelte den Kopf: »Nein.«

»Sind Sie sicher? Überlegen Sie genau, das ist wichtig. Das sind keine Wertgegenstände, vielleicht haben Sie sie auch weggeworfen. Aber die Familie der Frau hat uns gebeten, sie zu suchen. Und falls Sie sie weggeworfen haben, dann sagen Sie uns das lieber gleich. So ersparen Sie uns eine Menge Mühe.«

»Was soll es denn genau gewesen sein?«, fragte der Mann, der spürte, dass man ihm mit der Geschichte von der Familie einen gewaltigen Bären aufbinden wollte.

»Keine Ahnung, die Tochter behauptet, die Mutter habe Porträts gesammelt. Fotografien, aber auch Zeichnungen. Einige fertigte sie selbst an. Sie würde sie gerne wiederhaben.«

Der Kommissar suchte wieder Fiammettas Blick, aber sie schaute in eine andere Richtung.

»Hmm-hmm. Klar. Porträts. Ich wusste nicht, dass die Frau eine Künstlerin war. Jedenfalls nein, Herr Kommissar. Es waren weder Zeichnungen noch Fotos dabei. Absolut nichts. Kann ich jetzt an meine Arbeit zurück?«

»Natürlich. Aber geben Sie nichts weg von dem, was Sie mitgenommen haben. Betrachten Sie es als beschlagnahmt«, sagte Marco Luciani und wandte sich zur Tür. Er hatte schon einen Fuß draußen, als die Stimme des anderen ihn stoppte.

»Himmel, Arsch und Zwirn, da gehen sie einem armen Schwein wie mir auf die Nüsse, statt dass Sie bei denen nachschauen, die das Haus des Grafen ausgeräumt haben. Da gab's sehr wohl etwas zu holen. Nicht nur diesen Dreck wie hier.«

Er hatte es absichtlich so laut gesagt, dass der Kommissar es hören konnte. Dieser kam auch prompt zurück und fragte, in freundlicherem Ton: »Jemand hat das Haus des Grafen entrümpelt?«

»Hmm-hmm.«

»Wissen Sie, wer?«

»Ich bin doch kein Ermittler.«

»Woher wissen Sie es dann?«

»Ich hab den Lieferwagen gesehen.«

»Ach? Und was für einer war es?«

»Ein weißer Ducato, so ein großer.«

»Können Sie sich an das Kennzeichen erinnern? Irgendein Detail?«

»Ja, klar. Merken Sie sich, wenn Sie unterwegs sind, die Kennzeichen aller Autos?«

Der Kommissar bebte, und Fiammetta ging schnell dazwischen: »Können Sie sich erinnern, wann das ungefähr war?«

»Das muss am Tag nach dem Tod des Grafen gewesen sein, spätestens am zweiten. Ich hatte es nämlich noch nicht einmal erfahren, dass er gestorben war. Ich bin dem Lieferwagen begegnet, als er zur Villa fuhr, habe aber gar nicht gleich kombiniert, was er da wollte. Erst als ich von dem Sterbefall hörte, hab ich eins und eins zusammengezählt. Der war kaum abgekratzt, da hat die Polin ihm die Bude ausgeräumt. Logisch. Das ist immer eine ausgemachte Schlampe gewesen.«

Marco Luciani schaute ihn böse an, weil er so über eine Tote sprach und weil die lebende Fiammetta dabei war.

»Verzeihung, Signora«, sagte der Mann. »Am Ende hat sie sowieso gekriegt, was sie verdiente.«

»Die Gewissensbisse haben sie umgebracht«, sagte Luciani.

»Ach was, Gewissensbisse. Die war so sensibel wie ein Hackklotz. Die hat jemand ausgeknipst, das sage ich Ihnen. Und ich an Ihrer Stelle würde den Lieferwagen suchen.«

Der Kommissar lächelte bitter. Wenn ein Verbrechen vorlag, versuchte man immer, möglichst viele Leute zu verhören. Aber wer wusste, wie die Dinge lagen, dachte nicht im Traum daran, sein Wissen zu teilen. Er behielt es für sich und redete vielleicht mit seinem Kumpel in der Bar darüber, um sich wichtig zu machen, oder vor einer attraktiven Frau wie Fiammetta, um ihr zu imponieren und zu zeigen, dass er mehr Durchblick hatte als ihr Freund, der Polizist.

»Kann ich die Koffer weggeben, Herr Kommissar?«, fragte er, ehe Luciani ging.

Der zögerte einen Moment, nickte dann und stieg, von Fiammetta gefolgt, ins Auto.

»Was war denn das für eine Geschichte mit den Porträts?«, fragte sie, kaum dass sie weg waren. Ihr Tonfall schwankte zwischen Ungläubigkeit und Hohn.

»Hör auf damit. Ich musste improvisieren.«

»Nun, der hat dir nicht eine Sekunde geglaubt. Und wenn er das Porträt irgendwo hat, dann weiß er jetzt, dass es wertvoll ist.«

»Was hätte ich denn machen sollen? Die Ermittlung war schon abgeschlossen, in den Koffern war nichts, und er hätte uns auch nichts anderes mehr gezeigt. Ich hätte ihm gleich die Kopie des Porträts gezeigt, aber das willst du ja nicht.«

»Die Leute sollen nicht merken, dass es so wertvoll ist. Sonst lassen sie es gleich verschwinden.«

»Es kann auch das Gegenteil eintreten. Sie kriegen es mit der Angst zu tun und geben es zurück. Auch deshalb, weil sie wissen: Wenn wir es suchen, können sie es nicht mehr verkaufen.«

»Glaub das nicht. Selbst für weltbekannte Bilder findet sich immer ein potentieller Käufer, jemand, der sie mutterseelenallein bei sich zu Hause anschauen will. Andernfalls würde niemand in Museen einbrechen.«

Marco Luciani nickte. »Wie auch immer, ich bin sicher, dass er nichts wusste. Entweder hatte die Polin das Porträt nicht, oder der andere Typ hat es genommen. Der mit dem Lieferwagen.«

Als sie vor Fiammettas Wohnung in Sestri Levante ankamen, war es bereits dunkel.

»Fährst du morgen nach Mailand zurück?«

»Ja, morgen Vormittag gehen wir noch einmal an den Strand, und nach dem Mittagessen fahren wir gleich los. Mein Mann will den Staus zuvorkommen. Können wir sonst wirklich nichts mehr tun?«

Oh, es gäbe schon einiges, was wir tun könnten. Vor allem heute Nacht. Er hatte sich an diesem Nachmittag wohl mit ihr gefühlt, vertrieb diesen Gedanken aber sofort wieder.

»Im Moment würde ich sagen, nein. Wir stecken fest.«

»Und der Lieferwagen? Könnt ihr den ermitteln?«

»Das ist nicht so einfach. Weißt du, wie viele weiße Lieferwagen es in Genua gibt?«

Fiammetta musterte ihn aufmerksam. »Du scheinst nicht überzeugt zu sein.«

»Entschuldige. Ich bin müde. Und ehrlich gesagt weiß ich nicht, ob ich einen Haufen Beamte einsetzen kann, wer weiß wie viel Zeit investieren … Es gibt andere Fälle, die darauf warten, gelöst zu werden.«

»Aber die Tatsache, dass die Zeichnung verschwunden ist, bestätigt meinen Verdacht.«

Er schaute sie skeptisch an.

»Das heißt, du glaubst nichts von dem, was ich dir erzählt habe.«

Marco Luciani stellte den Motor ab und sah ihr in die Augen.

»Fiammetta, jetzt ganz ehrlich. Es ist nicht so, dass ich dir nicht vertrauen würde, aber wenn ich Zeit und Energie meiner Beamten von anderen Fällen abziehen muss, möchte wenigstens auch ich sicher sein, dass diese Zeichnung wirklich ein da Vinci ist.«

»Natürlich ist sie das«, platzte sie heraus. »Sie ist es. Und wenn du Beweise willst – nichts lieber als das. Ich habe alles zu Haus Fotos, Gutachten und Unterlagen.«

Marco Luciani schüttelte den Kopf.

»Hör mal«, sagte sie und legte eine Hand auf die seine, »wenn ich dir sämtliche Unterlagen per E-Mail schicken würde? So kannst du sie in Ruhe durcharbeiten …«

Er hob eine Augenbraue.

»… danach telefonieren wir, und du sagst mir, was du davon hältst.«

Er wollte ihr gerade sagen, was er davon hielt, als die Proteste seines müden und hungrigen Sohnes ihn zum Aufbruch zwangen.

Er kehrte in die Villa Patrizia zurück, rührte eine extragroße Portion Brei an und aß gemeinsam mit Ale, je einen Löffel abwechselnd, aus demselben Teller. Dann spielten sie eine Weile mit Schaumstoffbällen, und nach der Chemobombe und dem

Windelwechsel legte er ihn wieder ins Bett. Für das Kind war es später als gewöhnlich, es schlief auf der Stelle ein. Marco Luciani dagegen, dessen Adrenalinspiegel nach dem Tag mit Fiammetta und mit diesem Fall noch nicht gesunken war, setzte sich aufs Sofa, nahm die Farbkopie des Porträts und fing an, es aufmerksam zu betrachten. Vor Fiammetta hatte er den Skeptiker gespielt, damit sie ihm für seine Hilfe dankbar war und sich keinen Illusionen hingab, aber die Vorstellung, zum Fund eines unbekannten Werkes von Leonardo da Vinci beizutragen, elektrisierte ihn. Ruhig Blut, sagte er sich, weißt du, wie viele Leute jeden Tag meinen, sie hätten auf dem Flohmarkt ein Meisterwerk erstanden? Und wie oft konnte er noch einen Sechser im Lotto landen, so wie bei dem Fall mit der Statue des Lysipp?

»Ich kenne mich kein bisschen mit Frauen oder mit Kunstwerken aus, mein teurer da Vinci«, sagte er leise, »aber mit Mord kenne ich mich aus. Und bei dieser Geschichte ist irgendetwas faul. Was meinst du?«

Er betrachtete erneut das Porträt. Der Mann schaute nach links, mit unergründlicher Miene. Marco Luciani schien, dass er sich insgeheim ins Fäustchen lachte. Er folgte seinem Blick und sah auf dem Tischchen neben dem Sofa den Bericht über den Tod der Polin, den er nicht mehr aufgeschlagen hatte.

Kapitel 43

Maria Antonietta & Calabrò

Am Montagmorgen um halb acht brach Maria Antonietta von der Wohnung auf, um die Kinder wegzubringen. Elisabetta klagte, weil sie am Nachmittag Karate hatte und nicht hinwollte, sie hasste Karate und bettelte die ganze Zeit, die Mutter solle sie früher abholen. Emanuele quengelte, weil ihn ein anderer Junge im Kindergarten verhaute und er deshalb nicht hinwollte. Er sagte immer wieder: »Wir wollen bei dir bleiben, Mama, wir wollen bei dir bleiben.« Sie hatten nie Zicken gemacht, wenn sie zur Schule mussten, aber seit Gianni weg war, war alles anders. Offensichtlich fürchteten die Kinder unbewusst, dass auch sie sie verlassen könnte, und jeden Morgen wurde es schwieriger, sie von sich loszueisen.

»Die Mama muss heute viel erledigen, Kinder. Aber ich komme euch bald abholen, so früh wie möglich.«

»Das stimmt nicht, dass du viel zu tun hast. Was hast du denn zu tun?«

»Das ist meine Sache, was ich zu tun habe.«

Sie war harsch gewesen und bereute es sofort wieder. Aber darin hatte Gianni vielleicht recht, wir müssen unseren Kindern keineswegs alles erklären und sie bei jeder Kleinigkeit um Erlaubnis bitten. Ihre Eltern hatten das, als sie klein war, auch nicht getan.

»Wenn ich krank wäre, würdest du mich zu Hause behalten.«

»Du bist aber nicht krank.«

»Ach nein? Fühl mal. Ich bin heiß. He? Ich glühe.«

»Schluss jetzt! Ich will kein Wort mehr hören!«, schrie sie. Betta zog eine Schnute, dann begann sie zu heulen. Der Bruder tat es ihr fast augenblicklich nach, und Mary kniete sich auf den Boden, hielt sie beide im Arm und wartete, bis sie sich ausgeweint hatten.

»Ich bin müde, Kinder, ich bin alleine«, sagte sie nach einer Weile. »Ihr müsst jetzt groß und stark sein und mir helfen, bis Papa zurückkommt. Einverstanden?«

Die Kinder nickten, und nachdem sie Tränen getrocknet und Nasen geputzt hatte, gelang es ihr endlich, sie aus dem Haus zu schaffen. Sie nahm die Autoschlüssel aus dem Briefkasten und fand den Wagen auf dem gewohnten Platz, etwa zwanzig Meter vom Hauseingang entfernt. Sie setzte erst Betta, dann Lele ab, dann fuhr sie ohne Hast Richtung Westen. Sie musste einmal ein bisschen für sich sein, und die Kinder mussten ihr gewohntes Leben weiterführen, als ob sich nichts geändert hätte. Ihre Cousine hatte ihr gesagt, das Studio dieser Frau sei in Valpolcevera, gleich hinter dem IKEA. Sie glaubte diesen Leuten, die Karten oder Kaffeesatz lasen, kein Wort, aber auch ihre Cousine hatte nie daran geglaubt und ihre Meinung komplett geändert. »Das ist ja keine Magierin oder so was in der Art«, hatte sie gesagt, »die hat einen Uniabschluss in Psychologie, und erst vor wenigen Jahren hat sie gemerkt, dass sie diese Gabe hat. Sie verlangt nicht einmal Geld, nur eine freiwillige Spende.« Maria Antonietta war skeptisch, aber am Ende hatte sie sich gesagt, dass es ihr nicht schaden könne, im schlimmsten Fall würde sie sich Erleichterung verschaffen, indem sie jemandem, den sie nie wiedersehen würde, ihre persönlichen Probleme anvertraute. Aber vorher musste sie diese verfluchte Straße finden. Nachdem sie drei Mal die blaue Halle umrundet und zwei Passanten vergeblich nach dem Weg gefragt hatte, fiel ihr das TomTom im Handschuhfach ein. Sie holte es heraus, schloss es an, und als das Display aufleuchtete, ging auch in ihrem Hirn ein Lichtlein an. Der Befehl »Frühere Zielorte« schien nach ihr zu rufen, sie tat nicht einmal so, als wollte sie der Versuchung widerstehen, und klickte sie an. Wie erhofft, erschien die Liste der letzten vom Computer ermittelten Straßen. Es waren nicht viele, denn ihr Mann benutzte das Navigationsgerät nicht so gerne. Wie alle Männer zog er es vor, sich zu verfahren und stundenlang in der Gegend herumzukurven, statt Informationen einzuholen. Am Ende platzte ihr der Kragen, sie stellte das TomTom ein, und so fanden sie schließlich ans Ziel. An die vorletzte auf dem Display angegebene Straße erinnerte sie sich gut, die hatte sie selbst vor einigen Monaten eingetippt, als sie sich abends um halb neun am Stadtrand von Bologna wiedergefunden hatten, mit vor Hunger und Müdigkeit hysterischen Kindern. Die jüngste Suchanfrage dagegen kannte sie nicht, die musste er irgendwann in den letzten Wochen eingegeben haben. Da stand »Corso di Porta Romana, Mailand« und eine Hausnummer. Mary drückte auf »bestätigen« und fuhr vom Parkplatz. Der Computer brauchte eine Minute, um das Signal zu orten, dann sagte eine verschwörerische Frauenstimme: »Am Kreisverkehr rechts abfahren.«

Maria Antonietta Calabrò dachte, sie wäre eine starke Frau. Das hieß, nicht nur sie dachte das, sie hörte es von allen Seiten. »Du bist eine starke Frau.« Man hatte es ihr gesagt, als sie ein Kind im dritten Monat verloren hatte, als ihr Mann fast an einem Messerstich in die Leber gestorben wäre, als ihr jüngerer Bruder in der Fabrik schwere Verbrennungen davongetragen und sie ihm monatelang im Krankenhaus beigestanden hatte, ehe der Tod ihn sich holte. Jedes Mal wenn man ihr sagte, sie sei eine starke Frau, spürte sie Stolz und ein klein wenig Bedauern, an einem kleinen geheimen Ort in ihrem Innern hätte sie sich gewünscht, dass man sie schön nannte, eine schöne Frau, die nicht stark zu sein braucht, weil die Männer sich darum reißen, sie zu beschützen. Aber das war nur eine kleine schwache Stimme, auf die sie gar nicht mehr hörte, Gianni kümmerte sich darum, sie zu beschützen, und in den ersten Ehejahren war ihre einzige Angst gewesen, dass er eines Tages eine Schönere und Jüngere finden könnte. Auch dieser Gedanke hatte mit der Zeit an Intensität verloren, und erst jetzt merkte Maria Antonietta, dass das ein Fehler gewesen war. Denn unbewusst hatte sie sich gehenlassen, hatte ihren Ehemann als eine Selbstverständlichkeit hingenommen, hatte all ihre Aufmerksamkeit den Kindern gewidmet und ihm fast keine mehr. Wie lange schon schliefen sie nicht mehr miteinander? Wie oft hatte sie sich nicht in der richtigen Stimmung gefühlt? Und wie oft hatte er sie, wenn er nach Hause kam, schlafend vorgefunden oder auf dem Sofa, in einem alten Trainingsanzug und Wollsocken, mit Augenringen und zerzausten Haaren? Wenn sie an die letzten Monate, an die letzten zwei Jahre zurückdachte, dann musste sie zugeben, dass der Bruch nicht so unvermittelt gekommen war, dass es Vorzeichen gegeben hatte, wenn man sie denn hatte sehen wollen. Und dass auch sie ihren Teil dazu beigetragen hatte. Alles in allem eine klassische Entwicklung, wie sie Tausende Paare durchmachten. Die Zeit, die sie gemeinsam verbrachten, war immer stärker von Verpflichtungen geprägt und immer weniger von Vergnügen. Es war immer mehr um Schule, Kinder, Haus, Arbeit, Kinder, Einkauf, Rechnungen, Kinder, Bürokratie, Eltern, Schulkameraden und Kinder gegangen und immer weniger um Kino, Theater, Sport, Ferien, Freunde und Sex. Und da genügte es, dass man eine Jüngere traf oder eine alte Jugendliebe, und man wird vor Wehmut schwach. Logisch. Simpel. Banal. An diesem Punkt trennten sich manche Paare für immer, aber die meisten – zumindest hoffte sie das –, die meisten überwanden die Krise und rauften sich wieder zusammen, manchmal enger als zuvor.

Was sie tun musste, war, sich zurückzuholen, was ihr gehörte. Das sagten sie immer in den Fernsehfilmen: »Wenn du ihn liebst, hol ihn dir zurück«, »Wenn du ihn liebst, dann geh zu ihm«, »Wenn du ihn liebst, kämpfe um ihn«. Wenn sie diese Sätze hörte, klangen sie lächerlich, nach Glückskeks, doch jetzt, da sie sich in derselben Situation befand, verstand sie, dass sie stimmten. Sie hatte irgendwann aufgehört zu kämpfen, und es war logisch, dass sie am Verlieren war, aber das Match war noch lange nicht zu Ende gespielt.

Mary starrte jetzt den Hauseingang im Corso di Porta Romana in Mailand an. Gianni konnte auch dienstlich hier gewesen sein, aber das war unwahrscheinlich: In diesem Fall hätte er nicht sein Auto benutzt. Der Instinkt sagte ihr vielmehr, dass er aus persönlichen Gründen hierhergekommen war, und da dies die einzige Spur war, um herauszufinden, was ablief, sollte sie sie auch bis ans Ende verfolgen. Sie saß auf dem Fahrersitz und betrachtete die Leute, die in dem Haus ein und aus gingen. Jedes Mal wenn eine Frau auf der Schwelle oder an einem Fenster erschien, stellte sie sich diese Frau mit ihm zusammen vor, mit ihrem Mann, und jedes Mal kam ihr diese Paarung lächerlich oder unpassend oder jämmerlich vor. Nein, keine der Frauen, die sie gesehen hatte, war als Rivalin glaubhaft. Sie wartete, bis sich einen Moment lang nichts tat, stieg aus dem Auto und ging sich die Klingelleiste anschauen. Es gab 24 Parteien, zu viele, um überall zu läuten, und auch wenn man den Zahnarzt, die drei oder vier Anwälte und die Arztpraxis ausschloss, blieben noch zu viele Nachnamen, die ihr nichts sagten, abgesehen von diversen Schildern mit geheimnisvollen Abkürzungen oder ganz ohne Namen. Selbst wenn man annahm, die Erklärung für Giannis Veränderung befinde sich unter dieser Adresse – wie sollte sie herausfinden, bei wem Gianni gewesen war?

Nachdem sie am Abend die Kinder ins Bett gebracht hatte, rief sie ihren Mann an. Sie sagte, sie wolle sich bei einem Fitnessstudio anmelden, um sich wieder ein bisschen in Form zu bringen. »Ich brauche Abwechslung und muss einfach mal raus aus der Bude. Und du musst mir helfen.«

»Was bedeutet das?«

»Nichts bedeutet das. Du musst nur an einem Nachmittag in der Woche die Kinder übernehmen. Das scheint mir nicht zu viel verlangt. Du holst sie um fünf Uhr ab und behältst sie bis sieben. Bis ich wieder aus dem Fitnessstudio zurück bin. Du kannst selbst entscheiden, welcher Tag für dich am günstigsten ist, mir ist das gleich.«

»Was weiß denn ich? Dir ist klar, dass es bei meinem Job keine festen Zeiten gibt …«

»Ist mir klar, ins Fitnessstudio konntest du aber trotzdem gehen. Und auch Hallenfußball spielen. Oder Fußball im Fernsehen anschauen.«

»Ja, wann denn? Bevor die Kinder auf die Welt kamen.«

»Na gut, aber warst du damals nicht auch schon Polizist?«

Man hörte ein Schnauben am anderen Ende der Leitung.

»Ist es für dich wirklich so eine Zumutung, mit deinen Kindern zusammen zu sein?«, fragte Mary.

»Nein, das ist gar keine Zumutung. Die Zumutung ist, mit dir zu telefonieren.«

»Also, ist zum Beispiel Dienstag oder Freitag okay für dich? Oder sag du«, meinte sie.

»Freitag nicht«, sagte er sofort, »da bin ich in Mailand.«

»In Mailand?«

»Ja, bei einer Fortbildung. Und Montag besser auch nicht, da ist immer am meisten zu tun. Dienstag ist okay.«

Einverstanden, sagte sie schnell, ich melde mich an, und dann rufe ich dich nächste Woche an. Sie legte auf, zufrieden mit sich. Freitag war sein Tag. Die vielen Jahre an der Seite eines Ermittlers waren doch zu etwas gut gewesen.

Kapitel 44

Marco Luciani

»Bei einem Mord kann die Tatwaffe dem aufmerksamen Ermittler wertvolle Hinweise auf das Motiv liefern. Wenn ein Mann wahnsinnig vor Eifersucht ist, würgt er seine Frau, um sie ein letztes Mal umarmen zu können; wenn er sie nicht mehr besitzen kann, ersticht er sie, penetriert sie mit dem Messer; wenn er sie nicht mehr liebt und sie verachtet, weil sie ihm womöglich die Kinder entzogen hat, dann erschießt er sie, weil er sie nicht einmal mehr berühren will; wenn sie streiten und er sie nicht zur Vernunft bringen kann, dann schlägt er ihr den Schädel ein, um in gewisser Weise zu sehen, wie ihr Hirn beschaffen ist; wenn sie ihn betrogen und entehrt hat, dann zündet er sie an, denn das Feuer lodert in der Leidenschaft und wäscht von Sünden rein.«

Marco Luciani lag auf dem Bett und las Livasis Bericht über den Tod der Polin. Alessandro schlief friedlich, und der Kommissar wäre gerne, nach einem Abendessen aus Tee und Kamutkeksen, eingedöst. Doch die von seinem Vize evozierten Bilder waren so stark, dass an Schlaf nicht zu denken war.

»Aber auch die Art des Selbstmords, die ein Mensch wählt, kann eine Vorstellung davon vermitteln, was ihn zu seiner Tat getrieben hat. Bei enttäuschter Liebe tendiert man zum Erstickungstod, durch Erhängen, durch Autoabgase oder durch das, was man einst den Selbstmord der Schneiderinnen nannte: entehrt und geschwängert, warfen sie, von ihrem Verführer im Stich gelassen, Briketts ins Kohlenbecken und erstickten in ihrer ärmlichen Kammer. Die nicht erwiderte Liebe schnürt dir die Luft ab, verhindert das Atmen, und diese Form von Selbstmord ist nur die Überhöhung eines Gefühls, welches das Opfer im Augenblick der Verzweiflung befällt.

Der Selbstmord eines gescheiterten Glücksspielers, der verschuldet ist oder seine Firma in den Ruin getrieben hat, sieht in der Regel anders aus: Fast alle jagen sich eine Kugel in den Kopf. In neunundneunzig Prozent der Fälle handelt es sich um Männer. Der Kopfschuss ist eine Möglichkeit, ein Hirn für sein Scheitern zu bestrafen, es zu atomisieren, weil es nicht intelligent und schlau genug war, eine Unternehmung zum Erfolg zu führen, oder weil sich darin das Virus des Glücksspiels eingenistet hat, das einen wider jede Logik immer wieder an den Poker-, Roulette- oder Black-Jack-Tisch treibt, auch wenn diese einen schon die Existenz gekostet haben.

Der Selbstmord eines Menschen, der aus dem Fenster oder von der Brücke springt oder sonst einen Sprung ins Leere wagt, ist oft ein Akt des puren Wahnsinns, womöglich von einer Depression ausgelöst. Menschen, die Phantasie nicht mehr von der Wirklichkeit unterscheiden können, die der Fixpunkte ihres Koordinatensystems verlustig gegangen sind. Gegenwart, Vergangenheit. Rechts, links. Oben, unten. Sie stürzen sich ins Leere, um endlich wieder eine Richtung zu finden, einen Aufschlagpunkt, der sie für immer von ihrem alltäglichen Schwindel befreien wird.

Agnieszka Kaczmarek war ins Leere gesprungen, folglich konnte sie einen Hang zum Wahnsinn haben. Doch ein Sprung aus besagter Höhe musste nicht zwangsläufig zum Tod führen, deshalb hatte sie zusätzlich das Messer benutzt. Oder das Messer war die Hauptwaffe und der Sprung nur ein zusätzliches Element. Der Sprung wollte sagen: ›Das bin nicht wirklich ich, der sich umbringt, nicht ich steche mit dem Messer zu, sondern der Sprung gibt ihm die Beschleunigung, der Fußboden prallt dagegen.‹ Vielleicht hatte ihr katholischer Glaube in die

Entscheidung hineingespielt, es war der Versuch, den Selbstmord zu vertuschen, um eine Bestattung in geweihter Erde und die göttliche Vergebung zu erlangen.

Oder es gab eine andere Erklärung. Einen anderen Auslöser für die Tat. Aber um den zu finden, muss man Präzedenzfälle herbeiziehen, Archetypen, die tief in unserer Seele verborgen sind und unsere Handlungen steuern, ohne dass wir das überhaupt merken würden. Manchmal findet man Spuren davon in den Träumen, aber leichter sind sie in den Mythen zu erkennen.

Einer, der besonders berühmt ist, weil er sich in der Odyssee findet, mag den richtigen Fingerzeig geben. Ajax, Sohn des Königs Telemon, ein großer griechischer Krieger, stürzt sich in sein Schwert, nachdem Odysseus ihn durch eine List um Achills Waffen gebracht hat, die aufgrund seiner Tapferkeit eigentlich ihm zugestanden hätten.

Und wenn jede Art von Selbstmord einer bestimmten Art von Verzweiflung entspringt, was genau treibt Ajax dazu, sich in sein Schwert zu stürzen? Enttäuschung über die Ungerechtigkeit? Eifersucht? Rache? Das Verlangen, seinem Aggressor zu zeigen, dass er ihm moralisch überlegen ist? Ajax hängt sich nicht auf wie ein Verräter, wie Judas, nein, er tötet sich im Gegenteil wie ein tapferer Krieger, der dem Feind seine Brust darbietet und im Kampf fällt. Wäre Odysseus ihm so entgegengetreten, mit der Waffe in der Hand, Auge in Auge wie bei einem richtigen Duell, dann hätte Ajax die Oberhand behalten. Mit Hilfe einer List dagegen schlägt ihn Odysseus, doch Ajax akzeptiert das nicht, er zeigt ihm, dass er wohl bereit gewesen war zu verlieren, allerdings als Mann, als fairer Krieger.

Die Polin ist Opfer eines Verrats geworden, ist von jemandem hintergangen worden, und wer kann derjenige gewesen sein, wenn nicht der soeben verstorbene Graf Guinigi Moncalvo? Wahrscheinlich erwartete sie, etwas Wertvolles zu erben,

Achills Waffen, er dagegen hatte ihr nichts hinterlassen, kein Geschenk, keine Pension, er hatte nicht einmal ein Testament gemacht. Alles würde seinen entfernten Verwandten zufallen, die ihn nie sahen, nicht liebten, und ihr wäre nichts geblieben, ihr, die ihn jahrelang mit Hingabe und Liebe gepflegt hatte. Eine einfache Haushälterin hätte nichts erwarten können, aber Doktor Giulio Repetto hat in seiner Aussage deutlich gemacht, dass die Beziehung zwischen dem Grafen und der Polin zu Beginn etwas ganz anderes, viel Intimeres gewesen war. Und auch wenn diese Beziehung sich später gewandelt hatte, so konnte die Polin sich mit gutem Recht als eine betrogene Geliebte fühlen.«

Phantastisch, dachte Marco Luciani, während er weiterlas, Livasi musste das Humanistische Gymnasium besucht haben, jetzt schau dir diese Prosa an, was für ein Rhythmus, welche Bildkraft. Er war allerdings nicht sicher, dass die Polin die Odyssee gelesen hatte (in der sich im übrigen die Geschichte von Ajax und Odysseus gar nicht fand), und er fragte sich, ob die Selbstmorde aus der Mythologie tatsächlich Archetypen waren, die die Menschen mit sich herumtrugen und die darauf warten, im richtigen Moment hervorzubrechen: Du hast mich betrogen und mich um meinen Lohn gebracht, jetzt aber schnell zu einem spitzen Gegenstand, auf den ich mich schmeißen kann! Ganz davon abgesehen, dass es für diese Art von Logik zahllose Ausnahmen gab. Eine Pistole wird oft ganz einfach deshalb benutzt, weil irgendwer sie gerade zur Hand hat, vielleicht hätte auch Ajax eine benutzt, wenn es zu seiner Zeit schon welche gegeben hätte.

Dass die Polin enttäuscht gewesen war, weil es kein Testament zu ihren Gunsten gab, mochte stimmen. Aber sich auf so eine Art umzubringen … Was für eine Position hatte sie genau eingenommen, vor dem tödlichen Sturz? Er betrachtete die von der Kriminaltechnik im Haus geschossenen Fotos. Frau Agnieszka musste über die Brüstung der Balustrade gestiegen sein und dann die Füße auf den Rand gestellt haben. Anschließend hatte sie sich nach vorne gestürzt, das Messer mit einer oder beiden Händen gegen die Brust haltend. Aber war sie waagrecht gefallen? Oder hatte sie sich überschlagen, ehe sie auf dem Boden auftraf? Das fast bis zur Brust hochgeschobene Nachthemd ließ eher auf die zweite Hypothese schließen: Während sie ihren Salto mortale – das war tatsächlich die passende Bezeichnung – ausführt, rutscht der Stoff nach unten, das heißt in jenem Moment Richtung Kopf. Der letzte halbe Überschlag geht dann zu schnell, als dass das Hemd wieder die Beine hätte hinabrutschen können. Man brauchte eine wie sie bekleidete Puppe von vergleichbarem Gewicht, um den Sturz nachzustellen und seinen Ablauf zu analysieren. Aber wenn die Frau in ihrer Jugend nicht gerade eine begnadete Turmspringerin gewesen war, dann ergab dieser Salto für eine Selbstmörderin wahrlich keinen Sinn. Wenn sie sich das Messer ins Herz jagen wollte, wäre es logischer gewesen, waagrecht zu springen, um eine Art Bauchklatscher zu machen, aber dann hätte das Nachthemd mehr oder weniger in seiner normalen Position bleiben müssen; und in jedem Fall hätte sie in einer gewissen Distanz zum Geländer aufschlagen müssen, sie dagegen hatte direkt darunter gelegen. Schließlich gab es noch eine weitere Unstimmigkeit: Einer der Pantoffeln der Polin lag im Erdgeschoss, ein wenig abseits von der Leiche. Der andere war im Obergeschoss geblieben, auf der Innenseite der Brüstung. Wenn man streng logisch an die Sache heranging, dann hatte sie entweder, ehe sie über das Geländer stieg, die Pantoffeln ausgezogen oder nicht. Aber einen einzigen auszuziehen – welchen Sinn ergab das? Vielleicht hatte sie sich über das Geländer gebeugt und dann die Beine hinübergeschwungen. Ein Pantoffel war oben geblieben, der andere hinuntergeflogen. Okay. Aber wie konnte sie wissen, dass sie nicht auf dem Rücken oder auf der Seite oder auf den Füßen landen würde? Wie konnte sie wissen, dass das Messer genau ihr Herz erwischen würde? Ajax hatte sich nicht aus der Luft auf sein Schwert geworfen, sondern hatte es im Stehen getan.

Nehmen wir für einen Augenblick an, dass es kein Selbstmord war, dachte der Kommissar. Welche Elemente lassen eher auf einen Mord schließen? Die Tatwaffe haben wir, aber auf dem Messer sind nur die Fingerabdrücke der Frau. Die anderen Spuren im Haus haben keinerlei Hinweis ergeben. Und ein Mordmotiv gibt es auch nicht. Es ist nichts von Liebschaften in jüngerer Zeit, von Streitigkeiten oder Fehden bekannt. Die Polin verlieh kein Geld zu Wucherzinsen, hatte keine Prostituierten laufen und auch keine Schulden. Sie lebte abgeschieden und zurückgezogen, wechselte mit den anderen Dorfbewohnern nicht viel mehr als einen knappen Gruß, und das war's. Sie war nicht verheiratet, die einzige Tochter hat Polen nie verlassen.

Die Schlüsselfrage war wahrscheinlich folgende: Was tat diese Frau mitten in der Nacht auf der Balustrade, in der Hand ein Messer? Die einzig sinnvolle Antwort war: Geräusche hatten sie geweckt, und sie war nachschauen gegangen. Dann konnte sie ausgerutscht und abgestürzt sein. Unwahrscheinlich, aber nicht unmöglich. Oder jemand mochte sie hinabgestürzt haben.

Wog man Mord- und Selbstmordtheorie gegeneinander ab, dann wusste der Kommissar nach jetzigem Status quo nicht, wohin er tendierte. Die Fülle der gesammelten Indizien half in diesem Fall kaum weiter. Viele seiner Kollegen analysierten genau die Zeitabläufe, die Spuren, die DNA, um aus einzelnen Pinselstrichen ein Gesamtbild zusammenzusetzen. Er dagegen arbeitete in der Gegenrichtung, er musste zunächst ein glaubwürdiges Szenario finden, in dem er sich bewegte, ein großes Fresko, das ihm sinnvoll und plausibel erschien, und erst dann fing er an, Indizien nachzujagen, die es stützen oder widerlegen konnten. Solange er kein Motiv für den Tod des Grafen und der Polin fand, war alles andere, die Unordnung im Haus, die letzte Botschaft im Tagebuch und die nicht identifizierten Fingerabdrücke, nur von relativer Bedeutung. Und sicher reichten sie nicht aus, um die Sache als Mord einzustufen.

Er bedauerte das, denn vor allem hätte er gerne Livasi widerlegt, und dann wäre er, wenn er das Porträt wiedergefunden hätte, zum Heroen avanciert, und Fiammetta hätte ihn wieder mit denselben leuchtenden Augen betrachtet wie in der elften Klasse, wie an jenem Abend in Florenz.

Kapitel 45

Gabin

Am nächsten Morgen ging Sirio um zehn Uhr raus. Er trug dieselbe Kleidung wie am Vortag und war unrasiert. Gabin wartete zehn Minuten, für den Fall, dass er etwas vergessen hatte und noch einmal zurückkam, dann schob er sich durch die Haustür und ging hoch in den zweiten Stock. Hineinzukommen war ein Kinderspiel, der Maler hatte nur die Tür hinter sich zugezogen. Sicherheitshalber studierte Gabin das Schloss und prägte sich ein, welche Art von Dietrich er gebrauchen konnte. In der Wohnung stank es fürchterlich, das hatte er schon auf der Treppe gerochen. Es würde also eine Weile dauern, bis die Nachbarn merkten, dass sich darunter auch Leichengeruch mischte. Die Wohnung bestand, abgesehen von der Diele, aus einer Wohnstube, einem Bad, Küche, Schlafzimmer und einem Atelier, in dem sich kreuz und quer die Bilder stapelten. Sie waren potthässlich, Gekrakel in übertrieben grellen Farben, die wohl aus der psychedelischen Phase der siebziger Jahre stammten, in der dem Maler die Lampen durchgebrannt sein mochten. Die Wände des Schlafzimmers waren weitgehend kahl, und Gabin nahm sich vor, dort die Artikel über Luciani aufzuhängen. Er schaute in den Spiegelschrank im Bad und fand dort verschiedene halbleere Medizinfläschchen. Zum Großteil Antidepressiva. Er merkte sich die Namen, auch dieses Detail konnte man zum eigenen Vorteil nutzen. Er würde die benutzten Flakons durch neue ersetzen, und jeder Ermittler würde zu dem Schluss kommen, dass der Maler seine Medikamente abgesetzt hatte, in Verzweiflung und Wahnsinn versunken war und sich schließlich umgebracht hatte. Die Psychiater würden sich vor Stolz aufblasen bei dem Gedanken, dass Psychopharmaka tatsächlich halfen und es für den Patienten entscheidend war, ob er sich an ihre Behandlungsmethoden hielt oder nicht.

Immer vorausgesetzt, jemand will sich überhaupt mit dem Tod dieses Abschaums beschäftigen, dachte Gabin. Vielleicht würde der unbestechliche Luciani es tun, um seinen Ruhm als Beschützer der Schwachen zu mehren. Schade, dass es ihn da aber schon nicht mehr geben würde.

Kapitel 46

Marco Luciani

Die Tage verliefen in jener Woche mehr oder weniger einförmig. Donna Patrizia rief regelmäßig aus Rom an. Tante Rina war bei Bewusstsein und hatte wieder angefangen zu essen, aber sie war bewegungsunfähig und würde es noch eine Weile bleiben. Die Ärzte hatten gesagt, wenn alles gutginge, würde sie vierzehn Tage nach der Operation in eine Reha-Klinik verlegt werden, von dort, drei Wochen später, in eine weitere Einrichtung zur physiotherapeutischen Nachsorge. In etwa zwei Monaten, sei zu hoffen, würde sie wieder nach Hause können.

»Zwei Monate?!«, hatte der Kommissar ausgerufen.

»Wenn alles gutgeht. Sie haben mir zu verstehen gegeben, dass die wirklich guten Reha-Kliniken überfüllt sind, und wenn wir die Möglichkeit haben, sollten wir lieber eine private suchen.«

»Mit welchem Geld?«

»Die Tante hat etwas. Auch wir. Wir können ihr unter die Arme greifen. Das Problem ist nicht nur das Bein, sondern der Kopf. Ich weiß nicht, ob sie in der Lage ist, wieder alleine zu leben.«

»Suchen wir ihr eine Haushälterin. Eine Polin zum Beispiel, ich weiß, die sind gut.«

»Meinst du?«

»Aber klar. Wenn sie ihr ein Zimmer gibt und sieben-, achthundert Euro im Monat …«

»Die reichen nicht einmal für eine, Marco. Sie braucht zwei, die sich abwechseln, und die brauchen einen Arbeitsvertrag.

Lohn und Sozialabgaben zusammengerechnet, sind das über dreitausend Euro im Monat, und da sind die Kosten für Wohnung, Essen und alles andere noch nicht mit eingerechnet.«

Der Kommissar schwieg eine Weile. Sie saßen beide in Haft, er mit einem einjährigen Kind, sie mit einer achtzigjährigen Greisin, die im Großen und Ganzen dasselbe zustande brachten, nämlich fast nichts. Nur dass Ale nach und nach Fortschritte machen würde, während es mit Tante Rina immer weiter bergab ging. Unterm Strich war er lieber in Camogli als in Rom.

»Kannst du sie nicht in einem Heim unterbringen?«

Donna Patrizia schwieg einige Sekunden, und er merkte sofort, dass er unsensibel gewesen war. Hätte seine Mutter sich in einer solchen Lage befunden, hätte er sie dann auch, ohne zu zögern, in ein Heim abgeschoben?

»Die sind auch kostspielig, was glaubst denn du? Und ich kenne keins. Ich werde bestimmt nicht riskieren, dass sie in einem dieser KZs endet, von denen die Zeitungen berichten. Apropos: Hebst du die Zeitungen für mich auf?«

»Sicher, Mama, keine Sorge. Die Nachrufe warten auf dich, wenn du zurückkommst, kannst du dich austoben. Die langen Winterabende werden vergehen wie im Flug …«

In diesem Moment fing Ale zu brüllen an.

»Ich muss Schluss machen, Mama, Alessandro schreit.«

»Omas Sonnenschein … Wie geht's ihm denn? Isst er? Schläft er?«

»Wie immer, Mama. Er isst viel und schläft wenig.«

»Hab Geduld. Versuch, dich seinem Rhythmus anzupassen, und vergiss alles andere. Sieh auch zu, dass du selbst etwas isst, du brauchst Energie. Und denk immer daran, dass Elsas Tochter …«

»Tschüs, Mama, ich muss jetzt. Grüß mir die Tante.«

Er sprach täglich auch mit Iannece und Calabrò und ließ sich über den Fortgang der Ermittlungen unterrichten. Was den Mord an dem Marokkaner betraf, war man keinen Schritt weitergekommen, besser gesagt, hatte es einen Rückschritt gegeben, und zwar einen gehörigen. Angelo, einer der drei festgenommenen Hooligans, war ein Junge aus gutem Hause. Seine Eltern und die Schwester, durchweg blond, elegant und gutaussehend, hatten sich sofort hinter ihn gestellt, sich von allen Zeitungen und Fernsehkanälen interviewen lassen und erklärt, Angelo trage seinen Namen nicht umsonst, er sei tatsächlich ein Engel, der durch ein Missverständnis in diese Situation geraten sei, und jedenfalls sei es absurd, dass ein Italiener ohne Vorstrafen im Gefängnis sitze, während vier afrikanische Drogendealer ohne Aufenthaltsgenehmigung auf freiem Fuß seien. Der exzellente und exorbitant teure Anwalt, den sie engagiert hatten, hatte sich sofort an die Arbeit gemacht, und wenige Tage später hatte der Richter alle drei freigelassen, da er die belastenden Beweise als unzureichend und eine Fluchtgefahr als nicht gegeben ansah. Calabrò hatte ihm, ohne eine gewisse Befriedigung zu verbergen, erzählt, dass Iaquinta Livasi, der es nicht geschafft hatte, sie sofort zum Geständnis zu bewegen, ganz schön zusammengefaltet hatte. In der Altstadt herrschte absolute Hochspannung, Streifenbeamte und Kontrollen waren verdoppelt worden, in der Hoffnung, weitere Zwischenfälle zu unterbinden.

Der Kommissar hatte für diese Woche auch beschlossen, dass er einmal die vom Buchhändler in Camogli empfohlene Technik zur Anwendung bringen würde. Und schon am Montagabend stellte er sich, nachdem er sich mit einem Glas Whisky Mut angetrunken hatte, auf den Kampf mit dem Ungeheuer ein.

»Also, großer Kaiser, hör jetzt mal dem Papa zu. Ab heute Abend wird alles anders. Neue Regeln. Punkt acht gehen wir ins Bett. Wir haben um sieben unser Breichen gegessen, wir haben verdaut, jetzt ziehen wir unseren Schlafanzug an und drücken Geremia noch einmal. Du weißt, wer Geremia ist?«

Das Kind schaute ihn mit weit aufgerissenen Kulleraugen alarmiert an, weil es spürte, dass man es wieder aufs Kreuz legen wollte.

»Komm, ich stelle ihn dir vor.«

Er nahm den Kleinen auf den Arm und trug ihn ins Wohnzimmer, wo er das Plüschtier versteckt hatte. Es war ein großer braunweißer Hund, nicht zu weich, nicht zu hart, absolut fusselfrei, um Atembeschwerden vorzubeugen, er war antiallergen, atoxisch, staubmilbenfrei und maschinenwaschbar. Zusammengebaut in Handarbeit, ohne den Einsatz von Lacken oder Kinderarbeit, in den Vertrieb von Fair-Trade-Spielsachen eingegliedert, was zur Folge hatte, dass ein beschissenes Plüschtier Made in China am Ende so viel kostete wie eines, das ein italienischer Handwerker gefertigt hatte. »Dieser Fetzen hat einen längeren Stammbaum als ein echter Rassehund«, hatte Marco Luciani gebrummt und sechzig Euro in dem Spielwarenladen gelassen.

»Pe … po«, sagte Ale, strahlte übers ganze Gesicht und knuddelte den Hund.

»Peppo? Ehrlich gesagt heißt er Geremia.«

»Pe-po!«, wiederholte Ale glücklich, und Marco Luciani zuckte mit den Achseln.

»Gut, Peppo ist dein Bettgenosse. Verstanden? Ab heute Abend gehst du mit ihm in die Heia. Das ist ein Wachhund, weißt du? Zu dir ist er ganz lieb, aber gnadenlos zu den Bosewichten. Er hält die Monster fern.«

Ale schaute ihn verängstigt an, und der Kommissar dachte, vor Kindern rutscht einem immer ein Wort zu viel heraus.

»Komm, gehen wir, bereiten wir uns auf die Show vor.«

Eine halbe Stunde später lag Marco Luciani auf dem Sofa, hatte sich die Ohren zugestopft, zählte die Sekunden und betete, dass Alessandros Geschrei nicht bis in die Nachbarhäuser zu hören war.

Er hatte ihn ganz sanft in sein Bettchen gelegt, hatte ihm Peppo in den Arm gedrückt, dann hatte er ein kleines Licht angelassen und war langsam aus dem Zimmer gegangen, ständig wiederholend: »Du musst jetzt schlafen, Papa geht hinüber, ich gehe nicht weg, ich bin drüben, und du schläfst.«

Er hatte sich hinter der Tür versteckt, hatte sich gegen die Wand gepresst, und Ale hatte geschrien wie am Spieß. Marco Luciani hatte bis dreißig gezählt, erst langsam, dann immer schneller, und war wieder ins Zimmer getreten, als wäre nichts gewesen. Peppo war in die andere Zimmerecke geflogen, und Ale stand da, an die Stäbe des Bettchens geklammert, das ungläubige Gesicht von Tränen überströmt.

»Mein Schatz, was ist denn los? Papa ist da. Alles ist gut. Ich bin drüben, du kannst beruhigt schlafen. Da, jetzt nimmst du deinen Peppo und legst dich wieder hin!«

Er hatte dieses Spielchen wieder und wieder getrieben, die Phasen der Abwesenheit allmählich erhöhend: eine Minute, zwei Minuten, fünf Minuten. Und auch Ale hatte in entsprechender Proportion das Geschrei und den verzweifelten Protest gesteigert. Jedes Mal wenn der Kommissar wieder ins Zimmer trat, sagte er: »Siehst du, dass ich da bin? Ich gehe nicht für immer weg.« Die finale Viertelstunde war die längste seines Lebens, aber am Ende war Ale, erschlagen und in Schweiß gebadet, in den Armen den Hund, eingeschlafen. Marco Lucianis Herz war auf Erbsengröße zusammengeschnurrt, sein Magen verkrampft. »Peppo, sei so lieb, pass gut auf ihn auf, und wenn er aufwacht, kümmer du dich um ihn«, sagte er, bevor ihm bewusst wurde, dass er allen Ernstes mit einem Plüschtier redete.

Die Uhr zeigte zehn vor neun, und das war ein kleines Wunder, das würdig gefeiert werden wollte. Er beschloss, zwei

Kartoffeln und achtzig Gramm Stracchino zu essen, ehe er sich eine Scheibe völlig übersüßter Melone gönnte. Er hatte nur einen Wunsch: zu schlafen, acht Stunden am Stück zu schlafen, aber zuerst brauchte er etwas, um seinen Adrenalinspiegel zu senken. Er schaltete den Fernseher ein und suchte einen Dokumentarfilm auf Sky. Er wählte »Der Fluch der Pyramiden«. Dass die Grabschänder des Pharaos alle einer nach dem anderen gestorben wären, war erstunken und erlogen, und bei allem, was die Ägypter betraf, regierte generell der pure Aberglaube. Aber die Forscher meinten, ein Fünkchen Wahrheit gebe es vermutlich doch. Die Ägypter hätten die Pyramiden überall mit sichtbaren und anderen, weniger sichtbaren, deshalb aber nicht weniger wirksamen Fallen ausgestattet: Sie streuten in den Gräbern Gifte und toxische Pilze aus, Sporen, die denjenigen attackierten, der es wagte, einen Sarkophagdeckel zu öffnen. Nur konnten diese Pilze nach Jahrhunderten oder Jahrtausenden keinen Schaden mehr anrichten. Er merkte, dass die Dokumentation ihn allzu sehr fesselte, wechselte auf den Filmkanal und fand einen dieser von iranischen Dissidenten gedrehten Streifen: Seine Favoriten, weil sie einfach eins zu eins die Reisen der Protagonisten abfilmten, bei denen kein Wort geredet wurde. Als der Bus, der aus Isfahan abgefahren war, auf halber Strecke nach Teheran war, schnarchte Marco Luciani selig auf dem Sofa und träumte von Fiammettas Sommersprossen.

Das Klingeln des Handys weckte ihn, doch Marco Luciani regte sich nicht auf, wertete es vielmehr als Zeichen, dass sich zwischen ihm und der Restauratorin eine gewisse Telepathie entwickelte.

»Verzeih, wenn ich dich um diese Uhrzeit anrufe. Ich hoffe, ich habe Ale nicht geweckt.«

»Nein, er schläft wie Tommie Smith.«

»Hä?«

»Mit geballten Fäusten. In Mexico City.«

»Trash aus den Siebzigern«, erwiderte sie knapp, »Neuigkeiten zum Lieferwagen?«

»Leider nicht. Aber wir sind dran«, log er.

Sie seufzte ins Telefon, und er meinte ihren Duft zu riechen.

»Und hör mal, bist du dazu gekommen, die Unterlagen zu Leonardo durchzuarbeiten, die ich dir per E-Mail geschickt habe?«

»Ähm … um ehrlich zu sein, noch nicht.«

Noch ein Schnauben, warm und duftend strich ihr Atem über den Hals des Kommissars.

»Ich lese aber gerade den Bericht über den Tod der Polin. Ich verspreche, dass ich bis Samstag meine Hausaufgaben gemacht habe. Wenn du herkommst, können wir alles bei einem Abendessen besprechen.«

Zwei Sekunden Zögern vor Fiammettas Antwort:

»Ehrlich gesagt, weiß ich nicht … Dieses Wochenende sollte ich mit meiner Familie in die Berge fahren.«

»Scheint mir noch ein bisschen früh fürs Skifahren.«

»Nein, wir wandern und klettern gerne.«

»Okay. Dann vergiss es. Wenn es Neuigkeiten gibt, sag ich dir Bescheid.«

Typisch für diese verwöhnte Zicke, dachte er und stellte das Handy ab. Mir überlässt sie die ganze Arbeit, und sie fährt in die Berge. Wovor hat sie denn Angst? Dass ich sie ins Bett zerren will? Dass sie die Beine breit machen muss, weil ich andernfalls nicht ermittle?

Er schlug den Bericht wieder auf, konnte sich aber nicht mehr konzentrieren.

Okay, vielleicht habe ich wirklich daran gedacht, gestand er sich ein, aber mit der Ermittlung hat das nichts zu tun. Wenn es tatsächlich einen Mörder gibt, dann will ich ihn auf jeden Fall finden, um Iaquinta zu beweisen, dass ich selbst als übermüdete Teilzeitkraft mit einem Kleinkind am Hals besser bin als jeder andere dieser geleckten Vorzeigepolizisten, durch die er mich gerne ersetzen würde.

Kapitel 47

Luciani & Fiammetta

Am Freitag gegen vier, er kaufte gerade mit Ale ein, hörte der Kommissar das zweifache Piepsen einer eingehenden SMS. »Gilt deine Einladung zum Abendessen noch? Ich konnte mich freimachen. In einer Stunde geht ein Zug.« Fiammetta hatte sich umentschieden. Das überraschte ihn, aber er vergeudete keine Zeit damit, sich nach dem Grund zu fragen, und rief sie sofort an.

»Ich muss mal hören, ob der Babysitter heute Abend Zeit hat. Normalerweise bestelle ich ihn immer mit einem gewissen Vorlauf.«

»O entschuldige, du hast recht. Es ist nur … Nun, ich dachte, ich kann schlecht erwarten, dass du die ganze Arbeit alleine machst. Ich könnte dir bei den Ermittlungen helfen. Oder auch nur auf das Kind aufpassen, während du die Untersuchung führst.«

»Und deine Familie?«

»Mein Mann muss morgen in der Firma bleiben, die Zeiten sind hart, wegen der Krise und allem hätte er sowieso nicht in die Berge fahren können. Und dann ist ihm eingefallen, dass er am Sonntag eine Karate-Vorführung hat. Habe ich dir erzählt, dass er den Schwarzen Gürtel trägt?«

Nein, das hast du mir nicht gesagt, dachte Marco Luciani, und du hättest es gerne weiter für dich behalten können. »Was für ein toller Bursche«, murmelte er.

»Und dann hat Giulia beschlossen, dass sie eine Freundin am See besucht. Das heißt, ich habe das ganze Wochenende frei.«

Warum habe ich ihm das gesagt?, fragte Fiammetta sich, sofort nachdem sie aufgelegt hatte. Das klang ja fast so, als wollte sie sich ihm an den Hals schmeißen. In dieser Woche hatte sie oft an Marco gedacht, wie er sich verändert hatte und doch ganz der Alte geblieben war, an die Ermittlung, an die Selbstsicherheit, die er in der Villa und bei den Vernehmungen an den Tag gelegt hatte. Sie wusste, dass sie ihm gefiel, und sie wusste, dass sie ihn brauchte, um den da Vinci wiederzufinden. Doch sie hatte absolut nicht vor, mit ihm ins Bett zu gehen.

Die beiden Dinge, Freundschaft und Ermittlung, blieben getrennt, das musste klar sein. Denn auch ohne den da Vinci hätte sie gerne Zeit mit Marco verbracht. Er hatte Witz, konnte reden und konnte zuhören, und es war nichts Schlechtes dabei, bei einem guten Essen ein bisschen zu plaudern und dann vielleicht ein Gläschen in einem netten Lokal an der Riviera zu trinken. Weiter nichts. Sie musste zugeben, dass Marco sie auf eine merkwürdige Weise noch immer faszinierte. Schon als Jugendlicher hatte er ihr gefallen, und auch wenn es im Grunde albern war, ließ einen so eine Schwärmerei aus der Schulzeit doch nie ganz los. Aber mit einem ehemaligen Schulkameraden eine Beziehung anzufangen, nein, um Himmels willen, das war zu billig und zu trist. Wenn sie es nötig hätte, sich wieder jung zu fühlen, dann fehlten ihr nicht die Gelegenheiten mit Burschen, die zehn oder fünfzehn Jahre weniger auf dem Buckel hatten als sie. An zwei Vormittagen in der Woche unterrichtete sie »Techniken der Restauration« an der Uni, und es war schon vorgekommen, dass Studenten sie angegraben hatten, ohne mit der Wimper zu zucken. Als ich so alt war wie sie, waren wir alle noch schamhafter, dachte sie, ich als Mädchen hätte natürlich nie den ersten Schritt getan, aber auch meine Altersgenossen wirkten nicht so selbstsicher, so aufgeschlossen für ein Abenteuer mit einer reiferen Frau.

Marco Luciani wartete ein paar Minuten, dann rief er sie zurück. »Der Babysitter war leider schon gebucht«, log er, »aber wir können bei mir essen. Ale schläft inzwischen selig in den Armen seines Kuscheltieres ein, und dann können wir in Ruhe reden. Ich will alles über diese Zeichnung erfahren.«

»Hör mal, ist das nicht komisch, dass jemand ein Selbstporträt im Profil anfertigt?«

»Das ist ungewöhnlich, ja. Aber Leonardo da Vinci liebte das Spiel mit Spiegelungen, er war ein Meister darin, drei oder vier Spiegel so zu positionieren, bis er den gewünschten Blickwinkel auf sich hatte. Das einzige offiziell bekannte Selbstporträt, das in Turin aufbewahrt wird, zeigt ihn auch im Halbprofil. Und oft schrieb er sogar so, dass seine Worte nur im Spiegel zu lesen waren.«

»Wie ich dir sagte, ist die Zeichnung sehr klein, ungefähr neun mal vierzehn Zentimeter«, fuhr Fiammetta fort. »Es ist kein Gemälde, sondern nur eine, wenn auch akkurate Studie auf einer Art Notizblock. Hier auf der Fotokopie siehst du es nicht gut, aber rechts unten ist das Papier abgegriffen, weil man an der Stelle mit dem Daumen umblätterte. Da Vinci, oder jemand nach ihm, hatte alle Seiten nummeriert, wenn du nach rechts oben schaust, dann siehst du deutlich die Zahl 87 und auf der Rückseite die 88, und das bedeutet … Nein, warte, ich war da noch gar nicht sicher, dass es sich um einen da Vinci handelte, ich erkannte nur ein schönes Porträt eines bärtigen Mannes mit langen Haaren, im Profil, der sich auf einen Gedanken konzentriert. Besser, ich erzähle dir von Anfang an, wie ich darauf gekommen bin. Vorausgesetzt, die Sache interessiert dich«, sagte Fiammetta, weil er abgelenkt wirkte.

»Natürlich interessiert es mich«, erwiderte Marco Luciani, der den Blick nicht von ihren Lippen wenden konnte, von diesem Lippenstift, der weder zu grell noch zu blass war. Perfekt.

Nach dem Essen hatten sie sich im Wohnzimmer aufs Sofa gesetzt, vor sich zwei Gläser Grappa. Alessandro war eingeschlafen, mit Peppo in den Armen, nachdem er vorher ausgiebig Fiammettas Titten betatscht hatte. Der Kommissar hätte ihn gerne bald abgelöst.

»Als Erstes habe ich eine reflektographische Analyse durchgeführt. Das macht man mit Infrarotlicht, mit dem man erkennt, ob es mehrere Farbschichten, Korrekturen, Überarbeitungen gibt. Das Ergebnis ist, es gibt keine, und das war der erste kleine Schritt. Er bedeutete noch nicht viel, zeigte aber, dass der Künstler ein Ass war, einer, der so eine schöne Zeichnung aus dem Stegreif hinwarf, im Handumdrehen. Mir war also klar, dass es sich lohnte weiterzumachen. Und ich befasste mich mit dem Papier.«

»Um zu sehen, ob es aus jener Epoche stammt?«

»Genau. Das Papier ist wichtig. Früher, sagen wir, bis 1750, wurde es noch aus Textilabfällen gewonnen. Wäre dem nicht so gewesen und die Analyse hätte ergeben, dass die Zusammensetzung jüngeren Datums ist, dann wäre meine Recherche schon zu Ende gewesen. Also schickte ich eine kleine Probe an ein Speziallabor in Vicenza, das spektrophotometrische Analysen durchführt, die ich dir jetzt nicht en détail erklären werde. Das Ergebnis war positiv: Es ist tatsächlich aus Lumpen gewonnenes Papier. Ich gestehe, da fing es bei mir langsam zu kribbeln an, auch wenn ich genau wusste, dass das noch nichts zu bedeuten hatte: Das Bild konnte auch viel später entstanden sein, eben bis 1750. Und ein guter Fälscher, vorausgesetzt, es lohnt sich überhaupt, eine so kleine Zeichnung zu fälschen, beschafft sich erst einmal passendes Papier und Material, ist ja logisch. Ich war trotzdem der Meinung, dass ich mich ein bisschen weiter vorwagen konnte, und fing an, einige Koryphäen hinzuziehen.«

»Lass mich raten: Damit begann der Ärger.«

»Na klar. Wissenschaftliche Analysen lügen nicht. Sie sagen ja oder nein, schwarz oder weiß. Die Professoren dagegen, die … du kannst es dir denken. Reihenweise habe ich sie konsultiert, aber fast alle zogen den Schwanz ein. Viele sagten, nachdem sie die Fotokopie gesehen hatten: ›Das ist mindestens fünfhundert Jahre alt‹, und beließen es dabei, wollten nicht einmal das Original sehen. Manch ein anderer ging ein bisschen weiter. Jemand hat Caravaggio ins Spiel gebracht, ein anderer Procaccini, einer auch Andrea del Sarto oder gar Rembrandt. Denn das Porträt hatte in jedem Fall eine starke Wirkung, man erkennt sofort, dass der Künstler ein Meister ist. Aber niemand legte sich offiziell fest. Alle hingen an ihren Lehrstühlen wie Schiffbrüchige an ihrem Treibholz, ein schriftliches Gutachten oder eine Zuschreibung rückten sie um nichts in der Welt heraus. Und wer bin ich schon? Niemand. Wenn ich auch nur entfernt auf da Vinci anspielte, behandelten mich alle wie eine Visionärin, wie eine Irre oder eine Betrügerin.«

Marco Luciani trank seinen Grappa aus, goss sich noch zwei Finger ein und fragte sie, ob sie lieber Cognac wolle.

»Ich glaub, ich habe schon zu viel getrunken«, sagte sie lächelnd, ohne abzulehnen. Sie spürte eine angenehme Wärme im Magen, die Beine waren locker. Sie dachte an Marcos Hände auf ihren Schenkeln und ihrem Hintern. Sie dachte daran, wie es wohl wäre, wenn sie es machten, indem sie auf ihm ritt.

»Was ist los?«, fragte der Kommissar verlegen, denn sie starrte ihn schon eine ganze Weile an.

»Nichts, nichts, entschuldige … Ich dachte nur, dass ich dich vielleicht langweile. Sag mir, wenn du es satthast.«

Ich wünschte nur, du kämst endlich zum Punkt, dachte Marco Luciani. Ich wünschte nur, du würdest über mir kommen, bis zur totalen Erschöpfung. Doch dann sagte er: »Nein, absolut nicht. Dieser Fall ist faszinierend.«

Fiammetta hatte die Lust in seinem Blick erkannt und eine Mischung aus Befriedigung und Angst dabei empfunden. Sie zwang sich, die Kontrolle zu bewahren, stellte das Glas ab und setzte die Erzählung fort: »Okay. Dann also weiter. Zum Glück traf ich unter all diesen Nichtsnutzen, denen man im Monat zehntausend Euro dafür bezahlt, dass sie nicht einen Finger rühren, auch einen anständigen und kompetenten Menschen. Eine Professorin von der Universität in Chieti, die seit langem zu da Vinci forscht und die überall durch die Presse ging, weil sie dessen Fingerabdruck, den Abdruck des Daumens, auf dem Porträt der Dame mit dem Hermelin entdeckt hatte.«

»Cecilia Gallerani.«

Sie war ehrlich überrascht: »Woher weißt du das?«

»Das hat mich einmal mein Lehrer in Kunstgeschichte gefragt. Deshalb erinnere ich mich noch. Und ich erinnere mich an Luigia Pallavicini, die vom Pferd gefallen ist, Lisa di Gherardini, die Mona Lisa, Dantes Beatrice Portinari, Leopardis Silvia.«

Das war schamlos gelogen. In den letzten Tagen hatte er einiges über da Vinci nachgelesen, um nicht wie ein Ignorant dazustehen, wie früher, wenn er im letzten Moment den Schulstoff wiederholte, um sich schnell zwei, drei Fakten einzuprägen, die schon nach der Abfrage, beim Mittagessen, auf Nimmerwiedersehen entfleucht waren. Aber im Allgemeinen dienten sie dazu, bei den Lehrern Eindruck zu schinden, und auch diesmal hatten sie ihre Wirkung nicht verfehlt.

»Gut. Wie gesagt, nicht nur, dass diese Professorin mich nicht auslachte, als ich da Vinci aufs Tapet brachte, sie stellte mir sogar die Ergebnisse einer Untersuchung zur Verfügung, die sie zum Papier dreier Da-Vinci-Werke hatte durchführen lassen: einer Vorstudie zur Anbetung der Könige, einer Studie zur Schlacht von Anghiari und einem Landschaftsbild, Nummer 8P. Das Papier war praktisch identisch mit dem ›meines‹ Porträts! Und da Vinci hatte die Landschaft 1473 geschaffen.«

»Das Papier konnte also aus jener Phase stammen.«

»Ja, nicht nur das. 1473 sind wir am Ende der Florentiner Jahre, vor da Vincis Umzug nach Mailand, und nach allem, was er selbst schreibt, hatte er da gerade die Porträts einiger Florentiner Persönlichkeiten vollendet, die in der Folge verlorengingen. Daher ist es plausibel, dass er diese kleinen Studien zu Übungszwecken anfertigte. Und mehr noch: Es gibt ein Zeugnis aus dem späten 15. Jahrhundert, aus der Zeit, die uns interessiert. Ein Dichter, ein gewisser Giovanni Nesi, sagt: ›In Kohle sah ich schon mit ganzer Kunst das anbetungswürdige Bildnis meines Vinci.‹ Das könnte es sein, denn Rötel ist faktisch ein roter Kohlenstift. Und Nesi erklärt, das Porträt sei so schön, dass man nicht einmal mit Pinsel und Farbe ein besseres malen könnte.«

Wie schön du bist, dachte Marco Luciani, vom zweiten Grappa, von der Wärme im Zimmer und den Reflexen des Kerzenlichts auf ihrem geröteten Gesicht inzwischen völlig benebelt. Für mich bist du das Mädchen aus dem Gymnasium geblieben, zart, strahlend, leidenschaftlich. Du lebst den ganzen Tag in Kontakt mit dem Schönen und saugst es auf, du hast eine Arbeit, die du liebst und die dich begeistert, und in diesem Augenblick wünsche ich mir niemand anderen als dich, nicht einmal Sofia, nicht einmal Morena Baccarin, oder vielleicht doch, nur nicht übertreiben, aber die ist im Moment vermutlich in Hollywood, oder in Brasilien, und die Wahrscheinlichkeit, dass sie heute Abend hier hereinkommt und sagt: »Mädchen, schwirr ab, der hier gehört mir«, tendiert gegen null, und deshalb, ja, ich möchte dich, und ich bitte dich, bring endlich diese Geschichte zu Ende und sorg dafür, dass sie auch für mich ein Happy End hat.

»… in Würzburg. Ein vorzüglicher, zupackender, praktischer Mensch …«

Gütiger Gott, dachte Marco Luciani und nickte energisch, jetzt fehlt mir eine Passage, wie sind wir denn in Deutschland gelandet?

»… und ihm ist es zu verdanken, dass wir den Fingerabdruck entdeckt haben …«

»… und er hatte manchmal auch mit der rechten Hand gezeichnet …«

»… mich auf die Leimspuren zu konzentrieren …«

»… Codex Atlanticus …«

Fiammetta machte eine Pause, trank ihren Cognac aus und betrachtete Marco Luciani, als wartete sie auf einen Kommentar. Von den Erklärungen der letzten fünf Minuten hatte der Kommissar aber nur einige Sätze aufgeschnappt, Bruchstücke, die ihn nicht in die Lage versetzten, eine schlaue Bemerkung beizusteuern. Er fragte sich, ob er sich verblüfft zeigen sollte oder befriedigt oder beeindruckt. Dann neigte er sich langsam wie ein aus den Fundamenten kippender Turm Richtung Fiammetta, wobei er ihr in die Augen sah und die Lippen leicht öffnete. Sie zögerte, aber kurz bevor das Unvermeidliche geschah, witschte sie vom Sofa und sagte: »Ich glaube, ich brauche einen Kaffee.«

Kapitel 48

Maria Antonietta Calabrò

Giovanni Calabrò schlug den Jackenkragen hoch, setzte die Sonnenbrille auf und verließ schnell das Gebäude. Er bog nach links ab, ohne sich umzusehen, dann wieder nach links, er drückte auf die Fernsteuerung, die Blinker des Wagens leuchteten auf und grüßten ihn verschwörerisch. Er stieg ein, tauchte behände in den Verkehr ein und steuerte die Umgehungsstraße an, um nach Genua zurückzukehren.

Maria Antonietta stand schon vor dem Hauseingang und betrachtete die Klingeln. Die Observierung hatte Ergebnisse gezeitigt. Zwei Stunden lang hatte sie gegenüber am Fenster eines Hotelzimmers gestanden, von wo aus sie mit dem Fernglas beobachten konnte, wer durch diesen Hauseingang im Corso di Porta Romana ein und aus ging. Gianni hatte in der dritten Klingelzeile von oben geläutet, da war sie sicher, und nach rund einer halben Stunde war er wieder heruntergekommen. In der dritten Zeile waren ein Verlag, eine Arztpraxis, ein Schild mit der Nummer 12 und ein Anwalt. Sie betrachtete wieder das namenlose Schild mit der 12, doch statt dort zu klingeln, drückte sie auf die Klingel der Arztpraxis, woraufhin sich die Tür automatisch öffnete.

Sie seufzte. Sie wusste nicht genau, wen sie unter der Nummer 12 finden würde, aber sie wusste, das war die richtige Nummer. Sie war zu allem bereit, zu reden, falls die andere ein vernünftiger Mensch war, oder ihr die Bude zu zertrümmern, falls sie es nicht war.

Langsam ging sie die Treppe hoch und blieb jedes Mal stehen, wenn ihr Herz zu heftig schlug. Sie musste an diese Tür gelangen, ohne zu keuchen, gelassen, ohne sie zu erschrecken. Wichtig war, dass sie sie einließ, dass Mary den Vortrag halten konnte, den sie sich zurechtgelegt hatte. Wenn sie ein anständiger Mensch war, dann würde sie verstehen, dass man nicht einfach eine Familie zerstörte, dass zwei Kinder und deren Zukunft auf dem Spiel standen.

Sie blieb auf dem Treppenabsatz der Parteien neun bis zwölf stehen. Ja, sie hoffte nur, dass nicht noch mehr Kinder betroffen waren. Dass das Aas nur ein junges Ding war, vielleicht attraktiver als sie, sie war bereit, sich dieser Möglichkeit zu stellen. Früher oder später würde Gianni ihrer überdrüssig werden. Aber wenn sie eine wie sie war, womöglich getrennt oder geschieden, mit Kindern? Dann würde sie es nicht mehr nur als eine Laune ansehen können, eine vorübergehende Krise eines Mannes, der ein bisschen Abwechslung vom Familienleben brauchte, sondern als etwas viel Gefährlicheres. Sie blieb vor der Nummer zwölf stehen, bereitete sich darauf vor, zu läuten, und betete zu Gott, dass sie nicht gleich von drinnen das Weinen eines Kindes hören würde.

»Wer ist da?«

Maria Antonietta erstarrte für einen Moment. Das war die Stimme eines Jungen.

»Äh, entschuldigen Sie, ich suche jemanden, aber vielleicht bin ich hier falsch.«

Die Tür ging auf. »Wen suchen Sie?«

Mary hob den Blick und riss die Augen auf, während sich ihr Magen zusammenkrampfte. Die Stimme gehörte zu einer bildschönen Frau, die sie aus einer Höhe von einem Meter achtzig verblüfft betrachtete.

»Ich … Ich … Verzeihen Sie, ich muss mich in der Tür geirrt haben.«

Die Frau setzte ein merkwürdiges Lächeln auf. »Wen suchen Sie denn?«

Sie senkte verwirrt den Blick. »Ich suche meinen Mann, aber ...«

Die Frau lächelte unmerklich. »Kommen Sie ruhig einen Moment herein, vielleicht kann ich Ihnen helfen. Bitte, haben Sie keine Angst.«

Maria Antonietta hatte schweißnasse Hände, ihre Knie wurden weich, während sie das äußerst geschmackvoll eingerichtete, in Gelbtönen gehaltene Wohnzimmer betrat, in dem ein Sofa in Antikleder und ein Glastisch auf weichen Teppichen standen.

Die Frau hatte die Tür wieder geschlossen und ihr mit einer Geste einen Platz angeboten, war aber selbst stehen geblieben. Mary konnte ihre perfekten Kurven bestaunen. Ihr braunes Haar war vom Friseur soeben erst in Form gebracht worden, ihre Haut hatte den leichten Milchkaffeeton der Mulatten, ihre Brüste, die, in einen lilafarbenen BH gepresst, unter dem rosa Morgenmantel hervorlugten, waren rund wie Bowling-Kugeln. Was am meisten beeindruckte, waren das Gesicht und die wunderschönen Rehaugen, die in strengem Kontrast standen zu dieser unnatürlichen Stimme mit dem leicht exotischen Akzent, die sie fragte, ob sie etwas trinken wolle.

»Nein, ich ... Entschuldigen Sie, ich war mit meinem Mann verabredet, aber ich muss die Wohnungsnummer falsch verstanden haben. Vielleicht war es die elf, nicht die zwölf«, sagte sie schnell und erhob sich wieder.

Ihr Gegenüber nickte, goss Wasser in zwei Gläser und gab ihrer Besucherin eins, wobei sie ihr bedeutete, sie solle sich wieder setzen.

»Ich fürchte, dein Mann ist eben weggegangen. Aber das weißt du ja, oder? Du wirst gewartet haben, dass er geht, ehe du hochgekommen bist.«

Mary spürte, wie ihre Wangen rot wurden, und trank zwei Schluck Wasser.

»Nein. Mein Mann …«

»Gianni. Er war bis vor zehn Minuten hier. Er kommt jeden Freitagabend um Punkt sechs Uhr her.«

»Aber warum?«, stieß Mary hervor, und die Frau brach in ein hässliches, kehliges Lachen aus.

»Wie, warum? Du weißt ganz genau, warum, Mary.«

Maria Antonietta sprang auf die Füße: »Woher kennst du meinen Namen?«

»Er hat ihn mir gesagt. Er erzählt mir von dir, von den Kindern.«

»Wage nicht, meine Kinder zu erwähnen! Und halt dich von meinem Mann fern. Ich …«, sie versuchte, sich an den Anfang des Vortrages zu erinnern, den sie vorbereitet hatte, aber sie war inzwischen schon zu sehr aus der Fassung, um ihn noch zusammenzukriegen.

»Schätzchen, tut mir leid … aber er ist es, der sich nicht von mir fernhalten kann.«

Mary betrachtete sie. Gut, sie war schön und jung, wenn auch nicht mehr besonders jung, und sicher hatte sie ein paar Schönheitsoperationen im Gesicht machen lassen, abgesehen davon, dass diese Titten bestimmt nicht ihre waren und sie ganz allgemein … zu, zu groß war, mit diesen riesigen knochigen Händen, die sie in den Plüschärmeln ihres Morgenrockes zu verstecken suchte. Und diese Stimme … Wie nur hatte Gianni bei einer mit so einer Stimme den Kopf verlieren können?

»Er wird wieder zurückkommen. Das sage ich dir. Du bist nur eine Nutte und bedeutest ihm gar nichts. Er wird nach Hause zurückkommen, zu mir und zu seinen Kindern. Du hast ihn heute zum letzten Mal gesehen.«

Die andere lächelte, aber das war kein beruhigendes Lächeln.

»Du schaust mich an, wie man eine Zirkusattraktion betrachtet. Und ich kann mir vorstellen, welche Fragen in deinem Köpfchen herumschwirren. Sie sind da, aber du wagst nicht einmal, sie dir selbst zu stellen. Ich bin daran gewöhnt, weißt du, du bist nicht die erste Ehefrau, die hier auftaucht und eine Szene macht. Und wenn du's wissen willst: Auch du wirst mit eingezogenem Schwanz wieder abziehen wie alle anderen.«

»O nein. Du machst mir keine Angst.«

»O doch. Was weißt du von ihm? Von deinem Mann? Was weißt du wirklich von ihm? Du hast nicht einmal begriffen, warum er zu mir kommt, oder vielleicht willst du einfach nur so tun, als hättest du es nicht begriffen.«

Ohne es zu merken, hatte Maria Antonietta sich wieder aufs Sofa gesetzt, weil ihre Beine sie nicht mehr trugen. Sie sah zu, wie die Frau die Schleife ihres Morgenrockes löste und ihn auf den Boden gleiten ließ, sie starrte auf den lilafarbenen, zum BH passenden Slip und das Ding, das ihn blähte, und als die Frau ihn herunterzog, sah sie einen Schwanz, einen großen dunkelbraunen Schwanz mit einer violetten Eichel, Eiern und Haaren, und da drehte es ihr den Magen um.

»Kotz mir nicht auf den Teppich, Schätzchen«, sagte die Frau und reichte ihr eine Blumenvase, »man meint, du hättest noch nie einen gesehen.« Sie lachte noch einmal künstlich auf, und während Maria Antonietta erblasste und gegen den Brechreiz ankämpfte, kam sie näher und sagte: »Du müsstest ihn sehen, wenn er hart ist, Liebes, dann ist er wirklich beeindruckend. Aber Frauen machen mich nicht an, entschuldige.«

»Du bist ein Ungeheuer. Du bist ein Ungeheuer«, brachte Maria Antonietta mit auf den Magen gepressten Händen heraus. Sie wollte hinaus, aber der Kerl hatte sich vor ihr aufgebaut, und sie war nicht sicher, ob sie es bis zur Tür schaffen würde.

»Deinem Mann gefalle ich, Herzchen. Willst du wissen, was wir tun? Oder willst du es lieber nicht hören?«

»Dreckschwein! Ekliges Dreckschwein!«, schrie sie, stand auf und versuchte, ihm einen Faustschlag zu versetzen, aber Valentina packte mühelos ihre Handgelenke und hielt sie wie in einem Schraubstock. »Vielleicht ist es besser, du weißt, was wir tun. Er mag es, mich von hinten zu nehmen, dein kleiner Ehemann, er sagt, ich bin da weich wie Samt, und er mag es, wenn er einen geblasen bekommt, ja, er sagt, so wie ich kann keine ihm einen blasen, aber was ihm noch mehr Spaß macht, das ist, mir einen zu blasen, du müsstest mal sehen, wie gut er ist …«

»Schluss …«, sagte Maria Antonietta, entwand ihm ihre Handgelenke und sank aufs Sofa.

»Und mehr als alles mag er, wenn ich ihn nehme …«

»Schluss jetzt, bitte …«

»… dann solltest du mal hören, was für eine Fistelstimme er da bekommt, wenn ich ihn ihm in den Hintern schiebe und ihm eine Lust verschaffe, wie du sie ihm nie verschafft hast.«

Maria Antonietta musste heftig würgen, Valentina nahm ihren Kopf und drückte ihn mit Gewalt über die Vase, aber alles, was herauskam, war Galle, gemischt mit Speichel und Tränen. Mary hustete und hustete, aber ihr Magen war leer, so leer wie sie selbst.

Sie lag einige Minuten zusammengekrümmt und weinte, ehe sie sich ein wenig beruhigen konnte.

»Trink das«, sagte Valentina und reichte ihr ein halbes Glas Whisky. Sie hatte Slip und Morgenrock wieder übergestreift und wirkte verlegen.

»Nein, ich …«

»Trink ihn. Du kannst es gebrauchen«, wiederholte sie, drückte ihn ihr in die Hand und trank ebenfalls. »Ich war ein bisschen hart, aber das ist besser für dich. Und für ihn. Ich kann die Heuchelei der Paare nicht ertragen. Wenn du ihn wirklich zurückwillst, musst du wissen, wer dein Mann ist. Der Vater deiner Kinder. Wenn ich ein Ungeheuer bin, dann ist er es auch. Oder vielleicht sind wir einfach nur menschliche Wesen, was meinst du? Wie du, wie alle. Trink das, habe ich gesagt.«

Maria Antonietta nahm einen Schluck Whisky.

»Er ist für mich nur ein Kunde. Sympathisch. Nett. Sonst nichts. Ich kann dafür sorgen, dass er nicht mehr kommt, und vielleicht wird er zu dir zurückkehren, oder vielleicht wird er eine andere wie mich suchen, keine Ahnung. Aber ich sage dir aus Erfahrung: Wenn du ihn immer noch zurückwillst, dann sag deinem Mann nie, dass du hier warst. Sag ihm das nie, aus keinem Grund der Welt. Und wenn er freitags wieder anfängt, dienstliche Termine zu haben, dann schenk ihm ein nettes Lächeln und lass ihn gehen.«

Maria Antonietta schüttelte den Kopf. »So könnte ich niemals leben.«

»Dann verlass ihn. Und führe dein eigenes Leben. Du hast die Kinder, sie sind das Wichtigste.«

Es setzte ein eisiges Schweigen ein, und nach einer Weile sagte Valentina: »Wenn du dich ein bisschen frisch machen willst, das Bad ist hinter der Tür rechts. Und dann geh, ich hatte einen harten Tag.«

Kapitel 49

Luciani & Fiammetta

»Innerhalb einer Generation hat sich alles geändert. Ich sehe an meiner Tochter Giulia, wie schwer es ist, die Jugendlichen auf Distanz zu den Leitbildern aus Fernsehen, Kino oder Werbung zu halten. Ich weiß, wie moralisierend und banal dieser Vortrag klingt, aber so ist es wirklich. Die Familie tut, was sie kann, aber wenn die Gesellschaft ihr nicht hilft, sondern ihr Knüppel zwischen die Beine wirft, sie als überholt und uncool darstellt … Um Himmels willen, es ist richtig, dass die Jugendlichen sich gegen die Eltern auflehnen, um ihren Weg zu finden, aber damit die Rebellion gesund und produktiv ist, muss die Gesellschaft auf der Seite der Eltern stehen, oder nicht?« Fiammetta nahm einen Schluck Weißwein, stellte das Glas ab und betrachtete, ohne sie wirklich wahrzunehmen, die Boote, die im Hafen schaukelten, die erleuchtete Kirche und weiter hinten die Lichter auf dem Monte di Portofino, die in der Abendluft zitterten. Sie hatte sich vorgenommen, sofort wieder von dem Porträt zu sprechen und so zu tun, als wäre am Vorabend nichts geschehen, aber ohne zu wissen, warum, hatte sie sich in eine Philippika gegen die Jugend von heute verstiegen.

»Stattdessen«, fuhr sie fort, »stattdessen zwingt die Gesellschaft die Eltern zur Kapitulation, die Mütter rennen noch mit vierzig oder fünfzig ins Fitnessstudio und quälen sich mit Spinning, Höhensonne und Fettabsaugung, um Jeans mit niedrigem Bund zu tragen, aus denen der Tangaslip hervorlugt, die Väter ziehen Converse und Motorrad-Jacken an, um hinter Zwanzigjährigen oder Escort-Mädchen herzurennen.«

Marco Luciani hörte ihr zu, ohne sich wirklich damit identifizieren zu können. Er dachte lieber nicht an die vierzig, Converse-Turnschuhe trug er seit der Schulzeit nicht mehr, und Escort-Damen waren zu teuer für jemanden mit seinem Gehalt. Was den Verfall der jüngeren Generationen anging, darüber hatte man sich schon in der Antike beklagt, und er war nicht alt genug, um der Vergangenheit nachzutrauern. Das Einzige, dem er nachtrauerte, war der Vorabend und die Tatsache, dass Fiammetta, nachdem er versucht hatte, sie zu küssen, ein Taxi gerufen und sich nach Sestri Levante hatte bringen lassen. Die Einladung, in irgendeinem Zimmer der Villa Patrizia zu schlafen, hatte sie kategorisch abgelehnt. Dafür hatte sie ihm zum Abschied einen Kuss auf die Wange gedrückt, der ein klein wenig länger war als nötig, und er wusste nicht, sollte er das als Trostpflaster oder als Verheißung werten. »Noch hast du mich nicht von der Authentizität des da Vinci überzeugt«, hatte er gesagt, während er ihr die Tür des Taxis aufhielt, und sie hatte geantwortet: »Das heißt?«

»Das heißt, morgen Abend machen wir da weiter, wo wir aufgehört haben.«

»In Ordnung. Aber diesmal führe ich dich in ein schönes Lokal aus.«

»Hat mein Essen dir nicht geschmeckt?«

»Und ob. Die gekochten Kartoffeln waren exzellent. Und auch der Thunfisch aus der Dose war nicht schlecht. Und die Tomaten. Alles ausgezeichnet, wirklich. Aber ich hätte Lust auf ein bisschen frischen Fisch.«

Fiammetta hatte vor dem Restaurant auf ihn gewartet. Sie sah hinreißend aus in ihrer weißen Seidenbluse und den eleganten hochhackigen Sandalen. Ihr Blick hatte sich einen Moment lang eingetrübt, als sie Alessandro auf dem Arm des Kommissars erblickt hatte, aber sie hatte sich gleich wieder mit einem verschmitzten Lächeln gefangen: »Kein Babysitter?«

»Kein Babysitter. Aber du wirst sehen, er stört uns nicht. Er ist schon am Einschlafen.«

»Ich weiß, die Kinder sind ein Riesenproblem«, seufzte Luciani, der versuchte, sich auf ihre Rede zu konzentrieren, mit zerknirschtem Gesicht. »Ich selbst schaue nie fern, und auch Ale wird es so wenig wie möglich tun. Wir können uns nur Mühe geben, die richtigen Werte weiterzugeben, in der Hoffnung, dass sie sich langfristig, womöglich nach einer Phase der Rebellion, durchsetzen werden. Ich glaube, dass die Kinder am Ende ihren Eltern sehr ähnlich sind. Und das sage ich mit einer gewissen Beklemmung, denn meinem Vater möchte ich absolut nicht ähnlich werden.«

»Nun, du kannst auch deiner Mutter ähneln. Meine Tochter zum Beispiel ist ganz nach ihrem Vater geraten, sowohl körperlich als auch vom Charakter her.«

»Schade für sie. Ich kenne deinen Mann nicht, aber du bist ein beneidenswertes Vorbild. Statt des Porträts von da Vinci würde ich gerne das sehen, das man von dir mit achtzehn gemacht hat und das oben im Dachboden hängt und statt deiner altert.«

Fiammetta errötete. »Komm schon, Marco, du machst mich verlegen.«

Der Kellner erschien mit zwei Tellern. Er konnte sich nicht erinnern, wer die Dorade bestellt hatte und wer die Krebse, und nachdem sie es ihm wiederholt hatten, bediente er zuerst Marco Luciani. Der Kommissar hoffte, dass wenigstens der Koch das Einmaleins seiner Profession beherrschte, auch weil er wie gewöhnlich keinen Hunger hatte und nur etwas bestellt hatte, damit Fiammetta nicht alleine essen musste.

»Und du? Ich nehme an, du hast jede Menge Frauengeschichten. Alleinerziehende Väter sind sehr sexy«, sagte sie lächelnd.

Er zuckte mit den Achseln und wandte den Blick zum Monte di Portofino. Von der Restaurantterrasse hatte man wirklich eine außergewöhnliche Aussicht. Er machte eine wegwerfende Geste, doch damit ließ sie sich nicht abspeisen.

»Also?«

»Ja, gut, hin und wieder lerne ich schon jemand Interessantes kennen, aber seit ich Ale habe, ist alles ein bisschen komplizierter.«

»Aber du hast den Babysitter, der dir hilft.«

Sie hatte das in maliziösem Ton gesagt, aber Marco Luciani hatte auch einen Hauch von Unmut herausgehört. Eifersucht?

»Ja, sie ist immer ziemlich entgegenkommend«, gab er lächelnd zurück.

»Ist sie hübsch? Wie alt ist sie?«

»Na ja, sie studiert«, log er. »Zweiundzwanzig, schätze ich.«

»Schätzt du?«

»Ach komm, ja, zweiundzwanzig, denke ich.«

Sie hob die Hände, als wollte sie sagen, um Himmels willen, ich mache dir keinen Vorwurf, nur ist zweiundzwanzig nun wirklich ein bisschen jung. »Und was verlangt sie?«

»Sieben Euro die Stunde.«

»Oh, ziemlich wenig. Die Tarife, die ich so in der Zeitung sehe, sind deutlich höher.«

Bist du wirklich eifersüchtig, oder macht es dir Spaß, mich auf die Schippe zu nehmen?, dachte Marco Luciani, und in diesem Moment, da er ihr in die Augen sah, spürte er ein Zittern in den Beinen und ein flaues Gefühl am Mageneingang. Das war die chemische Reaktion seines Körpers auf die Botschaft, die sie ihm, womöglich unbewusst, gesandt hatte. Es ist nicht immer das Hirn, das Befehle aussendet, manchmal passiert genau das Gegenteil, die Körper kommunizieren auf einer noch archaischeren Ebene, und das Hirn muss ihnen nur assistieren. Der Funke war endlich übergesprungen, und jetzt galt es nur noch zu warten, bis Fiammetta entflammte, man musste vorsichtig pusten, ohne Hast, ohne falsche Bewegungen. Alessandro war friedlich in seinem Buggy eingeschlafen, Peppo in den Armen. Marco Luciani spürte, wie die Anspannung sich legte, und aß mit Appetit, während sie die Krebse zerlegte. Dann bestellten sie Eis und Espresso, und der Kommissar wollte noch zwei Cognac kommen lassen.

»Für mich besser nicht, danke.«

»Klar doch. Wir hatten gesagt, wir wollen da weitermachen, wo wir aufgehört hatten.«

Sie hob eine Augenbraue. »Wie weit warst du gestern Abend gekommen, bevor der Alkohol dir das Hirn benebelte?«

Nicht so sehr der Alkohol wie die Hormone, dachte Marco Luciani. Und das beweist der Umstand, dass ich auch jetzt, da ich noch völlig nüchtern bin, den Blick nicht von deinen Augen und deinen Lippen zu lassen vermag und Sachen denke, die du dir nicht ausmalen kannst.

»Nun … die Papieranalyse … die Gutachten der beiden Experten …«

»Der Leim?«

»Hmm. Ich fürchte, nein.«

»Der Leim ist fundamental. Er ist der eindeutige Beweis«, sagte sie mit Emphase, »oder besser, einer der eindeutigen Beweise. Er ist identisch mit dem des Codex Atlanticus.«

»Ist das denn so merkwürdig? Ich nehme an, es wird damals nicht allzu viele Leimsorten gegeben haben.«

»Ich habe mich nicht klar ausgedrückt. Es ist die Form der Leimspuren, die identisch ist.«

»Hmm«, sagte Marco Luciani, um eine etwas deutlichere Erläuterung bittend.

»Guck mal … ein einfaches Beispiel. Du hast als Kind doch bestimmt Kleber benutzt, oder? Um Sammelbildchen einzukleben.«

»Und ob ich Kleber benutzt habe«, antwortete der Kommissar mit einem Seufzer, denn man konnte nicht an diesen Kleber denken, ohne vor Wehmut aufzuseufzen. Dieser Duft nach Mandeln war für alle italienischen Männer wie Prousts Madeleines, alle erinnerten sich seiner, da spielte es auch keine Rolle, dass dieser Kleber fast nicht klebte.

»Also, dann versuch dir mal ein Fußball-Sammelalbum von 1960 vorzustellen, in das alle Bilder mit Kleber eingeklebt sind. Mit der Zeit trocknet der Kleber aus, und die Bildchen fallen ab. Man kann sie leicht wieder an die richtige Stelle setzen, weil sie Nummern und Namen haben, aber wenn es die nicht mehr gäbe? Wenn es nur noch die verstreuten Bildchen und die Freiräume gäbe, wie würdest du jedes Bild wieder an seinen Platz einordnen?«

»Keine Ahnung.«

Fiammetta lächelte: »Dank der Leimspuren. Es wäre eine Heidenarbeit, ein Geduldsspiel, aber unfehlbar. Auch wenn die Hand, die die Bilder einklebte, dieselbe war, zwei Leimspuren können unmöglich identisch sein. Sie sind wie Fingerabdrücke. Und mit den geeigneten Instrumenten kann man sie sichtbar machen. Dann kann man, ebenfalls mit viel Geduld, die Leimspuren auf dem Papier mit denen auf dem Bildchen abgleichen. Und das war's.«

Marco Luciani nickte. Er hob das Glas, und sie stießen auf die erfolgreiche Ermittlung an.

»Der Codex Atlanticus ist im Grunde wie ein Sammelalbum«, fuhr Fiammetta fort, »es gibt Texte und Zeichnungen, die Pompeo Leoni zusammengestellt hat, ein Bewunderer Leonardo da Vincis, der Skizzen, Entwürfe und Porträts des Meisters zusammengetragen und dort gemeinsam mit seinen Schriften eingeklebt hat, damit sie nicht verlorengingen. Pompeo Leoni hat etwas getan, was heutigen Historikern und Restauratoren die Haare zu Berge stehen lässt, aber wir können ihm nur dankbar sein für die Schätze, die er gerettet hat. Überleg mal, dass die Erben Francesco Melzis, des Schülers, dem da Vinci alles vermacht hatte, Schriften und Zeichnungen in eine Kiste in der Scheune geschmissen hatten, und es ist ein Wunder, dass jemand sie wieder herausgeholt hat.«

Sie machte eine Pause, wie um sich zu vergewissern, dass der Kommissar bis dahin gefolgt war, und fuhr dann zielstrebig fort: »Als die Hinweise und Gutachten der Fachleute sich Richtung da Vinci oder eines seiner Schüler verdichteten, wollte ich es nicht glauben, wie du dir denken kannst. Das ist wie ein Lottoschein mit sechs Richtigen, den du auf der Müllkippe findest. Und entschuldige, nicht, dass du mich missverstehst, ich rede hier nicht vom materiellen Wert der Zeichnung, sondern von der Besonderheit des Fundes.«

Marco Luciani war versucht, sie zu fragen, wie viel die Zeichnung ihrer Meinung nach wert war, aber er hielt sich zurück.

»Die Möglichkeit angenommen, dass es von der Hand des Meisters stammt, drängten sich weitere Fragen auf: Wann hatte er es geschaffen, wo war es aufbewahrt worden, warum war es all die Jahre verschwunden? Ich begann nachzuforschen, und natürlich landete ich in der Ambrosianischen Bibliothek in Mailand, wo der Codex Atlanticus aufbewahrt wird. Im zwölften Band des Codex Atlanticus gibt es an einer bestimmten Stelle ein atypisches Blatt, Blatt 1033, wo sich auf der linken Seite ein Kopf findet, die rechte Seite aber leer ist. Ein deutlicher Hinweis, dass eine Zeichnung fehlt. Und ich denke, nein, ich bin sicher, dass es sich eben um unsere besagte Zeichnung handelt.«

»Hat denn nie jemand gemerkt, dass diese Zeichnung fehlte?«

»Nein, und ich erkläre dir auch, warum. Die Zeichnungen sind alle in jüngerer Vergangenheit abgelöst worden, bei der letzten Restaurierung im Jahr 1962, um sie gesondert aufzubewahren. Ehe dies geschah, war Blatt 1033 keinesfalls leer. Auf der rechten Seite war sehr wohl eine Zeichnung, nur nicht die, von der wir sprechen, sondern eine größere. Erst als man sie abgelöst hat, konnte man erkennen, dass darunter eine kleinere gewesen war, und zwar dank …«

»… der Leimspuren«, schloss Marco Luciani.

»Bravo, Herr Kommissar«, lächelte Fiammetta. »Du hast mich sofort verstanden. Auf dieser rechten Seite des Blattes 1033 sind praktisch zwei ›Rahmen‹ aus Leim zurückgeblieben, ein größerer, der einer technischen Zeichnung mit der Nummer 1035 entspricht, die wir kennen, und ein kleinerer von vierzehn mal neun Zentimetern, für den es keine Entsprechung gibt, oder besser, gab. Denn nun ist die Zeichnung aufgetaucht, und was für eine Zeichnung. Ein Selbstbildnis Leonardo da Vincis.«

»Aber woher weißt du, dass es ein Selbstporträt ist?«

»Es gibt viele Hinweise. Da ist erst einmal die prominente Position innerhalb des Codex selbst; und dann eben die Tatsache, dass es durch eine andere Zeichnung ersetzt wurde, wahrscheinlich in einem Moment, wo da Vincis Werk Gefahr lief, vernichtet zu werden. Und dann gibt es den endgültigen Beweis. Den wichtigsten von allen.«

»Welcher wäre das?«

»Der wäre, dass ich dir das nicht hier im Restaurant erklären kann. Es ist besser, wir gehen zu dir nach Hause.«

Marco Lucianis Herz setzte einen Schlag aus. Er hob die Hand und bat den Kellner um die Rechnung.

»Schläft Alessandro?«

»Ja, ich habe ihn rübergelegt. Komm ihn dir mal anschauen.«

Er nahm sie an der Hand, und sie ließ ihn gewähren. Sie traten auf die Zimmerschwelle. Ale und Peppo schliefen friedlich im Bettchen.

Fiammetta löste sich von ihm und steuerte das Zimmer gegenüber an, ein bisschen auf den Absätzen schwankend. Sie hatte getrunken, hatte sich aber im Griff, war sich dessen bewusst, was sie gleich tun würde. Sie verschwand im Dunkeln, und als der Kommissar ins Zimmer trat, schloss sie die Tür hinter ihm, lehnte sich dagegen und schloss die Augen. Sie hatte ihr Jackett fallen lassen, Marco Luciani sah die Brustwarzen, die sich unter ihrer weißen Seidenbluse abzeichneten.

»Mir wird ganz schwindlig«, lachte Fiammetta. Er legte ihr eine Hand auf die Wange. »Mir auch, und das liegt nicht am Alkohol.«

Er küsste sie, endlich, ein Kuss, der nach Erdbeeren und Kaffee und Wehmut schmeckte. Dann nahm er sie auf die Arme, wie man es mit einer Braut tut, und legte sie aufs Bett. Die Erregung trieb ihre Bewegungen an, der Alkohol in ihrem Blut ließ sie weicher, heftiger, runder werden. »Fiammetta …«

»Psst. Sag nichts. Sag nichts.«

Sie ließ sich im Dunkeln lieben, im Stillen, denn sie beide balancierten über eine hauchdünne Illusion, die selbst der Klang eines einzigen falschen Wortes hätte zerreißen können.

Kapitel 50

Maria Antonietta

Die Rückfahrt nach Hause war die längste, die Maria Antonietta Calabrò je unternommen hatte. Augenblicke halber Besinnungslosigkeit, in denen sie wie ein Autopilot fuhr, ohne an etwas zu denken, wechselten mit solchen ab, in denen die Wirklichkeit dessen, was sie herausgefunden hatte, ihr in so lebendigen, unerträglichen Bildern vor Augen trat, dass es ihr den Magen zusammenzog und sie die Tränen nicht zurückhalten konnte. Sie hatte drei- oder viermal in Notbuchten angehalten und ihre Mutter angerufen, um sie zu bitten, die Kinder ins Bett zu bringen und bis zum nächsten Morgen bei ihnen zu bleiben, bis der Vater vorbeikam, um sie abzuholen. Sie wusste, dass sie protestieren würden, denn sie wollten ihre Mutter sehen, aber in ihrem Zustand konnte sie weder ihren Kindern noch ihrer eigenen Mutter unter die Augen treten. Sie brauchte noch ein bisschen Zeit, nur noch ein bisschen Zeit. Sie musste alleine sein, nachdenken. Wäre sie nach Hause zurückgekehrt, wäre sie von den Wünschen ihrer Kinder, von Erledigungen und Terminen überrollt worden. Am Ende hätte sie eine Entscheidung aufgeschoben, und auch wenn sie wusste, dass es manchmal besser war, die Dinge sacken zu lassen, ein bisschen Zeit ins Land gehen zu lassen, nicht impulsiv zu handeln, so spürte sie doch, dass es diesmal nicht der Kopf war, der zu entscheiden hatte, sondern der Bauch. Und der Bauch ist der Körperteil, der am wenigsten Geduld hat.

Sie war bei Voghera von der Autobahn abgefahren und hatte an einem tristen Motel angehalten. Dann hatte sie sich direkt ins Bett gelegt, ohne zu essen, und nun starrte sie gegen die Decke, von wo ihr Valentinas plastifiziertes Gesicht höhnisch entgegenzugrinsen schien.

Wer weiß, ob ich dieses Gesicht je vergessen werde. Vielleicht schon, aber diesen Tag werde ich nie vergessen. Wie sollte ich jetzt noch einmal mit Gianni schlafen können? Es würde mich anekeln, ich würde immer diese Bilder vor mir haben, diese Gedanken. Sie war wütend auf ihn, aber mehr noch war sie enttäuscht. Sie hätte wenigstens ein bisschen Mitleid verspüren wollen, denken, dass er krank oder fehlgeleitet sei, aber das war keine Krankheit, das war nur ein widerliches Laster, dem man sich sehr gut verweigern konnte. Man musste nur wollen. Sie hatte Gianni nie betrogen, niemals, und das Geheimnis dabei war, sich gar nicht erst in die entsprechende Situation zu bringen. Etwaige Versuchungen im Keim zu ersticken. Sie hatte noch die Kraft, sich zu erinnern, was ihr eine Freundin erst vor kurzem gesagt hatte. Wenn eine Ehe scheitert, dann liegt die Schuld nie allein bei einer Person; und ehe wir sie endgültig begraben, müssen wir einen Augenblick die Wut überwinden und mit größter Aufrichtigkeit unser Gewissen befragen, versuchen, uns in die Haut des anderen zu versetzen, und verstehen, ob auch wir gefehlt haben, und worin.

Ich weiß, wir haben nicht mehr miteinander geschlafen, flüsterte Maria Antonietta Richtung Zimmerdecke. Und ich war, bin, immer müde und gereizt. Und vielleicht hat er in Sachen Kinder recht, sie sind zu verwöhnt, und sicher sind sie es, die Kinder und die Mühsal ihrer Erziehung, die uns so weit gebracht haben. Sie dachte daran zurück, wie glücklich sie vor ihrer Heirat gewesen waren, an ihre Urlaube in den Bergen und am Meer, an die Nachmittage zu Hause, wenn die Eltern weg waren. Und sie weinte noch ein wenig um diesen Mann, den sie vor langer Zeit kennengelernt hatte und der sich so verändert hatte, dass er nicht einmal mehr ein Mann war.

Sie schreckte aus dem Schlaf hoch und sah auf die Uhr. Es war sieben Uhr morgens. Sie musste eingeschlafen sein, aus reinem Selbsterhaltungstrieb, weil das Hirn es nötig hatte, abzuschalten, die Bilder zu vertreiben, die sie trotzdem wieder heimgesucht hatten in aufgewühlten, schweißnassen Träumen.

»Ich kann in diesem Zustand nicht herumlaufen«, murmelte sie, während sie ihre zerknitterten Kleider und ihre fahlen, verfilzten Haare betrachtete.

Sie nahm ein heißes Bad, brachte ihre Kleider so gut wie möglich in Ordnung und stieg ins Auto. Es war Samstag, in Kürze würde Gianni vorbeikommen und die Kinder holen, und statt ihrer würde er eine fuchsteufelswilde Mamma Rosa vorfinden. Sie beschloss, das Handy abgeschaltet zu lassen, sie würde ihn anrufen, wann und wie sie es für richtig hielt. Ab heute wird alles anders werden, mein Guter. Ab heute werde ich mir mein Leben zurückholen, und deines wird die Hölle werden. Am Montag würde sie als Erstes ihre Freundin Giada anrufen und sich die Nummer ihres Anwalts geben lassen. Eines dieser knallharten Scheidungsanwälte. Keine Gnade. Keine Kompromisse.

Sie würde die Kinder behalten, da gab es keinen Zweifel. Auch die Wohnung. Er würde ihr Alimente zahlen müssen und sich krummlegen, um eine andere Wohnung zu finden und zu finanzieren, aber er konnte ja mit dem Sparen anfangen, indem er den Tarif für Freitag sparte.

Sie setzte den Blinker und hielt auf dem großen Parkplatz des Outlet-Store. Drei Stunden später kam sie heraus, mit neuer Tasche, neuem Kleid und neuen Schuhen sowie einer neuen Frisur. Das Geheimnis war, sofort zu reagieren, gar nicht erst in Depression zu verfallen. Sie musste sofort vergessen, was sie gesehen hatte, es hinter sich lassen und wieder bei null anfangen.

Um fünf Uhr nachmittags stellte sie das Handy an, das gleich sämtliche nicht angenommenen Anrufe meldete. Eine halbe Minute später erkannte sie den Klingelton ihres Mannes wieder, es war der Song, mit dem sie auf ihrer Hochzeit den Tanz eröffnet hatten. Sobald sie wieder aufgelegt hätte, würde sie ihn austauschen.

»Wo zum Geier steckst du?!«

»Im Moment in Mailand, in einem Teesalon in der Via Montenapoleone. Nettes Lokal. Ich denke, ich werde ein bisschen shoppen gehen.«

»Was redest du denn da? Wieso warst du nicht zu Hause? Und was machst du in Mailand? Du tickst doch nicht mehr richtig.«

»Im Gegenteil, ich habe noch nie so klar gesehen. Apropos, da du schon anrufst, sag ich's dir gleich: Ich will die Scheidung.«

Calabrò war überrascht. Bis vor einigen Minuten hätte er eine solche Ankündigung womöglich als Erleichterung empfunden. Aber irgendetwas im Ton seiner Frau sagte ihm, dass es keinen Grund gab, erleichtert zu sein.

»Wir hatten doch beschlossen, dass jeder eine Weile für sich bleibt und wir mal schauen, wie es läuft«, wagte er sich vor.

»Um genau zu sein, hast du beschlossen, zu gehen. Mich und die Kinder zu verlassen.«

»Okay. Ich habe keine Lust zu streiten. Warum sagst du mir nicht, was passiert ist?«

»Du willst wirklich wissen, was passiert ist?«

»Sicher.«

»Ich habe herausgefunden, was du freitags in Mailand machst.«

Er war einen Moment verunsichert, dann versuchte er zu reagieren: »Freitags gehe ich zu einer Fortbildung.«

»Ja, ich weiß, ich habe deine Lehrerin kennengelernt. Oder vielleicht sollte ich besser sagen, deinen Lehrer.«

Das hatte gesessen. Calabrò blieb die Luft weg. »Und wie hast du sie kennengelernt?«

»Ich habe meine Ermittlungen angestellt. Ich bin … nein, ich war die Frau eines Polizisten. Oder einer Polizistin.« Sie bereute sofort, dass sie das gesagt hatte, und in diesem Ton, aber sie musste die Sau rauslassen, ihn demütigen, ihm weh tun.

Einen Augenblick rangen Scham und Wut in des Inspektors Seele miteinander, doch Letztere gewann schnell die Oberhand: »Als Ehefrau hast du wenig getaugt, und im Bett bist du eine Null. Da ist selbst eine gefakte Frau besser.«

Maria Antonietta schluckte und unterdrückte ein Schluchzen.

»Es ist aus«, sagte sie.

»Es ist aus«, sagte Calabrò. »Es ist aus«, wiederholte er, nachdem sie aufgelegt hatte.

Mary streifte durch die Geschäfte bis Ladenschluss, dann ging sie zum Essen in ein Restaurant bei den Navigli. Es war mindestens zehn Jahre her, dass sie das letzte Mal ohne Mann oder Kinder essen gegangen war. Was würde passieren, wenn statt seiner ich gehen würde?, dachte sie. Wenn ich ihm die Kinder überlassen und für eine Weile wegfahren würde? Das würde ihm guttun, und wie! Und vielleicht auch den Kindern, für die ich eine Selbstverständlichkeit bin. Elisabetta tut nichts ohne mich, und Emanuele fängt schon an, mich herumzukommandieren, als ob ich seine Dienerin wäre. Während ich dauernd für die anderen springe, dreht die Welt sich draußen weiter, die Leute amüsieren sich samstags abends, die Stunden verfliegen, die Tage, die Jahre, und bald bin ich vierzig.

Sie beschloss, den Vierzigsten im Voraus zu feiern, mit einem Gläschen in einem Lokal am Naviglio Grande. Eine Band spielte, und sie dachte an die Schulzeit zurück, als sie ihren Freunden oft in einem Keller beim Proben zugehört hatte. Der

Sänger gefiel ihr, er aber stand nicht auf sie, und so hatte sie schließlich mit dem Schlagzeuger angebandelt. Immer im Hintergrund, dachte sie und hob ihren zweiten Cocktail Richtung Decke. Als sie herauskam, war es schon sehr spät, aber sie wollte nicht noch einmal in einem schäbigen Motel schlafen.

Sie stieg ins Auto, fuhr auf die Autobahn zurück, doch als sie dort war, merkte sie, dass sie auch nicht nach Hause zurückwollte, wo sie eine einsame Nacht und ein einsamer Sonntag erwarteten. Sie sagte sich, dass sie sehr gut weiter nachdenken und die ganze Nacht ziellos umherfahren konnte, um zu sehen, wohin das Auto sie bringen würde. In Wahrheit wusste sie insgeheim genau, wohin sie unterwegs war.

Kapitel 51

Luciani und Maria Antonietta

Sonntagmorgen um Viertel nach sieben piepste Marco Lucianis Handy zweimal und kündigte den Eingang einer SMS an. Der Kommissar verfluchte sich, weil er es nicht ausgeschaltet hatte. Die Versuchung, die Nachricht nicht zu lesen, hielt nicht lange an: Die Einzige, die ihm um diese Zeit eine Nachricht senden konnte, war seine Mutter, die endlich, so Gott wollte, den Tod von Tante Rina und ihre unmittelbare Rückkunft mitteilte.

Stattdessen war es eine Nachricht von Maria Antonietta.

»Entschuldige, Marco, bist du wach? Bist du zu Hause?«

»Ja. Was ist los?«

»Entschuldige. Ich stehe hier vor dem Tor. Ich wollte den Kleinen nicht aufwecken.«

Marco Luciani fluchte, zog seine Jeans und ein T-Shirt an und ging barfuß hinaus in den Garten.

Maria Antonietta hatte einen total verstörten Gesichtsausdruck und hing an den Gitterstangen wie eine Ertrinkende.

»Mary. Was ist los? Du machst ein Gesicht …«

»Verzeih, wenn ich einfach so bei dir hereinplatze. Aber ich wusste nicht, wohin. Ich habe ein bisschen hier draußen im Auto geschlafen und auf den Sonnenaufgang gewartet. Der Sonnenaufgang ist herrlich hier in Camogli.«

Sie redete, als wäre sie betrunken, und ein grauenvoller Gedanke durchzuckte Lucianis Hirn. »Was ist passiert? Wo sind die Kinder?«

»Die habe ich bei Gianni gelassen. Kann ich einen Moment hereinkommen? Ich gehe auch gleich wieder.«

»Oh, klar, entschuldige«, sagte er und öffnete das Tor. »Bist du okay?«

Sie antwortete nicht. Sie gingen schnell bis zur Küche, und er sagte: »Ich mache dir einen Kaffee.«

»Besser einen Kräutertee, falls du einen hast. Ich bin aufgeregt genug.«

Sie betrachtete ihn, während er mit Tassen und Teekessel hantierte. Er war zu groß und dürr, um schön zu sein, Arme und Beine zu schlaksig. Aber er hatte diese hellblauen Augen, die einem in der Seele lasen, und mit ihm zu reden war leicht und entspannend.

»Schläft Ale?«

»Ja, er schläft friedlich.«

»Du hast auch noch geschlafen.«

»Mehr oder weniger.«

Just in diesem Moment trat Fiammetta auf die Schwelle der Küche. Sie lehnte sich an den Türrahmen und sagte: »Einen Tee würde ich auch trinken.« Dann schenkte sie Maria Antonietta ein vielsagendes Lächeln, wobei sie genoss, wie sich deren überraschter Gesichtsausdruck in Verstörung wandelte.

»Guten … Abend. Guten Morgen«, stotterte sie.

Marco Luciani wunderte sich, dass sie aufgestanden war und sich in dieser Situation vor einer Fremden zeigte. »Ach, Fiammetta«, sagte er so natürlich wie möglich, »entschuldige, haben wir dich geweckt? Das hier ist Maria Antonietta Calabrò, die Frau eines Kollegen.«

Fiammetta streckte ihr die Hand hin, und Mary schlug mit der ihrigen ein, die kalt und fast leblos war. »Oh … ich, verzeiht, ich dachte nicht … Was bin ich blöd. Ich wollte nur Marco etwas sagen … Aber ich war schon wieder am Gehen, das heißt, jetzt gehe ich, es ist schon viel zu spät … die Kinder …«

»Setz dich, Mary.«

»Nein, nein, entschuldige, Marco, ich bin hier hereingeplatzt, du hättest mir sagen können, dass … Wir sprechen uns später, wirklich, es war nichts Dringendes.«

»Setz dich. Such dir mal eine Teesorte aus, die du magst, sie sind von meiner Mutter, ich kenne mich nicht aus damit.«

Maria Antonietta setzte sich wieder. Wie blöd ich bin, wie blöd, sagte sie sich immer wieder. Einfach nur blöd. »Lindenblüten. Lindenblüten ist perfekt.«

Fiammetta nahm sich einen Keks und ließ sich mit der Selbstsicherheit der Hausherrin auf einen Stuhl nieder. Sie war barfuß, und Marcos Pyjama-Oberteil konnte ihre Kurven nicht verbergen. Sie ist wirklich schön, dachte Maria Antonietta und betrachtete ihre Lippen, ihre Nase, die Augen, die Eleganz, mit der sie die Beine angewinkelt hatte und die Knie umfasst hielt. Eine Frau mit Klasse, das sieht man daran, wie sie sich bewegt und wie sie diese Situation scheinbar ohne Verlegenheit überspielt. Auch wenn sie eine gewisse Verlegenheit verspüren müsste, angesichts des Eherings an ihrem Finger. Sie fasste instinktiv nach ihrem eigenen und wünschte sich nach Hause, zu Betta und Lele.

»Gestern Abend, Marco … Was da passiert ist … Himmel, ich komme mir vor wie in einer schlechten Vorabendserie.«

»Wieso schlecht?«

»Nein, nicht in dem Sinn, dass es nicht … Aber es kommt mir vor, als müsste ich sagen … Mir fallen lauter Sätze ein, wie sie eben aus einer Vorabendserie stammen könnten: Lass uns so tun, als wäre nichts geschehen, es war ein Fehler, ich möchte, dass wir gute Freunde bleiben …«

Marco Luciani saß auf dem Sofa. Nachdem Maria Antonietta sich verabschiedet hatte, hatten Fiammetta und er sich den ganzen Vormittag lang gestreift und gemieden und nicht recht gewusst, was sie tun sollten. Hin und wieder lächelte der Kommissar ihr verschwörerisch oder verträumt zu, und dann sah sie augenblicklich weg. Hin und wieder war sie es, die ihm eine Hand auf den Arm legte, Körperkontakt suchte, um sich sofort wieder zu lösen. Beide suchten sie Alessandro und drückten ihn wie einen Rettungsring an sich. Nachdem Ale seinen Brei gegessen hatte, hatte der Kommissar ihn zum Mittagsschlaf ins Bett gelegt. Er wollte sich ebenfalls hinlegen und ein wenig dösen, als Fiammetta, von Schuldgefühlen getrieben, mit diesem unseligen Satz herausplatzte. Freunde bleiben. Auch wenn sie das in den letzten zwanzig Jahren nie gewesen waren.

»Das willst du also?«, fragte er sie.

Sie senkte den Blick. »Ja. Mehr oder weniger. Ich weiß nicht.« Sie hatte sich nicht neben ihn gesetzt und lief weiter um den Wohnzimmertisch herum, auf dem Papiere, Fotos und Bilder von da Vinci ausgebreitet waren, welche Luciani zur Überzeugung gebracht hatten, dass er weiter ermitteln musste. »Was soll ich dir sagen? Dass mir leidtut, was wir getan haben? Dass ich es bereue? Nein. Ganz und gar nicht. Es war schön, und ich bereue nichts. Ich wollte es. Wir wollten es. Aber ich fühle mich auch sehr schuldig, ich habe Angst vor mir.«

»Für mich war es schön, Fiammetta. Du bist eine faszinierende Frau, und wahrscheinlich merkt dein Mann das nach all den Jahren nicht mehr. Ihr habt euch aneinander gewöhnt, das ist unvermeidlich. Du hast dich einsam gefühlt. Du hast nichts Schlechtes getan, nur deiner Eigenliebe ein bisschen nachgegeben. Den Ehemann zu betrügen ist vielleicht schlimm, aber sich selbst zu betrügen, wie ist das?«

»Ich habe ihn noch nie betrogen, Marco. Und alles in allem habe ich es auch gestern nicht getan. Bruno und ich haben beschlossen, uns eine Auszeit zu nehmen. Sonst hätte ich nie … Wir respektieren einander sehr, und ich glaube, auch er hat mich nie betrogen.«

»Meinst du?«

»Das hätte ich gemerkt. Bestimme Dinge spürt eine Frau.«

Schwachsinn, dachte Marco Luciani. Eine verliebte Frau merkt gar nichts. Sie kann sich höchstens hinterher an etwas erinnern, irgendein Indiz, das sie auf die richtige Spur hätte bringen können, aber ansonsten ist sie blind, taub und stumm, denn, wie Iannece sagte, es gibt keinen größeren Blinden als den, der nicht hören will.

»Wahrscheinlich schon«, sagte er und stand vom Sofa auf, »aber wie auch immer – es ist kein Wettstreit. Wenn du wüsstest, dass er dich betrogen hat, würdest du dich dann weniger schuldig fühlen?«

»Natürlich«, sagte sie heftig. »Natürlich würde ich mich weniger schuldig fühlen.« Sie schwieg einen Moment. »Ich weiß nicht, vielleicht ist es weniger ein Gefühl der Schuld als der Angst.«

»Vor mir oder vor ihm? Oder vor dir selbst?«

Er schaute ihr in die Augen, als wollte er sagen: Lassen wir die Spielchen, du bist dieses Wochenende wieder hergekommen, und nicht nur wegen des da Vinci.

Ich habe Angst vor mir selbst, wollte Fiammetta ihm sagen, vor dem Teil in mir, den ich die ganze Zeit verborgen gehalten habe, der aber existiert und der zu meinem innersten Ich gehört. Ich spüre da drinnen eine Form von Überschwang, den ich nicht spüren sollte, weil wir uns geliebt haben, und auch wenn ich so tue, als fühlte ich mich schuldig, so fühle ich mich in Wirklichkeit so gut wie schon lange nicht mehr, und ich möchte nichts anderes als es wieder tun, noch besser als gestern, ich möchte, dass mein Körper wieder vor Glück schreit, ich möchte glücklich sein, und mit Bruno geht das nicht, weil wir praktisch nicht mehr miteinander schlafen, er merkt nicht, wie schön ich noch bin, und das heißt, ja, ich habe Angst vor mir, vor dem, was ich jetzt tun könnte, und während sie all das dachte, beging sie den Fehler, ihn an sich herankommen zu lassen, sie ließ zu, dass sich eine seiner großen Hände auf ihre Hüfte legte und die andere ihre Haare aus dem Gesicht strich, während seine eisblauen Augen sie auszogen, und ihre Münder begegneten sich erneut, und sie rutschte auf dem mit Zeichnungen überfüllten Tisch nach hinten und wischte alles mit den Händen weg, um Platz für ihre Körper zu schaffen, die inzwischen das Kommando übernommen und ihrem Gehirn angeordnet hatten, das Feld zu räumen und sie arbeiten zu lassen, denn am Vorabend hatten sie sich wie zwei Teenager geliebt, aber diesmal machten sie ernst. Sie half ihm, ihr Rock und Slip auszuziehen, und ließ sich auf der Tischplatte nach hinten sinken, sie ließ zu, dass er ihr Bauch, Hüften und die glatte Haut der Schenkel küsste, immer dichter an ihrer Scham, während sie wenig überzeugt sagte: »Nein, was machst du?« Aber mittlerweile waren ihre Lippen prall und feucht, sie dufteten phantastisch nach Meer und Früchten, und er stürzte sich darauf, sie zu kosten, während Fiammetta von ihrem »Was machst du? Was machst du? Was machst du?« überging zu: »Ahh, ja, bitte«, wobei sie ihm eine Hand in die Haare grub. Er wartete, bis sie kurz vor dem Orgasmus war, dann richtete er sich auf und schob ihn ihr mit einem einzigen beherzten Stoß hinein, dass ihr die Luft wegblieb. Fiammetta krallte die Fingernägel in seinen Rücken, sie schlang sich um ihn und hielt ihn fest, denn er war in sie eingedrungen und hatte den Punkt gefunden, an dem sie die größte Lust empfand. Sie kam augenblicklich, das Gesicht an seinen Hals gepresst, denn sie wollte nicht, dass er sie so sah, völlig außer Kontrolle, und sie biss ihn, um nicht zu schreien.

Marco Luciani hatte es nicht geschafft zu kommen, er zog ihn heraus und drang wieder in sie ein, wobei er eine weichere, glattere Bahn fand, und als sie sich nach hinten sinken ließ und ihren schneeweißen Hals entblößte, knöpfte er ihr die Bluse auf, sah ihren auf den Slip abgestimmten Spitzen-BH und dachte, dass sie ihn seinetwegen angezogen hatte, dass sie sich so angezogen hatte in der Hoffnung, dass er sie ausziehen würde, und dass all diese Reden über den Ehemann und die Schuldgefühle nur dazu gedient hatten, sie noch mehr zu erregen, und also sagte er ihr: »Seit wann hast du schon nicht mehr so gebumst?« Sie stieß einen Protestschrei aus, aber er insistierte, und sie antwortete: »Schon lange, o ja, schon lange.«

»Was schon lange?«

»Schon lange habe ich nicht mehr so gebumst.«

»Dann sollst du jetzt also genießen«, sagte er und schob ihn noch tiefer rein, und während Fiammetta gehorchte, indem sie sich einem weiteren Orgasmus hingab, kam auch Marco, gemeinsam mit ihr und so lange, bis seine Beine nachgaben und er sich ebenfalls auf dem Tisch ausstreckte. So blieben sie liegen, streichelten und küssten sich sanft, während da Vincis Porträt sie mit dem unterdrückten Lächeln der Mona Lisa betrachtete.

»War das der endgültige Beweis für die Echtheit der Zeichnung? Der Liebesbeweis?«

»Depp«, sagte sie und gab ihm einen kleinen Klaps auf den Bauch. Sie fand gespenstisch, wie dünn er war, so ganz anders als ihr Mann. Aber es hatte ihr gefallen, ihn erregt zu sehen, zu sehen, dass er sie so sehr begehrte.

»Nein, nein, er war überzeugend«, insistierte der Kommissar.

Sie stand auf. »Ich hole die Brille aus der Tasche.«

Sie trug nur die Bluse. Marco Luciani betrachtete ihren eleganten Gang.

»Die B-Seite lügt nie«, seufzte er.

»Was?«

»Nichts. Ich dachte an die B-Seite. Der Schallplatten. Die Vinyl-Singles, kannst du dich an die erinnern? Die miesen Sänger spielten einen schönen Song auf der Vorderseite ein und packten irgendeinen Schund, oder gar die Instrumentalversion auf die Rückseite. Die wahren Künstler dagegen spielten zwei gute Lieder ein.«

Fiammetta schaute ihn über den Rand ihrer Brille hinweg skeptisch an. »Ich weiß nicht, wovon du redest, ich bin zu jung, zu meiner Zeit gab es schon CDs.«

»Ja, klar«, lächelte der Kommissar. »Ich meinte aber auch die Rückseite des Porträts. Auf der der Kleber hängt, oder? Die kann auch nicht lügen.«

»Richtig. Aber es gibt noch etwas, was ich dir zeigen muss.«

»Du hast mir schon das Paradies gezeigt«, sagte Marco Luciani, streichelte ihr über die Schulter und biss sie in den Hals.

Sie entwand sich seinem Griff. »Ja. Und wenn du nicht aufhörst, zeige ich dir die Hölle.«

»Ich hatte gehofft, das würdest du sagen. Weißt du, mit dieser Lesebrille der sadistischen Lehrerin …«

»Schluss jetzt. Wir ziehen uns an, sonst kannst du dich nicht konzentrieren. Wie ich sagte, habe ich in den letzten Monaten die Signatur da Vincis gefunden und entziffert. Deshalb hatte ich versucht, den Grafen zu kontaktieren, ich wollte ihm das mitteilen. Eine derart schöne, geniale Signatur, die ist alleine schon ein Meisterwerk. Und sie ist der unwiderlegliche, endgültige Beweis, dass dies sein Selbstporträt ist.« Sie zog ihren Slip an, knöpfte die Bluse zu, und dem Kommissar wurde klar, dass die große Pause zu Ende war und der Unterricht weiterging.

»Da, siehst du?«

»Wo?«

»Da, an dieser Stelle. Diese Linie, die die restliche Unterschrift überragt. Und die einige Buchstaben von den anderen trennt.«

Fiammetta bespaßte Alessandro, der aufgewacht war und mit Wonne ein Obstgläschen aß, er schien wie immer glücklich, sich an einem weichen Frauenkörper festhalten zu können. Gleichzeitig zeigte die Restauratorin Marco Luciani einige vergrößerte Fotoaufnahmen eines Details aus dem Porträt. Eine Fläche von kaum drei Zentimetern Breite am unteren Rand des Blattes: ihrer Meinung nach da Vincis »Signatur«. Nur mit Mühe konnte der Kommissar einen Fleck erkennen, der etwas dunkler als der Hintergrund war.

»Sei mir nicht böse, aber ich sehe absolut nichts. Ich erkenne nicht einmal, dass das eine Unterschrift sein soll – und einzelne Buchstaben schon gleich gar nicht.«

»Weil dein Auge nicht trainiert ist. Wenn du diese Arbeit seit zwanzig Jahren machen würdest, wäre dir alles klar. Oder besser, du würdest merken, dass an dieser Stelle etwas geschrieben stand, was später ausradiert wurde, und du würdest mit unendlicher Geduld beginnen, die Schatten zu analysieren, und versuchen, etwas Sinnvolles zu rekonstruieren.«

»Das ist eine Arbeit für Kriminaltechniker.«

»Ja, aber nicht nur. Man braucht die passenden Instrumente dazu, aber es braucht auch Verstand, Intuition und Wissen. Man tastet sich im Trial-and-error-Verfahren vor.«

Marco Luciani betrachtete die Blätter, die Vergrößerungen und die verschiedenen Phasen der Analyse, und trotzdem sah er weiterhin absolut nichts: »Bist du sicher, dass du dir das nicht ausgedacht hast? Ich meine, hier sind nur Schatten, und wie man weiß, sieht in Schatten jeder genau das, was er zu sehen erwartet.«

»Jetzt könnte ich beleidigt sein, Marco. Erlaube mal – ein bisschen Erfahrung habe ich schon in diesen Dingen. Wo du nichts siehst, kann ein trainiertes Auge einen altertümlichen Buchstaben erkennen. Wie auch immer, du hast recht, ich selbst hatte manchmal meine Zweifel. Nur kann ich mir diese Signatur nicht ausgedacht haben, denn sie ist zu komplex, sie ist die Signatur eines Genies. Sie ist höchst dynamisch, voller Schnörkel, voller kryptischer Verweise, und vor allem verbirgt sich in ihr der Schlüssel zum Verständnis dessen, was es ist, nämlich sein Selbstporträt.«

»Halt, halt. Wenn da Vinci erst seine Signatur unter diese Zeichnung gesetzt hat, warum sollte er sie später wieder ausradieren?«

»Aus demselben Grund, aus dem das Porträt versteckt wurde: Es war gefährlich. Leonardo da Vinci hatte viel Fortune, solange er lebte, aber kurz nach seinem Tod brach das finstere Zeitalter der Gegenreformation an. Und das Porträt eines Wissenschaftlers, noch dazu eines Atheisten und Sodomiten, wie man damals sagte, war nichts, was man sich an die Wand hängen konnte. Außerdem gehörte die Zeichnung, soweit ich weiß, eine Zeitlang keinem Geringeren als dem Erzbischof von Genua. Er rettete sie, um zu verhindern, dass man sie verbrannte, aber er sorgte auch dafür, dass, wer immer es entdeckte, weder den Maler des Porträts noch sein Sujet zuordnen konnte.«

»Um die Signatur da Vincis auszuradieren … muss man jedenfalls ganz schön verrückt sein.«

»Ja, aber denk immer daran, dass es damals den Begriff des geistigen Eigentums, wie wir ihn heute haben, nicht gab. Michelangelo ist einer der ersten Künstler, die ihre Werke signieren und sie von Anfang bis Ende selbst schaffen, oft wurden Bilder und Skulpturen jedoch von einem Team geschaffen, in der Werkstatt eines Meisters. Einer malte einen Engel, ein anderer den Hintergrund, wieder ein anderer die Madonna. Deshalb ist es oft so schwierig, sie zuzuordnen.«

»Aber wenn einer die Mona Lisa nicht signierte, warum sollte er dann so eine nutzlose Kohlezeichnung signieren?«

»Weil die Signatur ein Spiel ist, und da Vinci liebte Spiele. Zu seinen zahlreichen Erfindungen gehören auch die Worträtsel. Und das hier ist eines. Also, willst du diese Signatur nun sehen oder nicht?«

»Ich bin ganz Ohr, Frau Lehrerin«, sagte er.

»Wie auch du bemerkt hast, kann man in natürlichem Maßstab nicht viel mehr als einen dunklen Fleck unten in der Bildmitte sehen. Ich habe eine Weile gebraucht, um herauszufinden, was es ist, denn weder das Wood-Licht noch Infrarot-Strahlen hatten Ergebnisse geliefert. Dann habe ich es mit einer anderen Methode versucht, der Streiflicht-Analyse: Weißes oder hellblaues Licht, das man bei absoluter Dunkelheit in verschiedenen Richtungen auf das Bild scheinen lässt, um winzige Spuren sichtbar zu machen. Es war eine mit der damals gebräuchlichen Eisengallustinte angebrachte Signatur, die jemand später tilgte, indem er sie mit einem Pinsel verwischte. Um es kurz zu machen: Indem ich wieder und wieder jeden noch so kleinen Schatten, jede noch so verschwindende Spur analysierte, brachte ich schließlich einen Buchstaben nach dem anderen zum Vorschein. Ich zeige sie dir.«

Der erste war eine krumme 8, die man mit einer gewissen Portion Phantasie für ein großes L halten konnte. Dann folgten ein relativ deutliches i und ein o, dann eine andere, ziemlich langgezogene 8. (»Die Acht hielt man für eines der Symbole des Priorats von Zion, bei dem da Vinci Großmeister war und das die Kirche auf jede erdenkliche Weise bekämpfte«, erklärte Fiammetta. »Auch deshalb wollte ein Geistlicher das nicht bei sich im Hause haben.«) Dann folgten ein n, ein a, ein r, ein d mit einem schönen Katzenschwanz (»typisch für den Meister«) und ein o. Dann ein sehr flüchtiges »da«, bevor das große V kam, das einem i, einem n, einem z und einem i vorausging.

»Lionardo da Vinzi«, buchstabierte der Kommissar. Das war's?, dachte er.

»Okay, daran ist erst einmal nichts Merkwürdiges«, lächelte Fiammetta. »Wie du sagst, hätte diese Signatur auch ich mir ausdenken können, hätte auch ich den Schatten meiner Phantasie Gestalt geben können. Nur gibt es am Ende der Signatur ein winziges Kreuzchen. Und weißt du, was das bedeutet?«

»Ich habe keine Ahnung.«

»Es ist ein Zeichen. Das da Vinci gesetzt hat, um zu zeigen, dass die Signatur auch von rechts nach links zu lesen sei.«

»Ahh, wie die rückwärts eingespielten Schallplatten. Was ist das, eine Botschaft Satans?«

»Du ulkst. Ich aber meinte es ernst, als ich von der Hölle redete. In Gegenrichtung gelesen, wurde aus der Unterschrift ›iz ni vado dran oi‹.«

»Was soll das denn heißen?«

»Wörtlich übersetzt ›*così ne vado a fare io*‹, will sagen: ›*così vado a fare me stesso*‹, ›so gehe ich mich selbst schaffen‹. Oder noch besser, wenn diese langgezogene Acht in Wirklichkeit ein l wäre, ›*così vado a disegnare l'Io*‹, ›so gehe ich mein Selbst zeichnen‹. Was wir sehen, ist das Selbstporträt da Vincis, aber nicht nur seines Gesichts. Wie jedes ordentliche Porträt muss es etwas von der Seele seines Gegenstandes widerspiegeln. Uns zeigen, wer er wirklich ist. Deshalb sind unter der Zeichnung noch andere Zeichnungen versteckt.«

Marco Luciani schaute sie an, als wollte er um Gnade flehen. Fiammetta lächelte und gab ihm Alessandro zurück: »Okay. Das soll für heute reichen. Gründe, um weiter zu ermitteln, habe ich dir genug geliefert, will ich meinen.«

Ich hätte gerne noch ein paar mehr, dachte er, auch die Rückseite würde ich gerne noch einmal gründlich abhandeln.

»Sicher. Ich verspreche dir, dass ich mich diese Woche ins Zeug legen werde.«

»Ich wusste, ich würde dich überzeugen. Diese Signatur ist … ist … unglaublich.« Sie schaute ihn an. Ihre Augen strahlten, und Marco Luciani dachte stolz, dass das nicht allein da Vincis Verdienst war.

Kapitel 52

Roberto

»Mohamed. Was machst du hier? Wir hatten gesagt, wir lassen uns mindestens eine Woche nicht mehr zusammen blicken.«

»Dann lass mich rein.«

Roberto trat zur Seite und öffnete schließlich die Tür seiner Einzimmerwohnung.

»*Que pasa*, Bruder? Das ist unvorsichtig …«

»Nenn mich nicht Bruder. Ich bin nicht dein Bruder.«

»Was hast du denn?«

»Das weißt du. Du und deine Freunde. Ihr habt meinen Cousin umgebracht.«

Roberto setzte ein Gesicht auf, als wüsste er von nichts. Aber er wirkte nicht sehr überzeugend. »Wann denn? Wovon redest du?«

»Das weißt du ganz genau. Du warst auch dabei, man hat dich gesehen. Du hast ihn erstochen.«

»Ich war nicht dort. Ich schwöre.«

»Doch, du warst dort.«

»Ich sage dir doch, nein!«

Mohamed schaute ihm hart in die Augen. Roberto senkte zuerst den Blick. Er ging zwei Schritte zurück und schaute auf die Uhr: »Scheiße, verdammte, es ist sauspät, morgen um sieben muss ich zur Arbeit«, sagte er, um Zeit zu gewinnen, und lehnte sich an den Küchenschrank. In einer Schublade waren die Messer, und es war besser, eins zur Hand zu haben.

Der andere ließ nicht locker: »Warst du es, der ihn umgebracht hat?«

»Ich habe dir gesagt, dass ich gar nicht dort war.«

Mohamed nahm einen Stuhl, setzte sich rittlings darauf und verschränkte die Hände, wie um zu demonstrieren, dass er keinen Zentimeter weichen würde, bis er nicht die Wahrheit erfahren hatte.

»Okay. Ich wiederhole, ich war nicht dort. Ich weiß aber, was passiert ist«, sagte Roberto mit genervter Miene. »Dein Cousin … nun, es tut mir leid um ihn, aber nach allem, was ich weiß, hat er es drauf angelegt. Er hätte in seinem Revier bleiben müssen.«

Mohamed fixierte ihn, ohne sich zu rühren.

»Ihr hättet dasselbe getan, und das weißt du auch. Eine Abmachung ist eine Abmachung. Wer sich nicht daran hält, muss büßen. Jedenfalls, was man mir erzählt hat, wollte der, der ihn erstochen hat, ihn gar nicht umbringen. Er hatte einfach Pech«, sagte er, ohne zu erläutern, ob er das Opfer oder den Mörder meinte.

»Du schuldest mir dreitausend Euro«, sagte Mohamed, ohne den Blick von ihm zu lassen.

»Was?! Dreitausend Euro?! Du spinnst wohl.«

»Ich spinne kein bisschen. Das ist angemessen.«

»Die Schuld waren zweitausend Euro, und du hast schon viertausend bekommen. Was willst du noch?«

»Das ist eine andere Geschichte. Ein anderes Geschäft. Dies hier sind die Auslagen für meinen Cousin.«

»Du machst Witze.«

»Ich mache keine Witze. Wir müssen ihn nach Marokko überführen und seiner Familie etwas geben.«

»Und was habe ich damit zu tun?«

»Wenn du nichts damit zu tun hast, macht es dir auch nichts aus, wenn ich zur Polizei gehe und deinen Namen nenne.«

»Und wenn ich hingehe und deinen nenne? Erpress mich nicht, mein Lieber, das ist für dich nicht ratsam. Ich bin minderjährig, du nicht. Und deine zwanzig Jahre, die erlässt dir keiner.«

»Ich erpresse niemanden. Ich verlange das, was angemessen ist. Seine Familie braucht das Geld, das er nach Hause sandte. Und sein Bruder, nun, sein Bruder hat geschworen, dass er dich umbringt. Er wollte heute Abend hierherkommen. Ich habe ihn davon überzeugt, dass es keinem nützt, einen Krieg anzuzetteln. Ich weiß, dass du ihn nicht umbringen wolltest, das war ein Unfall, aber wenn du davonkommen willst, musst du den Schaden begleichen.«

Roberto wollte ihn schon zum Teufel jagen, zwang sich aber, vernünftig zu sein. Mohamed und seine Leute waren gefährlich, und er konnte nicht alle Marokkaner der Altstadt gegen sich aufhetzen.

»Hör mal, wir machen es so. Ich habe kein Geld mehr, du kannst aber die Sachen behalten, die wir mitgenommen haben. Du verkaufst sie, nimmst damit das Geld ein, das du brauchst, und schickst es an die Familie deines Cousins. Okay?«

»Dieses Zeug ist nichts wert. Bücher. Fotos. Mist. Das kannst du gleich auf den Müll schmeißen.«

»Das stimmt nicht. Bring es her, und wir schauen, was es wert ist. Man muss nur verstehen, es zu verkaufen.«

»Wenn ich versuche, es zu verkaufen, wandere ich direkt in den Bau. Zu gefährlich.«

»Es wird mindestens tausendfünfhundert Euro wert sein. Vielleicht zweitausend. Ich kenne die Preise.«

»Einen Scheiß kennst du. Wie auch immer, wenn du so sicher bist, dann gib mir das Geld, das du mir schuldest, und ich gebe dir dein Zeug zurück.«

»Und deine Sachen? Nimm sie dir, ich habe sie hier.«

»Das ist gute Ware. Ich weiß, was ich auszusuchen habe. Aber ich überlasse sie dir. Die verkaufst du in aller Ruhe, wenn du das so gut kannst. Ich dagegen habe keine Zeit, die Polizei macht mir Druck, neulich abends haben sie mich bei der Piazza delle Erbe gekascht und meine Fingerabdrücke genommen. Ich muss zurück nach Marokko. Das Geld brauche ich sofort.«

Aha, dafür also braucht er das Geld, dachte Roberto. Mohamed hat's eilig, er ist in der schwächeren Position. Dies war der Moment, um die Taktik anzuwenden, die er von Antonino gelernt hatte.

»Ich hab dir gesagt, ich habe's nicht.«

»Dann besorg es dir.«

»Ja, wie denn? Wenn ich die Sachen nicht verkaufen kann?!«

Mohamed fing an zu schwitzen. Seine Pupillen waren erweitert, sein Gesicht gerötet. Roberto dachte, dass er bestimmt etwas genommen hatte.

»Ich weiß nicht. Denk dir was aus. Bitte deine Kumpels um Geld. Deine Verwandten.«

»Und wenn nicht?«

»Wenn nicht, bist du fällig.«

Roberto spürte, wie sein Blut in Wallung geriet. Was bildete der sich denn ein, was er ausrichten könnte?

»Nein, Dicker, du siehst das falsch. Du kannst nicht einfach in meine Wohnung kommen und mir drohen!«

Er streckte den Finger Richtung Mohamed und versuchte, ihn vom Stuhl und zur Tür zu zerren, doch der andere hatte rasch die Hand aus der Tasche geholt. Roberto wäre fast in das Messer gestürzt, das gegen seine Kehle drückte.

»Halt, oder ich schneid dir die Kehle durch wie einem Lamm. Für das, was du getan hast, sind dreitausend Euro wenig. Nichts.«

Er wechselte das Messer schnell in die linke Hand, und verpasste Roberto mit der rechten einen Fausthieb, dass dieser ins Taumeln geriet. Roberto versuchte, sich zu wehren, aber wieder hatte er die Klinge einen Zentimeter vor seinem Gesicht. Er ging rückwärts, bis er auf seinem Bett saß.

»Eine Woche«, sagte Mohamed, »Ich gebe dir eine Woche, um mir das Geld zu bringen. Sonntag um Mitternacht auf dem Platz. Komm alleine und probier bloß keine Spielchen mit mir.«

Kapitel 53
Luciani

Doktor Giulio Repettos Praxis lag im Zentrum Casale Ligures, im zweiten Obergeschoss eines vierstöckigen Gebäudes. Der Instinkt hatte Marco Luciani geraten, seinen Besuch nicht anzumelden, was ein Polizist sowieso möglichst nie machen sollte. Die Eingebung war ihm im Morgengrauen gekommen, während er Alessandro, der die ganze Nacht gejammert hatte, warme Wickel auf die Ohren legte. Wenn eine Ermittlung sich in einer Sackgasse befindet, kann man nichts anderes tun als den Rückwärtsgang einlegen, zum Ausgangspunkt zurückkehren und einen alternativen Weg suchen. Und der Ausgangspunkt war der Tod des Grafen. Livasi hatte als gegeben angenommen, dass es sich um einen natürlichen Tod gehandelt habe, und den Doktor nicht wirklich in die Mangel genommen. Er hatte bestenfalls in Betracht gezogen, dass die Polin ihn getötet haben könnte, um ihn von seinen Leiden zu erlösen und sich dann ihrerseits umzubringen. Aber so musste es nicht zwangsläufig abgelaufen sein. Wenn sich jemand der Zeichnung bemächtigen wollte, musste er zuerst den Grafen eliminieren. Und die Polin war nicht die Einzige, die Zugang zu dem Haus hatte.

An jenem Morgen hatte er Polizeichef Iaquinta im Büro angerufen und mitgeteilt, dass er in der letzten Woche eine vielversprechende Spur entdeckt habe, um zwei mögliche Mordfälle aufzuklären, und er hatte ihn um eine weitere Woche Zeit gebeten.

»Sie nehmen mich auf den Arm, Commissario. Niemand hat Sie hier gesehen.«

»Ich habe auf eigene Faust ermittelt.«

»In welchem Fall, wenn es beliebt?«

»Zum Tod des Grafen Guinigi Moncalvo und seiner polnischen Haushälterin Agnieszka Kaczmarek.«

»Wie jetzt, Commissario?! Sie haben keine Zeit, um sich um den Mord in der Altstadt zu kümmern, und vergeuden stattdessen ihre Tage mit zwei alten, bereits geklärten Geschichten? Welchen Sinn hat das denn?«

»Zum Mord in der Altstadt leistet Livasi exzellente Arbeit, wie mir scheint. Verlassen Sie sich auf mich, die Sache, mit der ich mich befasse, ist von ganz anderer Tragweite und wird der Dienststelle in Genua zu Ruhm und Ehre gereichen.«

Er meinte die perplexe Miene von Iaquintalino zu sehen. Dieser war sicher unschlüssig, ob er Luciani glauben sollte, auf die Gefahr hin, versoßt zu werden, oder ob er ihn hochkant rausschmeißen sollte, auf die Gefahr hin, sich absolut zum Deppen zu machen, falls der Kommissar tatsächlich etwas aufdecken sollte.

Der Polizeichef setzte seine Worte mit Bedacht: »Es ist zehn vor zehn am Montagmorgen. Um zehn vor zehn nächsten Montag werden Sie sich hier zum Dienst einfinden. Oder Sie schicken mir Ihre Kündigung. Ich halte den Versetzungsbefehl hier auf dem Schreibtisch bereit.«

Die Tür der Praxis war offen, und im Wartezimmer saß eine alte Frau, die die Augen aufriss, als sie Luciani mit Alessandro im Tragesack eintreten sah. Marco Luciani grüßte sie und setzte sich seinerseits, er nahm eine Klatschzeitung vom Tisch und stellte sich auf das Warten ein.

Der Arzt führte seine Untersuchungen im Nebenraum durch, und er brauchte rund zehn Minuten, um die Patientin zu entlassen, dann eine weitere gute Viertelstunde für die Alte. An den Wänden hingen Drucke berühmter Bilder, Kandinsky,

Chagall, Matisse, die Wand dazwischen hätte mal einen neuen Anstrich vertragen. Der Gesamteindruck war ziemlich deprimierend und diente vielleicht dazu, Patienten abzuschrecken. Nur wem es wirklich mies ging, der konnte danach trachten, hier seine Zeit zu verbringen.

»Wie kann ich Ihnen helfen?«, fragte der Arzt, nachdem er die letzte Patientin verabschiedet hatte.

Marco Luciani erhob sich. Ihn in aufrechter Position zu sehen, hatte immer eine gewisse Wirkung, die durch den Dienstausweis noch verstärkt wurde, den er aus der Jacketttasche gezogen hatte. Doktor Giulio Repetto wurde blass.

Sie setzten sich in das Behandlungszimmer des Arztes. Es war größer, als man erwartet hätte, und viel liebevoller eingerichtet als das Vorzimmer. Keine Metallmöbel, sondern alles aus Holz, bis auf Liege und Waage. Es gab einen echten antiken Mahagonischreibtisch. Einen dunklen Schrank mit Apothekengläsern, einen Ledersessel für den Doktor und zwei schöne Stühle für die Gäste. Es gab an den Wänden echte Bilder, außerdem eine kleine Vitrine mit altertümlichem Chirurgenbesteck und diversen Nippes, zwei alte Fotoapparate und sechs Pfeifen inbegriffen (eine für jeden Tag der Woche), die in einer Holzhalterung ruhten. Die siebte lag auf dem Schreibtisch.

»Im Behandlungszimmer rauche ich nicht, ich gehe in den Nebenraum«, sagte Doktor Repetto, dem der fragende Blick des Kommissars nicht entgangen war.

»Keine Sorge, ich laufe nicht durch die Gegend, um Rauchern Bußgelder aufzubrummen. Ich bin von der Mordkommission.«

Sein Gegenüber zuckte zusammen.

»Ich würde Ihnen gerne ein paar Fragen stellen, wenn Sie nichts dagegen haben.«

»Absolut nicht. Nur ist meine Sprechstunde zu Ende, und

ich muss zwei Hausbesuche machen«, sagte der Arzt mit einem Blick auf die Uhr.

»Ich stehle Ihnen nur fünf Minuten. Es geht um Herrn Guinigi Moncalvo. Besser gesagt: Graf Guinigi Moncalvo.«

»Ja.«

»Ich habe gesehen, dass Sie den Totenschein ausgefüllt haben.«

»Richtig.«

»Und ich habe gesehen, dass als Todesursache Herzversagen eingetragen wurde.«

»Richtig.«

»Nun, da das eine etwas vage Definition ist – schließlich sterben wir nun einmal alle mehr oder weniger an Herzversagen –, wollte ich wissen, wie der Graf genau gestorben ist.«

»Ist denn etwas passiert?«, fragte der Arzt, um Zeit zu gewinnen. Im Timbre seiner Stimme nahm Marco Luciani ein leichtes Beben wahr.

»Eine simple Kontrolle. Es hat eine anonyme Anzeige gegeben. Wir müssen dem nachgehen.«

»Haben Sie etwas dagegen, wenn …«, sagte der Arzt und zeigte auf die Pfeife. Er stand auf, zündete sie an, öffnete das Fenster und setzte sich wieder. Er hatte noch einmal gut eine Minute gewonnen.

»Der Graf hatte einen Schlaganfall erlitten«, sagte er schließlich, »nichts Dramatisches, aber schwer genug, um seine Gesundheit zu beeinträchtigen, die bis zu diesem Zeitpunkt gut gewesen war. Dann war es schnell mit ihm bergab gegangen, er ging fast nicht mehr aus dem Haus und blieb oft den ganzen Tag im Bett. Ich habe ihn ein paar Mal untersucht, und sein Gesamtzustand war nicht gut.«

»Hat sein Tod Sie überrascht?«

»Bis zu einem gewissen Grade. In diesem Alter kann, vor allem wenn auch noch eine leichte Depression hineinspielt, wenn der Patient nicht mehr kämpft und nicht mehr aus dem

Bett aufsteht, das Ende auch recht plötzlich kommen. Und dann war es in jenen Tagen heiß, sehr heiß. Im Juli und im August sind Dutzende, nein, Hunderte alte Leute gestorben, dehydriert und von der Schwüle ausgelaugt.«

»Wer kümmerte sich um ihn?«

Der Arzt schluckte und hustete ein wenig Rauch aus. »Eine Haushälterin. Eine Polin, die seit vielen Jahren bei ihm war.«

»Und die wenige Tage danach auf tragische Weise ums Leben kam.«

Der Doktor nickte. »Ein furchtbarer Tod.«

»Darf ich Sie fragen, weshalb beim Grafen keine Obduktion durchgeführt wurde?«

»Das sollten Sie vielleicht eher den Richter als mich fragen.«

»Der Richter vertraut, wenn es keine Verdachtsmomente gibt, dem Attest des Hausarztes. Aber wenn Sie eine Autopsie als angezeigt betrachtet hätten …«

»Es gab keinen Grund dafür. Er war ein alter Mensch, es ging ihm nicht gut. Für mich war es ein natürlicher Tod. Aber warum erklären Sie mir nicht, was …«

»Das ist sehr einfach, Herr Doktor. Ich fragte mich, ob wir es hier nicht mit dem klassischen Fall von Mord mit anschließendem Selbstmord zu tun haben könnten. Oder besser: von Euthanasie und Selbstmord. Jemand hat mir gesagt, dass die Haushälterin und der Graf eine Art Paar waren, oder gewesen waren … Deshalb habe ich gedacht, dass sie den Leiden des Mannes, den sie liebte, ein Ende gesetzt haben und dann, womöglich aus Gewissensbissen oder weil sie es vorher schon beschlossen hatte, sich selbst umgebracht haben könnte.«

Der Arzt nahm einen weiteren Zug und nutzte diesen, um einige Sekunden nachzudenken. Wenn die Ermittlung diese Richtung nahm, so konnte ihm das alles in allem recht sein. »Aus heutiger Sicht, nach dem tragischen Selbstmord Agneses, ist das eine mögliche Hypothese.«

»Vielleicht ist es für eine Autopsie noch nicht zu spät«, sagte Marco Luciani. »Vielleicht könnten wir Spuren von Gift in der Leiche des Grafen finden.«

»Sie hätte sich ein ganz besonderes beschaffen müssen«, sagte der Arzt, »denn die Anzeichen von Vergiftung hätte ich erkannt.«

Sie schwiegen eine Weile. Dann war es wieder der Arzt, der sprach: »Aber wenn es wirklich so abgelaufen wäre, Herr Kommissar … Entschuldigen Sie, wäre es dann nicht angezeigt … Ich meine nicht, die Ermittlung nicht voranzutreiben, Gott bewahre; aber ich frage mich … Selbst wenn es so geschehen wäre, wie Sie vermuten, welchen Unterschied würde das heute noch machen?«

»Für den Grafen und die Polin keinen. Für mich, der ich aus beruflichen Gründen nach der Wahrheit suche, würde es einen kleinen Unterschied machen. Doch das Problem ist, dass noch eine andere Hypothese in Betracht gezogen werden muss.« Er machte eine Kunstpause und starrte dem Doktor geradewegs in die Augen. »Die des Doppelmordes. Und in diesem Fall, bei einem Täter, der noch frei herumläuft, wäre der Unterschied gewaltig.«

Zurück in Camogli, rief er Fiammetta an. Er wusste nicht, welchen Ton er anschlagen sollte, und da sie wahrscheinlich nicht alleine war, wählte er die professionelle Variante.

»Weißt du noch, dass du mir von den Pfeifen des Grafen erzählt hast?«

»Die Pfeifen des Grafen?«, erwiderte sie perplex.

»Als wir zur Villa fuhren, hast du mir erzählt, dass er eine Vitrine mit Pfeifen hatte.«

»Ja.«

»Würdest du die wiedererkennen?«

»Das glaube ich kaum. Ich habe sie nur flüchtig im Vorbeigehen gesehen und bemerkt, dass sie schön waren. Da er sie in einer Vitrine aufbewahrte, nehme ich an, dass es Pfeifen von einem gewissen Wert waren, aber ich kenne mich damit nicht aus.«

»Das heißt, er benutzte sie nicht.«

»Keine Ahnung. In meinem Beisein hat er nie geraucht.«

Marco Luciani hatte irgendwo gelesen, dass man Pfeifen benutzen musste, andernfalls gingen sie kaputt. Er wusste allerdings nicht, ob das auch für Sammlerstücke galt, und um ehrlich zu sein, hatte er keinen Schimmer, ob die im Behandlungszimmer des Doktors solche waren.

»Warum fragst du mich danach?«, sagte sie.

»Ich habe den Arzt verhört. Und er hatte schöne Pfeifen in seiner Praxis.«

Fiammetta sagte nichts.

»Der Arzt gefällt mir nicht«, fügte der Kommissar hinzu, »er hat kein reines Gewissen. Ich neige immer mehr zu der Überzeugung, dass man den Grafen umgebracht hat. Und die Polin ebenfalls.«

»Meinst du, er war es?«

»Ich weiß nicht. Wusste er von dem da Vinci?«

»Keine Ahnung.«

Marco Luciani seufzte. »Er scheint nicht der Typ für einen Mord zu sein. Den Grafen hätte er leicht eliminieren können, aber die Haushälterin mit dem Messer abzustechen … Das war ein ganz anderes Kaliber, und man brauchte beachtliche Kraft dazu. Es sei denn, es war ein Unfall, etwas Unvorhergesehenes, aber in diesem Fall hätten wir Spuren gefunden.«

»Lass sein Haus durchsuchen. Wenn das Porträt auftaucht …«

Der Kommissar nagte an seiner Unterlippe, auf der Suche nach einer Lösung. »Das ist nicht so einfach. Man müsste vorher die Leiche des Grafen obduzieren lassen, und falls man etwas Verdächtiges entdeckt, könnte man anschließend gegen den Arzt ermitteln und sein Haus durchsuchen. Aber wenn er das Porträt hat, dann bliebe ihm alle Zeit der Welt, es verschwinden zu lassen.«

»Warum hast du ihn also vorgewarnt?«

»Weil ich keine Theorie entwickeln kann, wenn ich meinem Verdächtigen noch nicht einmal ins Gesicht gesehen habe. Nicht mit ihm gesprochen habe. Ich musste sehen, ob mein Verdacht begründet war, und jetzt, da ich mit ihm gesprochen habe, denke ich, es lohnt sich weiterzumachen. Sicher ist der Arzt kein Gewohnheitsverbrecher, und wenn er weiß, dass die Polizei ihn auf dem Kieker hat, könnte er einen Fehler machen.«

Er verabschiedete sich von Fiammetta und rief beim »Secolo XIX« an. Sein Freund Sandro Baffigo, genannt Baffo, war in der Redaktion und ging sofort ans Telefon. Marco Luciani hielt sich nicht mit Höflichkeitsfloskeln auf, sondern kam gleich zum Punkt: »Ich habe eine sehr interessante Meldung.«

»Interessant für dich oder für mich?«, erwiderte der andere prompt.

»Für deine Leser. Das heißt, für einen Leser im Besonderen.«

Der Journalist machte »Hmm«, was heißen sollte, dass er nicht unbedingt verstanden hatte. »Und was wäre diese Meldung?«

»Ein Fall von Selbstmord, der in Wahrheit ein Mord sein könnte. Und eine Leiche, die exhumiert werden könnte. Was hältst du davon?«

»Gut.«

»Also, dann stell das Aufnahmegerät ab, falls es läuft, und schreib mit.«

Am nächsten Tag, einem Dienstag, prangte auf Seite acht, über dem Zeitgeschehen, folgende Schlagzeile: »Der rätselhafte Tod des Grafen Moncalvo«. Der Artikel kündigte neue Entwicklungen in den Ermittlungen an.

Marco Luciani wartete den Nachmittag des Folgetages ab, um sicherzugehen, dass der Arzt den Artikel gelesen hatte, dann lud er Alessandro ins Auto und fuhr noch einmal zu der Praxis, um seinen Bluff bis zum Ende durchzuziehen.

»Morgen früh wird der Richter eine Exhumierung und die Obduktion der Leiche verfügen. In Kürze wird gegen Sie ein Ermittlungsverfahren eingeleitet werden. Ich wollte Sie, der Korrektheit halber, ins Bild setzen.«

Das Gesicht des Arztes schien in sich zusammenzufallen wie ein Hochhaus, in dessen Sockel man Sprengladungen angebracht hat, und das in einem Augenblick jegliche Konsistenz verliert.

»Ermittlungsverfahren …«

»Es ist nur zu Ihrem Schutz.«

»Ich werde in die Zeitung kommen.«

Der Kommissar lupfte eine Augenbraue, wie um zu sagen: Naturgemäß.

»Ich bin erledigt. Nach einer fast vierzigjährigen Laufbahn, ein Jahr vor der Pensionierung. Meine Frau, meine Freunde, alle meine Patienten. Alle meine …«, er beendete den Satz nicht. Seine Augen hatten sich mit Tränen gefüllt, und er schlug die Hände vors Gesicht. Der Kommissar stand auf, um sich und Alessandro diesen Anblick zu ersparen. Er hasste sich selbst, wenn er so etwas machte, aber gleichzeitig jubilierte er, weil er wusste, was innerhalb einer Minute geschehen würde.

»Ich habe ihn nicht umgebracht, Herr Kommissar. Das schwöre ich Ihnen. Ich habe den Grafen nicht umgebracht, und die Polin schon gar nicht. Ich bin ein ehrlicher, anständiger Mensch.« Jeder Satz kam in kurzen, von Schluchzen unterbrochenen Schüben. Der Kerl musste schon von Haus aus eine ziemliche Memme sein, und die zwei Tage und die zwei Nächte, in denen der Kommissar ihn hatte schmoren lassen, hatten seine Nerven auf zweckdienliche Weise zerrüttet.

»Dann ist gut. Wenn es sich so verhält, wird die Autopsie das bestätigen.«

Der Arzt hob den Blick ein wenig, dann weinte er weiter. »Ich weiß nicht. Ich weiß nicht. Und wenn dagegen herauskommt … Sie werden denken, dass ich …«

»Wenn was herauskommt?«

»Ich weiß nicht … Wenn man ihn nun wirklich … Und wenn er es selbst gemacht hätte, sich umgebracht … Wenn er etwas eingenommen hätte … Wie können Sie mich deswegen anklagen? Wieso hätte ich denn Verdacht schöpfen müssen?«

Marco Luciani setzte sich wieder hin. »Doktor Repetto. Warum nehmen Sie nicht ein Beruhigungsmittel ein und erzählen mir alles von Anfang an?«

Der Arzt tat ihm leid. Im Grunde war er fast ein alter Mann, der sich vor eine schwierige Entscheidung gestellt gesehen hatte. Auf der einen Seite, sich an den hippokratischen Eid zu halten, dem er fast vierzig Jahre lang gewissenhaft Ehre gemacht hatte, oder auf der anderen Seite, eine Ehe scheitern zu sehen, die seit fünfunddreißig hielt. Die Polin hatte ihn, auch wenn sie es nicht explizit gesagt hatte, vor einen Scheideweg gestellt. Auf der einen Seite die Karriere, die Ehre, das Ansehen, auf der anderen die Familie. Und er hatte die einzige logische Wahl getroffen, die des Schweigens, das beide retten konnte. Jedermann mit gesundem Menschenverstand hätte sich verhalten wie er. Schade nur, dass dieses Verhalten ethisch falsch war.

»Kann man nichts unternehmen? Ich war schwach, ich hatte Angst, wollte nur meine Familie schützen. Sie sind selbst Vater, ein liebevoller Vater. Und vielleicht können Sie mich verstehen«, hatte er am Ende seines qualvollen Geständnisses gesagt. Das gar kein Geständnis war, sondern nur die Bestätigung, dass er sehr wohl in seinem Innersten einen Verdacht gehegt hatte, dass dieser Verdacht aber nicht so stark war, dass er jemanden deswegen angezeigt hätte. »Sie wollten nicht Ihre Familie schützen, sondern nur sich selbst«, hatte Marco Luciani erwidert. »Und das könnte ich sogar verstehen. Aber als Entschädigung für Ihr Schweigen haben Sie etwas genommen, was dem Grafen gehörte, und das bedeutet, dass Sie einen Verdacht hatten, und was für einen. Nur haben Sie vorgezogen, ihn zu ignorieren.«

Der Doktor senkte den Blick. Er hatte wieder angefangen, ein bisschen zu weinen.

»Machen wir Folgendes, Doktor. Sagen wir, ich bin nie hier gewesen. Kommen Sie morgen früh auf die Dienststelle, um eine Aussage zu machen. Sagen Sie, Sie haben in der Zeitung gelesen, dass die Ermittlungen wiederaufgenommen wurden und dass Sie beschlossen haben, alles zu erzählen. Von Ihrem Verdacht, was den Tod des Grafen betrifft, von der Erpressung durch die Haushälterin. Sie werden ein bisschen Ärger mit der Ärztekammer bekommen, aber Sie wären im Grunde ja sowieso demnächst in Ruhestand getreten. Und vielleicht werden Sie zu Hause ein bisschen Ärger kriegen, aber nichts, was sich nicht einrenken ließe.«

»Sie kennen meine Frau nicht.«

»Aber ich weiß, wie diese Dinge ausgehen. Die Geschichte liegt lange zurück, und Ihre Frau, Doktor, wird sich in einem Dilemma befinden. Ich bin überzeugt, wenn Sie sie um Verzeihung bitten und dabei überzeugend wirken, dann wird Ihre Frau bei Ihnen bleiben, wie es alle Frauen in diesen Fällen tun.«

»Und die Ermittlung? Werde ich des Mordes angeklagt werden?«

»Der Richter wird Ihre Reue in Rechnung stellen und die

Tatsache, dass Sie sich aus freien Stücken gestellt haben. Zwischen einer Mordanklage oder Beihilfe zum Mord und Begünstigung gibt es einen großen Unterschied.«

Der Arzt nickte schwach.

»Glauben Sie mir, das ist für alle die beste Lösung. Ich warte morgen früh auf Sie, einverstanden?«

»Einverstanden«, flüsterte der Arzt, inzwischen vollkommen antriebslos.

Marco Luciani tat die ganze Nacht kein Auge zu. Er probierte alles aus, um Alessandro abzulenken, der wegen seiner Ohrenschmerzen jammerte, doch erst um fünf Uhr morgens fielen sie gemeinsam, im Ehebett aneinandergeschmiegt, in tiefen Schlaf. Um Viertel vor acht holte Alessandros Weinen ihn aus dem schwarzen Loch, in das er gestürzt war, und der Kommissar, der nach Luft schnappend ins Dasein zurückzukehren suchte, wurde von einem Gefühl der Verzweiflung übermannt. Er war allein, ganz allein, mit einem Säugling, der mit einer zermürbenden Langsamkeit wuchs, nichts kapierte, nichts konnte. Was zum Geier suchte dieses Kind in seinem Leben? Wer war es? Es ähnelte ihm kein bisschen, war ein vollkommen Fremder, der irgendwann in sein Haus geschneit war und sich anmaßte, den Herrn zu spielen, indem er ihm sämtliche Zeitabläufe und Gewohnheiten auf den Kopf stellte, ihm das Schlafen, das Essen, ja sogar das friedliche Defäkieren versagte. Es gab kein Training mehr, keine Bücher, kein Tennis, und ab Montag würde es, wenn seine Mutter nicht zurückkam, nicht einmal mehr die Arbeit geben. Sofia müsste wenigstens so viel Stil haben, dass sie mir jeden Monat einen Scheck schickt, dachte er, dann könnte ich zumindest in Mutterschutz gehen. Genau, das war überhaupt die Idee: in Vaterschutz gehen. Aber würde er da zumindest einen Teil seines Gehaltes weiterbekommen? Auch wenn das, recht betrachtet, nicht das einzige Problem war. Das

Problem war, dass er, wie fürs Impfen, nicht einen Fetzen Papier hatte, um zu beweisen, dass dies sein Kind war. Ich könnte auch den DNA-Test machen, dachte er, zu einem Richter gehen, um meine Vaterschaft anerkennen zu lassen, und danach vielleicht Sofia auf Alimente verklagen. Er nahm sich wieder vor, eine dieser amerikanischen Firmen zu suchen, die Tests über das Internet anboten, absolut diskret, es reichten zwei mit Speichel getränkte Wattestäbchen. Wer weiß, ob sie verlässlich waren. Sicher wollte er nicht noch einmal zu Doktor Vassallo gehen, der würde sonst was denken, oder vielleicht würde gar Iaquinta dahinterkommen.

Er nahm das Handy und rief Donna Patrizia an, entschlossen, ihr ein Ultimatum zu setzen.

»Also Mama, hast du mit der Tante über diese Option geredet?«

»Welche Option?«

»Das weißt du genau. Die Reha hier oben in Nervi zu machen. Dann könntest du auch wieder nach Hause kommen.«

Donna Patrizia atmete laut ein und aus. »Ich habe versucht, eine Andeutung zu machen … Aber sie ist nicht einverstanden. Sie sagt, sie will hierbleiben und in ihre Wohnung zurück.«

»Wie? Zu Fuß oder auf Rollerskates?«

»Marco! Sagt man denn so etwas?!«

»Mama. Mir scheint nicht, dass die Tante in der Position ist, Bedingungen zu stellen.«

Wieder dieses sekundenlange Schweigen.

»Wir müssen ihren Willen respektieren, wenn möglich. Sie bittet nur darum, bei sich zu Hause zu sein.«

»Bitte, aber vielleicht willst ja auch du einmal wieder zu dir nach Hause kommen, und ich bin darauf angewiesen, dass du das bis Sonntagabend tust.«

»Was soll ich dir sagen? Ich werde versuchen, sie zu überzeugen. Bei uns ist es angenehm, wir haben reichlich Platz, wir haben einen Garten, und auch im Winter gibt es schöne Tage.«

»Nein, Mama, entschuldige, überlegst du, sie mit hierher ins Haus zu nehmen?«

»Warum nicht? Ich werde mich um sie kümmern.«

»Wie, warum nicht? Du hast schon Alessandro, um den du dich kümmern musst, am Montag muss ich wieder zur Arbeit, und wir haben schon gesagt, dass wir uns zwei Pflegerinnen nicht leisten können.«

Donna Patrizia schwieg, aber sie blies ins Telefon, und das war kein gutes Zeichen.

»Also, Marco, hör mir gut zu: Das ist mein Haus, und solange ich nicht auch gelähmt oder vertrottelt bin, werde ich, wenn du gestattest, entscheiden, wer dort wohnen darf und wer nicht. Wir haben genug Geld, um der Tante zu helfen, ohne sie in ein Heim zu stecken. Und das werden wir tun. Schluss, aus. Ende der Diskussion.« Sie setzte eine Pause, ehe sie mit einem Lächeln schloss: »Gib Ale einen dicken Kuss und sag ihm, dass die Oma bald zurück ist.«

Marco Luciani beendete das Gespräch. Ale stand in seinem Laufstall, betrachtete ihn perplex, und als er seine wütende Miene sah, fing er sofort zu weinen an.

Herrgott, dachte der Kommissar, allein mit einem Säugling von noch nicht einem Jahr, einer Mutter von siebzig und einer gelähmten Tante von achtzig. Wie zum Henker komme ich da wieder heraus?

Er fand sich zeitig auf der Dienststelle ein, wie immer mit Alessandro im Schlepptau. Er verbrachte den Vormittag, indem er mit Iannece plauderte, Windeln wechselte und Facebook checkte (keine Nachricht von Annalise), während er auf den Doktor wartete. Livasi kam ihn, ein wenig unterkühlt, begrüßen. Luciani hatte ihm nichts gesagt, aber Livasi wusste, dass der Kommissar auf eigene Faust ermittelte, und das war für ihn beleidigend und demütigend. Davon abgesehen, dass er selbst mit dem Marokkaner-Mord an einem toten Punkt angelangt war. Auch die Begrüßung mit Calabrò war recht flüchtig. Marco Luciani war verlegen, weil Maria Antonietta morgens um sieben an seine Tür geklopft hatte, und der Inspektor war noch verlegener bei der Vorstellung, dass seine Frau ihm womöglich erzählt hatte, was sie in Mailand herausgefunden hatte.

Alessandro protestierte schon eine Weile, als Marco Luciani zum x-ten Mal auf die Uhr sah. Es war halb eins, das Kind hatte Hunger, und Doktor Repetto hatte sich noch nicht blicken lassen. »Wenn er es sich anders überlegt hat, dann ist das für ihn um so schlimmer«, knurrte er, »dann lasse ich ihn nicht nur des Mordes anklagen, sondern auch in Schutzhaft nehmen, wollen mal sehen, wie viel Freude er am Knast hat. Einer wie der hält das keine zwei Stunden durch.«

Ein plötzlicher Zweifel durchzuckte sein Hirn. Er rief in der Praxis des Arztes an, es antwortete ein Band, das die Bürozeiten und eine Handynummer für Notfälle abspulte. Er wählte die Nummer, und nach dreimaligem Läuten antwortete ihm eine Frauenstimme.

»Hallo?«

»Entschuldigen Sie, ich wollte mit Doktor Repetto sprechen.«

»Ich bin die Tochter.« Man hörte, dass sie nur mit Mühe die Tränen zurückhalten konnte. »Sind Sie ein Patient?«

»Ja«, sagte Marco Luciani.

»Entschuldigen Sie, aber Sie müssten sich an einen anderen Arzt wenden.«

»Aber wann kommt Ihr Vater denn zurück?«

»Mein Vater wird nicht zurückkommen. Er ist letzte Nacht verstorben.«

Das Herz des Arztes hatte versagt. Zu starke Emotionen, zu große Angst, zu große Scham. Vor der Aussicht auf die Herabwürdigung hatte er vorgezogen, die Reißleine zu ziehen. Keine Pension mehr, keine Enkelchen, keine Nachmittage im Gemüsegarten. Aber wenigstens würden seine Nachbarn und seine Patienten ihn in Erinnerung behalten, wie er gewesen war, ein anständiger und stets hilfsbereiter Mensch, der auf Hausbesuch kam, ohne einen Cent zu verlangen, und der viele Menschenleben gerettet hatte. Sicher, ein paar Fehler hatte auch er gemacht, wie alle, aber es war nicht gerecht, dass diese Fehler auf sein ganzes Leben einen Schatten warfen.

Marco Luciani war hin- und hergerissen zwischen der Wut auf sich selbst und den Schuldgefühlen gegenüber dem Arzt und seiner Familie. Er hatte auf ganzer Linie versagt, hatte einem für solche Situationen nicht gewappneten Gegner das Messer auf die Brust gesetzt. Und nun musste er noch eine schwere Entscheidung treffen. Es sah so aus, als wäre der Arzt einem Infarkt erlegen, aber man musste auch die Möglichkeit in Betracht ziehen, dass er den Tod selbst herbeigeführt hatte, womöglich mit derselben Substanz wie beim Grafen. Er verlor keine Zeit mit seinen Zweifeln, rief den diensthabenden Richter an und fragte ihn, ob er bitte eine Obduktion anordnen könne. Er versprach, er werde innerhalb von vierundzwanzig Stunden einen Bericht schicken, um seinen Verdacht zu erläutern.

Kaum war der Arzt, der die Autopsie durchgeführt hatte, am Freitagabend aus dem Sektionssaal gekommen, da rief er auch schon an. Die Untersuchung habe den klassischen Tod durch Herzversagen festgestellt, ohne jede andere verdächtige Spur. Über der Geschichte schwebte weiterhin ein Schleier, in dem niemand vollkommen schuldig oder vollkommen unschuldig erschien, und der Tod des Arztes verhinderte vielleicht für immer, dass man die Todesursache des Grafen fand, und ebenso, dass man herausfand, ob der Arzt selbst und die Polin von dem Porträt gewusst hatten. Auf jeden Fall schien dieser ominöse da Vinci eine furchtbare Kette von Unglücksfällen ausgelöst zu haben, und Luciani war wieder bei null angekommen, mit einem Toten mehr.

Kapitel 54

Luciani und Fiammetta

Fiammetta schlief in seinem Bett, vollkommen nackt. Sie hatten während Alessandros Siesta miteinander geschlafen, aber besonders schön war es nicht gewesen. Die Restauratorin war angespannt, weil sie ihre Tochter alleine in Sestri gelassen hatte, mit der Entschuldigung, sie wolle sich einen potentiellen Auftrag ansehen, und weil ihr Mann anscheinend noch am selben Abend zu ihr stoßen wollte. »Er hat gesagt, wir müssen reden. Ich glaube, das ist das erste Mal in achtzehn Jahren Ehe.« Während Marco sie küsste und streichelte, schien sie mit ihren Gedanken woanders, und der Kommissar bekam seinerseits Doktor Repettos trauriges Ende nicht aus dem Kopf. Fiammetta war sofort danach eingeschlafen, Marco Luciani dagegen fand, so müde er war, nicht in den Schlaf. Er hatte das Laken angehoben und lange den schneeweißen Körper seiner Geliebten bewundert, der das in Zwielicht getauchte Zimmer zu erleuchten schien. Für gewöhnlich gefielen ihm die braungebrannten Körper der Mädchen am Strand, aber verglichen mit ihnen war Fiammettas Haut die einer von Tontöpfen umgebenen Marmorstatue. Aus ihr sprach die Anmut vergangener Zeiten, der Aristokratin, die es gewohnt ist, sich im Innern eines Palastes aufzuhalten oder im geschützten Ambiente eines Gartens, immer auf der Hut vor zu viel Sonne.

Er schaltete die Nachttischlampe an und begann, zum x-ten Mal den Bericht über den Tod von Agnieszka Kaczmarek zu lesen. Die Theorie vom Selbstmord überzeugte ihn nach wie vor nicht, auch wenn es für Mord keinen Beweis gab. Ohne Einbruch- oder Kampfspuren, ohne Fingerabdrücke. Oder besser gesagt: Fingerabdrücke gab es, und zwar reichlich, aber der Tatort war von den Helfern kontaminiert worden, und es war nicht leicht, die Spuren jeweils zuzuordnen. Da er wusste, wie faul einige seiner Kollegen und wie langwierig die Analysen waren, hätte es den Kommissar nicht gewundert, wenn man irgendetwas übersehen hätte.

Er stand auf, ging ins Wohnzimmer und rief Calabrò an. Er war davon ausgegangen, ihn auch am Samstag im Büro vorzufinden, denn seit er von zu Hause ausgezogen war, verbrachte er fast seine ganze Zeit auf der Dienststelle.

»Tu mir einen Gefallen, Gianni, da du schon einmal da bist. Hast du den Fall der Polin vor Augen?«

»Klar.«

»Die Fingerabdrücke, die ihr gefunden habt … Habt ihr die alle genau mit dem Archiv abgeglichen?«

»Ich denke schon. Darum hat sich allerdings Vitone gekümmert.«

»Gut. Dann sei so gut und überprüfe sie noch einmal, auf dich verlasse ich mich eher.«

»Einverstanden. Wenn ich etwas herausfinde, informiere ich Sie.«

Er legte sich wieder ins Bett. Fiammetta war erwacht und starrte an die Decke.

»Wie geht es dir? Alles okay?«, fragte er sie.

»Na ja.«

»Was ist los?«

»Los ist, dass wir wieder bei null angekommen sind.«

Der Ton, in dem sie es gesagt hatte, nervte Marco Luciani. »Es ist nicht meine Schuld, wenn der Zeuge, den ich aufgetrieben und zum Reden gebracht hatte, nichts Besseres zu tun hat, als zu sterben.«

»Das war kein Vorwurf gegen dich, Marco. Nur eine Feststellung. Du brauchst dich nicht aufzuregen.«

»Nun, du wirst mir wohl zugestehen, dass ich ein wenig nervös bin. Ich habe den Arzt praktisch umgebracht. Darauf bin ich nicht gerade stolz.«

»Du weißt, dass es nicht deine Schuld ist.«

Er zuckte mit den Achseln. Er hatte einen Fehler gemacht, wenn auch in guter Absicht. Der Fehler war allerdings gewaltig.

»Wir sind trotzdem einige Schritte vorangekommen«, sagte er, »der Arzt hat mir die ganze Geschichte erzählt, oder zumindest das, was er wusste. Und das bestätigt, dass unser Verdacht begründet ist. Sicher, ich kann das, was er mir erzählt hat, nicht verwenden, ich kann die Polin nicht verhören, und wir haben nicht den Hauch eines Beweises, dass sie den Grafen wirklich umgebracht hat. Und selbst wenn wir es dank der Obduktion feststellen würden – nicht das ist unser Problem, sondern wo das Porträt abgeblieben ist.«

»Fassen wir noch einmal zusammen«, sagte sie. »Ich bin überzeugt, dass das Porträt noch in der Villa war, als der Graf starb. Ich glaube nicht, dass er es wirklich verkaufen wollte, und wenn, hätte man davon erfahren. Da es jetzt nicht mehr da ist, kann es nur der Arzt oder die Polin genommen haben.«

»Den Arzt würde ich ausschließen. Er hat mir gesagt, dass er die Pfeifen genommen hat, sonst nichts. Und er wirkte aufrichtig.«

»Folglich sind wir wieder bei der Polin.«

»Und beim Trödler. Aber wir haben ihn verhört, und ich bin überzeugt, dass er nichts davon wusste.«

»Richtig. Aber sie hatte auch Kontakt zu dem anderen Trödelhändler, dem mit dem weißen Lieferwagen. Hast du deine Leute auf dessen Suche angesetzt?«

»Sicher«, log er.

»Und wie lange wird es dauern?«

»Ich habe keine Ahnung. Die Beschreibung, die wir von dem Lieferwagen haben, ist zu vage.«

»Aber je mehr Zeit vergeht, desto größer ist das Risiko, dass mein da Vinci verschwindet.«

»Mein« da Vinci?, dachte Marco Luciani. Er hatte sich noch gar nicht gefragt, was passieren würde, wenn sie ihn tatsächlich wiederfänden.

»Möglicherweise hat auch derjenige, der das Haus des Grafen entrümpelt hat, das Porträt gemeinsam mit den anderen Sachen mitgenommen und es dann an einen Antiquitätenhändler weiterverkauft«, sagte er.

Fiammetta seufzte. »Das habe ich dir nicht gesagt, aber die in Genua habe ich schon alle abgeklappert. Ich habe erzählt, ich suchte nach Porträts aus dem 16. und 17. Jahrhundert, für einen Kunden, der gut und umgehend zahlt. Ich habe das wenige gesehen, das sie hatten, und habe gebeten, mich zu informieren, wenn sie etwas finden. Nichts zu wollen.«

»Nicht schlecht. Du bist eine gute Detektivin.«

»Ja, mittlerweile. Im Grunde mache ich seit sechs Jahren nichts anderes. Folglich haben wir, abgesehen vom Lieferwagen, keine anderen Spuren?«

»Ich fürchte, nein. Wir sind in einer Sackgasse«, sagte Marco Luciani.

Fiammetta setzte sich ruckartig auf. Mit dieser Vorstellung wollte sie sich nicht abfinden. »Wir können uns so nicht geschlagen geben. Es geht hier um eine Zeichnung im Wert von hundert Millionen Euro! Ein unbekannter, signierter da Vinci! Ist dir das eigentlich klar?! Ich habe oft schon gedacht, ich wäre mit meiner Recherche in einer Sackgasse. Aber jedes Mal fing ich wieder von vorne an und fand einen neuen Weg. Du bist ein echter Ermittler, und ein guter, wie man hört. Statt hier herumzuliegen und Zeit zu verschwenden, solltest du dir lieber was ausdenken!«

Der Kommissar betrachtete sie verblüfft. Ihm kam es nicht so vor, als verschwendete er Zeit, und schon gar nicht, wenn er mit ihr zusammen war. »Es bringt nichts, jetzt in Panik zu verfallen. Die wichtigste Waffe des Ermittlers ist die Geduld.«

»Ich dagegen dachte, man müsse das Eisen schmieden, solange es heiß ist. Man dürfe die Fährte nicht verlieren. Wir müssen diese Zeichnung suchen, oder hoffst du, dass jemand so nett ist, sie dir ins Büro zu liefern?«

Marco Luciani spürte, wie die Wut in ihm aufstieg. Es hatte damit begonnen, dass Fiammetta ihn um Hilfe angefleht hatte. Zwei Wochen später meinte sie bereits, diese Hilfe stünde ihr zu. Er setzte sich ebenfalls im Bett auf und betrachtete sie. »Entschuldige bitte, wenn ich, nachdem ich mir den ganzen Tag den Arsch aufreiße, um meinen Job nicht zu verlieren, einen Säugling, meine Mutter und eine alte Tante zu versorgen, nicht die Zeit finde, deinen vermeintlichen da Vinci zu suchen.«

»Aber die Zeit, mich zu bumsen, findest du«, sagte sie, und in dem Augenblick, als sie es aussprach, bereute sie es auch schon.

Marco Luciani blieb einen Moment wie gelähmt, dann warf er ihr einen vernichtenden Blick zu, stieg aus dem Bett und zog sich an.

Fiammetta war auf dem Bett geblieben, die Arme vor der Brust verschränkt. Aber als er aus dem Zimmer gehen wollte, ging sie zu ihm und bat ihn um Verzeihung. »Entschuldige, entschuldige, entschuldige. Ich wollte nicht …« Sie war vollkommen nackt, und warm. »Ich gehe nicht wegen des Bildes mit dir ins Bett.«

Er lächelte bitter.

»Marco, du weißt, dass ich es schön finde, mit dir zu schlafen. Geh jetzt nicht so weg. Lass uns Frieden schließen.«

»Es ist nicht nötig, Frieden zu schließen. Und es ist nicht mehr nötig, dass du mit mir ins Bett gehst. Ich werde auf jeden Fall weiter ermitteln, denn dieser da Vinci muss gefunden werden. Und einem Museum übergeben werden.«

Während Fiammetta unter der Dusche stand, klingelte das Handy des Kommissars.

»Hier ist Calabrò, Herr Kommissar. Tut mir leid, wenn ich Sie störe.«

»Schieß los.«

»Einer der Fingerabdrücke gehört zu einer uns bekannten Person. Und es ist keiner der Helfer.«

»Was?! Und das hat Vitone nicht gemerkt?«

»Um ehrlich zu sein, ist es nicht seine Schuld. Es ist jemand, den wir erst kürzlich kontrolliert haben. Am Tag der Tat hatten wir seine Fingerabdrücke noch nicht. Haben Sie einen Stift?«

»Wart einen Moment«, sagte er, kramte in Fiammettas Handtasche und fand schließlich einen. »Mohamed Ahmadi, geboren am 7. November 1989 in Fez, wohnhaft in der Via dei Giustiniani«, wiederholte er, während er notierte.

»Und wieso haben wir seine Fingerabdrücke?«

»Wir haben ihn bei den Kontrollen in der Altstadt aufgegriffen, nach dem Mord an dem Marokkaner. Er muss ein kleiner Dealer sein, an jenem Tag aber war er sauber.«

»Und als wir ihn überprüft haben, wieso ist uns da die Übereinstimmung der Fingerabdrücke nicht aufgefallen? Vitones Schuld?«

Calabrò schwieg einige Sekunden. »Offen gestanden … in diesem Fall liegt die Schuld bei mir. Ich habe in der Datenbank der Vorbestraften nachgesehen, keine Übereinstimmung gefunden, und so haben wir ihn laufenlassen.«

»Und die Datenbank der nicht identifizierten Fingerabdrücke hast du nicht kontrolliert?«

Calabrò sagte nichts. Er wusste, nur weil er die Scharte wieder ausgewetzt hatte, würde er um den wohlverdienten Anschiss nicht herumkommen.

»Okay. Darüber reden wir noch. Jetzt müssen wir diesen Kerl suchen.«

»Ich bezweifle, dass er noch unter dieser Adresse zu finden ist, aber ich sehe sofort nach.«

»Warte. Wenn wir hingehen und er nicht da ist, dann ist er gewarnt und kommt nicht wieder. Frag zuerst unsere Informanten, ob sie ihn kennen. Wenn die Adresse noch gültig ist, legen wir uns auf die Lauer.«

Nach einigen Minuten erschien Fiammetta auf der Schwelle zum Bad, ein Handtuch um den Leib, eins um den Kopf geschlungen.

Marco Luciani lag auf dem Bett und starrte sie an.

»Was ist los? Warum siehst du mich so an?«

»Weil du bildschön bist. Eine Zicke, aber bildschön.«

Fiammetta lächelte befriedigt.

»Komm her.«

»Irre ich mich, oder hast du gesagt, du würdest nicht mehr mit mir schlafen ...?«

»So was habe ich nie gesagt.«

»Wie kommt es, dass du deine Meinung schon geändert hast?«

»Ich habe eine wichtige Sache entdeckt. Besser gesagt, zwei.«

»Und die wären?«

»Die erste ist ein Name. Der Name von jemandem, der im Haus der Polin war. Und der die Zeichnung mitgenommen haben könnte«, sagte er und schwenkte den Zettel.

»Was?! Lass sehen.«

»Ts-ts«, sagte er und wich zurück. »Willst du die zweite nicht hören?«

»Klar.«

Er schlug das Laken zurück und präsentierte sich. »Die zweite ist, dass du nicht die Einzige bist, die der Gedanke an da Vinci erregt.«

Kapitel 55

Gabin

Die Akte zum Tod Pater Antiochus' würde so lange nicht geschlossen werden, bis man die Schuldigen nicht gefunden und bestraft hatte. Anders gesagt: nie, dachte Gabin im Stillen. Er hatte mit einem befreundeten Kollegen gesprochen und bestätigt gefunden, was er im Grunde schon wusste: Den Diensten war der Tod dieses Priesters völlig schnurz, und auch die Kirche würde zwar am Anfang ein wenig Druck machen, die Sache dann aber fallenlassen und sich höchstens hin und wieder nach Neuigkeiten erkundigen. Ein Priester hat weder Frau noch Kinder, er lebt alleine, und am Ende verdaut die Gesellschaft seinen Verlust sehr leicht.

Bei Luciani würde es viel schwieriger werden. Zum einen, weil er Polizeikommissar war; seine Leute würden sich zerreißen, um ihn zu rächen, so wie er es tat, um Rudi zu rächen. Und außerdem war er inzwischen eine bekannte Persönlichkeit. Nach seinem Tod würden sicher Verdächtigungen und Verschwörungstheorien ins Kraut schießen. Was Gabin machen musste, das war, die Karten möglichst gut zu mischen und sich in Geduld zu üben. Früher oder später würde der Kommissar in eine heikle Ermittlung verstrickt werden, und das war der Augenblick, um in Aktion zu treten.

Auf die Idee mit dem Maler war er gekommen, weil sie gut zu den Geschehnissen in Ventotene passte. Sein Plan war, einen verrückten, gescheiterten Künstler, der bereits einschlägig bekannt war, weil er in einem Museum ein Gemälde zerkratzt hatte, mit einem Kommissar zusammenzubringen, der zum Nationalhelden geworden war, weil er ein äußerst wertvolles Kunstwerk wiederbeschafft hatte; er wollte sie vor einem Hauseingang zusammentreffen lassen, wie Mark David Chapman und John Lennon: Der manische Fan, der sein Idol tötet. Deshalb sammelte er die Zeitungsartikel über den Kommissar, deshalb hatte er in den letzten Tagen einen Avatar auf Facebook kreiert, mit dem Namen des Malers, von dem aus er Luciani (mit Erfolg) um dessen Freundschaft gebeten hatte und wo er, am Vortag der Exekution, seine Tat schriftlich ankündigen würde.

Der Plan war ebenso einfach wie perfekt, und auch wenn er nicht neu war, so hatte er doch immer glänzend funktioniert. Er war praktisch identisch mit dem, den die Geheimdienste auf der ganzen Welt benutzten, wenn es eine Persönlichkeit zu eliminieren galt, die unbequem geworden war. Einen Modeschöpfer, einen Journalisten, eine Fernsehsprecherin oder einen Politiker. Es brauchte einen zuverlässigen Profikiller, der das Opfer vor der Haustür abfing und mit einem Kopfschuss tötete. Eine schnelle, saubere Arbeit. Dann würde man die Ermittlungen der Polizei dahin lenken, dass sie nach einigen Tagen eine Wohnung aufbrach und die Leiche eines Verrückten fand, der von dem Opfer besessen war. Wie die Poster an den Wänden und die am Vortag des Selbstmordes im Netz gepostete Botschaft bezeugten. Die ballistische Untersuchung würde bestätigen, dass die Waffe des Selbstmordes dieselbe war, mit der auch der Mord begangen worden war. Ein Kassenbon oder ein Bahnticket, das man in seiner Tasche fand, würde bestätigen, dass der Mann ausgerechnet am Tag der Tat in der Gegend war. Das war mehr als genug, um die Tat unter »Mord, begangen von einem Geistesgestörten« abzuheften.

Dann jedoch hatte Gabin gedacht, dass es keine gute Idee war, die Aufmerksamkeit allzu sehr auf Ventotene zu lenken, denn irgendwer hätte Verdacht schöpfen und an einen

Racheakt denken können. Und er hatte sich damit abgefunden, dass er auf eine günstigere Gelegenheit warten musste. Er behielt den Maler in gewissen Abständen noch immer im Auge und wartete darauf, dass Kommissar Luciani mit einer neuen Ermittlung wieder ins Rampenlicht trat. Er hatte noch einen guten Grund zu warten. Er wollte vorher Sofia Lanni von der Liste streichen, um Luciani leiden zu lassen und ihm klarzumachen, dass er bald selbst an der Reihe war.

Kapitel 56

Luciani & Fiammetta

Er ging ein bisschen widerwillig hinunter ins Dorf, wusste er doch, dass er überall auf Menschenmassen und -schlangen stoßen würde, aber er wollte nicht den ganzen Tag mit Ale im Haus eingesperrt bleiben. Auf Höhe seiner Lieblingsbar erkannte Marco Luciani an einem Bistrotisch die roten Haare Fiammettas, die sich in den Schatten eines Sonnenschirms geflüchtet hatte. Sie war mit einem Mann und einem blonden Mädchen zusammen, und der Kommissar wusste nicht recht, ob er weitergehen und so tun sollte, als hätte er sie nicht gesehen, oder ob er stehen bleiben und sie mit allergrößter Nonchalance begrüßen sollte. »Marco!«, rief sie und befreite ihn aus dem Dilemma. »Marco!«

Er lächelte und schob den Buggy Richtung Bistrotisch. Fiammetta und das Mädchen blieben sitzen, der Mann dagegen erhob sich. »Darf ich dir meinen Mann Bruno vorstellen. Und das hier ist meine Tochter Giulia. Das ist Marco Luciani. Der Kommissar, mein alter Schulkamerad.«

Während er sich für den »alten Kameraden« bedankte, quetschte der Mann ihm die Hand und setzte dazu das schönste Lächeln der Welt auf. Er war einige Zentimeter kleiner als er, ungefähr eins neunzig, aber er wog mindestens zwei Zentner und hatte dabei nicht ein Gramm Fett auf den Rippen. Braungebrannt, mit kurzgeschorenem Haar und dem kantigen Kiefer eines Hollywoodschauspielers war er entschieden schöner, als Luciani ihn sich vorgestellt hatte. »Signor Commissario. Endlich lerne ich Sie kennen«, sagte er und schaute ihm in die

Augen. »Ich weiß, dass Sie meiner Frau … helfen. Ich danke Ihnen.«

Endlich ließ er die Hand los, und Marco Luciani musste sich beherrschen, dass er sie nicht mit der anderen massierte.

»In Wirklichkeit ist sie es, die mir … hilft. Sagen wir, wir helfen einander.«

Er lächelte die Tochter an, die einen bezaubernden Anblick bot. Siebzehn Jahre, wenn er sich recht erinnerte. Sie hatte die Körpergröße des Vaters und die Schönheit der Mutter geerbt.

»Ich überlasse Ihnen meinen Platz«, sagte das Mädchen und erhob sich. »Ich gehe ein bisschen an den Strand.«

Sie nahm ihre Tasche mit dem Badetuch und schlüpfte mit einem leichten Hüftschwung zwischen zwei Stühlen hindurch. Alle Männer an den Tischen verdrehten den Kopf, um sie zu betrachten. Dann beugte sie sich herunter, um sich von Klein Ale in seinem Buggy zu verabschieden, wobei ihr Hintern einen Neunzig-Grad-Winkel bildete und einem greisen Passanten der Herzschrittmacher durchbrannte.

»Zeig mir den mal her, diesen Schlawiner«, sagte Fiammetta, stand auf und nahm Alessandro auf den Arm, der sofort seine Hände und seinen Kopf selig auf ihren Busen legte.

»Hey, hey, mein Kleiner, das ist Privatbesitz«, lachte der Mann, und Marco Luciani war versucht zu sagen: »Ganz sein Vater«, sagte aber stattdessen: »Was hat euch hierher verschlagen?« Fiammetta erklärte, sie seien zum Mittagessen bei einem befreundeten Ehepaar eingeladen, und forderte ihn auf, sich hinzusetzen, was er jedoch ablehnte.

»Entschuldigt, aber ich muss weiter. Ich muss in den Fischladen, wo sie sicher schon Schlange stehen. Danach muss ich nach Hause und kochen. Wenn Ales Essen nicht um Punkt zwölf auf dem Tisch steht, werdet ihr ihn bis hier runter brüllen hören.«

Sie verabschiedeten sich, Marco Luciani nahm Ale auf den

Arm, um zu verhindern, dass der Koloss ihm erneut die Hand zerquetschte, Fiammetta sagte: »Halt mich auf dem Laufenden, wir sind noch ein paar Tage hier«, und er erwiderte: »Wir sprechen uns im Laufe der Woche.« Während er sich entfernte, spürte er den Blick des Ehemanns in seinem Rücken und fragte sich, ob sie ihm von ihnen erzählt hatte oder ob er etwas ahnte. Wahrscheinlich nicht, denn ein Mann, der so gut aussah, perfekt in Form und wahrscheinlich reich war, brauchte ihn nicht als potentiellen Konkurrenten zu betrachten.

Unterschätze nie die faszinierende Wirkung von Ironie und guter Konversation, sagte er sich. Auch wenn er wusste, dass Fiammetta, wenn sie einander liebten, sich mit ihm wieder in ihre Jugend versetzt sah. Es war dieser Gedanke, der sie so erregte, sowie die Komplizenschaft, die sich dank da Vinci und der Ermittlung eingestellt hatte. Von der Vorstellung, ihr Gatte wäre ein schlapper, halb impotenter Mann in mittleren Jahren, musste er sich nun allerdings verabschieden. Vielleicht hat er ja so viele Abenteuer, dass er nicht eifersüchtig ist, wenn auch seine Frau eins hat, dachte er. Vielleicht weiß er es, und es ist ihm egal. Vielleicht, ja, vielleicht.

Er trat bei Marcella ein, wartete geduldig, bis er dran war, und kam mit einer Scholle für den Kleinen wieder heraus, der inzwischen schon ganz ordentlich kauen konnte. Für sich selbst hatte er eine Scheibe Bonito bekommen, außerdem die Anleitung, wie er ihn in der Pfanne mit in Öl gebratenen Cherry-Tomaten und Pinienkernen zubereiten sollte. Als er wieder an der Bar vorbeikam, küssten und begrapschten Fiammetta und ihr Mann sich wie zwei Halbwüchsige. Er ging weiter und tat, als schaute er sich die Schaufenster an.

Am Nachmittag rief Calabrò bei ihm an. »Der Marokkaner ist unter der Adresse nicht zu erreichen. Seit ein paar Tagen ist er nicht mehr aufgetaucht. Nachdem wir seine Fingerabdrücke genommen hatten, hat er wahrscheinlich vorgezogen, sich zu verdünnisieren.«

»Meinst du, er ist schon wieder in seiner Heimat?«

»Nicht mit einem regulären Flug. Das habe ich überprüfen lassen. Vielleicht ist er noch in der Gegend und wartet, wie sich die Dinge entwickeln.«

»Gut. Dann suchen wir weiter.«

»Klar. Und hören Sie, Herr Kommissar …«

»Was ist?«

»Stimmt es, dass Iaquinta Ihnen ein Ultimatum gesetzt hat? Das morgen abläuft?«

»Die Buschtrommeln funktionieren, wie ich sehe.«

»Sie kommen aber wieder zurück, oder?«

»Ich glaube nicht. Ich weiß nicht, bei wem ich das Kind lassen soll. Aber wenn du Mohamed findest, dann können wir die Sache vielleicht noch bereinigen.«

Kapitel 57

Mohamed

Mohamed lag auf dem Sofa in Noureddines Wohnung in der Via della Maddalena und starrte auf das Porträt des Propheten. Denn er konnte nichts anderes sein als ein Prophet, dieser Mann mit dem langen Bart und dem weisen Blick, der starr geradeaus sah, wie gebannt von einer Zukunftsvision, die dem gemeinen Mann versagt war. Er hatte keine Ahnung, wie viel es wert war; er war nicht der Typ, der Zeit mit solchen Fragen verlor. Der Wert eines jeden Objekts ist nur das, was die anderen in einem bestimmten Moment bereit sind dafür zu zahlen. Er konnte auch um ein Vielfaches steigen oder fallen, und er hatte gelernt, einen angemessenen Preis auszuhandeln, aber niemals abzuwarten. »Wenig, aber sofort und bar auf die Kralle«, war eine Redensart, die er sich angeeignet hatte. Er musste an jenem Abend dreitausend Euro auftreiben, so oder so, denn er hatte nicht die Absicht, noch länger in Italien zu bleiben. Er spürte eine Art finstere Pranke, die sich um ihn schloss, eine dichte, unbarmherzige Wolke, die ihn jagte, die ihn einhüllen und ersticken wollte. Er hatte sein Zimmer in der großen Wohnung in der Via dei Giustiniani aufgegeben und war bei Noureddine, Aziz' Bruder, untergekommen, einem Burschen, der klein und schmächtig, aber hart wie Eisen war. Er arbeitete den ganzen Tag auf Baugerüsten, hatte eine Aufenthaltsgenehmigung und ein italienisches Mädchen und nicht die geringste Lust, sich in Schwierigkeiten zu bringen. »Ich tue das, um meinen Bruder in Ehren zu halten«, hatte er ihm gesagt. Außerdem wusste Noureddine, dass er das Geld brauchte, um nach Hause zurückzukehren.

Sicher, mit den dreitausend Euro in der Tasche und den anderen, die er zurückgelegt hatte, könnte Mohamed sich dieses eine Mal auch eine Luxusreise gönnen. Er könnte nach Marokko fliegen, in einem komfortablen Sitz, nicht zwischen all seine verzweifelten Brüder gequetscht, die mit von Haushaltsgeräten, Fernsehern und Matratzen überladenen Autos die Fähren stürmten. Am Flughafen würden sie ihn jedoch wahrscheinlich durchsuchen, und er würde Mühe haben, die Herkunft des Geldes zu erklären. Das will ich mal sehen, wie du sechstausend Euro verdienst, indem du Papiertaschentücher und Armbändchen verscheuerst.

Er betrachtete das Porträt. Der ungläubige Prophet hatte eine merkwürdige Wange, ein Wangenknochen ragte hervor und ähnelte dem Flügel eines Vogels. Er lächelte und nahm noch einen Zug. Mit seinen Freunden in Marokko verbrachte er ganze Nachmittage damit, zu rauchen und die Formen der Wolken zu enträtseln, die rasch vom Atlasgebirge zum Meer zogen. Löwen, Hühner, Ratten, Krokodile. Und wenn man es genau betrachtete, dann war auch in diesem Gesicht das Profil eines frisch geschlüpften Vogels zu erkennen, mit Flügel, Köpfchen und Schnabel. Es war, als dächte der Mann auf dem Porträt genau daran, als träumte er, ein Vogel zu sein und fliegen zu können.

Das Marihuana war nicht das, was er gewöhnlich rauchte, Geschmack und Geruch waren anders. Aber es war gut. Hervorragend. Das ist die Letzte, dachte Mohamed, heute Abend muss ich hellwach und auf der Hut sein. Auch wenn ich dieses Flugzeug diesmal wirklich nehmen könnte, ich könnte nach Hause fliegen, mich einfach über all dies Elend erheben, über dieses Meer, das einmal uns gehörte und uns heute ohne Gnade verschlingt. Fliegen, ja, sich in die Lüfte schwingen, s'envoler en l'air, sagte man auf Französisch für vögeln, auch das war ein Ausdruck, den er mochte. Und an diesem Abend hatte er eine unbändige Lust zu fliegen.

Kapitel 58

Marco Luciani

Das Telefon in der Villa Patrizia klingelte vor sieben Uhr. Marco Luciani war schon seit einer Stunde auf den Beinen, während Alessandro gerade erst aufgewacht war und noch an seiner Milch trank.

»Wir haben ihn gefunden, Signor Commissario.« Die Stimme war die von Iannece.

»Wen?«

»Den Marokkaner.«

»Ahh, sehr gut. Ist er schon auf der Dienststelle?«

»Nein, er ist in der Nähe.«

»Gut. Dann bringt ihn hoch. Ich komme so schnell wie möglich nach.«

»Ähm, Herr Kommissar, es ist vielleicht besser, Sie kommen hierher. Der Prophet Mohamed kann diesmal nicht zum Berg gehen.«

»In welchem Sinne?«

»In dem Sinne, dass er auf dem Hof des D'Oria-Gymnasiums klebt. Er muss von den Mura delle Cappuccine gefallen sein.«

»Was?! Wann ist das passiert?«

»Ich nehme an, heute Nacht. Einer, der seinen Hund Gassi geführt hat, hat ihn heute Morgen gefunden. Das ist erst ein paar Minuten her.«

»Seid ihr sicher, dass er es ist?«

»Nun, das Gesicht ist nicht so leicht zu erkennen. Aber er hat seine Papiere in der Tasche. Sie müssen sofort herkommen, Herr Kommissar.«

Alessandro, der auf seinem Kinderstuhl saß, betrachtete ihn mit fragender Miene.

»Ich habe ein Problem, Iannece.«

»Ich weiß. Aber bringen Sie ihn einfach mit. Wir sind gut organisiert. Wir wollen nicht, dass Livasi aus den Ferien zurückkommt.«

Der Kommissar verbrachte den ganzen Vormittag in Genua damit, die Arbeit der Mordkommission zu koordinieren, wobei er Iaquinta stets auf dem Laufenden hielt. Während die Kollegen von der Kriminaltechnik nach jeder erdenklichen Spur suchten und selbst Zigarettenkippen und benutzte Kondome einsammelten, klingelten Beamte und Inspektoren an den Häusern, die den Platz umgaben, und quetschten jeden möglichen Zeugen aus. Niemand hatte einen Schrei gehört noch den jungen Marokkaner bemerkt. Das Viertel da oben an der Stadtmauer, von der Mohamed gestürzt war, war nicht besonders abgeschieden. Es gab einen großen Parkplatz für die Anwohner, und zwischen den Stoßzeiten zum Feierabend und dem morgendlichen Aufbruch zur Arbeit war wenig Betrieb. Einige Abschnitte waren jedoch schlecht beleuchtet, und da geschah alles Mögliche. Jahrelang war der Platz Anziehungspunkt der Swinger gewesen, und auch diese Möglichkeit musste in Betracht gezogen werden: dass der Bursche sich womöglich Paaren angeboten hatte, die nach einem besonderen Kitzel suchten. Aber das erklärte nicht, warum er so geendet hatte. Bis Mitternacht, halb eins war ein bisschen Betrieb gewesen. Junge Leute, die auf den Bänken saßen und rauchten, Hundebesitzer, die Gassi gingen. Um drei war der Besenwagen der Stadtreinigung vorbeigekommen, und um sechs hatte wieder der Tagesbetrieb eingesetzt: Wieder Leute, die ihren Hund ausführten, die Ersten, die zur Arbeit mussten, und das Personal des nahe gelegenen Krankenhauses, das seinen Dienst antrat. Mohamed konnte zwischen ein und drei Uhr oder zwischen vier und sechs Uhr gestorben sein. Wahrscheinlicher war das erste Zeitfenster, so wie die Leiche zugerichtet war. In der Tasche kein Indiz, nicht einmal ein Handy. Nur die Brieftasche mit den Papieren, rund dreißig Euro, ein bisschen Haschisch und ein Ticket für die Fähre nach Tanger, die am nächsten Morgen ging.

Die Hausdurchsuchung in Mohameds früherer Wohnung in der Via dei Giustiniani blieb ergebnislos. Es gab keine Abschiedsbotschaften, die auf einen Selbstmord hingedeutet hätten, aber es gab auch keine Hinweise auf einen möglichen Mörder. Seine Mitbewohner sagten, er hätte absolut keinen Grund gehabt, sich umzubringen. Bei allen weiteren Fragen, zum Beispiel, wo er in den letzten Tagen, als er verschwunden war, geschlafen habe, schwiegen sie eisern. Sie lebten alle in der Grauzone zur Illegalität und wollten nichts mit der Polizei zu tun haben. Wenn sie etwas wussten, wenn sie einen Verdacht hatten, würden sie versuchen, selbst für Gerechtigkeit zu sorgen. Vor allem aber, und das lag dem Kommissar mehr als alles andere am Herzen, gab es in Mohameds Zimmer keine Spur von dem Da-Vinci-Porträt und auch sonst keine Gegenstände, die mit der Polin in Verbindung standen. Sein Fingerabdruck sprach eine klare Sprache, er war in dem Haus gewesen, aber wann und warum, das musste erst noch geklärt werden.

Fiammettas Anruf kam kurz vor dem Abendessen.

»Marco! Ich habe eben die Nachrichten gesehen. Sag nicht, dass dieser Bursche …«

»Es ist der, hinter dem ich her war.«

»O Gott! O mein Gott!«

»Ganz ruhig, Fiammetta. Es ist alles unter Kontrolle.«

»Aber was ist denn los?«

»Das würde ich auch gerne wissen. Im Moment wissen wir nicht einmal, ob er sich umgebracht hat oder ob ihn jemand da hinuntergestürzt hat.«

»Wie geht es dir?«, fragte er sie nach einer Weile.

»Wie soll es mir schon gehen? Die haben diesen armen Kerl gezeigt, auf dem Boden zerschmettert, unter einem Laken, und all das Blut auf der Straße …«

»Verzeih. Ich hätte dich anrufen sollen, aber das war ein schwieriger Tag heute.«

»Du bist daran gewöhnt, tote Menschen zu sehen, Marco. Das ist dein Job, aber ich … Ich weiß nicht, was ich denken soll; jetzt sterben sie alle, einer nach dem anderen, all diejenigen, die mit dem Porträt zu tun hatten …«

»Willst du gar nicht wissen, ob wir es gefunden haben?«

»Habt ihr es denn gefunden?!«

Er blies in den Hörer. »Leider nein. Inzwischen bin ich aber immer mehr der Überzeugung, dass wir auf der richtigen Fährte sind.«

Fiammetta schwieg eine Weile. »Ich dagegen bin von nichts mehr überzeugt. Ich weiß nicht einmal, ob wir es mit Mord zu tun haben oder mit etwas viel Schlimmerem.«

»Inwiefern?«

»Ich weiß nicht, Marco, dieses Porträt … ich glaube langsam, dass ein Fluch darauf liegt.«

»…«

»Entschuldige«, setzte sie wieder an, da er kein Wort sprach, »ich weiß selbst nicht, was ich da rede. Ich bin müde. Sehr müde.«

Bist du des Falles müde oder meiner?, wollte der Kommissar sie fragen. Aber er sagte nur: »Versuche, nicht daran zu denken. Ich rufe dich an, sobald es Neuigkeiten gibt. Sehen wir uns nächstes Wochenende?«

Sie seufzte. »Ich weiß nicht. Wirklich. Dieses Spiel wird allmählich zu hart für mich. Ich muss ein bisschen Abstand gewinnen. Entschuldige. Ich rufe dich an.«

Ehe er nach Camogli zurückkehrte, fuhr Marco Luciani an Ianneces Wohnung vorbei, um Alessandro abzuholen.

»Tut mir leid, dass ich dir noch mehr Arbeit aufgehalst habe, als ob du nicht genug mit deinen Kindern zu tun hättest«, sagte er zu Ianneces Frau.

»Arbeit? Was für Arbeit? Das ist kein Kind, das ist ein Heiliger.«

»Wirklich?«

»Wirklich. Er isst, schläft, weint nie. Wenn meine genauso gewesen wären, dann hätte ich nicht drei gemacht, sondern zehn.«

»Wegen morgen weiß ich nicht, ob …«

»Es ist alles geregelt, Herr Kommissar. Morgen früh bringt Ihr ihn wieder her, am Nachmittag kommt Calabròs Frau, Mary. Mittwoch habe ich den ganzen Tag frei, da kommt auch meine Cousine, um mich ein bisschen zu unterstützen, und am Donnerstag ist Mary wieder da. Auch das Mädchen vom Streifendienst, Roberta, hat sich für das Wochenende angeboten. Seid beruhigt und sorgt dafür, dass Ihr Eure Arbeit ordentlich macht, um das Poppele kümmern wir uns. Seid Ihr sicher, dass Ihr ihn nicht über Nacht hierlassen wollt?«

Marco Luciani schüttelte wortlos den Kopf; er hatte einen Kloß im Hals. Er hatte seine Mitarbeiter immer auf Abstand gehalten, doch jetzt, da er auf Hilfe angewiesen war, versuchten sie einander in Hilfsbereitschaft zu übertrumpfen.

»Ich weiß wirklich nicht, wie ich euch danken soll«, sagte er hastig und nahm Alessandro auf den Arm.

Iannece kam näher, um das Kind zu streicheln: »Ihr habt einen Schatz gefunden, Herr Kommissar. Und wer einen Schatz findet, findet viele Freunde.«

Kapitel 59

Luciani und Calabrò

»Es gibt vielleicht etwas Neues, Herr Kommissar. Ich habe noch einmal die Nachbarschaft abgeklappert, um die zu befragen, die gestern nicht da waren. Eine alte Frau hat vorletzte Nacht etwas beobachtet, oder besser, jemanden.« Vitone wusste, dass Commissario Luciani auf Calabrò sauer war, und vielleicht auch ein bisschen auf ihn, wegen der Sache mit den Fingerabdrücken. Und nun versuchte er, wieder Bonuspunkte zu sammeln.

»Sprich.«

Vitone schlug sein Notizbuch auf. »Drei Silhouetten, die sich rasch entfernten. Eine groß und kräftig, dazu zwei kleinere. Aber sie hat weder Schreie oder sonst etwas gehört, und sie weiß nicht, ob diese drei etwas mit dem Tod des Marokkaners zu tun haben. Sie könnte sie nicht wiedererkennen und auch sonst nichts weiter sagen, denn zuerst hat sie sie von der Seite gesehen und dann von hinten, sie trugen alle drei dunkle Pullis mit hochgestülpten Kapuzen, Jeans und Turnschuhe.«

»Präzise Beobachterin, die Dame. Weiß sie auch, wie spät es war?«

»Genau zwei Uhr. Sie leidet unter Schlaflosigkeit, ist aber sicher, dass sie um zwei ins Bett gegangen ist, und die Silhouetten hat sie genau da gesehen, als sie den Fernseher ausmachte, vom Sofa aufstand und das Schlafzimmerfenster öffnete, um die Läden zu schließen.«

»Das passt«, sagte Marco Luciani.

Drei Silhouetten mit hochgezogenen Kapuzen, dachte er.

Konnten die drei Hooligans wirklich so dumm sein, dass sie sich, kaum auf freiem Fuß, wieder in die Scheiße ritten?

Er schaute aus dem Fenster. Es war ein schöner, sonniger Morgen, Ale wurde gehegt und gepflegt, und er konnte sich endlich der Ermittlung widmen.

»Sonst nichts?«

»Ein weiterer Zeuge. Der aus dem Haus ging, um den Hund auszuführen und eine Zigarette zu rauchen. Vielleicht eine halbe Stunde vorher. Er hat ein einsames Mädchen auf einer Bank bemerkt. Eine Blondine. Er hat sie eine Weile angeschaut, dann ist er weitergegangen. Aber ich weiß nicht, ob das etwas mit unserem Fall zu tun hat.«

Marco Luciani dachte eine Minute nach. »Weiß ich auch nicht. Die sollen das in die Zeitung setzen, vielleicht meldet die Blondine sich. Und sagt uns, ob sie etwas gesehen hat.«

Er verbrachte den Tag damit, die verschiedenen Berichte zu lesen, die Arbeiten zu koordinieren und seine Ideen zu ordnen. Er trug Vitone auf, sich um die Hooligans und ihre Alibis zu kümmern. Dann ließ er, ehe er fortging, Calabrò in sein Büro kommen.

»Gehst du mir aus dem Weg?«

»Nein, warum? Livasi hat mich schlichtweg aus der Arbeitsgruppe abgezogen. Und Sie haben mich nicht wieder eingegliedert, scheint mir. Ich bin unten und ordne das Archiv.«

»Die Entscheidung kommt von Iaquinta. Und im Moment kann und will ich ihn nicht bitten, sie rückgängig zu machen. Ich habe selbst schon genug Probleme mit ihm. Außerdem ist die Entscheidung nicht verkehrt. In letzter Zeit warst du mit den Gedanken nicht bei der Sache, Calabrò.«

»Mir ist ein Fehler mit den Fingerabdrücken unterlaufen. Aber ich habe ihn bereinigt. Und es tut mir leid, wenn der Junge …«

»Ich rede nicht nur von der Arbeit.«

Der Inspektor wurde steif, fürchtete er doch, dass Maria Antonietta ihm alles erzählt hatte. Er starrte den Kommissar an und suchte nach einem Hinweis, nach einem ironischen Lächeln, einem abschätzigen Blick, konnte aber nichts erkennen. Luciani schaute ihm in die Augen, ohne den Blick abzuwenden, ohne die Beine übereinanderzuschlagen, ohne die Arme zu verschränken oder zu gestikulieren. Entweder gab er sich Mühe, vollkommen die Kontrolle zu bewahren, oder er wusste wirklich nichts. Vielleicht hatte Mary so viel guten Geschmack bewiesen, dem Kommissar nicht zu erzählen, wer Valentina wirklich war. Der Inspektor hatte sich mit der Vorstellung abgefunden, dass seine Frau Bescheid wusste, aber er hätte nicht ertragen, dass seine Kinder es wussten. Oder der Kommissar.

»Die Familie macht uns das Leben manchmal zur Hölle«, sagte der Kommissar, »davon kann ich auch ein Lied singen.«

Der Inspektor nickte, noch nicht sehr überzeugt.

»Hör zu, Calabrò. Wir stecken beide in der Scheiße, aber jetzt schließen wir dieses Kapitel und konzentrieren uns auf den Fall. Ich brauche deine Hilfe, ich brauche den Calabrò, den ich kenne. Kann ich auf dich zählen?«

»Sicher, Commissario. Wie immer.«

Marco Luciani erhob sich, und aus seinen fast zwei Metern Höhe legte er ihm eine Hand auf die Schulter, gerade so, als schlüge er ihn zum Ritter. »Wir kümmern uns um Mohamed und folgen wieder der Spur zu den Hooligans. Du dagegen bist ab jetzt wieder eingegliedert, für eine Parallelermittlung, von der nur du und ich wissen. Du musst für mich einen Lieferwagen finden.«

»Einen Lieferwagen?«

»Ja. Aber was wir wirklich suchen, ist eine Zeichnung. Diese Zeichnung«, sagte er und zeigte ihm eine Kopie des Da-Vinci-Porträts.

Kapitel 60

Calabrò

Am nächsten Morgen war Giovanni Calabrò wieder im Einsatz. Er war im Wohnzimmer eines Kollegen, der ihn für einige Tage aufgenommen hatte, vom Sofa aufgestanden, war ins Bad gegangen, hatte sich geduscht, und als er sich beim Rasieren im Spiegel betrachtete, schien ihm, dass ihm der alte Calabrò verschwörerisch entgegengrinste, als wollte er sagen: »Wo warst du denn abgeblieben?« Es war nicht der Calabrò, der mit Mary verheiratet war, und auch nicht der Papa von Elisabetta und Emanuele. Und es war auch nicht der Calabrò des Fortbildungskurses in Mailand. Der Calabrò, der ihm aus dem Spiegel entgegensah, schämte sich nicht mehr für Valentina noch für das Scheitern seiner Ehe, im Gegenteil, er war froh drum, denn er hatte wieder den Jungspund in sich entdeckt, der noch kein Ehemann und kein Vater war, sondern nur er selbst. Mit seinen Passionen, seiner Lebenslust und seinen Fehlern.

Der junge alte Calabrò schaute ihn an und schien ihm nur eins zum Vorwurf zu machen. Du warst ein echter Polizist, ein guter Polizist, und du hättest dich nicht so von einem dahergelaufenen Livasi oder Iaquinta demütigen lassen dürfen. Das ist keine Frage von Beförderungen oder Dienstgraden oder Gehaltsklassen, es ist eine Frage der Eigenliebe und der Selbstachtung. Du bist viel besser als Livasi und Vitone, und sie wissen es, und du warst auch besser als Vizekommissar Giampieri, und dies ist der Moment, um es noch einmal zu zeigen, indem du diesen Fall löst. Tu es weder für Iaquinta noch für Livasi, und tu es nicht einmal für Luciani, der zwar wirklich gut ist, am Ende aber auch nur ein Egoist, der sich über alles und alle erhaben fühlt. Tu es für dich und sonst niemanden, und dann schickst du sie alle zum Teufel und fängst irgendwo anders neu an.

Er zog Jeans, Polohemd und Jackett an und suchte sich seine bequemsten Schuhe.

»Die Ermittlung beginnt von vorne«, sagte er laut, »und wie gewöhnlich werde ich die Lösung finden müssen.«

Es war nicht leicht, nach so langer Zeit noch einmal Zeugen aufzutreiben. Wären sie in Genua gewesen, dann wäre es wahrscheinlich vergebens gewesen. Doch wenn man in einem kleinen Dorf ermittelte, dann war der Vorteil, dass jedes außergewöhnliche Vorkommnis monate- und jahrelang kommentiert, analysiert und eifersüchtig tradiert wurde. Der Inspektor begann seine Runde in der Bar, die gleichzeitig Tante-Emma-Laden war, wo die wackeren Greise am Kartentisch saßen und der Barkeeper, der anfangs nichts sagen wollte, schließlich die Privatgeheimnisse aller ausplauderte. Als Nächstes suchte er den Priester auf, der in einem anderen Dorf wohnte. Über den Grafen Moncalvo wusste er nichts, außer dass er ihn nie in der Kirche gesehen hatte. Über die Polin dagegen schien er bestens informiert. »Was ich Ihnen sagen kann, ohne das Beichtgeheimnis zu verletzen, ist, dass sie eine böse Frau war. Sie wollte Gott näherkommen, doch ihre Natur trieb sie in die Gegenrichtung. Sie war eine Hexe«, sagte er und bekreuzigte sich. »Wie sie geendet ist, ist ein Beweis dafür.«

»Haben Sie die Bestattung zelebriert?«

Sein Gegenüber nickte.

»Auch wenn sie sich umgebracht hatte?«

»Ich habe nie geglaubt, dass sie sich umgebracht hat.«

Gegen sechs Uhr abends hatte Calabrò all jene vernommen, die mit dem Grafen Guinigi zu tun gehabt haben konnten, und beschloss, sich einmal die Villa des Grafen anzusehen. Man hatte ihm erklärt, wo sie lag, aber da er noch nie dort gewesen war, verfuhr er sich, machte mehrere Male kehrt und fragte schließlich einen Tankwart um Rat.

»Ich weiß, die ist nicht leicht zu finden«, setzte dieser an. Der Inspektor ließ ihn nicht weiterreden, sondern hob die Hand, um einzuhaken: »Kommt es oft vor, dass man Sie nach dem Weg dorthin fragt?«

»In letzter Zeit ist es vorgekommen. Bei diesem ganzen Trubel … Es machen Leute ihren Sonntagsausflug hierher, um das Haus der Polin und die Villa des Grafen anzuschauen und ein schönes Erinnerungsfoto zu schießen.«

Calabrò zog seinen Dienstausweis hervor, zum Beweis, dass er kein Schaulustiger des Makabren war.

»Aber können Sie sich auch an jemanden erinnern, der vor dem Tod des Grafen kam?«

Der Mann nickte. »Vorher nicht, der Graf hatte nie Besuch. Aber ich kann mich erinnern, dass am Tag seines Todes, oder sofort danach ein Lieferwagen hielt, der den Weg zur Villa nicht finden konnte.«

»Wie sah er aus?«

»Ganz normal. Ein alter weißer Ducato, dieses große Modell.«

Calabrò versuchte, seine Erregung zu verbergen. »Irgendein besonderes Kennzeichen? Irgendein Schriftzug auf der Flanke?«

»Da fragen Sie mich zu viel.«

»Können Sie sich an den Fahrer erinnern?«

»Ein Herr mit grauem Haar. Keiner von hier. Ich hatte ihn noch nie gesehen.«

»Italiener?«

»Ja, ja.«

»War er allein?«

Der Mann dachte eine Weile nach. »Wissen Sie, dass ich mich daran nicht erinnern kann? Komisch …«

»Es ist schon eine Weile her.«

»Ja, aber … Ach nein, wissen Sie, warum? Er hat direkt hinter den Zapfsäulen gehalten, ohne zu tanken. Er ist ausgestiegen und hierher ins Kassenhäuschen gekommen, um zu fragen. Deshalb habe ich nicht gesehen, ob noch jemand an Bord war. Wie auch immer, ich glaube, da war ein Schriftzug auf der Seite. Ja, ja, ich glaube schon, ich kann mich nur nicht erinnern … Das war so was in der Art: ›Keller- und Dachboden-Entrümpelungen …‹«

Der Inspektor bedankte sich und gab ihm eine Visitenkarte für den Fall, dass ihm noch ein Detail einfiel. Ein alter weißer Ducato. Im Einsatz für eine Firma, die Keller und Dachböden ausräumt. Die Polin hatte jemanden von außerhalb gerufen, um die Sache diskret abzuhandeln. An ihrer Stelle hätte er es genauso gemacht.

Er beschloss, seine Entdeckung für sich zu behalten, und am Abend ging er in der Dienststelle vorbei, um sich zu beschaffen, was er brauchte. Er verbrachte den Folgetag damit, die Liste der Lieferwagen auszuwerten, die zu seinem Fall passen konnten, am zweiten, dritten und vierten Tag vernahm er Antiquitätenhändler und Trödler. Am fünften Tag gegen fünf Uhr nachmittags, als seine Füße schon in den Turnschuhen kochten, traf er vor dem Lager von Antonino ein. Davor stand ein weißer Ducato, und drinnen war ein Kerl mit grauem Haar, der Radio hörte und eine alte Kaffeemühle säuberte.

Kapitel 61

Roberto

Roberto lag auf dem Bett in seiner Einzimmerwohnung und starrte an die Decke. Wie gewöhnlich langweilte er sich, während er auf den Stadionbesuch wartete, und er hatte eben erst einen Joint angezündet, um die Anspannung zu lösen, die sich in ihm aufstaute und ihn zu zerreißen drohte. Er hörte das zweifache Piepsen einer SMS und hob das Handy vom Boden auf.

»In zehn Minuten in der üblichen Bar. Es ist dringend. Ruf mich nicht an, antworte per SMS.«

»Okay«, schrieb er zurück. Er rauchte den Joint ohne Hast auf, öffnete das Fenster einen Spalt, um den Rauch abziehen zu lassen, zog ein T-Shirt an und ging los. Wenige Minuten später saß er an einem Bistrotisch, vor sich eine Dose Cola.

»Was ist los, Antonino?«

»Ein Polizist ist gekommen, um mich zu verhören«, flüsterte der Trödler, »wegen der Polin und des Grafen.«

»Was wollte er wissen?«

»Ob ich die Möbel des Grafen geholt habe. Ich habe gesagt, ja, dass ich das in gutem Glauben getan hätte. In so einem Fall ist es immer besser, die Wahrheit zu sagen. Und ich habe ihm auch gesagt, wo er sie finden kann.«

»Gut gemacht.«

»Die Möbel haben ihn aber gar nicht interessiert, Robe'. Er suchte irgendetwas Kleineres. Ein mit Bleistift gezeichnetes Porträt. Antik, offensichtlich von großem Wert. Und es gehörte dem Grafen.«

»Oh, oh.«

»Er meint, sie hätten es überall gesucht, und dass es verschwunden ist. Und falls wir es genommen haben, womöglich aus Versehen, dann sei es besser, wenn wir es zurückgeben.«

»Hast du meinen Namen genannt?«

»Nein. Er hat mich gefragt, ob ich alleine war, und ich habe ja gesagt. Dann hat er mich gefragt, wie ich das geschafft habe, alleine die Möbel zu verladen, ich habe gesagt, die Polin hatte einen Burschen da, einen Nordafrikaner, und dass sie mir geholfen haben. Auf die Schnelle ist mir nichts anderes eingefallen, aber er scheint es mir abgenommen zu haben. Er denkt sogar, dass es der ist, den sie an der Cappuccine-Mauer umgebracht haben.«

»Warum hast du ihm von mir nichts gesagt?«

»Wie, warum? Um dich zu schützen. Ich handle mir höchstens eine Anzeige ein, aber ich bin alt, das ist mir scheißegal. Du dagegen, wenn Luciani rauskriegt, dass du etwas geklaut hast …«

»Ich habe nichts geklaut!«, schrie Roberto, woraufhin sich zwei Leute am Nebentisch umdrehten.

»Red leise. Und denk genau nach. Vielleicht hast du im Haus des Grafen etwas mitgenommen, das Porträt ist klein, hat der Typ mir gesagt, ohne Rahmen. Ich will dich doch nicht beschuldigen, ich sage nur, dass es vielleicht irgendwie aus einem Möbelstück in eine Tasche gerutscht ist, und, na ja, dass es besser ist, es taucht wieder auf. Denn dieser Inspektor war ein richtiger Wadenbeißer, und Kommissar Luciani … den kennst du selber.«

Roberto schluckte. »Ich habe nichts genommen.«

Antonino leerte sein Glas und stand auf. »Okay.«

»Ich sage die Wahrheit, Antonino. Ich weiß nichts von dieser Zeichnung.«

»Ich habe gesagt, okay. Ich gehe jetzt, besser, man sieht uns nicht zusammen. Und halt dich eine Weile von mir fern.«

Kapitel 62

Calabrò und Luciani

»Herr Kommissar, ich habe den Lieferwagen gefunden. Und den Fahrer. Und vielleicht habe ich verstanden, wie die Sache abgelaufen ist.«

Gegen neun Uhr abends war der Inspektor persönlich zur Villa Patrizia nach Camogli hochgefahren, um dem Kommissar zu erzählen, was er soeben in Genua herausgefunden hatte. Er hätte es telefonisch tun können, aber er hatte es nicht eilig, nach Hause zurückzukehren, auch weil er kein Zuhause mehr hatte. Und außerdem wollte er, nach all den Enttäuschungen, Marco Luciani ins Gesicht schauen, seine Miene sehen, während er es ihm sagte. Der Kommissar lächelte nicht oft, aber diesmal tat er es, und Calabrò fühlte sich wie neu geboren.

»Ich wusste, dass du mich nicht enttäuschen würdest. Du bist immer noch die Nummer eins.«

»Ich danke Ihnen. Aber das Porträt habe ich nicht gefunden.«

»Setz dich und erzähl mir alles. Ich mach dir einen Teller Pasta, hast du Lust?«

»Machen Sie sich keine Umstände, Herr Kommissar.«

»Das dauert eine Minute. Es ist Maispasta, aber sie ist nicht übel. Ich muss auch noch eine Flasche Wein haben. Der Kleine schläft, wir machen uns einen Junggesellenabend und versuchen, uns einen Durchblick zu verschaffen.«

Calabrò erzählte, was er entdeckt hatte. Als er Antoninos Namen hörte, unterbrach Luciani ihn: »Den kenne ich. Zu dem habe ich den Neffen eines meiner Nachbarn zum Arbeiten geschickt. Eines ehemaligen Nachbarn.«

»Das wusste ich nicht«, sagte Calabrò.

»Hat der Typ nicht von ihm erzählt?«

»Nein.«

»Komisch. Das hätte er aber tun müssen.«

»Meinen Sie?«

»Klar. Es wäre für ihn von Vorteil gewesen, wenn er gesagt hätte, dass er mich, zumindest indirekt, kennt. Es sei denn, Roberto arbeitet nicht mehr bei ihm und er wollte ihn decken. Wenn ich rauskriege, dass er sich hat feuern lassen … War er nicht dabei, als sie die Möbel aus der Villa geholt haben?«

»Dem Trödler zufolge nein. Er sagt, ein Nordafrikaner, der bei der Polin war, habe ihm geholfen. Ich habe ihn gefragt, ob er Mohamed hieß, aber er meinte, er habe keinen Schimmer. Ich habe ihm das Foto gezeigt, und er sagte: ›Mhh, das könnte er sein, aber für mich sehen die alle mehr oder weniger gleich aus.‹«

Marco Luciani nahm das Handy und rief sofort Pasquale an.

»Hallo, Pasquale, tut mir leid, wenn ich dich um diese Uhrzeit störe. Dein Neffe, Roberto, arbeitet der noch bei diesem Altwarenhändler?«

»Klar.«

»Bist du sicher?«

»Sicher … Ich habe ihn ein paar Tage nicht gesprochen, aber er hat mir nichts gesagt. Willst du, dass ich ihn anrufe?«

»Nein, darum kümmere ich mich. Ist nichts Schlimmes, mach dir keine Sorgen.«

Er ließ sich Nummer und Adresse von Roberto geben, aber das Handy war ausgeschaltet.

»Ich versuche es später noch einmal«, sagte er zu Calabrò.

»Wollen Sie, dass ich ihn zu Hause abhole?«

»Nein, iss jetzt in aller Ruhe. Und erhole dich ein bisschen, du hast es verdient. Es ist eh Samstagabend, und ich bezweifle, dass er zu Hause ist. Wir schnappen ihn uns morgen.«

Sie schafften es zu essen, ohne Maria Antonietta zu erwähnen, und Calabrò war dem Kommissar dankbar dafür. Dann verabschiedete er sich und schlug das Angebot aus, in der Villa zu übernachten. Allein geblieben, versuchte Marco Luciani mehrfach, Roberto anzurufen, aber ohne Erfolg. Am Ende beschloss er, ihm eine Nachricht auf die Mailbox zu sprechen.

»Hier ist Kommissar Luciani. Ich muss dringend mit dir sprechen. Sobald du die Nachricht hörst, ruf mich an, zu jeder Tages- und Nachtzeit.«

Er war versucht, Fiammetta eine SMS zu schicken, um zu hören, wie es ihr ging, verzichtete aber darauf. Sie hatte sich nicht mehr gemeldet, sie dachte nicht mehr an ihn, und das erstaunte ihn nicht. Dass sie allerdings nicht einmal mehr etwas über den Fall wissen wollte, war merkwürdig. Er seufzte und ging nach Alessandro schauen. Lange stand er da und betrachtete ihn, während dieser mit einem sanften Lächeln auf den Lippen schlief.

Kapitel 63
Roberto

Roberto kam nach eins zurück in seine Wohnung, und ein Kälteschauer kroch ihm unter die Haut. Plötzlich war der Herbst gekommen und hatte sich unter dem Dach in der Via della Maddalena eingeschlichen, ohne auf Widerstand zu treffen. Der Junge schaltete den Heizofen an, nur für eine Stunde, um die Feuchtigkeit zu vertreiben, sagte er sich. Er zog seine Schuhe aus und legte sich aufs Bett. Es war ein mauer Abend gewesen, und diese Krücken hatten auch noch verloren. Er hatte noch nicht kapiert, ob sie wirklich zu schlecht waren oder ob sie ihre Spiele verkauften. Es war bald an der Zeit, ihnen auf dem Trainingsgelände einmal einen Besuch abzustatten und sie auf Vordermann zu bringen, denn seine Freunde und er hatten nicht die geringste Lust, sich von verwöhnten und korrupten Millionären verarschen zu lassen. Er baute sich einen Einschlaf-Joint, auch wenn er schon reichlich müde war, und während er die ersten Züge nahm, fiel ihm wieder die Nachricht auf der Mailbox ein, und dass er Kommissar Luciani anrufen musste. Aber es war sehr spät, und er hatte noch nicht entschieden, was er tun würde. Wenn er ihm die Wahrheit sagte, dass er bei Antonino war, als sie die Villa ausräumten, saß er in der Tinte. Wenn er ihm sagte, dass er nicht mehr bei dem Altwarenhändler arbeitete, saß er ebenfalls in der Tinte. Er schaute wieder auf die Uhr. Um diese Zeit schlief Luciani sicher schon, sagte er sich und schaltete das Handy ab. Ich weiß eh, was du suchst, altes Arschgesicht, Antonino hat es mir gesteckt.

Er setzte sich auf und nahm den Sack, den Mohamed ihm

zurückgegeben hatte. Er hatte ihn neben dem Nachtschränkchen gelassen und war nicht mehr dazu gekommen, ihn zu öffnen, auch weil er, nachdem der Marokkaner von der Mauer geflogen war, keinen Fuß mehr in seine Wohnung gesetzt und bei einem Freund geschlafen hatte. Er öffnete den Sack, nahm die Papiertaschentücher, die Feuerzeuge und T-Shirts heraus, und das Erste, was ihm in die Finger geriet, war ein Fotoalbum. Es enthielt viele Familienfotos mit Datum und Ort der Aufnahme. Die frühesten gingen auf die Mitte des vergangenen Jahrhunderts zurück und waren alle in Schwarzweiß. Auf der ersten Seite das Foto zweier Personen, Mann und Frau, die ein Neugeborenes in den Armen hielten. Das Datum war der 10. Juli 1951, der Ort Kraków. Roberto fragte sich, ob dieses Neugeborene sie sein konnte, die Alte. Er überschlug es schnell: Ja, sie konnte es sein, sie mochte um die sechzig sein, wenn sie auch älter aussah. Das Album war faszinierend, mit diesen Polaroidaufnahmen in Klebeecken aus Plastik, aber es war absolut nichts wert, vielmehr musste er es sofort verbrennen. Das durften sie auf keinen Fall bei ihm in der Wohnung finden. Er blätterte es ganz durch, rauchte weiter und folgte Schritt für Schritt Agnieszka Kaczmareks Biographie, von der Erstkommunion zur Firmung, von der Hochzeit zur Geburt einer Tochter, Magdalena, im Jahr 1977. Also war sie verheiratet. Wer weiß, was aus Mann und Tochter geworden war. Auf den in Italien geschossenen Fotos, die in Farbe waren, fand sich keine Spur von ihnen. Vielleicht waren sie tot, vielleicht in Polen zurückgeblieben.

Nach Italien war sie 1980 gekommen. Sie hatte sich die Haare blond gefärbt, vorher war sie brünett gewesen. Die Aufnahmen nach ihrer Ankunft waren zahlreicher und von besserer Qualität. Ein Ausflug nach Rom. Mit anderen Frauen, wahrscheinlich im Bus. Vor dem Colosseum, vor dem Petersdom. Eine riesige Menschenmenge im Hintergrund. Sicher waren sie zum Papst gepilgert. Auf das Album war mit Tesafilm ein kleiner weißer Rosenkranz geklebt, der Jesus machte ein todtrauriges Gesicht.

Roberto spürte einen Schauer. Arme Seele, dachte er, vielleicht war sie, ehe sie alt und grässlich wurde, ganz normal. Aber wenn sie so gläubig war, dann war sie jetzt eh im Paradies. Schön für sie. Er sagte sich wieder, dass er das Album sofort verbrennen musste, aber aus irgendeinem absurden Grund tat es ihm leid darum.

Er legte es zur Seite und schlug die anderen auf. Es waren keine Foto-, sondern Sammelalben mit durchsichtigen Seiten, in denen die Alte Wasser-, Bier- und Weinetiketten aufgehoben hatte. Was wollte sie damit?, fragte er sich. Das Zeug war wirklich keinen Pfifferling wert, am Ende hatte Mohamed recht.

Er drückte den Joint aus und nahm sich die Bücher vor, insgesamt rund ein Dutzend. »Geil«, sagte er und stieß einen Pfiff aus. »Ich wusste, dass das antike Sachen sind.« Es waren in Leder gebundene Ausgaben aus dem frühen 19. Jahrhundert, wenn nicht älter. Wo bist du, wo bist du, wo bist du, wiederholte er stumm, während er sie durchblätterte. Als er endlich das kleinste aufschlug, eine Bibel aus dem 18. Jahrhundert, fand er das Porträt zwischen Buchdeckel und Vorsatzblatt.

Das wird es doch nicht sein?, dachte er, Antonino hat gesagt, es ist klein, mit Bleistift gezeichnet. Antik sieht es ja schon aus. Am liebsten würde ich mir einen Joint daraus bauen und euch alle ins Knie ficken. »Und du, was glotzt du so bescheuert, hä? Such dir lieber 'ne Arbeit, du Penner!«, brummte er und fing zu lachen an.

Während er mit dem Feuerzeug ein weiteres Stückchen Hasch erhitzte, betrachtete er wieder das Porträt. Wenn ich es dem Kommissar zurückgebe, merkt er sicher, dass ich es geklaut habe, und buchtet mich ein. Wenn ich es jetzt dagegen rauche und sage, ich habe es nie gesehen, dann will ich mal sehen, wie er mir das Gegenteil beweist. Auch wenn es keine gute Idee war, Luciani herauszufordern. Er konnte den Blick nicht von der Zeichnung wenden und hatte den Eindruck, dass dieser Mann, wenn auch im Profil porträtiert, ihn ständig anstarrte. So war es, tatsächlich. Er starrte ihn mit vorwurfsvoller Miene an, auch wenn er es nicht wie der Kommissar tat, oder wie sein Onkel, oder wie es ein Priester hätte tun können. In seinem Blick mischten sich Mitgefühl und Schmerz, als ob er selbst ein Sünder gewesen wäre und nun bereute. Das liegt in unserer Natur, dachte Roberto, wir neigen dazu, Scheiße zu bauen, tut mir leid, wir Menschen sind Wölfe, und wenn wir den Geruch von Blut wittern, verlieren wir den Durchblick. Den Geruch von Blut oder von einer Möse, dachte er und lachte wieder für sich.

Er hörte ein Quietschen auf dem Dach und hoffte, es möge eine Katze sein, auch wenn es inzwischen in der Altstadt keine Katzen mehr gab. Er nahm ein Zigarettenpapier und rollte sich noch einen Joint, den er langsam, das Porträt betrachtend, aufrauchte. Er hatte einen merkwürdigen Geschmack, anders als sonst, aber das Marihuana kam auch nicht von seinem Stammlieferanten. Stark war es jedenfalls. Ein ganz schöner Hammer. Roberto war inzwischen einiges gewöhnt, aber jetzt hatte er Mühe, die Augen offen zu halten. Ihm wurde schwindlig, und er bekam allmählich Atemnot. Die Luft hier drinnen ist verbraucht. Ich müsste das Dachfenster ein bisschen öffnen, dachte er. Jetzt stehe ich auf und öffne es. Jetzt stehe ich auf und öffne es. Jetzt. Stehe ich auf. Und öffne es. Jetzt. Mit einer enormen Willensanstrengung schlug er die Augen auf, legte den Joint auf den Aschenbecher und setzte die Füße auf den Boden. Einen Augenblick später schlug er auf den Fußboden hin.

Kapitel 64

Antonino und Pasquale

Am Sonntag verließ Pasquale gegen acht Uhr morgens die Wohnung. Er machte sich Sorgen um Roberto, er hatte mehrfach versucht, ihn zu erreichen, um ihm zu sagen, dass Luciani ihn suchte, und er hatte ihm auch Nachrichten auf Band gesprochen. Sein Neffe hatte aber nicht geantwortet. Und jetzt war das Handy immer noch abgeschaltet.

Er stand unter der Wohnung und pfiff, denn Roberto hatte keine Klingel, bekam aber keine Antwort, bis eine der jungen Südamerikanerinnen, die im Erdgeschoss arbeiteten, das Fenster öffnete. Ihre Augen verrieten, dass man sie aus dem wohlverdienten Schlaf gerissen hatte.

»Was willst du? Es ist noch zu früh, komm später wieder.«

»Ich will nicht zu dir, meine Süße. Ich will zu meinem Neffen. Er wohnt im obersten Stockwerk, antwortet aber nicht. Weißt du, ob er da ist?«

»Weiß ich nicht. Schau selber nach«, sagte sie und öffnete ihm die Haustür.

Pasquale stieg mit Mühe die Stufen bis unters Dach, klopfte an die Tür, bekam aber keine Antwort. Er hätte sich nicht so sorgen sollen, Roberto konnte bei irgendeinem Freund schlafen, aber an diesem Morgen war er mit einer bösen Vorahnung erwacht, und seine bösen Vorahnungen trogen nie.

Er rief Antonino an, entschuldigte sich für die frühe Stunde und fragte, ob Roberto bei ihm sei.

»Nein. Wieso sollte er?«

»Ich dachte, ihr wärt auf irgendeinem Markt. Er ist nämlich nicht zu Hause.«

»Nein, tut mir leid. Er wird wohl zu einem Auswärtsspiel gefahren sein.«

»Aber dann müsste er schon wieder zurück sein.«

»Hör mal, kann sein, dass er für eine Weile zu jemand anderem gezogen ist.«

»Was soll das heißen? Und außerdem, entschuldige mal, arbeitet er nicht mehr bei dir?«

Antonino seufzte. »Hör mal, Pasquale … Ich wollte gerade los, einen Espresso trinken. Ich bin in zehn Minuten bei dir, besser, wir besprechen das unter vier Augen.«

Pasquale brauchte nur Antoninos Miene zu sehen und seine vagen und widersprüchlichen Erklärungen zu hören, um zu merken, dass da etwas oberfaul war. Roberto hatte seinen Job verloren, und weil er fürchtete, der Kommissar würde ihm die Hölle heißmachen, hatte er beschlossen, sich für eine Weile abzusetzen. Aber diese verschlossene Tür gefiel Pasquale noch immer nicht, und am Ende begann der Neapolitaner, der seine Vorahnung nicht loswerden konnte und immer wütender wurde, sie mit Tritten zu traktieren, um sie aufzukriegen. »Warte«, sagte Antonino, »so machst du sie kaputt.« Er holte einen völlig verbogenen Draht aus der Tasche, und in weniger als einer Minute hatte er das Schloss geöffnet. Kaum waren sie in der Wohnung, schlug ihnen ein komischer Geruch entgegen, ein Geruch nach Rauch und Tod. Antonino stieß das Dachfenster, das nur angelehnt war – das einzige in der Wohnung –, ganz auf. Pasquale schaute sich um, und es dauerte nicht lange, bis er seinen Neffen neben dem Bett am Boden liegen sah. Er schüttelte ihn und rief seinen Namen, er schrie Antonino an, er solle einen Rettungswagen rufen, aber die Farbe der Gesichtshaut und die erkalteten Hände ließen keine Hoffnung zu.

Der Trödler war zwar erschüttert, versuchte aber, klaren Kopf zu bewahren. Er suchte den Puls des Jungen, dann schüttelte er den Kopf und legte die Hand sanft zu Boden.

»Es kann sein, dass er lebt. Es kann sein, dass er atmet, wenn auch schwach.«

»Beruhige dich, Pasquale. Beruhige dich. Man kann nichts mehr tun.«

»Aber was ist ihm denn passiert, Antonino? Was ist mit ihm passiert?«

»Ich weiß es nicht. Irgendetwas stimmt nicht«, sagte der Trödler und schaute sich um. Im Aschenbecher lagen Zigarettenstummel, auf dem Bett eine Bibel und ein Fotoalbum. Er schlug es auf, blätterte es durch und betrachtete aufmerksam die Frau auf den Bildern.

Er nahm Pasquale das Telefon aus der Hand. »Ruf noch nicht die Polizei an. Hier sind Sachen, die wir lieber verschwinden lassen sollten.«

Marco Luciani spülte gerade, und Alessandro knabberte an einer Plastikschildkröte herum, als das Telefon klingelte. »Hier ist Calabrò. Ich habe eine schlechte Nachricht für Sie.«

Instinktiv dachte der Kommissar an Sofia, dann an seine Mutter. Schließlich an Fiammetta.

»Der Junge. Roberto Palazzolo. Man hat soeben seine Leiche gefunden.«

»Sag, dass das ein Witz ist.«

»Über solche Sachen mache ich nie Witze. Es sind zwei Beamte vor Ort, sie sagen, es gebe keine sichtbaren Verletzungen, es könnte der Heizofen gewesen sein. Ich bin unterwegs dahin.«

Der Kommissar hatte nicht die Kraft, irgendetwas zu erwidern, so dass Calabrò mehrmals sagen musste: »Commissario, sind Sie noch da? Hören Sie mich?«

»Ich komme sofort. Haltet alle auf Abstand. Und erklärt dem Richter, dass die Leiche nicht bewegt werden darf. Ich bezweifle sehr, dass das ein Unfall war.«

»Wollen Sie Mary anrufen, wegen des Babys?«

»Nein, diesmal kümmere ich mich selbst darum.«

Eine halbe Stunde später hielt der Clio des Kommissars vor Fiammetta Sforzas Haus in Sestri Levante. Die Restauratorin war auf die Straße gelaufen, blasser als sonst, mit Augenringen und fast unfähig zu sprechen.

»Muss ich wirklich mitkommen? Ich schaffe das nicht, noch mehr Leichen zu sehen, Marco.«

»Du musst unbedingt auf Alessandro aufpassen. Ich muss mich konzentrieren und wissen, dass er in guten Händen ist.«

»Hör mal, das ist ein schlechter Moment. Das ist auch der Grund, warum ich nicht mehr angerufen habe. Ich habe die ganze Nacht mit meinem Mann gestritten, wir versuchen zu verstehen … Ich kann ihn hierbehalten, Alessandro, und heute Abend, wenn du fertig bist …«

»Ich weiß nicht, wann ich fertig sein werde. Und ich möchte ihn in der Nähe haben. Ich möchte euch in der Nähe haben. Ich weiß nicht, was abläuft, aber du kannst mir helfen, einen Mörder zu finden, und ich kann dir helfen, die Zeichnung zu finden.«

Sie merkte an seinem Ton, dass es besser war, nicht zu diskutieren. Und im Grunde war sie es ihm schuldig. »Einverstanden«, sagte sie und stieg ins Auto.

Nach weiteren fünfundvierzig Minuten war der Kommissar in der Mansarde in der Via della Maddalena, bei Robertos Leiche und einem Pasquale, der all seine Tränen geweint hatte.

»Deine Frau?«

»Sie hat herkommen wollen, aber dann ist ihr schlecht geworden. Jetzt ist sie bei einer Nachbarin in der Wohnung, man hat ihr ein Beruhigungsmittel gegeben.«

»Geh zu ihr.«

»Roberto braucht mich jetzt dringender.«

»Hast du ihn gefunden?«

»Ja, ich. Und Antonino, der Trödler. Ich hatte seit Tagen nichts mehr von ihm gehört, von Robertino, er ging nicht ans Telefon. Ich habe mir Sorgen gemacht, ich kam nachschauen, und da er nicht antwortete, habe ich Antonino angerufen, um zu hören, ob sie irgendwo zusammen stecken.«

»Und wo ist Antonino?«

»Er ist nach Hause gegangen. Er fühlte sich nicht gut. Roberto war ihm ans Herz gewachsen.«

»Wer hat ihn gehen lassen?«, schrie Marco Luciani seine Beamten an. »Bringt ihn auf der Stelle wieder her!«

Pasquale schluckte. »Das ist nicht ihre Schuld, er ist gegangen, bevor sie gekommen sind. Glaub mir, ich dachte, er stirbt mir hier, er war weiß wie …«, er wollte sagen, wie ein Laken, aber er hielt inne, denn das Laken lag noch immer da, ausgebreitet über seinem Neffen.

Der Kommissar gab ihm einen Klaps auf die Schulter und nahm den Doktor zur Seite, der mit einem der Beamten sprach.

»Wenn man ihn so sieht, Herr Kommissar, scheint es sich um eine Kohlenmonoxidvergiftung zu handeln. Der Heizofen wahrscheinlich. Auch wenn man mir gesagt hat, dass das Dachfenster nicht ganz geschlossen war. Aber es ist klein und hat womöglich nicht für eine ausreichende Luftzirkulation gesorgt. Die Feuerwehrleute sind unterwegs, hören wir, was die sagen.«

Marco Luciani nickte und fing an, sich umzusehen. Es war eine Schande, dass jemand in einem so ungesunden Loch lebte. Ein Dachboden, im Sommer glühend heiß und im Winter ein Eisschrank, mit einem Heizofen, der eher wie ein alter Boiler aussah und sicher nicht den Normen entsprach. Dass dieser jedoch den Jungen umgebracht hatte, war wirklich unwahrscheinlich. So wie es unwahrscheinlich war, dass Mohamed plötzlich beschlossen hatte, wie Superman von den Mura delle Cappuccine zu fliegen. Irgendwer war immer einen Augenblick vor ihm da, um wichtigen Zeugen den Mund zu stopfen oder vielleicht das Porträt verschwinden zu lassen.

»Hast du diesen gewissen Gegenstand gefunden, Calabrò?«, raunte er dem Inspektor zu.

»Welchen Gegenstand?«

»Wie, welchen Gegenstand? Die Zeichnung!«

»Nicht eine Spur davon, Herr Kommissar. Ich habe schon überall nachgesehen, in diesem Loch gibt es nicht gerade viele Verstecke.«

»Schau noch einmal gründlicher nach. Die Zeichnung ist sehr klein und dünn.«

Er sah sich um und bemerkte das offene Fenster. »Habt ihr das geöffnet?«

»Ja«, sagte Pasquale, »die Luft war verbraucht.«

Der Kommissar kontrollierte es. Der Griff ließ sich nicht drehen, man konnte das Fenster nur anlehnen, und es ging auf das Dach des Nebengebäudes. Man konnte es also leicht erreichen und aufdrücken. Aber es war so klein, dass wohl höchstens ein Kind hindurchgepasst hätte.

»Was war mit der Tür?«

»Verschlossen«, sagte Pasquale.

»Und wie seid ihr hereingekommen?«

»Es war nur die Falle eingerastet. Antonino hat sie geöffnet.«

Marco Luciani nickte. Dann ging er hinaus an die Luft.

Fiammetta wartete in seinem Büro in der Dienststelle auf ihn. Alessandro saß auf ihren Knien, mit entrückter Miene, während sie ihn geistesabwesend streichelte, den Blick ins Leere gerichtet.

Sie war blass, ihre Augen geschwollen, ihre Miene verstört.

»Wie geht's?«

»Wie soll es schon gehen? Wie viele Tote haben wir jetzt? Vier? Fünf? Zuerst der Graf, dann die Polin, der Doktor, und jetzt diese beiden Burschen, einer nach dem anderen …«

Der Kommissar setzte sich auf den Schreibtisch und nahm ihre Hand, ohne sich darum zu bekümmern, ob man sie sehen konnte.

»Du hast recht. Zu viele Todesfälle, und alle merkwürdig. Mohamed hat sich vielleicht hinuntergestürzt. Oder vielleicht hat ihn jemand gestoßen. Was Roberto widerfahren ist, weiß man nicht. Der Heizofen scheint jedenfalls nicht kaputt zu sein.« Ein nervöses Lächeln zuckte über sein Gesicht. »In dieser Geschichte gibt es nur Fragezeichen. Wie soll man ermitteln, wenn man nicht einmal weiß, ob es sich um Selbstmord, Mord oder einen Unfall handelt?«

»Und du glaubst, das ist Zufall?«

»Inwiefern?«

»Ich habe in diesen Stunden lange nachgedacht – all diese absurden, ambivalenten Situationen sollten uns etwas sagen.« Fiammetta war wie in sich zusammengesackt. Es schien, als hätten sich die zwanzig Jahre, die bis zu diesem Tag einfach an ihr abgeperlt waren, jetzt plötzlich in ihrem Körper kristallisiert.

»Und das heißt?«

»Das heißt, dass all diese Todesfälle zusammenhängen und dass es keinen Mörder im klassischen Wortsinn gibt. Hier ist eine höhere Gewalt am Werk, etwas, was du nicht mit menschlicher Logik oder DNA-Tests erfassen kannst. Etwas … Übermenschliches, Übernatürliches.«

»Was redest du denn da? Fühlst du dich nicht gut?«

Sie schüttelte den Kopf und betrachtete ihn. Ihre Augen waren nass von Tränen, die nicht fließen wollten. »Ich kann nicht mehr, Marco. Ich kann nicht mehr …«

»Schhh, alles okay, alles okay«, versuchte er sie zu beruhigen und streichelte ihr Haar. Fiammetta musste, um Detektivin zu spielen, ihren ganzen Mut zusammengenommen haben, aber dieser Mut war nun aufgezehrt.

»Ich kann nicht mehr«, wiederholte sie, und er fragte sich, ob sie damit nur den Fall meinte, die Toten, den da Vinci, oder auch sie beide, diese Situation. Vielleicht war es weniger diese Blutspur als die Lügen gegenüber ihrem Mann und ihrer Tochter, die heimlichen Rendezvous, der Fehler, sich wieder als die Schönste von der Schulbank fühlen zu wollen, die Fiammetta nicht mehr ertragen konnte.

»Schluss«, sagte sie, »ich steige aus, Marco. Für mich ist es genug.« Sie reichte ihm Alessandro und stand auf, aber der Kommissar hielt sie auf, indem er ihre Hand fasste.

»Warte. Triff keine voreiligen Entscheidungen. Du bist jetzt verstört, stehst unter Schock. Das ist nicht der richtige Augenblick, um …«

»Ich stehe nicht unter Schock. Das heißt, doch, ich sehe aber auch ganz klar. Ich steige aus, Marco. Ich gebe auf. Ich muss mich von all dem lösen.«

»Aber der da Vinci …«, versuchte er einzuwenden.

»Der da Vinci kann auch zum Teufel gehen!«

»Interessiert dich nicht, wo er geblieben ist? In Mohameds Wohnung war er nicht, bei Roberto auch nicht …«

»Was meinst du, was mich dieses verfluchte Porträt kümmert! Das steht mir genauso bis hier. Es hat mir nur Unglück gebracht und einer Menge armer Leute den Tod.«

»Wir sind schon dicht dran«, sagte er, »ich bin sicher, dass wir den Mörder finden, und mit dem Mörder werden wir das Porträt finden.«

Fiammetta lachte künstlich auf. »Aber hast du es denn noch nicht kapiert, Marco? Hast du noch nicht kapiert, dass es keinen Mörder gibt?«

Er schaute sie besorgt an und drückte das Kind an sich, das langsam unruhig wurde.

»Nein. Du kannst es nicht kapiert haben. Denn du kennst da Vinci nicht so, wie ich ihn kenne. Du weißt nicht, wie er sein Material präparierte, du weißt nicht, wie viele geheime Eigenschaften der Pflanzen und Mineralien er kannte. Und der Zeichen. Jedes seiner Werke hat verschiedene Interpretationsebenen, es ist ein Porträt, ein Kreuzungspunkt aus Symbolen, eine Landkarte für Initiierte. Hast du gesehen, wie viele Bedeutungen sich in einer einfachen stecknadelgroßen Signatur verbargen? Wie erklärst du dir, dass die Mona Lisa, ein alles in allem banales Porträt, seit Jahrhunderten als das größte Gemälde aller Zeiten verehrt wird? Wie erklärst du dir die Berge von Büchern, die die Bedeutung dieses rätselhaften Lächelns entschlüsseln wollen? Und warum brechen seit über hundert Jahren Millionen Menschen vom anderen Ende der Welt auf, um sie zu besichtigen, als würden sie von einer unwiderstehlichen, mysteriösen Kraft angezogen? Und wie erklärt man sich, dass da Vinci sich, statt sie seinem Auftraggeber zu verkaufen wie damals üblich, niemals von ihr trennen wollte, ja, dass er sie sogar mit nach Frankreich genommen und bis ans Ende seiner Tage betrachtet hat? Das ergibt keinen Sinn, Marco. Oder es ergibt sogar allzu viel Sinn. Da Vinci hat in diesem Lächeln etwas versteckt, eine Magie, einen Zauber, ich weiß nicht, eine mächtige Botschaft. Und ich bin überzeugt, dass auch unser Porträt etwas verbirgt, aber in unserem Fall ist es etwas so Beunruhigendes, dass ich Angst habe, auch nur daran zu denken.«

Sie zitterte jetzt, und Marco Luciani legte die Arme um sie und zog sie an sich. Sie sperrte sich nicht, ja, sie legte sogar ihr

Gesicht auf seine Schulter, während er sie streichelte und wiegte, wie er es mit Alessandro machte, wenn dieser sich nicht beruhigen wollte. Für einen Augenblick, nur für einen Augenblick dachte der Kommissar an sie drei wie an eine Familie, die in Zeiten der Not fest zusammenhielt.

Dann sagte Fiammetta, auf die Straße starrend: »Der Täter ist sie, die Zeichnung. Das habe ich heute kapiert, als mir ein Satz einfiel, den der Graf gesagt hatte, als er sie mir das erste Mal gab. ›Vermeiden Sie jeden direkten Hautkontakt und lassen Sie keine Luft darankommen. Wenn Sie sie lange betrachten müssen, dann tun Sie das durch eine Glasscheibe. Und benutzen Sie immer eine Schutzmaske.‹ Ich war fast beleidigt, ich dachte, was meint der denn, mit wem er es hier zu tun hat?, und sagte: ›Hören Sie, ich weiß, wie man ein antikes Werk schützt, das ist mein Beruf.‹ Er starrte mich mit merkwürdiger Miene an und erwiderte: ›Ich sage das nicht, um das Werk zu schützen, sondern Sie.‹ Ich hatte nicht verstanden, was er meinte, und ließ es auf sich beruhen. Heute dagegen verstehe ich es sehr gut. Ich habe die Zeichnung selbst nur einmal gut eine Minute lang geprüft, ansonsten habe ich immer Fotokopien und exzellente Reproduktionen verwendet, aber dieses eine Mal hatte ich ein Gefühl … ein Gefühl, das ich dir nicht beschreiben kann.«

»Das heißt?«

»Ich weiß nicht, es war, als blickte man in einen Abgrund, in die Tiefen der Seele eines anderen Menschen, aber zugleich war es, als sähe ich mich selbst, meinen innersten, verborgensten Kern. Durch die Zeichnung schimmern andere Zeichnungen durch, am Nacken des porträtierten Mannes. Ein Wolf, der ihn mit Zähnen der Unzucht beißt, und ein Lamm, das sich an seinen Hals schmiegt. Sie sind wie Teufel und Engel, die sich um seine Seele streiten, und nicht nur um seine Seele, sondern um unser aller Seele. *Iz ni vado dran oi*, so zeichne ich das Ich, die Seele des Menschen, das Paradies und die Hölle, die in uns sind. Wenn du das Porträt lange genug anschaust, wirst du sehen, was du wirklich bist. Und nicht jeder kann diesen Anblick ertragen. Vor allem, wenn er einen Mord auf dem Gewissen hat.«

Kapitel 65

Luciani

Fiammetta hatte ihn allein zurückgelassen, mit der Absurdität ihrer eben gesprochenen Worte. Sie war fast grußlos aus dem Zimmer gegangen. »Wohin gehst du?«, hatte er sie gefragt, und sie war ein paar Schritte zurückgekommen, hatte ihn kopfschüttelnd betrachtet. »Ich gehe zum Bahnhof. Entschuldige, Marco, aber ich muss zurück nach Hause, ich muss zurück zu meinem Mann. Kein Bild dieser Welt ist meine Ehe, meine Tochter, mein Leben wert.«

Jetzt lag Kommissar Luciani in der dunklen Villa Patrizia auf dem Bett und fing an, die Puzzleteile zusammenzusetzen. War es möglich, dass das Bild tatsächlich eine mysteriöse Macht hatte, dass es Körper oder Seele seines Betrachters vergiftete, ihn tötete oder in den Selbstmord trieb? Dass Leonardo geheimnisvolle Substanzen unter die Farben gemischt oder Zeichen in dem Bild verborgen hatte, die den Betrachter in den Wahnsinn trieben? Fiammettas Hypothese war faszinierend, aber zu vieles passte einfach nicht zusammen. Wenn das Porträt es war, das die Leute umbrachte, dann hätte man es neben den Leichen der Opfer finden müssen. Oder zumindest in ihren Wohnungen. Stattdessen verschwand es jedes Mal auf rätselhafte Weise – ein Zeichen, dass jemand es an sich genommen hatte. Aber wie schaffte es derjenige, stets im richtigen Moment zur Stelle zu sein, wenn er nicht selbst der Mörder war? Und warum ging das Sterben weiter? Er musste Fiammettas Ergüsse vergessen und sich auf die Fakten konzentrieren, auf die objektiven Tatsachen, die ihm zur Verfügung standen. Angesichts einer Mordserie – immer vorausgesetzt, dass es sich um Morde handelte – muss man von einem Serienmörder ausgehen oder von einer Staffel an Mördern, bei der jeder den anderen umbringt und seinerseits umgebracht wird. Die Polin bringt den Grafen um und nimmt das Porträt an sich. Mohamed bringt die Polin um und nimmt das Porträt an sich. Roberto bringt Mohamed um und nimmt das Porträt an sich. Und wieder jemand anders bringt Roberto um, auch wenn kaum zu begreifen war, wie er das bewerkstelligt hatte. Wenn es ein Serienmörder wäre, würde er mehr oder weniger immer auf dieselbe Weise vorgehen, aber bei diesem Fall waren die Morde alle verschieden. Oder vielleicht nicht, vielleicht ähnelten sie einander, jeweils paarweise. Der Graf und Roberto nachts im Bett vergiftet. Die Polin und der Marokkaner zu Tode gestürzt. Der Killer könnte einer sein oder zwei, die gemeinsam agieren, der eine mit Raffinesse, der andere mit roher Gewalt. Vielleicht sind sie Mann und Frau. Und sie sind keine klassischen Serienmörder, die im Wahn handeln, sondern Leute, die etwas suchen, und dieses Etwas, davon war inzwischen auch er überzeugt, konnte nur das Da-Vinci-Porträt sein. Er konstruierte weiter Hypothesen, die er dann wieder demontierte, und wälzte sich im Bett, bis der Schlaf ihn in seinen barmherzigen Schleier hüllte.

Kapitel 66

Flashback: Agnieszkas Tod

Agnieszka träumte. Sie war in der Villa, in der einen Hand ein halbvolles Glas Wasser, in der anderen das Fläschchen mit der Medizin. Sie zählte die Tropfen. Eins, zwei, drei, vier, fünf, und jedes Mal merkte sie, ehe sie bei fünfzehn war, dass sie sich verzählt hatte, und fing wieder von vorne an. Eins, zwei, drei, vier, fünf, sechs, sieben. Das Glas füllte sich, und das Fläschchen leerte sich, während der Graf mit schallender Stimme aus dem Bett rief: »Also, kommt jetzt diese Medizin?« Dann trank er sie mit großen, geräuschvollen Schlucken, während Agnieszka zur Zimmertür zurückwich, sie ging hinaus, drückte sich gegen die Wand und verschloss sich die Ohren, damit sie seine Schreie in den Zuckungen des Todes nicht hörte. Er hat nicht gelitten, dachte sie, das ist nur ein Traum, der aus der Tiefe der Gewissensbisse aufsteigt, da wo die Kinder spielen, die nie geboren wurden. Sie schaute ins Zimmer. Der Graf war nicht mehr da, im Bett. Sie tat zwei Schritte vorwärts, zitternd, und sah gerade noch einen Schatten zum Fenster witschen. Der Schatten wurde Fleisch, die Hand zur Kralle, und das deformierte Gesicht des Grafen Guinigi wandte sich ihr zu, mit aufgerissenem Mund und spitzen Zähnen, die sie zerreißen wollten.

Agnieszka wachte schlagartig auf, überzeugt, unten im Erdgeschoss ein Geräusch gehört zu haben. Die Bibel mit dem Porträt war auf dem Bett geblieben, sie legte sie in die Schublade des Nachtkästchens, und aus demselben Schubfach holte sie ein Fleischermesser, das sie nachts immer griffbereit hielt, denn in diesem abgelegenen Haus zu schlafen, hatte ihr nie recht behagt. In der anderen Hand den Rosenkranz haltend, schob sie ihre Füße in die Filzpantoffeln, ohne das Licht anzuschalten, und umklammerte entschlossen das Messer. Als Mädchen hatte sie drei Jahre lang bei einem Metzger gearbeitet und wusste damit umzugehen.

Sie spürte einen Kälteschauer, aber das war keine Angst, nur die Nachtluft, die durch das offene Fenster im Erdgeschoss ins Haus gedrungen war. Sie wartete, bis ihre Augen sich an das Dunkel gewöhnt hatten, dann beugte sie sich über das Treppengeländer. Sie konnte nicht gut die Küche erkennen, wo die anderen Messer waren, aber sie hatte die Schubladen nicht aufgehen hören. Wenn jemand hereingekommen war, musste er in der Wohnstube sein. Es sei denn, er war bereits geflüchtet. Und das wäre besser für ihn.

Sie blieb starr in der Dunkelheit stehen, fast ohne zu atmen. Sie meinte noch immer den Schweißgeruch in der Nase zu haben, der in der Fahrerkabine des Lieferwagens gehangen hatte. Aber da war ein anderer Geruch, wild und würzig. War der Eindringling womöglich gar kein Mensch, sondern ein Tier? Oder ein Dämon?

»Verfluchter Dämon«, schrie sie auf Polnisch, »so wie du reingekommen bist, so verschwindest du auch wieder, und komm bloß nicht wieder. Hast du mich verstanden? Hau ab, auf der Stelle, sonst komme ich runter und nehme dich aus wie ein Zicklein.«

Sie wusste selbst nicht recht, warum sie gesprochen hatte. Womöglich hatte der Geruch sie angestachelt. Es gibt Signale, die uns instinktiv, wie Tiere, entscheiden lassen, ob wir besser angreifen oder fliehen sollen.

Ein Luftzug fuhr ins Haus, schien die Treppe herauf und um ihre nackten Fesseln zu streichen. Agnieszka erschauderte.

»Ich habe gesagt, hau auf der Stelle ab und komm nicht wieder. Ich weiß, wer du bist«, sagte sie auf Italienisch.

Es folgten zehn Sekunden Stille, in denen Agnieszka nur überlaut das Schlagen ihres Herzens hörte, dann nahm sie eine Bewegung hinter dem Sofa wahr.

Ein Schatten huschte Richtung Fenster, kletterte hinauf, warf eines der Schmuckkästchen hinunter und verschwand in die Gasse.

Agnieszka ließ den Arm mit dem Messer sinken, stützte die Ellbogen auf die Brüstung und holte tief Luft, ganz tief, als strömte das Leben plötzlich wieder in sie zurück und füllte sie erneut ganz aus. So mochte sie wohl nur in dem Moment geatmet haben, als sie aus dem Bauch ihrer Mutter kam und der Sauerstoff zum ersten Mal in ihre Lungen eindrang. Sie sog die frische Nachtluft ein, in der sie erneut einen penetranten Schweißgeruch wahrnahm, stärker noch als den aus der Stube.

Der erste Atemzug ihres Lebens war wie der letzte. Zwei Hände packten ihre Fußgelenke und hoben sie über die Brüstung, schlenkerten sie wie eine Stoffpuppe. Ein kurzer, überraschter Schrei entfuhr ihrer Kehle, ähnlich dem, den sie als frisch Geborene ausgestoßen hatte, und während sie ins Leere stürzte, hob sie die Hände, um sich zu schützen, aber noch ehe sie auf Höhe des Gesichtes waren, schlug sie schon auf die Steinfliesen auf.

Es war ein heftiger Schlag gewesen. Mohamed blieb starr stehen und wartete auf eine Reaktion. Dem Geräusch nach, das er gehört hatte, konnte die Alte tot sein. Hoffentlich hat sie sich das Genick gebrochen, dachte er, denn ich gehe nicht hin und gebe ihr den Rest. Sie über die Brüstung zu befördern war fast ein Kinderspiel gewesen, ein Jux. Aber hinzugehen und ihr mit einem Prügel den Kopf einzuschlagen war ein anderes Paar Stiefel. Im Zweifelsfall soll er das machen, dachte er und stieg vorsichtig die Treppe hinab. Sie hat ihn wiedererkannt, und es ist besser für ihn, wenn sie nicht mehr redet. Auch besser für mich, denn wenn sie ihn schnappen, dann plaudert er im Handumdrehen aus, dass ich auch dabei war. Er ist minderjährig, und ihm können sie nichts anhaben, ich aber habe bitter zu büßen.

Er stieß einen kurzen Pfiff aus, und Robertos Kopf tauchte wieder in der Fensteröffnung auf. »Was ist los?«, flüsterte er.

»Ich glaube, die hat's zerlegt«, sagte Mohamed. Eine Blutlache quoll unter dem Leib der Alten hervor, er musste aufpassen, dass er nicht hineintrat.

»Ist da draußen alles okay?«

»Ja, keine Sorge. Die nächsten Häuser sind weit, und nirgendwo ist ein Licht angegangen«, sagte Roberto, kam ins Haus zurück und lehnte das Fenster wieder an. »Bist du sicher, dass sie tot ist?«

»Nein, aber ich habe keine Lust nachzuschauen. Wenn du es machen willst …«

»Meinst du, sie hat mich wiedererkannt?«

»Keine Ahnung. Sie hat gesagt: ›Ich weiß, wer du bist.‹«

»Vielleicht ein Bluff.« Er näherte sich dem Leib der alten Frau.

»Vorsicht, da ist alles voller Blut, tritt nicht hinein«, sagte Mohamed und ging an ihm vorbei. »Ich übernehme Stube und Küche, du gehst ins Obergeschoss. Mach schnell. Und kontrollier die Schubladen genau.«

»O Mann, das Messer schaut aus ihrem Rücken raus. Scheiße, schau dir das an. Die hat sich hineingestürzt, die blöde Kuh.«

Mohamed betrachtete die Leiche, schloss aber sofort die Augen. »Beleidige die Toten nicht. Das bringt Unglück.«

»Was zum Geier kümmert mich das? Ein Messer, verstehst du? Die wollte uns abschlachten. Fuck. Ein Messer. Besser sie als ich, Scheiße noch eins.«

Mohamed merkte, dass sein Freund den Kopf verlor. »Okay«, sagte er und fasste ihn an den Schultern, »vergiss es. Geh hoch und füll einen Sack.«

»Hast du die Handschuhe an?«, fragte Roberto und zeigte seine Finger vor, die von zwei Paar Latexhandschuhen geschützt waren. Auch die Schuhe hatten er in Nylon gepackt, um keine Spuren zu hinterlassen.

»Brauche ich nicht. Ich bin vorsichtig, und wenn ich etwas berühre, wische ich es wieder sauber. Geh jetzt. Mach einen Sack voll. Nur gutes Zeug. Und richte keine Unordnung an.«

»Warum?«

»Weil ich es sage. Sie dürfen nicht merken, dass jemand hier war.«

Sie brauchten rund zehn Minuten, um jeder einen Sack zu füllen, dann fanden sie sich wieder in der Diele ein. »Die achttausend Euro?«

»In der Zuckerdose, in der Küche. Der Klassiker«, sagte Mohamed und zeigte die Rolle Banknoten. Roberto stieß einen kurzen Pfiff aus: »Bingo!«, dann stieg er aus dem Fenster und ließ sich die Säcke hinausreichen. Mohamed schloss die Fenster von innen, und als Robertos Signal kam, dass die Luft rein sei, verließ er das Haus durch die Tür und zog diese hinter sich ins Schloss. Sie hatten saubere Arbeit geleistet, abgesehen natürlich von dem Zwischenfall mit der Alten.

Kapitel 67

Flashback: Mohameds Tod

»Also, hast du das Geld mitgebracht?«

»Das ist nicht mein Sack.«

Mohamed nahm einen riesigen hellblauen Plastiksack von der Schulter und stellte ihn auf den Bürgersteig. »Ich habe einen gewählt, der weniger auffällt. Ich habe ein paar T-Shirts und Taschentücher obenauf gepackt, aber drunter ist der Rest.«

Roberto nahm ihn, öffnete ihn, als wollte er kontrollieren, dass alles da war, auch wenn er selbst nicht mehr genau wusste, was er hineingestopft hatte, da er hastig und im Dunkeln gearbeitet hatte.

Auch an diesem Abschnitt der Stadtmauer delle Cappuccine war es dunkel. Irgendwer musste die Straßenlaterne mit Steinen zerdeppert haben, und zwar vor kurzem, denn die Scherben lagen immer noch auf der Erde. Roberto holte eine Rolle Banknoten aus der Tasche. Mohamed war alleine gekommen, aber wahrscheinlich war irgendein Freund in der Nähe, der ihm Rückendeckung gab. Wie auch immer – er war auch allein gefährlich. Er hatte ein Messer und wusste es zu gebrauchen, abgesehen davon, dass er gehetzt wurde und nichts mehr zu verlieren hatte.

Der Marokkaner zählte die dreitausend Euro, allesamt in Fünfzigerscheinen.

»Stimmt es?«

»Hm-hm.«

»Schön. Dann gute Heimreise nach Marokko. Ich hoffe, ich sehe dich nicht wieder.«

»So viel ist sicher. Morgen Abend steige ich aufs Schiff und fahre zurück in mein Land. Endlich.«

Roberto schwang sich den Sack über die Schulter, und ohne etwas hinzuzufügen, querte er den Platz Richtung Bushaltestelle. Mohamed zögerte einen Moment und ging dann den Panoramaweg weiter, um in die Altstadt zurückzukehren. Er war fast überrascht, dass alles glattgegangen war, er hatte erwartet, dass Roberto gar nicht kommen würde oder mit weniger Geld, oder dass er irgendeinen Trick versuchen oder einen Kumpel anschleppen würde.

Um so besser. »Alles okay. Ich komme zu euch«, sagte er zu seinen Leuten und schaltete das Handy ab. Er hatte es während des Treffens mit Roberto angelassen, damit sie hören konnten, was passierte. Sie waren drei Gehminuten entfernt, saßen entspannt in einer Bar, bereit, im Notfall einzugreifen. Jetzt würde er allen einen ausgeben, dann würde er sich einen schönen doppelten Fick genehmigen, zu fünfzig Euro, mit Amina. Er wollte sich sowieso vor seiner Abreise von ihr verabschieden, war sie doch eine der wenigen schönen Erinnerungen, die er aus Italien mitnehmen würde.

Er ging weiter Richtung Krankenhaus und bemerkte ein Mädchen, das auf einer Bank saß, unter einer Laterne. Sie war jung, mit langen blonden Haaren, die ihr über die eine Hälfte des Gesichts hingen. Er wunderte sich, dass sie da so alleine saß, aber vielleicht war ihr Freund nur für einen Moment weggegangen. Er verlangsamte den Schritt und sah sich um. Niemand war zu sehen, also dachte Mohamed, als er bei ihr vorbeikam, warum nicht, vielleicht hat ihr Freund sie gerade abserviert, er setzte ein nettes Lächeln auf und sagte: »Ciao.« Ihr Lächeln hatte einen traurigen Touch, als sie antwortete: »Ciao.«

Mohamed blieb stehen, schaute sich erneut um und sagte: »Ist das nicht gefährlich, hier so alleine zu sitzen?«

»Ich habe auf eine Freundin gewartet«, sagte sie, »aber inzwischen glaube ich, sie kommt nicht mehr.«

»Darf ich? Ich bin ein wenig müde«, sagte er und deutete auf die Bank. Sie machte eine Geste, die so viel hieß wie: Setz dich. Sie war wirklich sehr jung, vielleicht sogar minderjährig, Mohamed starrte auf ihre roten Lippen und dachte, wie schön es wäre, sie zu küssen.

Sie stellten sich vor und redeten ein bisschen. Er sagte ihr, dass das sein letzter Abend hier war und dass er bedauerte, sie erst jetzt getroffen zu haben, er war wirklich ein Pechvogel, sie lachte und sagte, ihr seid alle gleich, ihr denkt immer nur an das eine. Das liegt daran, dass du zu schön bist, gab er zurück. Sie schüttelte den Kopf und sagte: Ich muss jetzt wirklich gehen, und er bat: Bleib noch fünf Minuten, hast du Lust, etwas mit mir zu rauchen? Den Abschieds-Joint? Sie lachte wieder und schaute sich um, man sieht uns hier, sagte sie, und er erwiderte: Komm, da hinten brennt kein Licht, da sieht uns niemand.

Während sie aufstanden, klingelte sein Handy, es waren seine Freunde, die fragten, wo er abgeblieben sei. Er antwortete auf Arabisch, dass er ein Mädchen getroffen habe, entschuldigt, es wird ein bisschen später. Eigentlich hoffe ich, es wird viel später, sagte er und schaltete das Handy ab, denn sie würden ihn bestimmt zurückrufen und ihm auf die Eier gehen.

Sie setzten sich auf die abgelegenste Bank, Mohamed holte ein Stück Hasch und ein Feuerzeug hervor, und mit wenigen schnellen Bewegungen hatte er einen perfekten Joint gebaut. Er überließ ihr die Ehre, ihn anzuzünden, und als das Mädchen hustete, lächelte er befriedigt, er hatte ordentlich Stoff reingepackt, und wenn alles so schön weiterlief, dann würde die Blondine in zehn Minuten vor ihm knien und ihm mit ihren wunderbaren roten Lippen einen blasen.

Er bekam einen Harten, wenn er nur daran dachte, er nahm

zwei tiefe Züge und dachte, es war wirklich schade, Italien und seinen willfährigen Mädchen den Rücken zu kehren. Er lachte für sich, sie lachten immer noch zusammen, als er von dem Haschisch weiche Knie bekam und seine Reflexe nachließen, dann streckte Mohamed eine Hand nach ihren blonden Haaren aus und zog sie zu sich, sie kam ihm entgegen und umarmte ihn ebenfalls, jedoch ohne ihn zu küssen. Kaum hatte er ihr eine Hand auf die Brust gelegt, schrie sie: »Hey, was soll der Scheiß?«, und Mohamed sagte: »Komm, was ist los?«, und sie brüllte erneut: »Nimm die Finger weg«, und in diesem Moment sah Mohamed sie kommen, als wären sie direkt aus der Finsternis aufgetaucht.

Sie waren zu zweit, einer groß, der andere kleiner, mit schwarzen Sweatshirts und Mienen, als würden sie keine Zeit mit Quatschen verlieren. Er merkte, dass es zu spät war, das Handy anzuschalten und seine Leute zu rufen, also schob er die Hand in die Jackentasche, um das Messer zu greifen, aber das Messer war nicht mehr da.

»Suchst du das hier?«, lächelte die Blondine und zeigte ihm das Springmesser.

Er versuchte abzuhauen, aber seine Beine gehorchten nicht, der Koloss umklammerte seine Kehle: »Weißt du nicht, dass Stehlen eine Sünde ist?«

Kapitel 68

Flashback: Robertos Tod

Der Schemen huschte in die Gasse, nachdem er sich vergewissert hatte, dass niemand in Blickweite war. Er ging an dem Haus vorbei, und zwei Eingangstüren weiter hängte er sich, praktisch im Vorbeigehen, mit beiden Händen an das Gerüst, das schon seit Monaten an der Fassade stand. Geschmeidig wie eine Katze stieg die Gestalt hinauf, immer auf der Außenseite bleibend. Theoretisch bestand die Gefahr, dass jemand sie sah, aber ab dem dritten Stock aufwärts war der schwarzer Trainingsanzug im Dunkeln so gut wie unsichtbar. Der Eindringling kletterte bis zum Hausdach, einem Dach aus Schiefer, der durch den Regen spiegelglatt werden würde. Aber der Himmel schien noch ein paar Stunden Geduld zu haben, und dank der nötigen Umsicht hatte er keine Mühe, bis zum First zu steigen. Wie schön die Gassen in Genua sind, dachte er mit einem zufriedenen Lächeln, wie schön diese aneinandergeschmiegten Firste! Es gab Stellen, an denen man Dutzende Meter über die Dächer spazieren konnte, und wenn doch eine Lücke zwischen ihnen war, so war der Abstand so schmal wie die engen Gassen, die auf der Erde verliefen, dass ein beherzter Sprung genügte, ihn zu überwinden. Die Gestalt erreichte das Hausdach ohne Probleme. Es gab sechs gemauerte Schornsteine, einen für jede Wohnung, aber ihr Ziel war der siebte, ein kleines Metallrohr, das aus den Ziegeln ragte, eine Normverletzung, begangen, als man eine Gastherme auf dem Dachboden installiert hatte, um ihn in Wohnraum umzuwandeln. Glühend heiß im Sommer und eiskalt im Winter, dachte sie. Genua war keine hässliche Stadt, aber immer gab es etwas, worunter man zu leiden hatte: die Kälte, die Hitze, der Wind, der Regen. Genua war keine hässliche Stadt, aber nie lächelten seine Einwohner, sie genossen das Leben nicht, das so schnell vorüberging und das man mit Courage zu nehmen hatte, als gäbe es kein Morgen.

Aus den Bauchtaschen des Pullis holte der nächtliche Kletterer die Lumpen, die er mitgebracht hatte und die ihm das skurrile Profil eines übergewichtigen Bergsteigers verliehen. Aus dem Metallrohr kam hellgrauer, fast weißer Rauch. Der Schemen bewegte sich vorsichtig, darauf achtend, dass er keinen Schieferziegel zerbrach und keinen Lärm machte, so unwahrscheinlich es war, dass Roberto um diese Zeit noch wach war. Er stopfte Lumpen in das Rohr, bis es hermetisch verschlossen war. Der weiße Rauch war nicht mehr zu sehen. Er setzte sich auf den Giebel, dann legte er sich auf den Rücken und wartete auf das Morgengrauen. Die Sterne waren größer und strahlender denn je, sie glommen, und ihr Licht, das unendliche Räume durchquert hatte, schien die nächtliche Gestalt zu wärmen. Wir sind so verschwindend klein, dachte sie, dass auch ein großer barmherziger Gott Mühe hat, uns zu finden.

Um halb sieben war sie der Meinung, dass fünf Stunden mehr als genug waren, um einen so kleinen Raum mit Gas zu sättigen. Sie näherte sich dem kleinen Fenster, drückte vorsichtig dagegen, und es ging auf. Roberto lag neben dem Bett.

Der Schemen ging auf das Dach zurück, zog die Lumpen aus dem Rohr, und sofort quoll eine dichte, graue Rauchwolke heraus. Er steckte die Lumpen in eine Tüte und die Tüte in den Pullover, zog die Kapuze hoch und verließ das Dach. Während der Himmel langsam heller wurde, kletterte er vom Gerüst und verschwand in der stillen Gasse. Kaum hatte er seinen Fuß auf die Erde gesetzt, fiel der erste Regentropfen. Das schien ein Wink des Schicksals zu sein.

Kapitel 69

Marco Luciani

Im Morgengrauen wachte Marco Luciani schlagartig auf, überrascht, dass er Alessandro nicht schreien hörte. Nicht das Kind hatte ihn geweckt, sondern eine plötzliche Erleuchtung, die so stark war, dass sie den Schleier des Schlafes zerrissen hatte. Es gab nur einen Menschen, der überzeugt war, dass diese Zeichnung ein da Vinci war, einen einzigen Menschen, der die Signatur entdeckt und noch mit niemandem darüber gesprochen hatte, außer mit ihm. Es gab nur einen Menschen, der diese Zeichnung so unbedingt haben wollte, dass er dafür über Leichen ging.

Das Gesamtbild des Falles schien ihm nun plötzlich klar, aber gleichwohl begann er, es nach deplatzierten Pinselstrichen abzusuchen, nach einer getürkten Signatur, mit der er es als Fälschung entlarven konnte. Sie kann es nicht gewesen sein, sagte er sich immer wieder, Fiammetta kann es nicht gewesen sein. Du bist jetzt stinksauer auf sie, weil sie abgehauen ist, aber hältst du sie wirklich für fähig, so weit zu gehen? Sicher, in der Villa des Grafen bewegte sie sich mit einer gewissen Selbstverständlichkeit, als wäre sie erst kürzlich da gewesen. Und auch diese Überlegungen zu den verschwundenen Möbelstücken, die sie so aus dem Stand formuliert hatte … Sie musste schon vorher in der Villa gewesen sein, um das Porträt zu suchen, und lange darüber nachgegrübelt haben. Sie konnte sehr wohl die Polin kennengelernt haben, sie aufgefordert haben, den Grafen zu töten und das Porträt für sie zu stehlen. Im Moment der

Übergabe war dann irgendetwas schiefgegangen. Vielleicht hatte Agnieszka sich geweigert oder den Preis hochgetrieben, oder vielleicht … Vielleicht hatte es ihr schon jemand anders geklaut. Sicher, die Polin konnte Fiammetta nicht getötet haben, sondern nur jemand mit Bärenkräften. Ein Stechen in der Hand erinnerte ihn an den Händedruck des Ehemanns. Dieser konnte ihr sehr wohl einen solchen Schlag versetzt oder jedenfalls die Polin überwältigt und in das Messer gestoßen haben, das sie zur Selbstverteidigung geholt hatte. Und dieser Ehemann konnte auch Mohamed getötet haben, wenn dieser es gewesen war, der das Porträt bei der Polin geklaut hatte. Er konnte seine Tochter als Köder benutzt und ihn dann von der Stadtmauer geworfen haben.

Auf dem Platz habe kurz vor dem Tatzeitpunkt eine Blondine gesessen, hatte ein Zeuge ausgesagt. Und vielleicht hatte sie, Fiammetta, Roberto getötet, indem sie ihn irgendwie vergiftet hatte, und vielleicht war die Tochter, so schlank, wie sie war, durch die Luke gestiegen, um die Zeichnung zu holen. Eine komplette Killer-Familie, das hat es noch nie gegeben, dachte er und verwarf die absurde Hypothese. Ein Motiv im Wert von hundert Millionen Euro hatte es allerdings auch noch nie gegeben.

Aber warum hätte Fiammetta mich kontaktieren sollen, wenn sie die Täterin war? So etwas kommt nur in schlechten Büchern und in schlechten Filmen vor, sie hatte kein Motiv, um … Er biss sich auf die Unterlippe, bis es weh tat. Die Polin hat nicht sie umgebracht, es waren die Jungs. Logisch. Roberto wollte ihr das Geld klauen, das Antonino ihr gezahlt hatte, und dazu nahm er Mohamed mit. Somit wusste Fiammetta nicht mehr, wo das Porträt abgeblieben war, und sie brauchte mich, um es aufzuspüren. Danach hat es keinen Toten mehr gegeben, bis wir Mohameds Fingerabdruck gefunden haben. Sie lag bei mir im Bett, als Calabrò mir den Namen des Jungen diktierte, und irgendwer hat ihn, kurz bevor ich mit ihm reden konnte, umgebracht. Es war nach diesem Mord gewesen, dass Fiammetta sich langsam zurückgezogen hatte. Inzwischen hatte sie sich nämlich die Zeichnung verschafft.

Nein, Moment, wenn sie die Zeichnung hatte, dann war es sinnlos, Roberto zu töten. Und von Roberto und der Identifizierung des Lieferwagens wusste sie nichts, folglich konnte sie nicht die Täterin sein.

Er seufzte erleichtert, leckte sich über die Zunge und schmeckte das Blut. Halt, halt, halt. Der Mann könnte Mohamed zum Reden gebracht haben, ehe er ihn umbrachte, und Mohamed hatte ihm gesagt, dass Roberto das Porträt hatte.

Schluss, Schluss damit, sagte er sich. In Wirklichkeit habe ich überhaupt keine Beweise, ich weiß nicht einmal, ob dieses Porträt tatsächlich existiert, und dann weiß ich, dass Fiammetta keine Mörderin ist, denn wir haben miteinander geschlafen, und da ich eine gewisse Erfahrung mit miesen Ludern habe, müsste ich eine Mörderin schon erkennen können. Aber nehmen wir einmal an, dass sie es geschafft hat, mich die ganze Zeit hinters Licht zu führen, dass sie alle kaltgemacht und sich das Porträt unter den Nagel gerissen hat und dass sie sich dann verdrückt hat, weil ich nicht mehr nützlich für sie war – was würde sie jetzt mit dieser Zeichnung anfangen? Sie kann sie nicht behalten, sie kann sie nicht versteigern, weil ich die ganze Geschichte kenne, und selbst wenn sie sie an einen dieser verrückten Sammler verkaufen wollte, die sie im Tresor verstecken und sie sich alleine anschauen, nun, dann müsste sie sie aus Italien hinausschaffen, und zwar rasch, bevor ich irgendetwas wittere. Er versuchte Fiammetta anzurufen, eine säuselnde Stimme sagte ihm, das Mobiltelefon sei abgeschaltet oder nicht erreichbar.

Er betrat die Dienststelle mit einer Laune wie an den allerschwärzesten Tagen, im Sturmschritt nahm er die Treppe und den Korridor, der zu seinem Büro führte. Die Kollegen wichen ihm grußlos aus, sie verschwanden in ihren Zimmern, um ihm zu entgehen, oder hauchten ein »Guten Tag«, um sich augenblicklich zu verdünnisieren. Der Gerichtsmediziner hatte ihn schon angerufen und die Ergebnisse von Robertos Autopsie mitgeteilt: Vergiftung durch Kohlenmonoxid, ohne jeden Zweifel. Der Heizofen funktionierte, hatten die Feuerwehrleute gesagt, aber ohne die Notabschaltung. Das Abgasrohr schien in Ordnung, musste jedoch irgendwie vorübergehend blockiert gewesen sein, die Flamme hatte schnell den im Raum befindlichen Sauerstoff verbrannt, und für Roberto hatte es kein Entrinnen gegeben. Der Kommissar konnte sich nicht damit abfinden, dass es ein Unglück war, aber er hatte kaum eine Chance, das Gegenteil zu beweisen: Die Leute von der Spurensicherung waren lange auf dem Dach gewesen und kopfschüttelnd zurückgekommen, denn der Regen am Morgen hatte alle etwaigen Spuren abgewaschen.

Vor der Tür fand er Iannece und Pasquale, die miteinander plauderten. Es war offensichtlich, dass sie auf ihn warteten, und es war offensichtlich, dass er den Neapolitaner abwimmeln musste, andernfalls würde dieser ihm jeden Tag auf die Pelle rücken, um sich nach Ermittlungsergebnissen zu erkundigen.

»Guten Tag, Signor Commissario«, setzte Iannece ein.

»Guten Tag«, echote Pasquale.

Er sah aus, als hätte er kein Auge zugetan, und der Kommissar bekam Mitleid. Immerhin hatte dieser Mensch einen Neffen verloren, der für ihn fast wie ein Sohn gewesen war. Wie würde ich mich fühlen, wenn ich Alessandro verlöre?, dachte er. Und wie würde sich Maria Antonietta fühlen, die auch heute für ihn die Mutter spielte.

»Ciao, Pasquale. Wie geht's«, fragte er und legte ihm eine Hand auf die Schulter, »hat deine Frau sich wieder ein bisschen gefangen?«

»Na ja. Dank der Beruhigungsmittel hat sie ein paar Stunden geschlafen. Wir müssen uns zusammenreißen.«

»Es tut mir leid. Ich habe keine guten Nachrichten. Wir sind nicht vorangekommen.«

»Deswegen bin ich nicht da. Ich wollte dir nur die Post vorbeibringen. Ich bin heute Morgen an unserem früheren Haus vorbeigegangen, um mich ein bisschen abzulenken, und da waren Sachen für dich«, sagte er und zeigte ihm eine Papiertüte mit Kuverts.

»Danke. Ich vergesse immer, dort vorbeizuschauen.«

»Nicht der Rede wert. Ich bringe sie dir gerne, dann habe ich wenigstens ein bisschen Bewegung.«

Sie blieben auf der Türschwelle stehen. Marco Luciani hoffte, die beiden würden sich verabschieden, aber weder Iannece noch Pasquale rührten sich vom Fleck. Und der Neapolitaner konnte sich auch nicht entschließen, ihm die Tüte zu geben.

Das Handy des Kommissars befreite sie aus der Pattsituation.

»Hallo?«

»Hallo, ich bin's.«

»Wer, ich?«

»Wie, wer? Fiammetta.«

»Ach, entschuldige. Dein Name wird nicht angezeigt, ich weiß nicht, warum.«

»Ach ja, entschuldige. Ich rufe von einer anderen Nummer an.«

»Wie geht's?«

Sie seufzte. »Ich stehe vor der Abreise, Marco. Ich bin in Malpensa.«

»Wie, Abreise? Abreise wohin?«

»Ich fliege für eine Woche mit Bruno nach New York. Wir versuchen, unsere Ehe zu kitten. Wir haben die letzten Tage viel geredet und beschlossen, dass wir achtzehn Jahre gemeinsames Leben nicht einfach so wegwerfen können. Das sind wir auch Giulia schuldig.«

Sag mir, dass das nicht wahr ist, dachte Marco Luciani. Sag mir, dass du nicht abhaust mit …

»Und wann hast du das beschlossen?«

»Das haben wir einfach so beschlossen, ganz plötzlich. Entschuldige, wenn ich es dir nicht gesagt habe. Nimm's mir bitte nicht übel.«

Marco Luciani trat in sein Büro, um in Ruhe reden zu können, aber Pasquale folgte ihm, und dann folgte Iannece. Luciani hob fragend die Augenbrauen, und der Neapolitaner zeigte ihm die Tüte mit der Post. Luciani seinerseits zeigte auf den mit Papieren bedeckten Schreibtisch, aber der Neapolitaner wollte sein Päckchen dort nicht ablegen, er wich zur Tür zurück und zischte: »Ich gebe sie dir nachher.« Er schien etwas auf dem Herzen zu haben.

»Marco, bist du da?«

»Ja, ja, ich bin da. Bist du schon in Malpensa? Um wie viel Uhr fliegst du ab?«

»Gleich. Ich habe gerade eingecheckt. Tut mir leid, dass ich mich nur telefonisch verabschieden kann. Ich rufe dich aber an, sobald ich wieder da bin. Es wäre schön, wenn wir trotzdem Freunde bleiben könnten.«

»Klar«, sagte er, »klar.« Er beendete das Telefonat und rief sofort die Leitstelle an.

»Gib mir den Polizeiposten von Malpensa. Sofort, bitte. Ich warte in der Leitung.«

Eine Viertelstunde später wurden Fiammetta Sforza und Bruno Martini an der Gepäckkontrolle aufgehalten.

»Können Sie Ihren Koffer öffnen, Signora? Würden Sie mir bitte folgen, Signore? Gehören Sie zusammen? Bitte, hier entlang. Es dauert nur wenige Minuten.«

Marco Luciani biss sich auf die Unterlippe und starrte an die Decke. Vielleicht ist es besser, ich fahre hin, dachte er, ich lasse sie zwei Stunden festhalten und stoße zu ihnen. Er hatte seinen Kollegen erklärt, was sie suchen sollten, hatte klargemacht, dass man einen so kleinen Gegenstand auf tausend Arten verstecken konnte, in jeder noch so kleinen Ritze. »Wenn die Durchsuchung des Gepäcks ergebnislos bleibt, dann habt keine Hemmungen«, hatte er geschlossen, aber er war unruhig und hätte die Operation lieber persönlich verfolgt.

Es wurde zaghaft an die Tür geklopft. Pasquale tauchte auf und zeigte die Tüte mit der Post. Marco Luciani musste sich zusammenreißen, dass er ihn nicht zum Teufel jagte, und ließ ihn eintreten. Der Neapolitaner reichte ihm nacheinander drei Briefe von der Bank, ein Heftchen der Klosterbrüder von weiß der Geier wo, versehen mit Überweisungsträger, ein Kuvert ohne Absender aus den USA und einen großen beige gepolsterten Umschlag, der sofort die Aufmerksamkeit des Kommissars auf sich zog. Sein Name war von Hand geschrieben, mit zittriger, ziemlich schiefer Handschrift, aber es gab keinen Absender. Die Briefmarken waren nicht abgestempelt, also konnte man nicht erkennen, wo der Umschlag abgeschickt worden war. Er befühlte ihn vorsichtig, etwas Schweres, Rechteckiges steckte darin. Man sah keine Drähte, und man hörte kein verdächtiges Ticken.

Er fragte sich, ob er das Sprengstoffkommando verständigen sollte, aber er war schon lange nicht mehr bedroht worden, und vor Pasquale und Iannece wollte er nicht als Hasenfuß dastehen. Also nahm er die Schere, und statt die Klebelasche zu öffnen, schnitt er die gegenüberliegende Kante auf. Er merkte, dass seine Finger zitterten, als fühlten sie, dass sich im Innern etwas Gefährliches befand. Oder etwas sehr Wichtiges.

Der Neapolitaner tat, als würde er zum Fenster sehen, ließ sich aber keine Bewegung des Kommissars entgehen, und Iannece ließ sich keine Bewegung des Neapolitaners entgehen.

Marco Luciani tastete sich in den Umschlag vor und zog ein antikes, in braunes Leder gebundenes Buch heraus. »Die heilige Bibel«, war in Goldbuchstaben aufgeprägt. Er schlug sie auf und sah ein Blatt, ein Blatt von vierzehn Zentimeter Höhe, neun Zentimeter Breite, aus gelblichem, an den Rändern angefressenem Papier. Es zeigte das Porträt eines bärtigen Mannes im Profil. Mit Rötelstift gezeichnet.

Wäre es eine Bombe gewesen, so hätte Marco Luciani sie weniger vorsichtig auf den Tisch gelegt. Jetzt zitterten seine Hände heftig, und sein Herz raste, als wollte es aus seiner Brust springen. Da lag da Vincis Selbstporträt, direkt vor ihm, hundert Millionen Euro wert, von der Post zugestellt und wer weiß wie viele Tage in einem Hauseingang vergessen, jedermann zugänglich.

Im Vergleich zu der Fotokopie, die er gesehen hatte, verfügte das Original über eine überwältigende Kraft und Tiefe. Er starrte es benommen an und spürte einen komischen Schwindel, der ihn ins Innere der Zeichnung zog, als könnte sie ihn wirklich aufsaugen. Der Mann mit dem Bart starrte ihn zwar nicht an, schien aber zu sagen: Schau mich an, ich bin durch all die Jahrhunderte zu dir gekommen, ich habe tausend Gefahren überlebt und bin viele Male von Hand zu Hand gegangen. Ich habe Umzüge, Erdbeben, Kriege, Raubzüge und Verrat überstanden. Ich bin dem Scheiterhaufen der Inquisition entgangen, den Mäusen, dem Schimmel und dem Zahn der Zeit. Das alles, um hierherzugelangen, das alles, um dir die Wahrheit über mich zu enthüllen, über dich selbst, über uns alle, wenn du genügend Herz hast, um sie zu erkennen und ihr ins Auge zu blicken.

Der Blick des Mannes war gerade und klar, weder heiter noch traurig, der Blick eines Mannes, der die Welt mit anderen

Augen betrachtet. Ein Genie, das weit vorausschaut und sich die Zukunft früher als alle anderen ausmalt. Er schaute ihn weiter an, und die Offenbarung kam, unerwartet und gewaltig. Wie vor jenen farbigen, scheinbar sinnlosen Bildern, die bei genügend langer, über die oberflächliche Struktur hinausgehender Betrachtung ein dreidimensionales Bild enthüllen und einen für einige Sekunden in eine andere Realität projizieren, so fand Marco Luciani sich an einen dunklen und kalten Ort projiziert, wo ein Lamm versuchte, einem Wolf zu entkommen, und der Wolf das Lamm zu reißen suchte, aber keiner der beiden erreichte sein Ziel, denn ihre Köpfe befanden sich an den Gegenpolen ein und desselben Körpers, wie Yin und Yang, die im selben Kreis gefangen sind. Marco Luciani war Wolf und Lamm, und er war auch der Kampf, den die beiden ohne Hoffnung auf Sieg ausfochten. Durch das Porträt sah er den Hochmut seines Fastens und den Geiz seiner Gefühle, er sah die Wut, die er gegenüber Alessandro und Sofia empfand, er sah seine Wollust gespiegelt im Gesicht Fiammettas, der Frau eines anderen, er sah den Tod seines Vaters in Camogli und die Nacht des Wahnsinns in Ventotene, er schmeckte das Blut im Mund, Belmondo in Handschellen, der ihn bedrohte, die Brandung des Meeres an den Klippen, in fünfzig Meter Tiefe. Seine Armmuskeln spannten sich, so wie sie es getan hatten, um Belmondo hochzuheben, nachdem dieser gestanden hatte, dass er Giampieri getötet hatte, er spürte eine wachsende Panik und das dumpfe Geräusch einer Trommel, die lauter wurde, die immer lauter und stärker und schneller schlug, bis ins Unerträgliche. Einen Moment, ehe seine Brust zersprang, packte ihn der Schrei des Agenten, der von den Klippen flog, am Genick, und dann kam die Finsternis über ihn.

»Signor Commissario! Signor Commissario!«

Er erwachte am Boden liegend, der Neapolitaner hielt ihm Kopf und Schultern, Iannece rief besorgt nach ihm.

»Signor Commissario. Geht es Ihnen gut? Halten Sie ihn so, ich hole ein bisschen Wasser.«

Marco Luciani brauchte gut eine Minute, um sich an das zu erinnern, was geschehen war. Er spürte Übelkeit und ein Gefühl der Niederlage.

Er trank ein paar kleine Schlucke Wasser und stand, auf Pasquale und Iannece gestützt, wieder auf. Er näherte sich dem Schreibtisch, und ohne das Porträt noch einmal anzuschauen, schlug er die Bibel zu.

»Was ist passiert, Herr Kommissar?«

»Nichts. Mir war schon letzte Nacht nicht gut«, log er, »ich habe ein bisschen Schlaf nachzuholen und ...«

»Sie müssen sich nicht schämen, wenn es die Aufregung war«, sagte Iannece, »ich habe das Porträt in dem Buch gesehen. Ist es das, wonach Sie gesucht haben?«

Marco Luciani nickte. »Ich hätte nicht gedacht, dass ich es je wiederfinden würde. Ich dachte ...« Er wollte sagen: »Ich dachte, Fiammetta hätte es fortgeschafft«, hielt sich aber rechtzeitig zurück. Wenn das Porträt da war, bedeutete das, dass alles, was er über Fiammetta gedacht hatte, falsch war, dass sein Verdacht unbegründet war. Nicht sie hatte den Grafen umbringen lassen, nicht ihr Mann hatte die Polin auf dem Gewissen, nicht ihre Tochter hatte Mohamed in eine tödliche Falle gelockt, und sie hatten auch nicht Roberto mit dem Rauch des Heizofens vergiftet. Aber vor allem hatte Fiammetta ihn nicht missbraucht, und sie hatte ihn nicht verlassen, um mit dem Porträt in die USA durchzubrennen. Ich muss sofort Malpensa anrufen und die Durchsuchung stoppen lassen, dachte er. Fiammetta will tatsächlich ihre Ehe retten, sie will wirklich versuchen, noch einmal von vorne anzufangen, und diese Obsession für den da Vinci hinter sich lassen, das Streben nach Erfolg, nach Ruhm und nach Geld. Ich dachte, sie hätte sich nur aus Kalkül mit mir eingelassen, und ich war bereit, das zu akzeptieren.

Stattdessen hat Fiammetta mich wirklich geliebt, für einige Nächte, und sie war aufrichtig. Aber als sie zwischen mir und ihrem Mann wählen musste, hat sie die einzig richtige und logische Entscheidung getroffen. Denn er ist besser als ich.

Ja, ich muss sofort den Flughafen anrufen, dachte Marco Luciani erneut, während er dem Neapolitaner dankte, die Bibel in den Umschlag steckte und Iannece sagte, er solle schauen, ob Iaquinta in seinem Büro eingetroffen sei. Er hatte Leibesvisitationen beigewohnt; sie gehörten zu den demütigendsten Erfahrungen, denen man einen Menschen aussetzen konnte. Er stellte sich vor, wie Fiammetta sich vor einer Polizistin entkleiden, wie sie sich mit den Händen an der Wand abstützen und sich niederbeugen musste, die Polizistin, die sich einen Handschuh überstreifte und sie überall untersuchte. Vielleicht waren sie noch nicht so weit, vielleicht waren die Polizisten noch mit der Gepäckkontrolle befasst, vielleicht schaffte er es noch rechtzeitig, ihr diese Demütigung zu ersparen.

»Gehen wir einen Espresso trinken«, sagte er zu dem Neapolitaner und zu Iannece. »Ich brauche ein bisschen frische Luft.«

Gerade als er nach rund zwanzig Minuten ins Büro zurückkehrte, kam der Anruf aus Malpensa. »Wir haben alles kontrolliert«, erklärte der Kollege, »aber sie sind sauber.«

»Komisch«, antwortete er, »dann muss das ein falscher Hinweis gewesen sein. Entschuldige die Umstände, du hast einen Gefallen bei mir gut.«

»Ach was, Herr Kommissar. Stets zu Diensten.«

Er schaltete wieder sein Handy ein und fand mehrere entgangene Anrufe von Fiammetta vor. Sie musste verzweifelt versucht haben, ihn anzurufen, damit er gegenüber den Kollegen für sie bürgte. Kaum war seine Nummer wieder erreichbar, kam ein weiterer Anruf herein.

»Steckst du hinter dieser Schweinerei?«, wurde er angeblafft.

»Hallo? Wer spricht da?«

»Ich wiederhole: Steckst du hinter dieser Schweinerei? Kannst du keine Niederlage einstecken? Ich war ehrlich zu dir, ich habe dir gesagt, dass ich für eine Weile verreisen, dass ich versuchen will, meine Ehe zu kitten, und du … du tust mir das an. Glaubst du, so kannst du mich halten? Oder ist es nur ein jämmerlicher Racheakt? Du widerst mich an, Marco, ich wollte wirklich …«

»Fiammetta, bist du das?«, unterbrach er sie.

»Fick dich doch, Marco, natürlich bin ich es!«

»Entschuldige, aber ich verstehe nicht … Wovon redest du?«

»Du weißt genau, wovon ich rede! Die Durchsuchung. Wir sind hier seit einer Stunde, deine Kollegen lassen uns nicht gehen und … und …«

»Beruhige dich, Fiammetta. Ich weiß wirklich nicht, wovon du redest. Bist du immer noch in Malpensa?«

»Natürlich bin ich immer noch in Malpensa! Man hat uns gefilzt, das sage ich doch, und wir haben deswegen unseren Flug verpasst!«

»Wenn du willst, rede ich mit ihnen«, sagte der Kommissar und lächelte in sich hinein, denn seine Stimme musste klingen wie die des Wolfes, der Kreide gefressen hat und zu den Geißlein sagt: »Ich bin eure Mutter, öffnet mir die Tür.«

»Nicht mehr nötig, Marco. Ich fliege. Ich warte den nächsten Flug ab und fliege mit meinem Mann nach New York. Ich wusste von Anfang an, dass es ein Fehler war, und jetzt weiß ich es noch besser. Ich komme nicht zurück. Gib auf. Mehr noch, ich will nie wieder etwas von dir sehen oder hören.«

»Aber ich habe deine Entscheidung akzeptiert, Fiammetta. Und ich freue mich für dich, wenn du wieder klare Prioritäten hast. In Wirklichkeit wollte *ich dich* gerade anrufen.«

Sie sagte nichts.

»Ich wollte dich anrufen, weil ich soeben das Da-Vinci-Porträt wiedergefunden habe.«

Am anderen Ende war es lange still, dann blaffte sie: »Was redest du da?«

»Ich habe es gefunden, Fiammetta. Morgen früh werde ich eine Pressekonferenz abhalten, um es bekanntzugeben. Ich weiß, dass die Reise mit deinem Mann wichtiger ist, und ich weiß, dass dein New-York-Trip deine Anwesenheit hier unmöglich macht. Aber ich wollte nicht, dass du es aus der Zeitung erfährst.«

Während der Kommissar am Nachmittag die Verkettung der Mordfälle rekonstruierte und sich mit einigen Details herumschlug, die nicht zusammenpassen wollten, klopfte Calabrò an die Tür seines Büros. »Hier ist ein Mädchen, das eine Aussage machen will. Zum Mord an Mohamed.«

»Wie sieht sie aus?«

»Sehr jung. Blond. Ziemlich hübsch. Sie ist mit ihrem Anwalt und den Eltern da und wirkt sehr verängstigt.«

»Die Blondine von der Stadtmauer …«

»Yep.«

Marco Luciani lächelte: »Dir gebührt die Ehre der ersten Vernehmung, Calabrò.«

Sein Gegenüber strahlte. »Wirklich?«

»Klar. Du hast es verdient.«

Am nächsten Morgen waren fast dreißig Journalisten aus halb Italien bei der Pressekonferenz, außerdem die Fernsehkameras der Rai, von Mediaset und den Lokalsendern. Alle auf den Plan gerufen von Baffigos Sensationsmeldung, zu dem Marco Luciani einige streng vertrauliche Informationen hatte durchsickern lassen. Baffigo hatte schreiben dürfen, dass vier Mordfälle aufgeklärt worden seien und dass diese Aufklärung zur Wiederbeschaffung eines Kunstwerks von unschätzbarem Wert geführt habe. Den Künstler hatte er allerdings nicht verraten.

Polizeichef Iaquinta saß in der Tischmitte, Marco Luciani zu seiner Rechten, zur Linken Calabrò. Der Kommissar hatte bei den Journalisten darauf gedrungen, dass man den Namen des Inspektors hervorhob, denn es war hauptsächlich sein Verdienst, dass die Fälle gelöst worden waren. Nachdem er die Umstände der Morde erläutert hatte – denn es handelte sich um Morde –, hatte Polizeichef Iaquinta den Schleier gelüftet, der eine Reproduktion des da Vinci bedeckte, die deutlich größer als das Original war. Dann hatte er der Expertin das Wort überlassen. Fiammetta Sforza, die, in Armani-Kostüm, schwarzen Stiefeln und mit frisch frisierten roten Locken, neben dem Porträt stand, war so schön, dass sie fast den da Vinci in den Schatten stellte. Sie hatte lange gesprochen, leidenschaftlich und kompetent, wobei die Emotionen sie einige Male fast aus der Fassung gebracht hatten. Auf die Frage, was aus dem Bild werden sollte, antwortete der Polizeichef, dass das Original an einem sicheren Ort aufbewahrt werde. Dort hätten die Justizbehörden Zugriff, um Eigentumsverhältnisse und Authentizität zu klären.

Kapitel 70

Gabin

Gabin saß am Schreibtisch seines Büros und bereitete alles vor, was er zu seiner Mission brauchte. Pistole, Munition, Kleider zum Wechseln und Bargeld. In der Schublade hatte er das Handy gelassen, das er für gewöhnlich benutzte, und ein anderes, anonymes, hervorgeholt, mit einer ebenso anonymen Sim-Card. Er hatte die Kreditkarten und alles, was irgendwie eine Spur hinterlassen konnte, zurückgelassen. Seine Idee war gewesen, sich den Kommissar für das große Finale aufzuheben, aber ein guter General muss seinen Schlachtplan je nach Umständen modifizieren und die sich bietenden Gelegenheiten ausnutzen können. Und diese Gelegenheit war allzu verlockend. Marco Luciani war erneut überall in der Zeitung, das Fernsehen hatte ihn beweihräuchert, alle bejubelten den heldenhaften Commissario, der Italien und der Welt ein Meisterwerk von unvergleichlicher Schönheit und Bedeutung zurückgegeben hatte. Dieser Mann hat ein unverschämtes Glück, hatte er wütend gedacht. Aber im Grunde bin ich es, der Glück hat, hatte er sich gleich darauf gesagt, denn der Kommissar hat erneut einen Fall mit einem Kunstwerk angepackt, etwas Besseres hätte mir gar nicht passieren können, die perfekte Gelegenheit, den ursprünglichen Plan wieder aufzugreifen und dabei die Aufmerksamkeit auf den neuen Fall zu lenken. Nicht mehr oder nicht nur Ventotene, sondern sogar ein Selbstporträt da Vincis, auf dem noch dazu ein Fluch lag: Das war perfekt, einfach perfekt. Der Maler Sirio wäre, hätte er Zeitung gelesen, wirklich endgültig verrückt geworden.

Wie er sich im Fernsehen sonnte, der Herr Kommissar, mit dieser gespielten Bescheidenheit! Er schickte die anderen vor, die Meriten einzuheimsen, nur um sich selbst noch mehr in den Himmel zu heben. In Wahrheit platzte er fast vor Hochmut, und wenn einstmals der Hochmut den Neid der Götter auf den Plan rief, so lockten heute die Fernsehkameras und die Scheinwerfer die Irren, die Schwachsinnigen an, die danach lechzten, im Mittelpunkt zu stehen. Er schnitt auch noch den Artikel aus dem »Messaggero« aus und legte ihn zu den anderen, die über Marco Luciani berichteten. Es war Zeit, zum Campo de' Fiori zu gehen und nachzuschauen, ob Sirio immer noch da war und nicht in irgendeiner Nervenheilanstalt.

Kapitel 71

Luciani und Donna Patrizia

»Hey, ich habe dich im Fernsehen gesehen, Glückwunsch!«

Marco Luciani lächelte zufrieden vor dem Computer im Internet-Point in Camogli. Er war zum Einkaufen ins Dorf gegangen und hatte der Versuchung nicht widerstehen können, sich nach all der Zeit wieder bei Facebook einzuloggen. Und nach all der Zeit hatte Annalise Folia ihm wieder einmal eine Nachricht hinterlassen. Das grüne Lichtlein neben ihrem Namen in der Chatline leuchtete.

»Danke für die Nachricht«, schrieb er ihr.

»Du bist wirklich ein Ausnahmetalent. Polizisten wie dich brauchen wir.«

»Von meiner Sorte gibt es viele.«

»Wer's glaubt … Wie auch immer – was machst du jetzt? Gönnst du dir einen Urlaub?«

»Schön wär's. Was hältst du davon, mit mir auf eine einsame Insel zu fliehen?«

»Führ mich nicht in Versuchung …«

»Ich meine es ernst.«

»Du willst die Katze im Sack kaufen? Ohne ein Foto von mir gesehen zu haben?«

»Du hast mir gesagt, du ähnelst Fujiko, weißt du noch?«

»Geh nie mit Fremden mit ;-)«

»Also? Der Urlaub?«

»Ich kann jetzt nicht. Aber in Kürze komme ich dich besuchen, versprochen. Bist du in Genua?«

»Nein, ich wohne in Camogli.«

»Du Glücklicher. Dann bist du ja schon im Urlaub.«

Marco Luciani sah, dass das grüne Licht erlosch. Annalise Folia. Annalise Folia. Annalise. Folia, sagte er sich immer wieder vor, während er zur Villa Patrizia hinaufging.

»Hast du mir die Zeitung mitgebracht?«

»Sicher. Hier, es gibt fast eine ganze Seite Todesanzeigen.«

»Die schaue ich mir später an. Jetzt will ich den Artikel über dich lesen.«

Donna Patrizia war vor Stolz wie verwandelt. Ihr Junge hatte noch einen Fall gelöst, besser gesagt, eine ganze Reihe hochkomplizierter Fälle, und am Vortag hatten alle italienischen Fernsehsender ihn gefilmt und gefeiert. Marco hatte sich natürlich nicht interviewen lassen und den Ruhm allein diesem aufgeblasenen Polizeichef und diesem anderen Hackklotz von Inspektor überlassen, der sich mit der Krawatte zu strangulieren schien und sich bei jedem dritten Wort verhaspelte. Aber es war ein aussichtsloser Kampf, sie wusste inzwischen: Ihr Sohn verstand nicht, den Sieg zu genießen, sondern nur die Mühe, die er gekostet hatte. »Ich werde nicht zulassen, dass du so aufwächst, Ale, du sollst dein Leben genießen. Haaam, schau mal, wie gut dein Brei schmeckt«, sagte sie und fütterte das Kind.

Kaum hatte er sie nach ihrer langen Abwesenheit auf dem Bahnsteig gesehen, hatte Alessandro zu weinen angefangen. Er wollte nicht von ihr auf den Arm genommen werden und hatte die ganze Zeit geschmollt.

»Er erkennt mich nicht wieder«, hatte Donna Patrizia mit Tränen in den Augen gesagt.

»Klar erkennt er dich. Und deshalb ist er wütend«, hatte der Kommissar erwidert.

Aber Alessandros Wut hatte nicht lange angehalten. Donna Patrizia war ins Haus gekommen, hatte die Erschöpfung der

Reise abgeduscht, und die Routine hatte wieder Einkehr gehalten, so als hätte sie sich nur mal kurz schlafen gelegt.

Die Wut des Kommissars dagegen hatte sich nicht gelegt. Wochenlang hatte er seine Mutter auf jede erdenkliche Weise gebeten, nach Hause zurückzukehren, weil er in Arbeit erstickte, aber sie hatte für richtig befunden, erst jetzt zurückzukommen, jetzt, da alles vorbei war.

»Es ist nicht meine Schuld, wenn die Tante erst gestern nach Hause durfte. Kaum war es so weit, bin ich Hals über Kopf abgereist. Ich dachte, ich mache dir eine Freude und du würdest vielleicht die Gelegenheit nutzen und dich vom Fernsehen interviewen lassen.«

»Man merkt, dass du mich nicht kennst«, hatte Marco Luciani gesagt. Dafür kannte er seine Mutter um so besser, er wusste, dass sie nicht nur zurückgekommen war, um ihm zu helfen und Alessandro wiederzusehen, sondern auch, um sich im Abglanz von Lucianis Ruhm zu sonnen, um in Camogli herumzustolzieren und vor ihren Freundinnen anzugeben.

»Sei ehrlich, Mama«, sagte er unvermittelt, »du hast das absichtlich gemacht, dass du mich mit dem Kind allein gelassen hast.«

»Aber was redest du denn?! Meinst du, ich habe die Tante aus Spaß an der Freude gepflegt?«

»Du wolltest mich zwingen, Vater zu werden, mich um ihn zu kümmern.«

Donna Patrizia seufzte. »Du hattest dich schon um Alessandro gekümmert. Aber aus Pflichtgefühl. Ich wollte, dass du dich aus Liebe um ihn kümmerst.«

Marco Luciani dachte einen Moment darüber nach, dann lächelte er bitter: »Niemand kann einen anderen Menschen zwingen, ihn zu lieben. Nicht einmal Gott.«

Die Mutter wechselte rasch das Thema. »Jedenfalls geht es der Tante besser, gestern hat sie mit der zweiten Phase der Reha begonnen. In ein paar Tagen werde ich wieder runterfahren, um nach ihr zu sehen, und ich werde sie überreden, dass sie den Winter bei uns verbringt. Jetzt füttere bitte Ale zu Ende und lass mich in Ruhe diesen Artikel lesen, ich habe von der ganzen Geschichte nämlich wenig begriffen.«

»Alessandro Baffigo

Genua. Jede Epoche hat ihre Genies. Aber wenn man vom größten aller Genies spricht, von dem Menschen, der seiner Zeit am weitesten voraus war und seinen Nachkommen die Zukunft vorgezeichnet hat, dann fällt einem sofort Leonardo da Vinci ein, Ingenieur, Architekt, Visionär, aber vor allem Maler der berühmtesten Meisterwerke der Kunstgeschichte. Ein unbekanntes, da Vinci zugeschriebenes Porträt, besser gesagt: ein Selbstporträt, mit einer Signatur versehen, die ihrerseits ein Meisterwerk ist, wurde während des vergangenen brütend heißen Sommers im Hinterland Genuas entdeckt. Und es hat, wie wir unseren Lesern gestern vorwegnahmen, eine blutige Spur hinter sich hergezogen, die die Stadt in Schrecken versetzt hat. Vier Menschen sind einer nach dem anderen gestorben, jeweils nachdem sie sich dieser Zeichnung da Vincis bemächtigt hatten, die jetzt nicht nur, wie zu erwarten stand, den Ruhm ihres Schöpfers mehren, sondern sich auch noch den ebenso unvergänglichen Ruf eines »verfluchten Bildes« erwerben wird. Diese Geschichte wird, das ist abzusehen, in Windeseile um die Welt gehen, und falls das »Selbstporträt des Mannes, der nach links sieht« eines Tages als authentisch eingestuft und ausgestellt wird, dann wird der Zulauf so groß sein, dass man ihm ein eigenes Museum wird errichten müssen.«

Der Artikel ging auf den hinteren Seiten weiter, überstrahlt von einer großen Abbildung des Porträts. Außerdem wurde akribisch nachgezeichnet, was seit August bis zum Vortag geschehen war. Jedem Mordfall war zudem ein kleiner Kasten gewidmet, in dem die Umstände und der jeweilige Täter kurz skizziert wurden, welcher dann, in der Rolle des Opfers, im folgenden Kasten wieder auftauchte. Aber es gab auch einen Kasten, ganz allein für Commissario Luciani, mit einem Abriss der berühmtesten von ihm gelösten Fälle.

»Du hättest ihm ein etwas besseres Bild geben können, Marco«, sagte Donna Patrizia.

»Ich habe ihm kein Foto gegeben, Mama, sie nehmen immer dasselbe aus ihrem Archiv.«

»Ich weiß, aber warum rede ich überhaupt noch? Nach allem, was du geleistet hast, müsstest du längst den Posten des Polizeichefs bekleiden, aber wenn du nicht lernst, dich ein bisschen besser zu verkaufen, ich meine das im positiven Sinn …«

»Mama, wenn du lesen willst, dann lies. Kommentare sind unerwünscht.«

Donna Patrizia räusperte sich und fuhr fort: »Aber nun der Reihe nach. Unsere Geschichte beginnt direkt nach dem 15. August, in Castelbruno, in der Familienvilla, wo Graf Guinigi Moncalvo krank im Bett liegt. Betreut wird er von seiner polnischen Haushälterin Agnieszka Kaczmarek. Als der Graf am nächsten Morgen tot aufgefunden wird und die Haushälterin Alarm schlägt, kann Doktor Giulio Repetto nicht ahnen, dass es sich nicht um einen natürlichen Todesfall handelt. Wie oft schon hat er erlebt, dass extreme Hitzewellen seine alten Patienten dahinrafften. In Wirklichkeit wurde, wie die an der Leiche des Grafen durchgeführte Autopsie erst gestern bestätigt hat, dieser Tod durch eine Überdosis an Medikamenten herbeigeführt. Sicher hätte der Graf, rein theoretisch, sich auch alleine die tödliche Dosis verabreichen können, aber er hatte keinen Grund dazu, und keinesfalls hätte er es getan, ohne vorher seinen Schatz in Sicherheit zu bringen. Eben jenen da Vinci, den seine Familie seit Generationen aufbewahrte. Um dessen

Authentizität zu klären, hatte der Graf sich an eine Mailänder Expertin gewandt, Fiammetta Sforza ...«

»Keine Frage, Fiammetta ist immer noch ein Bild von einer Frau, oder nicht, Marco?«, sagte Donna Patrizia und zeigte auf das Foto in der Zeitung. »Ich habe sie auch gestern im Fernsehen gesehen. Zwischen euch beiden hatte es im Gymnasium doch ein bisschen geknistert, oder irre ich mich?«

Der Kommissar schnaubte und wollte aufstehen, Donna Patrizia hielt ihn mit einer Handbewegung auf und versenkte sich wieder in die Lektüre. Die polnische Haushälterin hatte die Villa des Grafen von einem Trödler, Antonino Pesce, und dessen Gehilfen, Roberto Palazzolo, ausräumen lassen. Derselbe Roberto war dann, in Begleitung seines Komplizen Mohamed Ahmadi, in das Haus der Frau zurückgekehrt, um sich des von Antonino (der von all dem nichts wusste) an die Frau gezahlten Geldes zu bemächtigen. Aber etwas war schiefgegangen, die Polin hatte sie offenbar überrascht und hatte bitter dafür bezahlt, indem sie in das Messer stürzte, mit dem sie sich verteidigen wollte. Der da Vinci war bei den jungen Burschen gelandet, die seinen wahren Wert vermutlich gar nicht kannten. Viele Einzelheiten des tatsächlichen Geschehens werde man niemals erfahren, schrieb Baffigo, denn die Einzigen, die sie enthüllen könnten, seien tot, Doktor Repetto inbegriffen, der tatsächlich eines natürlichen Todes gestorben sei, und zwar aus Erregung darüber, dass er in die Ermittlungen verwickelt worden war. Die Umstände von Mohameds Tod allerdings, die anfangs ebenfalls im Dunkeln geblieben seien, habe man mit Hilfe einer Schlüsselzeugin rekonstruieren können, die »dank der außerordentlichen Fähigkeiten von Inspektor Giovanni Calabrò aufgespürt worden« sei. Margherita P., ein zwanzigjähriges Mädchen aus gutem Hause, das sich auf zweifelhafte Freundschaften eingelassen hätte, habe, ohne es zu wissen, als Köder gedient, um den jungen Marokkaner in eine Falle zu locken und ihn um das Geld zu bringen, das er seinerseits Roberto Palazzolo abgenommen hatte. Zwei junge Burschen aus dem Umfeld der Ultras hätten ihn im Verlauf einer Schlägerei von den Mura delle Cappuccine gestürzt. »Ihre Namen sind der Polizei bestens bekannt, waren sie doch bereits nach dem Mord an Aziz el-Kadir, einem anderen jungen Marokkaner, in der Via San Bernardo, festgenommen worden. Die beiden waren, zusammen mit einem dritten Jugendlichen, wegen einer zur Anklageerhebung unzureichenden Beweislage vom Richter freigelassen worden, was auf der Führungsebene der Ermittlungsbehörden beachtlichen Unmut hervorgerufen hat. Die Schlüsselzeugin hat die Schuld der drei jungen Leute aus dem Hooligan-Umfeld bestätigt, sie hätten Aziz aufgelauert und besagter Roberto Palazzolo habe ihm die zwei Messerstiche beigebracht. »Brechen wir an dieser Stelle ab«, schrieb Baffigo, »denn die Geschichte wird zu kompliziert. Und einige Aspekte werden wahrscheinlich niemals geklärt werden. Zum Beispiel ist nicht ersichtlich, ob der Mord in der Altstadt und der auf der Stadtmauer mit der Da-Vinci-Zeichnung zusammenhängen, von deren Existenz die Schlüsselzeugin nachdrücklich nichts gewusst haben will, oder vielleicht eher mit Drogengeschäften und Bandenrivalitäten. Ebenso bleibt der Tod besagten Roberto Palazzolos ein Rätsel, dem offensichtlich die Abgase eines defekten Heizofens zum Verhängnis wurden und dessen Leiche man im Schlafzimmer gefunden hat.

Was jedoch zählt, ist die Tatsache, dass Commissario Luciani dank eines Verwandten des jungen Mannes das Meisterwerk Leonardo da Vincis gefunden hat. ›Roberto Palazzolo hatte mich am Vorabend angerufen‹, erklärt Luciani, ›er hat mir grob erzählt, was vorgefallen war, und sich mit mir für den Folgetag verabredet, weil er sich stellen und mir die Zeichnung aushändigen wollte. Das Schicksal hat verhindert, dass es dazu kam.‹

Der Kommissar traf nicht mehr rechtzeitig ein, um den jungen Mann zu retten, aber wie schon bei dem berühmten Fall der Statue des Lysipp, an den sich viele Leser noch erinnern werden, ist es ihm erneut gelungen, unserem Land ein Meisterwerk von unschätzbarem Wert wiederzubeschaffen. Immer vorausgesetzt, dass die Experten der Ambrosianischen Bibliothek die Ergebnisse von Dottoressa Fiammetta Sforza bestätigen werden, der Forscherin, die in Leonardo da Vinci den Schöpfer des Werks ausgemacht hat, wobei sie ihre These mit einer Reihe von Beweisen stützt, die wir in dem Beitrag auf Seite fünf darlegen.«

Eine Kleinigkeit betreffend, hatte Marco Luciani alle angelogen, selbst den Polizeichef. Und diese Kleinigkeit war der Fund der Zeichnung. Nur wenige kannten die Wahrheit: er, Iannece, Antonino und Pasquale. Luciani war schnell klargeworden, dass der Onkel und der Trödler das Buch und die Zeichnung in Robertos Wohnung gefunden, in einen Umschlag gesteckt und ihm ins Büro gebracht hatten. Sie hofften, sie könnten Roberto aus der ganzen Geschichte heraushalten, doch der Kommissar hatte das nicht tun können. Es war ein herber Schlag für ihn, als er feststellte, dass der Junge sich des, wenn auch ungewollten, Totschlags an Aziz schuldig gemacht hatte und einer direkten Mittäterschaft bei dem Mord an Mohamed. Roberto hatte oft die Chance zur Umkehr gehabt, und er hatte sie jedes Mal vertan. Das Einzige, was Marco Luciani tun konnte, war, sein Image ein bisschen »aufzupolieren«, indem er sich den Anruf und den Vorsatz, sich zu stellen, ausdachte. Zumindest die Tante und die Mutter würden ihn als einen Jungen in Erinnerung behalten können, der Fehler begangen hatte, trotzdem aber noch die Stimme des Gewissens hörte und bereit war, für seine Fehler einzustehen.

»Ein schöner Artikel«, sagte Donna Patrizia und nahm Alessandro wieder auf den Arm, »und eine schöne Geschichte. Aber ein bisschen zu kompliziert. Ich weiß wirklich nicht, wie du das entwirren konntest.«

»Hmm-hm.«

»Was schreibst du da?«

»Gib mal einen Moment Ruhe.« Marco Luciani hatte Stift und Papier genommen und auf ein Blatt ANNALISE FOLIA geschrieben. Dann hatte er S, O, F, I, A, L, A, N, N, I, ausgestrichen. Es blieben Buchstaben übrig, und diese Buchstaben bildeten ein Wort: ALE.

Kapitel 72

Fiammetta

Ehe sie das Flugzeug nach Rom bestieg, wo man sie zu einer Talkshow im Fernsehen eingeladen hatte, hatte Fiammetta den Kommissar angerufen. Durch den Erfolg der Ermittlung war die Wut, die die beiden aufeinander hegten, ein wenig verraucht.

»Es war schön, dich wiederzusehen, Marco. Ich meine es ernst.«

»Für mich auch.«

»Ich würde mich freuen, wenn wir Freunde bleiben könnten.«

»Auf Facebook bestimmt. Im realen Leben besser nicht«, sagte er lächelnd. »Mit so schönen Frauen kann ich keine Freundschaft halten. Und vielleicht nicht einmal mit hässlichen Frauen.«

»Weißt du was? Du bist noch genauso ein Macho-Arsch wie im Gymnasium.«

»Erzähl mir von dem da Vinci. Jetzt kannst du zumindest mit ihm hausieren gehen, ohne Gefahr zu laufen, dass man dich eliminiert.«

»In welchem Sinn?«

»In dem Sinn, dass kein ›Fluch‹ darauf liegt. Die Mörder waren alle Menschen aus Fleisch und Blut. Und weißt du, was das Verrückteste ist? Soweit ich es verstanden habe, hat niemand gemordet, um sich den da Vinci unter den Nagel zu reißen. Sie wussten nicht einmal, dass er existiert, und haben ihn nur durch Zufall in die Finger bekommen. Das Motiv für alle Morde war, wie gewöhnlich, das Banalste: Rache oder Geld, oder beides zusammen.«

Sie blies in den Hörer, und er spürte zum letzten Mal, wie ihr Atem ihn streichelte. »Meinst du? Sicher ist nur, dass alle, die das Porträt in Händen hielten, gestorben sind, einer nach dem anderen. Für mich bleibt das Da-Vinci-Porträt das Motiv, das *primum movens*, der Auslöser für alles, was vorgefallen ist. Du kannst rationale Erklärungen finden, so viele du willst, aber es ist der Mörder.«

»In welchem Sinn?«

»Das Porträt wollte wiedergefunden werden, Marco. Es hat es geschafft, sich dem Grafen, der Polin, dem Marokkaner und Roberto zu entziehen und sich in die Hände desjenigen zu begeben, der es der Welt zurückgeben konnte. Die Experten tun gut daran, seine Authentizität schnell zu bestätigen und es in einem Museum zu zeigen, wenn sie nicht auch böse enden wollen.«

Kapitel 73

Noureddine

Noureddine betrachtete Genua von der Brücke der Fähre nach Tanger aus. Eine wunderschöne und fürchterliche Stadt, gastfreundlich und grausam, eine Stadt der Kontraste, wo er als Junge angekommen war und die er als Mann verließ. Die Häuser drängten sich dicht aneinander, stapelten sich die Hügelflanken hinauf, die den Golf umgaben. Weiße, rosafarbene, gelbe Häuser, enge Gassen, über die sich zwischen den hohen, alten Mietskasernen Wäscheleinen spannten, eckige Gebäude mit langen Balkonen voller Geranien und Kastelle, die unverhofft auftauchten, anmaßende Kastelle, die nicht gebaut wurden, um zu sehen, sondern um gesehen zu werden, nicht um Feinde zurückzuschlagen, sondern um Freunde aus der besseren Gesellschaft zu empfangen. Er hatte in diesen Jahren überall ein bisschen gearbeitet, an den Fassaden der Bauten aus dem frühen 20. Jahrhundert in Castelletto, an den Mietskasernen aus den sechziger Jahren, an den Bettenburgen von Quarto, die wie auf Grund gelaufene Schiffe aussahen, ebenso wie die Kreuzfahrtschiffe, die er zu seiner Linken paradieren sah, wie Hochhäuser wirkten, die man absurderweise ins Meer geworfen hatte.

Aber vor allem hatte er lange in der Kasbah der Altstadt gelebt und gearbeitet, mit ihren versteckten Gassen, Dächern und Höfen, Zisternen und Schiefertreppen, Atrien mit Brunnen und sogar Azulejos in den Eingängen einiger Gebäude. Auf diesem Schiff hier hättest du sein müssen, Bruder, dachte er, während er eine Wolke schnell über den Himmel ziehen sah.

Du hättest es sein müssen, Aziz, du, der du den Mut eines Löwen im Leib hattest, du, der du der Stolz unseres Vaters warst und der du nie kapiert hast, wie sehr er dich liebte. Wenn du an meiner Stelle gewesen wärst, dann hättest du mich gerächt, indem du meinem Mörder mit offenem Visier entgegengetreten wärst, Messer gegen Messer. Und du hättest ihn getötet. Ich aber bin nie ein Löwe gewesen, Aziz, ich bin ein Frettchen und konnte nur im Schatten agieren. Auf ein Dach klettern und mir mit Tricks behelfen. Dem Feind die Kraft rauben, die Luft zum Atmen. Wir sind Werkzeuge von Allahs Willen, Bruder, aber deshalb müssen wir nicht alles hinnehmen, Gewalt, Übergriffe, die mitleidigen oder verächtlichen Blicke, die uns jeden Tag begleiten. Ich gehe erhobenen Hauptes, ich weiß, dass ich das Richtige getan habe, und ich habe es mit Stolz getan, für mich und für dich, Aziz. Denn du hättest es für mich getan. Du, der du eines fürchterlichen Todes gestorben bist, zwanzigjährig, fern von zu Hause und von deiner Familie. Der du dein Blut auf einer fremden Straße vergossen hast, fern der Gassen, in denen wir aufgewachsen sind, wo wir zusammen gespielt haben und wo du oft mein Schild und meine Zuflucht warst. Ich habe ihm einen süßen Tod beschert, Aziz, einen fast zu gnädigen Tod für jemanden, der seinerseits zu leiden verdient gehabt hätte. Aber jetzt kannst auch du in Frieden ruhen, Bruder.

Dritter Teil

Kapitel 74

Gabin

Gabin fuhr mit Umsicht, gab acht, dass er das Tempolimit nicht überschritt. An der Mautstelle von Recco hatte er bar bezahlt, nachdem er den Telepass deaktiviert hatte, um keine Spuren zu hinterlassen. Das Auto, ein gelber Panda aus Geheimdienstbeständen, war so unauffällig und gewöhnlich, dass niemand sich daran erinnern würde. Und auch seine Kleidung und sein Look waren so anonym wie möglich: Clarks, Jeans und blauer Anorak. Er hatte verschiedene Optionen erwogen und am Ende die gewählt, die er im Innersten von Anfang an favorisiert hatte: Einen Killer zu engagieren brachte nur unnötige Kosten und Gefahren mit sich. Das Geld hatte er von den Geheimkonten umgebucht, als er noch nicht in Ungnade gefallen war, aber kein Geld der Welt kann einen gegen Fehler wappnen, und er war immer der Auffassung gewesen, dass man einen Job, den man ordentlich erledigen will, alleine erledigen muss. Aber im Grunde wollte er die Sache eigenhändig durchziehen, weil er darauf brannte, diesem Schweinehund in die Augen zu sehen und ihm zu erklären, warum er sterben würde. Und Commissario Luciani würde, wenn er wirklich so aufrichtig und unbestechlich war, nichts anderes tun können, als seinen Kopf zu neigen und die gerechte Strafe zu akzeptieren.

Die Laternen waren soeben aufgeflammt, um das Licht der untergehenden Sonne zu ersetzen. Das Meer vor Camogli war ein unbeweglicher Spiegel, der Frieden und Unvergänglichkeit zu atmen schien. Es gib Dinge, die größer sind als wir, und es gibt Dinge, die uns größer machen, dachte Gabin. Die Pension war nah, aber er würde sie nicht genießen können, wenn er vorher nicht diese Rechnung beglich und mit seinem Gewissen ins Reine kam. Freundschaft, Loyalität, die Fähigkeit, das Richtige zu tun. Auf diese Prinzipen hatte er sein ganzes Leben aufgebaut, seitdem er, mit achtzehn, als Freiwilliger zu den Fallschirmjägern gegangen war. Von dort, zehn Jahre später, der gewaltige Sprung zum Geheimdienst. Zu denen, die wachen, wenn die Normalbürger schlafen. Denen das Staatswohl am Herzen liegt. In aller Stille dienen, das war sein Motto gewesen. Er hatte es getan. Und auch wenn er Blut hatte vergießen müssen, so waren seine Hände immer so sauber geblieben wie sein Gewissen.

Kapitel 75

Marco Luciani

Die Laterne am Tor funktionierte nicht, und das Licht im Garten war ausgeschaltet. Er stellte die Einkaufstüte ab, suchte in der Tasche nach dem Schlüssel, und in dem Moment, als er ihn ins Schloss stecken wollte, hörte er eine Stimme in seinem Rücken: »Commissario Luciani!« Das war weder ein Anruf noch eine Frage oder ein überraschter Ausruf. Es war wie der Appell in der Klasse, wenn man an der Reihe ist. Dem Kommissar war bewusst, dass die Stimme sein Todesurteil gesprochen hatte. Er drehte sich langsam um.

Der Killer stand zehn Meter von ihm entfernt, mit ausgestrecktem Arm, in der Hand die Pistole. Sie schauten einander in die Augen, dann glitt der Blick des Mannes hinab auf die Brust des Kommissars, wo der kleine Alessandro zusammengesunken im Tragesack schlummerte.

Für einen schier endlosen Moment herrschte Stille, Gabins Arm sank einige Zentimeter tiefer, um gleich wieder hochzuschnellen und die Pistole auf Lucianis Kopf zu richten.

»Warte«, sagte dieser leise, »du kannst es jetzt nicht tun.«

Sein Gegenüber zögerte.

»Du könntest ein unschuldiges Kind töten, das bereits seine Mutter verloren hat.«

»Es ist die Mutter, die ihn verloren hat. Diese Nutte. Aber sie wird genauso enden wie du, darauf kannst du dich verlassen.«

Obwohl ihn nur ein Schritt vom Tod trennte, konnte Marco Luciani nicht anders, als innerlich zu jubilieren: Sofia lebte also noch. Nicht einmal sie hatten es geschafft, sie aufzuspüren.

»Leg das Kind auf den Boden«, sagte der Mann trocken. »Ich gebe dir fünf Sekunden, dann schieße ich.«

»Okay. Aber warte einen Moment, das ist nicht so einfach.«

Marco Luciani fing an, vorsichtig einen der Reißverschlüsse zu öffnen. Er musste versuchen, Zeit zu gewinnen.

»Darf ich wenigstens wissen, warum?«, fragte er und schaute den Mann wieder an.

»Das weißt du. Du weißt es ganz genau. Du wolltest dich für den Tod deines Freundes Giampieri rächen. Und jetzt ist es an mir, den Mord an Rudi zu rächen.«

»Das war ein Unfall.«

»Ja klar. Für wen hältst du mich?«

»Wirklich. Er hat zu fliehen versucht und ist von den Klippen gestürzt.«

»Schluss! Kein Wort mehr, sonst bringe ich auch das Kind um.«

Marco Luciani hob die Hände, und Gabin bedeutete ihm, den Tragesack abzuschnallen.

Er öffnete mit Mühe einen weiteren Reißverschluss. »Entschuldige, meine Hände zittern«, sagte er.

Sein Gegenüber lächelte befriedigt. »So weit wollte ich dich haben, du Schwein. Es ist leicht, jemanden in Handschellen zu töten, oder?«

Ungefähr so, wie jemanden umzubringen, der ein einjähriges Kind auf dem Arm hat, dachte der Kommissar, sagte aber nichts. Er zog den ersten Gurt von der Schulter. Er war unbewaffnet und machtlos, er konnte sich nicht wehren, ohne Alessandro in Gefahr zu bringen. Er wusste nicht, was er tun sollte, außer den Killer weiter zum Reden zu bringen.

»Ich will mich wenigstens von dem Kind verabschieden«, sagte er, küsste dem Kleinen die Stirn und streichelte seine Finger. Er spürte, wie ihm die Tränen kamen, und gab sich Mühe, nicht zu weinen. Die Vorstellung, seinen Sohn zurückzulassen, war unerträglich. Ich könnte ihn auf den Boden legen und mich sofort auf den Mann werfen, dachte er, das ist die einzige Chance. Aber es bestand die Gefahr, dass ein Querschläger das Kind traf.

»Das reicht jetzt. Lass ihn los und steh auf. Du hast wie ein Feigling gelebt, stirb wenigstens wie ein Mann.«

Marco Luciani verzog das Gesicht. »Adieu, Ale. Adieu, mein Schatz«, sagte er leise und ging in die Knie, um das Kind abzulegen.

»Marco? Marco, bist du das?«

Vom Garten her rief ihn die Stimme seiner Mutter, etwas kieksiger und zittriger als gewöhnlich. Der Mann senkte instinktiv den Arm, kurz bevor Donna Patrizia hinter dem Tor auftauchte. Der Kommissar reckte wieder seine hundertsiebenundneunzig Zentimeter in die Höhe und kreuzte den Blick Gabins, welcher zuerst Luciani, dann das Kind, dann die Mutter anschaute, dann wieder den Kommissar, mit einer stummen Botschaft, die keiner Übersetzung bedurfte.

»Was ist los, Marco?«

»Nichts, Mama. Ich wollte gerade reinkommen, da habe ich einen alten Freund getroffen, einen Kollegen.«

»Was macht Alessandro denn da am Boden? Gib ihn mir, ich bringe ihn rein.«

»Ausgezeichnete Idee, Mama, danke. Fünf Minuten, und ich bin da.«

»Dann bring du den Müll bitte weg«, sagte Donna Patrizia und reichte ihm den großen Plastiksack voller Flaschen, den sie nur mit Mühe an den Schlaufen halten konnte, während sie den Enkel auf den Arm nahm. »Pass auf, ich habe auch Glasflaschen unter das Plastik gemischt, schau genau hin und mach mir keine Schlamperei.«

Marco Luciani nahm die Tüte, sah, mit wie viel Sorgfalt die Mutter die Flaschen verteilt hatte, und lächelte, wie man es bei

Kindern tut. »Ist gut, Mama. Du weißt, die Mülltrennung ist mir heilig.«

Gabin wartete, bis die alte Frau das Tor geschlossen und sich entfernt hatte, ehe er den Arm mit der Waffe wieder auf Luciani richtete.

»Danke«, sagte dieser, »danke, dass du sie hast gehen lassen.«

Gabin nickte. »Auch wir haben unsere Prinzipien. Eines davon ist, jeden Job zu Ende zu bringen, selbst wenn der Auftraggeber gestorben oder in Ungnade gefallen ist. Und ein anderes ist, diejenigen von uns zu rächen, die getötet wurden. Das sind die beiden Gründe, warum du jetzt sterben wirst.«

Der Schuss hallte wie ein Donnerschlag durch die Stille des Boschetto, zeitgleich mit dem Klirren der zerberstenden Flaschen.

Gabin fiel auf die Knie, mit ungläubigem Gesicht, die linke Hand auf den Bauch gepresst, die rechte auf dem Asphalt. Die Pistole lag zwei Meter von ihm entfernt. Marco Luciani hielt seine Dienstwaffe, die Beretta, in der Hand, an der Reste verschmorten Plastiks klebten, am Unterarm hatte er eine tiefe Wunde von einer Scherbe.

Gabin war im ganzen Leib von einem Schmerz erfüllt, wie er ihn noch nie gefühlt hatte. Er spürte, wie das Leben aus seinem Bauch wich, zusammen mit dem Blut, das in Strömen floss. Er wusste, dass es zu Ende war, dass er sich von einer siebzigjährigen Frau und einem Säugling hatte aufs Kreuz legen lassen. Wenn man töten will, dann ist jede Form der Liebe, die man empfindet, eine unverzeihliche Schwäche, auch die Liebe für eine alte Mutter, die deiner eigenen ähnelt, oder für einen Sohn, den man nie gehabt hat.

Er streckte sich nach seiner Pistole und kroch über den Asphalt, er hoffte nicht, sie zu erreichen, sondern wollte dem Kommissar die Gelegenheit geben, die Sache zu beenden.

Marco Luciani wartete, bis er sie gepackt hatte, dann schoss er erneut, diesmal in die Brust. »Es war kein Unfall«, sagte er leise, »deinen Freund Rudi habe ich von den Klippen geworfen, und weißt du was? Ich habe es nie bereut.« Er blieb unbeweglich stehen, bis er eine Frau an einem Fenster schreien hörte. Dann setzte er sich hin und stillte seine Blutung mit einem Taschentuch. Seine Blase hatte sich entleert, und eine angenehme Wärme sickerte durch seine Hosenbeine.

Kapitel 76

Sofia

Marco Luciani war in der Küche und spülte Geschirr. Zehn Minuten vorher hatte er Alessandro zur Siesta ins Bett gelegt und dann nicht mehr gehört. Mittlerweile schlief Ale alleine ein, man musste nur eine Minute lang sein Händchen halten und ihn dann an Peppo übergeben, der sich um den Rest kümmerte. Manchmal hörte er sie ein bisschen schwatzen, denn Ale begann, die ersten Silben zu brabbeln, dann lachten sie leise, und wenn am Ende alles still war und er nachsehen ging, dann schlief Ale friedlich in den Pfoten seines Hündchens. Nachdem er fast über die Klinge gesprungen wäre, hatte der Kommissar sich unbezahlten Urlaub genommen, vor allem, um Iaquinta eins auszuwischen, der nach der brillanten Aufklärung der vier Mordfälle und dem Lob, das aus der ganzen Welt auf die Dienststelle eingeprasselt war, nicht wagte, dieses Gesuch abzuwehren. Die Wunde am Arm war geheilt, der Herbst war gekommen, und nun, da Alessandro durchschlief, war manches viel leichter geworden. Donna Patrizia war vor einer Woche wieder nach Rom gefahren, um der Tante Gesellschaft zu leisten. Annalise Folia hatte sich nicht mehr bei ihm gemeldet und hatte nichts mehr bei Facebook gepostet. Vielleicht ist sie verreist, dachte Marco Luciani, vielleicht ist sie unterwegs hierher. Wie lange muss ich noch auf sie warten? Und wie lange kann Alessandro ohne Mutter auskommen? Vielleicht muss ich mich mit der Idee abfinden, dass sie nicht zurückkommt, und mich um eine andere kümmern, um eine, die sich gerne mit dem Kind abgibt.

Das Schellen der Türklingel riss ihn aus seinen Gedanken. Er ließ das Geschirr stehen, wischte schnell die Hände trocken und rannte an die Glastür, um nachzusehen, wer da war, und um zu verhindern, dass derjenige noch einmal klingelte. Doch es fiel dichter Regen, und alles, was er sah, war ein undeutlicher Schemen. Er hob den Hörer von der Gegensprechanlage und fragte, wer da sei, ohne Antwort zu bekommen. Er legte wieder auf, und wieder klingelte es, diesmal länger.

»Scheiße«, sagte er, hob wieder ab und fragte wieder, wer da sei, wieder ohne Antwort zu bekommen. »Dieses Arschgesicht weckt mir den Kleinen auf.« Er öffnete die Glastür und ging hinaus in den Garten, ohne sich um die Kälte und den Regen zu kümmern. Er sah eine Gestalt, die sich unter einem Schirm versteckte, und als er auf zehn Meter an das Tor herangekommen war, blieb er stehen, plötzlich Gefahr witternd. Die Pistole, dachte er, aber während er sich noch fragte, ob er zurückgehen und sie holen sollte, war er zwei Schritte weiter ans Tor gekommen, dann noch zwei, und eine Bewegung des Schirmes hatte das Gesicht der Frau entblößt, die zum dritten Mal die Hand nach der Klingel ausstreckte.

Sofia Lannis langes braunes, leicht gelocktes Haar fiel auf die Schultern eines weißen Regenmantels, den ein Gürtel an der Taille zusammenhielt. Dazu trug sie eine braune Handtasche, braune Stiefel und hielt sich so vollkommen gerade, dass sie wie das Model einer Parfum-Werbung aussah, das im Regen auf seinen Geliebten wartet. Sie sah aus wie Fujiko, die ihren dürren Lupin in die Falle locken will.

Marco Luciani ging näher, die Hände in den Taschen seiner Jeans. Er war schon völlig durchnässt und zitterte, nicht nur wegen der Kälte. Sie bemerkte ihn, erstarrte in ihrer Bewegung und sah ihn an, wobei sie seinen Namen mit den Lippen formte.

Er zwang sich, die letzten Meter, die ihn vom Tor trennten, langsam zu gehen. Sein Herz schrie, er solle öffnen, Sofia in die Augen sehen, den Schirm wegschmeißen, sie küssen und dafür sorgen, dass der Regen diese langen, diese elend langen Monate der Trennung, des Leids, der Mühen und Wut fortspülte. Aber der Stolz bremste ihn, sagte ihm, dass sie nicht so einfach davonkommen könne, nicht nach all dem, was sie ihm und Alessandro angetan hatte.

»Guten Tag, Annalise.«

Sofia schaute ihn verblüfft an. »Du erinnerst dich nicht einmal mehr an meinen Namen?«

»Und ob ich mich an deinen Namen erinnere, oder besser, dein Pseudonym. Das Einzige, mit dem ich die Ehre hatte, in all dieser Zeit zu sprechen.«

Sie starrte ihn verständnislos an. Das Tor war immer noch zu, und es goss weiter in Strömen.

»Wo zu sprechen?«

»Auf Facebook.«

Sofia kniff die Augen zusammen und sah ihn an, als hätte er den Verstand verloren. »Auf Facebook? Ich hasse Facebook.«

»Annalise Folia«, sagte er, »meinst du, ich hätte dich nicht erkannt?«

Ihr entfuhr ein verstörtes Lachen. »Was redest du denn da?«

Der Kommissar merkte, dass er auf einem völlig falschen Dampfer war.

»Ich weiß wirklich nicht, wovon du sprichst, Marco«, setzte sie wieder ein, »da hat sich jemand anderes für mich ausgegeben.«

»Nein … Ich weiß nicht …«

»Hast du mit einer gechattet, die du für mich gehalten hast?«

Seine Verblüffung war echt, und der Kommissar dachte: Wie dumm, dass ich da nicht früher draufgekommen bin. Annalise Folia schrieb und surfte seit einer Woche nicht mehr. Annalise

Folia war genau vor diesem Tor gestorben, von den Kugeln seiner Beretta getötet.

»Vergiss es«, sagte er und spürte, wie die Wut in ihm hochkochte. »Was willst du? Warum tauchst du jetzt wieder auf? Hast du plötzlich Schuldgefühle, nach fast einem Jahr?«

»Sechs Monate«, sagte sie, »und: ja, Schuldgefühle, die habe ich. Immer. Aber wenn ich jetzt zurückkomme, dann einfach deshalb, weil ich Zeitung gelesen und Nachrichten gesehen habe. Die Schießerei. Der Tote.«

»Mir geht es gut, keine Sorge. Und auch Ale geht es gut, auch wenn er deinetwegen in allergrößter Gefahr war.«

Sie senkte den Kopf. »Das tut mir leid. Aber dieser Kerl vom Geheimdienst war hinter mir her, alleine konnte ich mich retten, mit Ale nicht, es war zu gefährlich. Ich habe ihn bei dir gelassen, eben weil ich wusste, dass du ihn beschützen würdest.«

»Stattdessen hättest du fast dafür gesorgt, dass man ihn umbringt!«, erwiderte der Kommissar. »Sie haben mit der Pistole auf ihn gezielt, weißt du das?!«

Sie nickte. Ihre Wangen waren nass, und vielleicht nicht nur vom Regen.

»Du hast uns als Köder für diesen Irren benutzt.«

»Wie kannst du so etwas sagen? Meinst du, ich hätte Ale in Gefahr gebracht? Nichts auf dieser Welt liebe ich mehr als ihn.«

»Warum hast du ihn dann also mir gegeben? Du wusstest, dass sie genauso hinter mir her waren!«

Sie breitete die Arme aus. »Ich konnte ihn aber niemand anderem geben. Und du bist Polizist, stark, bewaffnet, jemand, der auf sich aufzupassen weiß. Und du wusstest auch auf ihn aufzupassen.«

Sie schwiegen beide eine Weile.

»Ich will Alessandro sehen«, sagte sie. Ihre Stimme hatte weniger entschlossen geklungen, als sie gehofft hatte.

»Er ist mein Sohn«, fügte sie hinzu, da der Kommissar nicht reagierte.

»Und was willst du ihm sagen? Dass die Mama wieder da ist? Von einem Moment auf den nächsten?«

»Warum nicht? Wenn ich ihm so gefehlt habe, wie er mir gefehlt hat, dann wird er sich freuen, mich zu sehen.«

Marco Luciani holte tief Luft. Sofia hatte sich nicht bei ihm entschuldigt, noch hatte sie ihn gebeten, ihr zu verzeihen. Sie war gekommen und verlangte nun, Alessandro zu sehen.

Er wollte ihr sagen, dass sie weggegangen war und damit jeden Anspruch auf Ale verwirkt hatte, aber dann dachte er, dass auch das Kind einen Anspruch auf sie hatte. Er erinnerte sich daran, wie Ale sich immer an die Brust von Fiammetta und Mary geschmiegt hatte, an seine verzweifelte Lust, sich wieder an einen weiblichen Körper zu kuscheln.

»Ich will nicht, dass du ihm weh tust. Wenn du zu Ale zurückkehrst, dann für immer.«

Sie schaute ihn an und riss die Augen auf. »Natürlich kehre ich für immer zurück! Meinst du, ich wäre vor ihm abgehauen? Ich liebe meinen Sohn; als ich mich von ihm getrennt habe, war das, als hätte ich einen Teil meines Herzens herausgerissen. Und jetzt, da die Gefahr vorüber ist, da der Alptraum vorbei ist, will ich nichts anderes als ihn.«

Wenn sie wütend wurde, war sie noch schöner. Mit ihren nassen Haaren, aus denen es auf ihr Gesicht tropfte, den wutroten Lippen. Diese Lippen, die Marco Luciani anzogen wie eine fleischfressende Pflanze, die sich als saftige Erdbeere verkleidet und das Insekt verschlingt.

Er streckte den Arm aus und öffnete das Tor. Der Regen hatte seine Kleider vollkommen durchnässt, und er zitterte noch immer, während er Sofia den Weg verstellte.

Sie merkte, dass sie ihm noch etwas anderes sagen musste.

Sie hob die Augen und sprach: »Ich habe dir noch nicht dafür gedankt, dass du auf Alessandro aufgepasst hast. Auch wenn es deine Pflicht war, es zu tun, und ich wusste, dass du es tun würdest.«

Marco Luciani legte ihr die Hände auf die Arme, beugte sich zu ihr hinunter und küsste sie. Sie war zurück, sie war zurück, um zu bleiben, sie hatte sich entschuldigt, und nun konnte endlich alles wieder von vorn beginnen.

Er hielt seine Lippen eine Sekunde lang auf ihren, aber Sofia reagierte nicht. Er küsste sie noch einmal, heftiger, aber sie blieb starr, ehe sie ihn sanft zurückwies, indem sie eine Hand zwischen ihre Münder schob.

»Nein, Marco, nein.«

»Warum? Warum nicht?«

»Weil es falsch wäre. Es würde nicht funktionieren.«

»Es würde wohl funktionieren. Du, ich und Ale. Wir brauchen nichts anderes.«

Sie schüttelte den Kopf. »Du brauchst vielleicht nichts anderes. Was weißt du schon von dem, was ich brauche?«

»Du hast ein bildschönes Kind und einen Mann, der dich liebt«, sagte er mit Verve, »reicht dir das nicht?«

Sofia schwieg wieder. Nein, das konnte ihr nicht reichen, sie war an ein anderes Leben gewöhnt, an andere Kreise, andere Männer. Daran, ungebunden zu sein. Marco Luciani wusste das, dass er ihr nicht genügte, dass sein Gehalt des Staatsdieners einem asketischen Savonarola wie ihm genügen konnte, aber dass man damit keine Frau kaufen konnte, deren Augen so grün waren wie der Rasen von Wimbledon.

Er holte Luft und redete weiter, gegen alle seine Prinzipien und alle seine Überzeugungen, er sagte sich, er tue es für Alessandro, und nur für ihn. »Schau dir das Haus an, es kann uns helfen, neu anzufangen, hier oder anderswo. Es ist eine Menge wert. Und mein Arbeitsplatz ist vielleicht nicht der ungefährlichste der Welt, aber er ist solide und mit Prestige verbunden. Alles, worum ich dich bitte, ist, dich beschützen zu dürfen, mit dir zusammen Ale aufwachsen zu sehen, glücklich zu sein.«

Sofia schwieg weiter, löste sich ganz langsam von ihm, und Marco Luciani verstand, dass alles, was er, sich selbst erniedrigend, in die Waagschale geworfen hatte, nicht reichte, um ihr in die Karten zu sehen.

Sie nahm ihren Mut zusammen. Sie hatte gewusst, dass es nicht einfach sein würde, sie hatte sich darauf vorbereitet, ihm zu begegnen, aber er machte es ihr noch schwerer als erwartet und ließ ihr keine andere Wahl. Sie hob den Kopf und bohrte ihre grünen Augen in seine. »Ich weiß, was du über mich denkst, Marco, und du hast recht. Aber das hier ist keine Frage von Kindern, Häusern und Arbeitsplätzen. Fakt ist, dass ich dich nicht liebe, und ich kann nicht mein Leben mit einem Mann verbringen, den ich nicht liebe.«

Marco Luciani hielt dem klaren Blick Sofias nicht stand. Sein Mund verzog sich zu einer Grimasse, und einen Moment lang dachte er, er würde auf der Stelle zusammenbrechen, direkt vor ihr, wie ein Skelett aus dem Anatomiesaal, dem man plötzlich die Halterung wegzieht.

Sie liebte ihn nicht. So einfach war das. Klar. Unwiderleglich. Endgültig.

»Aber warum hast du dann ein Kind mit mir gemacht?!«, platzte er heraus. »Wäre es nicht besser gewesen …«

Er hielt inne, denn die Möglichkeit, dass Ale nicht existierte, nie existiert hätte, war inzwischen unvorstellbar.

Es ist fast geschafft, sagte sich Sofia. Nur Mut, es ist fast geschafft.

»Ich habe nie gesagt, dass er dein Sohn ist«, versuchte sie zu sagen, aber es kam kein Ton heraus.

»Was?«

»Ich habe. Nie gesagt. Dass er. Dein Sohn ist«, skandierte sie.

»Was redest du da für eine Scheiße?!«, schrie er. »Du hast ihn bei mir zurückgelassen. Du hast mir geschrieben …«

»Ich habe dir nicht geschrieben, dass er dein Sohn sei. Ich habe geschrieben, dass es deine Pflicht sei, dich um ihn zu kümmern, und so war es. Es war richtig so.«

Das war zu viel für Marco Luciani. Zuerst lachte er wie ein Irrer, und dann spürte er eine Art Stromschlag mitten in der Brust, sein linkes Bein knickte ein, bis er mit dem Knie auf dem Boden aufkam, während zwei riesige Hände gegen seine Schläfen zu pressen und seinen Schädel zu zerquetschen schienen, bis das Gehirn herausplatzte. Er ruderte mit den Armen, um Gleichgewicht ringend, und schaffte es, nicht zu fallen. Er dachte, dass er sich in Zukunft dieser Szene erinnern würde, und zwar voller Scham, er hasste Sofia Lanni auch und gerade deswegen. Nicht nur, weil sie ihn nicht liebte, nicht nur, weil sie ihm Alessandro nahm, sondern weil sie ihm auch seine Würde und Selbstachtung nahm.

»Marco«, sagte sie und fasste ihn am Arm.

Er machte sich los und richtete sich wieder auf, versuchte, den Rücken durchzudrücken und zumindest seine stattlichen hundertsiebenundneunzig Zentimeter zur Geltung zu bringen.

»Es tut mir leid, Marco.«

»Okay. Alles in Ordnung. Kein Problem. Nachdem ich mich so lange um das Kind gekümmert habe, sind meine Nerven zerrüttet. Es ist nicht leicht. Das ist ganz und gar nicht leicht. Wie auch immer – ich mache ihn fertig für dich, es dauert eine Minute.«

»Nein, Marco, nein …«

Aber er hörte ihr nicht mehr zu. Er ging rückwärts, betrat das Haus, und ohne sich um die Wasserspur zu kümmern, die er hinter sich herzog, ging er direkt in das Schlafzimmer seiner Mutter und holte den größten Koffer, den sie besaß, aus dem Schrank. In diesem Moment wachte Alessandro im Nebenzimmer auf, als hätte er eine merkwürdige Spannung in der Luft gespürt, und er fing sofort zu schreien an. Es war nicht das Schreien vor Hunger und auch nicht vor Müdigkeit, es war ein Schreien vor Angst. Marco Luciani presste Fäuste und Zähne zusammen, um es zu überhören.

Er trat mit dem Koffer ins Kinderzimmer und fing an, die Schubladen auszuräumen, eine nach der anderen, warf Strampler, T-Shirts, Strümpfe und Windeln kreuz und quer hinein, das Nachtlicht und die Plüschtiere und alles, was er herumliegen sah. Alessandro hatte sich, als er ihn eintreten sah, beruhigt, jetzt fing er wieder zu weinen an, aber Marco Luciani drehte sich nicht einmal um, er packte weiter den Koffer und achtete darauf, dass das Kind außerhalb seines Blickfeldes blieb. Er hätte am liebsten das ganze Zimmer ausgeräumt, es so, wie es war, in den Koffer gestopft, und zwar nicht, um Sofia alles zu geben, was sie brauchte, sondern damit er am nächsten Tag, wenn er wieder eintrat, nicht mehr die kleinste Spur von der Anwesenheit des Kindes sah.

Da sie das fortgesetzte Schreien des Kindes gehört hatte, war Sofia ins Obergeschoss hochgekommen, und jetzt stand sie auf der Türschwelle und starrte Alessandro an, unschlüssig, was sie tun sollte. »Mein Gott, wie groß er ist«, flüsterte sie, während die Wehmut ihr die Kehle zuschnürte.

Marco Luciani verließ das Zimmer und hätte sie mit dem Riesenkoffer fast überrannt. Er sagte hastig: »Hier sind Kleider und Spielsachen, ich packe dir noch ein wenig Essen in eine Tüte und lade alles in dein Auto. Nimm du ihn und bring ihn weg.«

Sofia schluckte und biss sich auf die Unterlippe, damit sie nicht zu heulen anfing. Sie wollte nicht, dass es so endete, aber wie hätte es sonst enden sollen?

Sie hatte nicht eine Sekunde Angst vor Marco gehabt, auch

wenn er ein Mann war, ein bewaffneter Mann, und sie allein in seinem Haus waren. Man las alles Mögliche über Männer, die wegen der Kinder durchdrehten, aber sie kannte Marco gut. Alessandro machte ihr dagegen sehr wohl Angst, es war zu viel Zeit vergangen, seit sie ihn zurückgelassen hatte, und inzwischen waren sie einander fremd geworden, er hatte sie nicht wiedererkannt und schrie noch verzweifelter als vorher, er schrie nach seinem Vater, der nicht mehr da war.

»Ale, mein Schatz, ich bin's, die Mama. Ich bin die Mama«, sagte sie, streckte die Arme aus und ließ endlich die ersten Tränen fließen.

Sie hob ihn aus dem Bettchen hoch und fing an, ihn zu trösten, ihm Küsschen zu geben, mit ihm zusammen zu weinen und ihm zu sagen, dass die Mama zurückgekehrt sei, dass die Mama ihn liebhabe und dass sie sich nie wieder voneinander trennen würden, nie, nie wieder.

Als sie, das Kind auf dem Arm, die Villa verließ, hatte es zu regnen aufgehört, und am Himmel riss ein blauer Streifen auf, der rasch größer wurde. Sie öffnete das Tor und betrachtete das Auto. Im Kofferraum waren eine Tüte mit Lebensmittelpackungen und Fläschchen sowie der Koffer. Auf der Rückbank hatte der Kommissar auch Ales Kindersitz montiert, der größer war als ihr eigener. Sie schnallte das Kind an, schaute sich nach Marco um und blieb einige Minuten neben dem Auto stehen. Dann hob sie den Blick zur großen Villa, sah, dass im Obergeschoss ein Vorhang aufgezogen war und ein langer Schatten sie ausdruckslos anstarrte.

Nicht einmal ein Abschiedsgruß, dachte sie, und es tat ihr nicht ihretwegen leid, sondern für das Kind. Sie hoffte, dass es davon keinen Schock davontrug, auch wenn es in den Folgetagen sicher das Fehlen des Mannes spüren würde, der ihm den Vater ersetzt hatte. Vielleicht ist ein klarer Schnitt besser, dachte sie wieder, vielleicht ist es besser, dass Marco uns sofort zu hassen anfängt, das wird ihm helfen, zu kämpfen und ohne uns neu anzufangen.

Er mag keine geriebenen Äpfel, dachte Marco Luciani, während er das Auto wegfahren sah, du weißt das nicht, weil er nur Milch trank, als du ihn zurückgelassen hast. Birnen hat er lieber, ganz besonders, wenn du ein bisschen Banane daruntermischst. Du kannst ihn füttern, aber er will jetzt langsam selbst den Löffel in die Hand nehmen, und wenn du es ihn nicht probieren lässt, wird er grantig. Er ist ein neugieriges, aber vorsichtiges Kind, wenn man ihn auf dem Arm hat, deutet er auf Dinge und sagte: »Ho!«, als säße er auf einem Pferd, aber dann traut er sich nicht, die Dinge anzufassen, und das ist ein Vorteil. Du musst ihn zeitig schlafen legen, um halb acht, spätestens acht, sonst wird er unausstehlich, denn wenn er müde ist, dann heult er Rotz und Wasser, wie in einem Zeichentrickfilm, und lässt nicht mehr mit sich reden, dann kannst du dich nur unter einen Regenschirm flüchten und warten, dass der Sturm vorüberzieht, aber eine Minute nachdem er eingeschlafen ist, wirst du sehen, wie der Himmel sich öffnet und eine herrliche Sonne scheint, und ihm beim Schlafen zuzusehen, das ist, als betrachte man einen Engel, der auf einem Regenbogen liegt.

Epilog

Das Feuer fraß sich munter durch die Zweige und das Gras, die in der Sonne getrocknet waren. Der Garten der Villa Patrizia war so ordentlich wie schon Jahre nicht mehr. Der Gärtner war gekommen, um Hecken zu schneiden, den Rasen zu mähen und einige baufällige Holzgeländer zu reparieren. Auch die Trockenmauer war endlich wieder aufgebaut worden, wenn auch für teures Geld.

Donna Patrizia hatte Tante Rina zu sich nach Hause geholt und machte mit ihr Spaziergänge, die jeden Tag ein wenig länger wurden. Die Ärzte meinten, im Frühling würde sie in der Lage sein, nach Rom zurückzukehren, und der Frühling lag bereits in der Luft, im Duft der Mimosen, die den Boschetto bunt färbten. Indem sie sich um die Tante kümmerte, versuchte seine Mutter, den Verlust Alessandros zu verarbeiten, aber ihr Herz war gebrochen. »Versprich mir, dass du noch ein Kind zeugst«, sagte sie von Zeit zu Zeit zu Marco, nachdem sie auch ihre letzte Träne geweint hatte, und er drückte ihr jedes Mal die Hand und sagte: »Sicher, sicher mache ich das.«

Marco Luciani dachte oft an das Da-Vinci-Porträt zurück, von dem er nichts mehr gehört hatte. Dessen Authentizität wurde noch immer von den Fachleuten der Ambrosianischen Bibliothek in Mailand geprüft. Manchmal dachte der Kommissar auch an Fiammetta zurück, die inzwischen ein aufgehender Stern am Firmament der Kunstexperten war, aber die Erinnerung verblasste bereits wie ihre weiße Haut. An wen er nie dachte, das war Sofia. Oder besser gesagt, kam ihm oft ihr

Gesicht in den Sinn, vor allem im Traum, aber kaum tauchte es auf, blockierte Marco Luciani der Vision jeden weiteren Zugang. Er sah weder Gesten noch Worte, weder die Farbe ihrer Augen noch der Kleider, die sie trug. Es war, als hätte er sämtliche Synapsen lahmgelegt, die im Gedächtniszentrum dazu dienten, die an dieses Gesicht gebundenen Gefühle zu übermitteln. Wie der dunkle Monitor eines Fernsehers, dem man den Stecker gezogen hatte, beschränkte das Hirn des Kommissars sich darauf, hin und wieder das Bild zu reflektieren, das vor ihm vorbeizog, flüchtig nur, ohne Ton oder Farbe. Es war nur eine Frage der Zeit und des Willens, bis er auch dieses Gesicht, nach allem anderen, vergessen würde. Und Marco Luciani hatte beides in Fülle.

Er seufzte, als er den Bogen des Golfs betrachtete, der von Camogli bis nach Genua führte und dann weiter, bis runter zur Riviera di Ponente und dem Capo di Monte.

Mary kam näher und blieb hinter ihm stehen, ganz dicht, aber ohne ihn zu berühren. Sie atmete den Duft des Kommissars ein, der sich mit dem des verbrannten Holzes mischte.

»Wie geht es dir?«

»Gut.«

»Nein, ich meine es ernst. Wie geht es dir?«

»Es geht.«

»Fehlt dir Alessandro? Oder sie?«

Er sprach, ohne sich umzudrehen. »Mir fehlt nichts. Nichts und niemand.«

»Rede nicht so. Es ist nichts Schlimmes dabei, wenn du es zugibst. Ein Kind verändert dein Leben«, sagte sie und zeigte auf Betta und Lele, die zwischen den Bäumen im Garten Verstecken spielten.

Marco Luciani nickte. »Sie fehlt mir nicht. Aber manchmal frage ich mich, ob es richtig war, sie einfach so gehen zu lassen. Nicht um Ale gekämpft zu haben.«

»Dazu ist es nicht zu spät.«

Er schüttelte den Kopf.

»Sie hat ihn verlassen«, sagte Mary, »als Mutter bietet sie keine Gewähr. Du könntest deine Rechte einklagen …«

»Ich will ihn nicht noch einmal verstören. Er ist schon zweimal traumatisiert worden, wenn ich jetzt anfange, vor Gericht zu ziehen, dann weiß ich nicht, wie es endet. Wahrscheinlich würden sie ihn in irgendein Heim stecken.«

»Warum das denn? Bei zwei leiblichen Eltern, die ihn wollen? Das wäre absurd. Wie auch immer«, fügte sie nach einer Pause hinzu, »solche Entscheidungen sind schwierig. Du musst tun, was dir dein Gefühl sagt. Und du hast recht, dass du dich zuerst fragst, was für ihn das Beste ist. Die Kinder sind wichtiger als alles andere.«

Ich wäre besser für ihn, dachte Marco Luciani. Ich war ein guter Vater, oder jedenfalls habe ich mein Bestes gegeben, um es zu sein. Auch wenn ich nicht sein Vater bin, Mary, tut mir leid, wenn ich es nicht über mich bringe, dir das zu verraten, aber es scheint mir dermaßen absurd, dass es mir weh tut, wenn ich nur daran denke. Alessandro ist nicht Fleisch von meinem Fleisch, Blut von meinem Blut.

Aber welche Familie ist perfekt? Welche Familie ist am Ende nicht ein akzeptabler Kompromiss aus Defiziten und Liebe?

Ianneces Größter rannte auf das Haus zu, aber Betta kam ihm zuvor und fing auch ihn ein. Die beiden Kleinen waren bereits gefunden worden.

Donna Patrizia und Ianneces Frau traten in die Glastür zur Küche. »Kommt, Kinder, es gibt Torte!«

»Moment, einer fehlt noch«, sagte Betta, und gleich darauf sah sie, dass sich hinter dem Geräteschuppen etwas bewegte.

»Eins, zwei, drei für Papa!«, schrie sie, und Calabrò kam aus seinem Versteck und tat zerknirscht.

»Sie haben dich erwischt«, sagte Marco Luciani lächelnd. »Komm, der erste Toast gebührt dem frischgebackenen Vizekommissar.«

Nachwort

Zu dem vorliegenden Buch wurde ich vor einigen Jahren inspiriert, kurz nach Erscheinen von »Kein Schlaf für Commissario Luciani«. Meine Geschichte über den vermeintlichen Fund einer Statue Lysipps hatte bei einem Leser einen starken Eindruck hinterlassen, und dieser Leser kontaktierte die Zeitungsredaktion, in der ich arbeite, um mir eine »noch sensationellere Geschichte« zu erzählen. In Genua, meiner Heimatstadt, gebe es eine Zeichnung, die von niemand Geringerem als Leonardo da Vinci stamme. Nicht irgendeine Zeichnung, sondern ein frühes Selbstbildnis, das sogar die Signatur des Meisters trage. Die Eigentümer hätten vergeblich versucht, eine Expertise über ihre Authentizität einzuholen, aber weder die zahlreichen historischen und stilistischen Hinweise noch die chemischen Gutachten hätten genügt, um die akademische Welt aus ihrer Lethargie zu reißen. Deshalb versauere dieser da Vinci, den Augen der Öffentlichkeit verborgen, im Schließfach einer Bank und warte darauf, dass man ihn aus seinem über fünfhundertjährigen Schlaf erweckte. Die Welt ist voll von Leuten, die meinen, sie hätten in ihrem Keller oder auf dem Flohmarkt ein Meisterwerk entdeckt, weshalb ich der Geschichte recht skeptisch gegenüberstand. Ich ließ mir die kompletten Unterlagen dazu aushändigen und versprach im Gegenzug eine gründliche Lektüre. Einige Zeit ließ ich das Dossier auf meinem Schreibtisch liegen, und wer das zweifelhafte Vergnügen hat, meinen Schreibtisch zu kennen, der kann sich alles Weitere ausmalen: Das komplette Durcheinander und der

Lauf der Zeit sorgten dafür, dass sich auf den Papieren andere Papiere ablagerten und sie in immer tiefere Schichten verdrängten.

Die Erzählung hatte jedoch meine Neugier geweckt; von Zeit zu Zeit kam sie mir wieder in den Sinn und konfrontierte mich mit einer unbequemen Frage: Was hätte Kommissar Luciani aus einer solchen Geschichte gemacht? Sicher hätte er alles unternommen, um die Wahrheit herauszufinden, vorausgesetzt, um die Zeichnung entspönne sich ein Fall mit allem, was dazugehört: Mord, Mysterium, Raffgier und doppeltem Boden. Während sich allmählich ein Plot herauskristallisierte, vertiefte ich mein oberflächliches Wissen zu Leonardo da Vinci, ich las Bücher über ihn und begab mich sogar auf eine Pilgerreise (genauer gesagt, im Urlaub) zu seinem Grab in Amboise. Zwei Monate später tippten meine Finger auf der Computertastatur herum, die Kopie des »Porträts des Mannes, der nach links schaut« nahm wieder ihren Ehrenplatz auf meinem Schreibtisch ein und blickte mich mit zweideutiger Miene an, halb dankbar, halb vorwurfsvoll. Zwar schickte ich mich an, ihn mit einem Buch der Öffentlichkeit bekannt zu machen, aber gleichzeitig richtete ich seine Geschichte auf meine Ziele aus, ich bog sie um und rückte sie in ein finsteres Licht, das von der Wirklichkeit natürlich weit entfernt ist.

Den Eigentümern der Zeichnung, Amedeo Barile und Francesco Gerbino, habe ich dafür zu danken, dass sie mir diesen »Missbrauch« und die Verwendung des Bildes vom »Mann, der nach links schaut« gestattet haben. Obwohl die Zeichnung eine Profildarstellung ist, scheint der Porträtierte einem doch tief in die Seele zu blicken. Für mich kann sie nur ein Werk des großen Meisters sein, und sei es nur wegen der Inspiration, die sie mir geschenkt hat, und ich hoffe, dass die Zuschreibung bald allgemeine Anerkennung findet. Den Lesern sei jedenfalls die Website www.leonardoritrovato.com empfohlen. Dort findet sich die wahre Geschichte des Porträts, die nicht weniger spannend und aufregend ist als die soeben gelesene.

Wie immer lade ich auch alle Leser ein, meine Homepage www.claudiopaglieri.com zu besuchen und mir ihre Meinung mitzuteilen, die für mich äußerst wertvoll ist. Ein letztes Dankeschön geht an meine Frau Marta, meine Erstleserin und unbarmherzige Lektorin, die darauf spezialisiert ist, unnötige Sexszenen zu streichen, an meinen Agenten Stefano Tettamanti, an Giovanni, Maria Giulia und Lara.

An meinen phantastischen Übersetzer Christian und an die fabelhafte Amelie.

Claudio Paglieri
Genua, November 2012

ROSA CERRATO
Das böse Blut der Donna Luna
Nelly Rosso ermittelt
Roman
384 Seiten
978-3-7466-2661-1

Kommissarin Nelly Rosso riskiert Kopf und Kragen

In ihrem zweiten Fall jagt Nelly Rosso einen Prostituierten-Mörder und bekommt es mit charmanten Kollegen, zwielichtigen Profilern und einer engagierten Puffmutter zu tun.

Nelly Rosso haut so leicht nichts um, aber die Affenhitze dieses Sommers steigt ihr zu Kopf. Ebenso wie die Avancen ihres charmanten Kollegen Tano. Doch dann tritt ein Serienmörder auf den Plan, der Frauen enthauptet – und ihre Köpfe mitnimmt. Zu allem Übel bekommt Nelly bei ihren Ermittlungen noch ungebetene Verstärkung von einem aalglatten Profiler. Da folgt sie der blutigen Spur des Killers lieber im Alleingang: durch die flirrenden Gassen der Genueser Altstadt, entlang der Riviera bis in die Höhle des Löwen.

Mehr von Rosa Cerrato:
Schnee an der Riviera. Atb 2527-0
Der Fluch vom Valle della Luna. Atb 2709-0

Mehr Informationen erhalten Sie unter www.aufbau-verlag.de oder in Ihrer Buchhandlung

atb aufbau taschenbuch

ROSA CERRATO
Der Fluch vom Valle della Luna
Nelly Rosso ermittelt
Kriminalroman
Aus dem Italienischen von
Verena von Koskull
432 Seiten
ISBN 978-3-7466-2709-0
Auch als E-Book erhältlich

Avanti, Frau Kommissarin

Ein Fluch scheint auf der Genueser Familie Pisu zu liegen: Ein Todesfall jagt den nächsten, »natürlich« ist keiner von ihnen, und auf dem Grab liegt jedes Mal ein Kranz mit den Initialen O. M. – ogu malu, der Böse Blick. Keiner der vorgeblichen Unfälle wird zur Anzeige gebracht, denn die Pisu sind sardischer Abstammung, und dort regelt man solche Angelegenheiten lieber unter sich. Doch mit ihrem todsicheren Gespür für Scherereien hat Kommissarin Nelly Rosso bald auch diese dubiose Geschichte am Hals, deren Wurzeln tief in die Vergangenheit der Familie Pisu reichen.

»Eine wahre Grande Dame des Kriminalromans« ITALIEN MAGAZIN

Mehr Informationen erhalten Sie unter www.aufbau-verlag.de oder in Ihrer Buchhandlung

atb aufbau taschenbuch